Y0-BBX-888

LA MEMORIA DE LA LAVANDA

REYES MONFORTE

LA MEMORIA
DE LA LAVANDA

PLAZA [H] JANÉS

Papel certificado por el Forest Stewardship Council®

Primera edición: abril de 2018

© 2018, Reyes Monforte
© 2018, Penguin Random House Grupo Editorial, S. A. U.
Travessera de Gràcia, 47-49. 08021 Barcelona

Printed in Spain – Impreso en España

ISBN: 978-84-01-02156-5
Depósito legal: B-3.004-2018

Compuesto en Comptex & Ass., S. L.

Impreso en Unigraf
Móstoles (Madrid)

L021565

Penguin
Random House
Grupo Editorial

La memoria de la lavanda es una obra de ficción. Los personajes, lugares, nombres, acontecimientos y sucesos que en ella aparecen o se relatan, aunque algunos inspirados en la realidad, responden a la imaginación y al propósito literario de la autora. Cualquier parecido con acontecimientos, circunstancias o personas reales, vivas o muertas, debe ser considerado pura coincidencia.

Para Jose, siempre

Nos habituamos a tener por objeto de nuestro pensamiento a un ser ausente.

MARCEL PROUST,
La fugitiva

Tú apareces en todas las líneas que he leído en mi vida.

CHARLES DICKENS,
Grandes esperanzas

A la ausencia no hay quien se acostumbre. Otro sol no es tu sol, aunque te alumbre.

MARIO BENEDETTI,
«Mar de la memoria»

1

Esperaba la luz verde pero el color rojo insistía en perpetuarse con un exceso de soberbia. Siempre he tenido la impresión de que el rojo en los semáforos dura más que el verde, como creo que un fin de semana de lluvia se alarga más que uno soleado. La maldita querencia del mal por no abandonarnos, como si le debiéramos algo por querer que las cosas salieran bien. Quizá era cuestión de perspectiva y la mía no guardaba el mejor encuadre. Clavé mis ojos en el reflejo bermellón, sin pestañear. Desde hacía dos meses, una semana y cuatro días, el exceso de lubricación ocular me hizo inmune al parpadeo como según el propio Freud los irlandeses lo eran al psicoanálisis. No sé por qué pensé en el padre del psicoanálisis si ni siquiera era capaz de conciliar el sueño. Ni sequedad, ni picor, ni molestias. Mi córnea no necesitaba que parpadease quince veces por minuto como el resto de los mortales; llorar de manera incontrolada y sin limitación horaria tenía sus ventajas. No se podía decir lo mismo del parabrisas del coche. Apreté el interruptor del depósito del agua —esperando que aún quedara algo del líquido azulado que él había vertido la última vez— y empujé la maneta del limpiaparabrisas. Una espuma viscosa arrastró los restos de mosquitos, hojas y polvo. No es que quedara precisamente limpio; lo único que hacían las escobillas era transportar la suciedad de un extremo al otro, acompañadas por el irritante chirrido de las gomas contra el cristal. Me identifiqué con aquella visión. En realidad, eso hacía yo al llorar. Tampoco arreglaba el problema de fondo pero aliviaba y, en algunos momentos, un alivio era todo lo que necesitaba.

Me pareció que el rojo ganaba en intensidad. No me gustaban esos postes ni tampoco sus luces caprichosas e injustas; mientras a mí me obligaban a parar, el mundo seguía su curso, aceleraba y te negaba la posibilidad de reaccionar. Mi vida seguía deteniéndose ante ellos y nunca había sido para bien. Esperando una luz verde habían llegado las peores noticias.

«Me quedaría más tranquilo si te hicieras otras pruebas... No, Jonas, nada de unos días, prefiero que vayas hoy. De hecho, acércate ahora mismo y que te lo vean, y así nos quedamos tranquilos.» Fijé la vista en el altavoz del coche como si fuera a encontrar allí alguna explicación extra. No me gustó la insistencia de su colega radiólogo, y mucho menos cuando oí la palabra oncología *en mitad de una maraña de consejos e indicaciones que desaparecieron ante la presencia de las nueve letras aborrecibles. Volvíamos de elegir algunos muebles para la nueva casa que habíamos comprado hacía un mes, y al otro lado de la ventanilla las calles del centro del Madrid le daban la bienvenida a un verano anticipado en pleno mayo. Le miré. Por su expresión supe que se arrepentía de tener conectado el manos libres y de que yo escuchara la conversación. Pensaba que me preocuparía, y no se equivocó. Cuando sus manos giraron el volante para cambiar la dirección de la marcha, y plegarse así a las indicaciones del doctor Marín, supe que aquel imprevisto cambio de sentido no se daría únicamente en la carretera.*

Ojalá no hubiera contestado esa llamada, ojalá se hubiera saltado el semáforo en ámbar y hubiéramos entrado en aquel túnel sin cobertura, ojalá yo no hubiera insistido en que se hiciera la maldita revisión médica, ojalá no fuéramos nosotros los que íbamos en el interior de aquel coche. El trayecto hasta el hospital se llenó de ojalás mentales, amordazados en el cerebro por una conversación que luchaba contra un silencio que dejaría al descubierto el miedo.

Aquella luz roja no iba a desaparecer nunca. Y eso le daba tiempo a mi cabeza para seguir escudriñando y encontrando momentos que no quería recordar, ni siquiera quería haberlos vivido, pero sobre esa realidad pasada poco podía hacer. Miré el reloj digital del coche. Hacía diez minutos que había salido del garaje de casa y ya me había detenido en cuatro semáforos. Pero aquél estaba siendo especialmente prolongado, o eso me parecía. Desde hacía setenta y dos días medía el tiempo en lágrimas, en cuadros de ansiedad, en instantes de nostalgia, en golpes de recuerdos. Y, por el tiempo que pasaba ante los semáforos, también en luces rojas.

Sentí un repentino calor a pesar de que el aire acondicionado había convertido el interior del vehículo en un congelador. Me quité el jersey y me recogí el pelo. Empezaba a notar el golpeo de las habituales arritmias en el pecho. Sin apartar la vista de la luz escarlata, encendí la radio del coche con la esperanza de que el ruido de aquellas voces acallara mi mente y me impidiera pensar en lo único que pensaba desde hacía dos meses, una semana y cuatro días. El calendario era una retahíla de cifras que sonaba a condena extraña: al contrario que con la pena de un preso común, la mía aumentaba sus dígitos cada día que pasaba. La estrategia de la radio no estaba funcionando. Pensé en darle voz al *Don Carlo* de Verdi, pero eso sí que avivaría los recuerdos: su ópera favorita, el último viaje a París para celebrar su cumpleaños, aquel resfriado que no terminaba de curarse...

Mi mano buscó el botón para subir el volumen. La luz continuaba roja, impidiéndome seguir adelante. En ese *impasse*, dos únicas preguntas me rondaban.

«¿Qué hago aquí?» Nada. «¿Qué sentido tiene todo esto?» Ninguno.

La espera era absurda. La luz verde del semáforo no tenía ningún valor, no me llevaría a ningún sitio, tan solo me trasladaría de un lugar a otro, como hacían las escobillas con la basura acumulada en el parabrisas del coche. Siempre esperando, obsesionados con el tiempo. Presentí uno de esos momentos en los que su voz iba a aparecer y el pasado iba a asentarse en mi presente.

—*¿Cuánto tiempo me queda?*

No pude digerir mentalmente esa pregunta en su voz. Para ser sincera, no quería hacerlo. Aquello no podía estar pasando, aquello siempre se veía desde fuera, no en el mismo centro de la escena. Mi cerebro me instaba a seguir manteniendo la mirada en los iris grises del doctor que acababa de soltarnos la noticia como quien comunica el precio de un inmueble. Creo que fue mi corazón el que me ordenó dirigir los ojos hacia Jonas. Le miré mientras mi interior se petrificaba, como las manecillas del reloj que marcaba el tiempo ahí fuera, en eso que llamaban mundo y que acababa de pasarse de frenada, desmoronándosenos encima. Le vi. Creo que incluso me enamoré más de él, si es que eso era posible. Su expresión era firme, serena. Su rostro no se había llenado de sombras como el mío, ni tenía la rigidez ni la blancura marmórea que adiviné en el mío. O no lo había entendido, algo del todo improbable, o de alguna manera sabía que aquella batalla, como otras muchas pasadas, también la ganaría. Lo que terminó por hundirme fue la sobriedad con la que lo preguntó, la naturalidad con la que él mismo propuso el plazo.

—*¿Un mes, seis meses...? ¿Un año? ¿Llegaré a Navidad?*

Ni siquiera su tono mostraba preocupación. Me cogió la mano y la apretó, haciéndome interiorizar lo que siempre me decía: «No pasa nada. Estoy aquí. Estate tranquila». Pero no me miró. Sabía que no podía hacerlo. También él prefería el horizonte del iris gri-

sáceo de su colega, quizá para que esa seguridad no se resquebraja como lo estaba haciendo la mía.

—Es complicado hablar de tiempo, Jonas.

A pesar de lo acostumbrado que estaba a dar malas noticias, el doctor Marín intentaba esconderse entre la marabunta de análisis y pruebas. Tenía ante sí a uno de los suyos, al jefe de cardiología de su hospital, el mismo que operó a su hijo de trece años y le salvó la vida, a quien juró entre lágrimas que le estaría eternamente agradecido sin saber que un día sería él quien le anunciaría que la eternidad se acababa, que el cáncer de pulmón microcítico que aparecía en el TAC en forma de mancha deforme teñida de amarillo y propagado a otras partes del cuerpo estaba en estadio IV, de los que suelen presentar una tasa relativa de supervivencia a cinco años de aproximadamente un dos por ciento.

—Hay opciones de tratamiento. Como te digo, es complicado hablar de tiempo.

—Déjate de tonterías. Lo complicado es tenerlo, no hablar de él. Dime, ¿cuánto tiempo?

Hubiese dado la vida por desaparecer en ese momento, que todo terminara allí, que cayéramos fulminados, evaporados, aniquilados, daba igual cómo, pero los dos juntos, sin más explicaciones. Sin embargo, no pasó nada de eso. La vida nos obligó a levantarnos de la silla, a despedirnos del doctor Marín y de su enfermera, que durante años trabajó con Jonas y a duras penas podía tragar la bola de cemento que se le había alojado en la garganta. No fui consciente de que mis piernas se movieran, que mantuvieran el paso, que recorrieran los escasos diez metros que separaban la consulta del oncólogo del mostrador de entrada donde otra enfermera esperaba de pie, nívea como una pared recién pintada de blanco, con los volantes y la documentación necesaria en una pequeña carpeta azul y roja con el nombre del hospital.

Jamás me perdonaré la debilidad que mostré. ¿Por qué me pondría a llorar justo en ese instante? ¿Por qué no pude esperar a

esconderme en el cuarto de baño para soltarlo todo y evitarle el es-
pectáculo que, sin duda, le haría sentir peor? Fui egoísta, una pan-
cista inoportuna que estaba fallando a la persona que más la amaba
y a quien más amaba en el momento más difícil de su vida. «Esta-
te tranquila.» En sus labios, era un mantra que siempre había fun-
cionado, excepto aquella vez. «No va a pasar nada.» No lo noté
entonces, pero la enfermera me estaba clavando las uñas en la
mano en un intento de frenar mi llorera. Me vi abrazada a una
extraña porque no me atrevía a abrazarme a él, hasta que tiró de
mí y me sentó en los sillones de una sala de espera privada.

—Esto es lo que vamos a hacer: llora todo lo que quieras hoy.
Yo lo haré contigo si así lo prefieres. Seguro que nos sienta bien a
los dos: lo echamos todo fuera, no nos quedamos con nada den-
tro. Pero a partir de mañana, o mejor, a partir de esta tarde, esto se
acaba. No quiero que nos pueda, que sea más fuerte que nosotros.
No quiero que centre nuestras vidas, no quiero hablar de esto to-
dos los días. Eso es lo que quiero. ¿Lo entiendes?

En realidad, no lo entendía, pero juré que sería la última vez
que me vería llorando como una idiota cuando él no había derra-
mado ni una sola lágrima y tenía todo el derecho de hacerlo. Sa-
bía que aquella debilidad pesaría sobre mi conciencia el resto de
mi vida.

El sonido de un claxon me arrancó con brusquedad del recuerdo en el que me había anclado. Miré instintivamente el semáforo —entonces sí parpadeé, para despertar del letargo de
aquel viaje en el tiempo—, antes de encontrar en el espejo retrovisor la imagen de un conductor impaciente, poseído por
unos aspavientos coléricos que se apoderaron de sus brazos. Por
fin, la luz verde. Nunca me alegré tanto de ver un cambio cro-
mático en un semáforo. Mantener los recuerdos vivos era como
regresar de una recuperación cardiovascular. Y me estaba ma-
tando.

2

Empecé a creer que aquel viaje era un error. Demasiado pronto. Demasiado esfuerzo. Demasiados ayeres luchando por hacerse un sitio en mi presente. Demasiada gente a la que no quería ver, y muy poca a la que quisiera abrazar y que me abrazase. Jonas solía decir que al lugar donde has sido feliz era mejor no regresar. Con esa hoja de ruta, no sé qué hacía yo regresando a Tármino, aunque tampoco sabía qué hacía sin él, y allí estaba.

Tenía que haber dejado que Carla me acompañara. Era la mujer más buena del mundo y, al mismo tiempo, la más insoportable si simpatizas con el silencio o simplemente albergas la necesidad de respirar cuando estás en mitad de una conversación. Para ella, atraer el aire exterior a los pulmones era una pérdida de tiempo siempre que pudiera compaginar la apnea con las constantes vitales. Hablaba sin dar opción a una respuesta del interlocutor porque ya iba incluida en su encadenada verborrea. Nunca acerté a comprender cómo alguien que no dejaba de hablar podía haber tenido tiempo de leer a los clásicos —suponía que en silencio— y ser la gran profesora de literatura infantil que era. Sus alumnos, y los niños en general, la adoraban, yo creo que porque se sentían atraídos por su locura parlante. Corríamos el riesgo de tener una generación de niños proclives a fibrilar con mayor asiduidad que la de sus padres, pero no había duda de que serían más felices y mucho más comunicativos. En este momento, necesitaba su incontinencia verbal para que taladrara la insistencia de mi memoria, pero la noche anterior le negué la posibilidad de acompañarme. «Yo saldré pronto de Madrid. Tú hazlo más tarde, que sé lo que odias madrugar. Además, me vendrá bien hacerlo sola», le había dicho. Y comenzaba a lamentarme por ello. Últimamente, mi vida era un museo de arrepentimientos, inútiles, como casi todos.

Empezaba a arrepentirme de mi decisión de afrontar todo en solitario, no sé si para demostrarme que era lo bastante fuerte para seguir, o para no verme obligada a aguantar las directrices vitales que todo el mundo, excepto yo, parecía tener claras.

La primera vez que entré en nuestra casa tras la muerte de Jonas, lo hice sola. Lo cierto es que lo prefería así porque no sabía cómo iba a gestionar aquella versión adulterada del síndrome del nido vacío. Me alegré de aquella soledad elegida porque no reaccioné bien. Hay decisiones que presientes que debes tomar aunque no sepas con seguridad por qué. Me lo imaginé cuando la llave se resistió durante unos segundos en el bombín de la cerradura, como si estuviera advirtiéndome que no iba a ser fácil, o aconsejándome que volviera sobre mis pasos porque aquél ya no iba a ser nunca más mi lugar favorito en el mundo. Menuda tontería, mi lugar favorito en el mundo era Jonas y ya no existía. Ya no quedaban lugares favoritos. Me contrarió aquella resistencia del cajetín frente a la llave, no porque tuviera ganas de enfrentarme a la tierra deshabitada que me esperaba al otro lado de la puerta, sino porque quería evitar que apareciera algún vecino dispuesto a expresarme su más sincero pésame. O aún peor, que el señor de la seguridad privada subiera y empezara de nuevo con su teoría sobre el beneficio de las llaves tubulares o planas, y los bombines *antibumping*. Al oír una serie de movimientos silentes, anunciadores de alguna presencia tras la puerta contigua a la mía, me planteé seriamente darle una patada y hacer volar el maldito cajetín en mil pedazos. Por fin, la cerradura cedió. Ya estaba dentro. Mientras recuperaba el resuello, y mi corazón, su frecuencia cardiaca, percibí su olor. Iba a dejarme caer sobre el suelo para atenuar la bofetada de bienvenida, pero me conformé con cerrar los ojos, con la estúpida creencia de que eso me ayudaría a retenerlo cerca. Si podía olerle es que aún quedaba algo de él. Deseé que no hubiera tanta claridad. Quizá si las persianas hubieran estado bajadas y las ventanas no dejaran ver el manto blanco y ocre que dibujaba el mapa de la ciudad, todo habría sido más fácil. Vislumbré una ventaja en la ausencia de pasillo. Por suerte, Jonas decidió convertir el apartamento en un espacio diáfano, sin rincones, sin recovecos, sin puertas, sin límites, sin paredes, haciendo desaparecer la columna central en mitad del salón, la que el arquitecto temía que fuera un pilar maestro del edificio. Nada. Todo abierto. Y vacío. Desesperadamente vacío. Tanto, que no supe adónde ir, hacia dónde dirigirme ni en qué lugar derrumbarme. No sabía dónde estaba mi lugar en esa casa. Opté por avanzar unos metros y franquear la puerta de la terraza. El aire me vendría bien y mirar hacia abajo tal vez me diera perspectiva; a mis amigos esa representación del abismo les asustaba, pero no se atrevieron a decírmelo durante los primeros días, supongo que por temor a darme ideas. Me lo confesaron tiempo más tarde, entre risas y miradas nerviosas.

Después vinieron los días doblando camisas, pantalones, camisetas y trajes para introducirlos en cajas de cartón que entregaría a alguna organización benéfica. «Vamos a ayudarte, no tienes que hacerlo sola», proponía la voz de los amigos. «No, ya está hecho, no os preocupéis», mentía. Me consideraba con el derecho y la obligación de ser la última persona que tocara su ropa antes de separarme de ella; la última que pudiera olerla, ponérmela, vestirla durante todo el día y decidir con qué me quedaba de todo ello. Elegí como botín sentimental dos jerséis y una camisa blanca. A última hora recuperé de una de las cajas el pijama que le había regalado a Jonas la pasada Navidad, con el que dormí todas las noches. Sonaba a locura, pero ayudaba. Si Carla podía soportar la fama de loca, yo también.

Más días anulando sus tarjetas de crédito, cerrando sus cuentas bancarias con el beneplácito del abogado que insistía en seguir unos desquiciantes plazos administrativos, dando de baja sus seguros, cancelando sus suscripciones, cambiando el membrete de las facturas, llamando a bancos, agencias de viajes, plataformas de televisión para que modificaran el encabezamiento de su publicidad y demás comunicaciones de modo que, cuando acudiera al buzón a recoger la correspondencia, no me recordaran una y otra vez —como si no lo tuviera presente cada segundo de mi vida— que hay ausencias que se resisten a desaparecer, también de las facturas. Lo que más me costó fue dar de baja su línea de teléfono móvil. Tenía que hacerlo aunque solo fuera para dejar de recibir mensajes y llamadas. No entendía por qué la gente seguía escribiéndole a su teléfono personal. Incluso algunos continuaban llamando, aunque nunca contesté a esas llamadas. Me parecía macabro, absurdo, carnalmente lacerante. Es verdad que algunos de sus amigos y conocidos no tenían mi número y entendían que ése sería el medio más eficaz de hacerme llegar sus condolencias. No lo critiqué ni lo juzgué, pero resultaba doloroso. La gente necesita expresar con mayor insistencia su dolor que su alegría. Me di cuenta de ello en aquellas semanas. Lo malo es que cada vez que llegaba un mensaje y me sentía en la obligación moral de leerlo, encontraba los anteriores al 3 de mayo, especialmente los nuestros. Me hacía daño leerlos pero no podía evitarlo, era como una droga a la que no puedes dejar de volver una y otra vez por más que entiendas que te puede quitar la vida. Ese dolor me recordaba que estaba viva. También me dolía no tenerle a él y debía soportarlo.

Se convirtió en un ejercicio de masoquismo, tanto que llegué a aprenderme de memoria nuestras conversaciones escritas por SMS, en su día banales y hoy convertidas en lecturas de culto. Lo peor era encontrar un «*Te quiero*», un «*Te querré siempre*», un «*Dónde estás*», un «*Te echo de menos*». En otra categoría entraban los «*No vayas sin mí. Espérame*», los «*Qué haría yo sin ti*», los «*En cuanto aparezcas, nos vamos*», o los «*Te voy a recoger que no quiero que te pierdas*». Cada palabra, cada frase parecía esconder un mensaje oculto para ser leído pasado un tiempo, como en una película de espías. Mi favorito era uno que me envió de madrugada, durante uno de sus viajes a Estados Unidos para cumplir con su ciclo de conferencias y simposios sobre cardiología: «*Te quiero más que a todas las personas juntas a las que he querido en mi vida*». Podía recordar la sonrisa que me dibujó recibir ese mensaje, por su contenido y por su forma, ya que Jonas no era amigo de escribir ese tipo de cosas, que según él, entraban en la categoría de lo cursi. Aunque en el fondo le encantaban, al menos cuando yo se las decía, por mucho que se riera. «*Qué cosas me dices.*»

Las fotografías tenían otra condición, creo que más tierna, más calmada, quizá por deformación profesional mía. Las imágenes de Jonas sonriendo, sacando la lengua, poniéndose bizco, luciendo el traje nuevo como si estuviera en la Semana de la Moda de París, incluso los vídeos con los que le martirizaba mientras cocinaba su famoso besugo a la espalda, abría con la emoción de un niño su nueva tableta como regalo de Navidad, leía el vademécum («*Pero ¿qué demonios somos?* —preguntaba a sus colegas—. *¡Somos médicos, joder, deberíamos saber la respuesta sin mirarla!*»), o cuando hacía un brindis disparatado en el restaurante Le Cirque en el hotel Bellagio de Las Vegas, nuestro favorito en aquella ciudad, con su dry martini en la mano y simulando acento de Nevada. Sí, las imágenes eran más llevaderas, al menos al principio.

Perfeccioné la capacidad de hacerme daño escuchando sus mensajes de voz en mi buzón. Estaba angustiada por la idea de olvidar su sonido. Dicen que lo primero que se olvida de una persona es su voz, su tono, su timbre, su entonación y aquello se convirtió en una verdadera obsesión que me angustiaba. No lo permitiría. Era imposible que pudiera pasarme a mí. No con su voz.

No fui capaz de borrar su número de teléfono de la agenda del móvil. Sigo sin hacerlo. Sería como una traición, como una invitación al olvido, una deserción imperdonable. Ya no estás, te borro, desapareces. Desapareces.

Cuando el teléfono comenzó a sonar, el volante saltó ligeramente entre mis manos haciendo que me aferrara más a él. Sentí una presión mayor en el dedo anular de mi mano izquierda, cercado por un doble círculo dorado que me tranquilizaba besar o tocar cuando algo no iba bien, cuando aparecía un recuerdo inesperado o sencillamente cuando lo necesitaba, que era bastante a menudo. Debía cerciorarme de ponerme primero su alianza y sellarla después con la mía porque, al ser más grande la suya, corría el riesgo de que se deslizara por mi dedo y la perdiera. Solía llevarla así cuando a Jonas le llamaban para una urgencia médica y me pedía que se la guardara, porque con las prisas podría perderla y sabía que eso me disgustaría.

«No sé si eso me gusta —bromeaba cuando me veía colocarme las dos alianzas juntas en el dedo para no perderlas yo tampoco, mientras él corría al hospital—. *¡Pareces una viuda!»* A él no le importaba aquel trozo de metal; de hecho, un par de veces perdió su alianza «con mi nombre en ella», como yo me encargaba de recordarle: una en la costa amalfitana, en una pequeña cala en la que fue imposible encontrarla por mucho que me afané en la búsqueda, y la otra en un aeropuerto mientras auxiliaba a un pasajero al que le había dado un infarto, y entre la reanimación cardiopulmonar y el desfibrilador que dio más problemas de los esperados, su alianza se perdió. *«Pero el desconocido se salvó»*, apuntó en su defensa, a la espera de un veredicto más benévolo. A mí sí me importaba. Mucho. Parecía que me iba la vida en ello. Una tontería, lo sé, pero me importa-

ba. Antes y ahora. Quizá por eso fue una de las últimas cosas que hice cuando el personal médico entró en la habitación para certificar oficialmente su muerte y tuvo a bien dejarme unos minutos a solas con él. «El tiempo que necesites», me dijeron. De su dedo pasó al mío y, desde entonces, permanecía ahí y no creo que nunca deje de estarlo. Otra tontería, sí. Pero aliviaba, como apaciguaba llorar.

El timbre del teléfono insistía. Seguía necesitando unos segundos para cerciorarme de que ya no podía ser él, que su imagen no sería la que aparecería en la pantalla anunciándose con una sencilla J y que su voz no sonaría al otro lado —«¡*Oiga...!*»—; siempre me hacía sonreír la manera que tenía de decirlo, aflautando su timbre de voz. Vi un número largo que no reconocí. Me dio lo mismo porque no pensaba contestar: ni ocultos ni centralitas, la norma no había cambiado. Agucé un poco la memoria más próxima y caí. Sería Denisse, la propietaria de la galería. Me había dejado ya dos mensajes: uno para expresarme su pésame por mi pérdida —qué absurda expresión, como si hubiera perdido tan solo una alianza de oro—, y el otro para recordarme que, si así lo estimaba, podíamos fijar la fecha de la próxima exposición de mi obra fotográfica. La última había funcionado muy bien, se habían vendido todos los retratos y la crítica acompañó las buenas ventas.

A la gente le gustaban mis fotografías, al parecer le agradaba mirar rostros extraños, hermosos o no, pero con miradas profundas, enigmáticas, enloquecidas, serenas. Estaba convencida de que muchos de los compradores pasaban más tiempo delante de la fotografía de aquel extraño recién adquirido para vestir una pared de su casa, que observando su propia imagen ante el espejo. Algunos lo interpretarían como amor al arte, otros como una huida de sí mismos. Pero a mí lo que me importaba es que compraran cuantas más fotografías, mejor. Y eso es lo que hacían. Lógicamente, la galería quería repetir y acoger una nueva exposición.

El mismo número a modo de llamada entrante parpadeó un par de veces más en la pantalla. Sí, seguramente sería Denisse. Tenía que haberla llamado. Se me olvidó. Estas cosas pasan. También la quimioterapia y las sesiones de radioterapia tenían que haber funcionado, y no lo hicieron. De nada sirve lamentarse si ya no hay tiempo de arreglar las cosas ni de conmutar finales.

Cogí aire y decidí contestar.

—Linda, ¿cómo estás? —Su cantarín acento argentino me reconfortó—. No sabía si llamarte o no. No quería molestarte pero tampoco quiero que pienses que no te tengo en mis pensamientos. No sé si es un buen momento... —comentó midiendo sus palabras, por temor a que alguna de ellas me incomodara. Su tono evidenciaba ese miedo a molestar tan característico de los que llaman en mitad de un duelo.

—No te preocupes, tú nunca molestas —le dije con la intención de borrar la incomodidad de su voz—. Estoy en el coche. En la carretera. Te lo digo por si se corta.

—¿Dónde vas?

—Camino de Tármino.

Yo misma noté que mi indicación geográfica sonaba como una lápida. Se hizo un silencio. Denisse no necesitaba que le diera información adicional sobre el destino. Sabía que era el pueblo de Jonas.

—Podía haberte acompañado.

—Va a ser solo un día, dos a lo sumo. Si quieres te llamo a la vuelta.

—Sí, hazlo, por favor. Quiero que hablemos, que veamos si tienes material suficiente para la exposición.

Tenía fotos de sobra, guardaba en mi cámara rostros desnudos, maquillados, blancos, negros, bellos, malignos, buenos, orondos, famélicos, infantiles, vetustos, exóticos, naturales... Un muestrario de rostros humanos, todos con una historia que contar y mostrar sin necesidad de abrir la boca, sin utilizar una sola palabra, negando el sonido a la vida y convirtiéndolo en verdad absoluta. Ésos eran los mejores silencios, los que decían las mayores verdades sin la tentación de mentir a la que induce la palabra. Lo que no tenía eran ganas de ponerme con ello. Lo que realmente me apetecía era hacer una exposición con fotos de su rostro, pero negaría la entrada y la venta al público. Me había convertido en una egoísta emocional. No parecía un buen negocio.

—Estoy convencida de que te vendrá bien distraerte. Ya sé que estarás harta de que te digan esto, pero sabes que es verdad. Bueno, no te molesto más, que vas conduciendo. Haces bien en volver a Tármino. La familia está para ayudar en estos momentos.

Sonreí al oír el comentario de Denisse. La familia, no sé. La mía, la de Jonas, no. Especialmente él, ese ser tan indeseable. Cuando colgué, la voz de Jonas volvió a mi cabeza: «*Estate tranquila*». Y le hice caso.

No sé por qué resquicio mental se colaron otras notas procedentes del presente, dando esquinazo a la memoria inoportuna que amenazaba con acompañarme todo el viaje. No es que me molestara recordar, al contrario, es lo que me daba la vida. De hecho, los recuerdos empezaban bien pero siempre terminaban llenándome los ojos de lágrimas, con mi corazón trotando en el pecho y con falta de aire en mis pulmones. Y así era difícil normalizar una vida.

Los olvidos se parecen mucho a los recuerdos; los dos son como un tarro lleno de cerezas, en cuanto sacas una, las otras vienen detrás enredadas por sus rabillos como una prole bien avenida y unida frente a la adversidad. El nuevo mensaje que el presente había mandado a mi cerebro era que había olvidado las pastillas rojas para evitar —o al menos frenar— las taquicardias y el inhalador que debía establecer una relación armoniosa entre mi corazón y mis pulmones. «*Mejor un MDI* —le recordaba siempre Jonas al encargado de prepararme las dosis de mi medicación, refiriéndose a los inhaladores dosificadores presurizados—. *Nada de dosificadores de polvo seco, que conozco a mi mujer y se le hace bola. Y para qué queremos más.*» En cualquier otro momento de mi vida, hubiera entrado en pánico ante semejante olvido, hubiera buscado un cambio de sentido en la carretera, sin pararme a pensar si compensaba o no teniendo en cuenta los kilómetros recorridos, y seguramente hubiese regresado a casa para recoger la pequeña valija que obraba el milagro de mantenerme con pulso y respirando. Pero aquella vez no hubo representación de ninguna tragedia griega. El olvido no era tan grave. Ya nada lo era. Además, no había sido ésa la única negligencia de mi memoria, ocupada en otros menesteres. Tampoco recordé apagar las luces del dormitorio, desconectar el aire acondicionado ni cerrar la puerta blindada con llave, tal y como me recomendaba el portero de casa, preocupado por la oleada de robos con violencia que vivía el vecindario. «Dele las cuatro vueltas de rigor, sin miedo, señorita —¿señorita?, ¿en serio?—, que no muerde», decía el bueno de Eloy, con su mono gris, el que se ponía para no estropearse el traje siempre que le tocaba pelearse con cualquier cosa relacionada con el mantenimiento de las viviendas del bloque.

Mi presente era un campo abonado de olvidos frente a un aluvión de recuerdos que ni siquiera guardaba las formas ni respetaba el turno de aparición. Mi cabeza vivía en una permanente anarquía y yo no representaba ninguna oposición que hiciera peligrar la supresión de aquel estado. También había olvidado la cita con la ginecóloga para mi revisión anual; era hoy. De hecho, en vez de en aquel coche camino de Tármino con las cenizas de mi marido, debería estar realizándome la ecografía doppler semestral. Tampoco me importó. Lo único reseñable de esa indolencia mental advenida tras la pérdida de Jonas era que aquellos olvidos ni me inmutaban, así que la ansiedad no haría que mis ventrículos bombearan la sangre más deprisa y, por tanto, mi miocardio no pondría en problemas a mi epicardio. No era fácil ser mi epicardio, demasiado trabajo para una membrana que intenta proteger el corazón lo mejor posible a pesar de tenerlo todo en contra. Sin saber cómo, aunque sí por qué, todo había perdido importancia. Cuando te pasa lo peor que te puede suceder en la vida, nada de lo que venga después podrá afectarte. Nada. Te convierte en un autómata sensorial, y no tiene por qué ser malo.

El momento zen se esfumó cuando el teléfono empezó a vibrar. Después de hablar con Denisse, lo había puesto en modo Mute para evitar un nuevo sobresalto al volante, pero creo que la vibración resultaba peor opción. Sonaba igual que un amordazado tratando de hablar. Esta vez cogí el móvil y lo miré de reojo. Me costó verlo con claridad. O estaba perdiendo vista o había empezado a llorar sin darme cuenta. A veces me pasaba. Llorar era algo tan habitual que se convirtió en un acto reflejo, como respirar o parpadear. Muchas veces no era consciente hasta que sentía algo húmedo bajando por la mejilla o un sabor salado en los labios. Carla había entendido el concepto. «Es algo fisiológico, como la incontinencia urinaria de las señoras de *cierta* edad. Aunque tu edad no está en ese tipo de *certezas*..., todavía. Pero como no pongas algo de tu parte...» En el fondo creo que me gustaba que fuera tan burra, siempre compensaba el exceso de prudencia verbal del resto. El mensaje era de ella.

En mi cabeza apareció la imagen de Carla con su melena azabache recogida diligentemente en un palo de madera que según ella pertenecía a un auténtico baobab, «unos árboles sagrados en África, son mágicos, los más grandes del planeta, pero se desvanecen, se han venido abajo, la tala, el cambio climático, la degradación del ecosistema, la vida; un desastre, una pena, un poco así como tú. A ninguno os va a servir de nada haber sido mucho o haberlo tenido todo si os dejáis vencer». La pantalla del móvil mostraba un mensaje demasiado largo. «Llego antes porque salgo antes. No he podido esperar. Ya sé que me dijiste que no apareciera hasta esta tarde, pero tú tampoco me haces caso cuando te digo que te animes. Total, que te veo pronto. En cuanto llegue te llamo. No deberías estar leyendo este mensaje si estás conduciendo. Y luego soy yo la loca. Te quiero.» Ni en un mensaje era capaz de sintetizar. Ni siquiera con aquel «total» tan característico en su vocabulario, como si con ello pretendiera resumir algo, lograba economizar palabras. En realidad, lo agradecí. Y además tenía razón: no debí leer el mensaje, como tampoco debía conducir sin cinturón de seguridad. No era por dejadez ni por menospreciar la vida provocando a la muerte. Sencillamente era otro olvido al que de nuevo no le di importancia.

Lejos de contrariarme aquel cambio de planes, me alegró que Carla adelantara su llegada. Sería bueno tener más de un aliado en territorio hostil, por si venían mal dadas.

Arrojé el móvil en el asiento del copiloto y el ruido que provocó al chocar con ella me hizo apartar la mirada de la carretera para posarla en el lugar que solía ocupar yo cuando iba con Jonas. Allí estaba, mi cámara fotográfica, mi fiel compañera convertida en un objeto inanimado, como yo. Desde que Jonas había muerto, me acompañaba por inercia, por costumbre, sin tenerme en cuenta los desaires y el abandono al que la estaba sometiendo. Estaba por estar. Ya éramos dos. «Estoy sin estar», pensé y creo que lo dije en voz alta en alguna ocasión, cuando no dejaban de repetirme a todas horas el nuevo mantra en mi vida, el «cómo estás». Estoy sin estar. Qué frase más absurda y, sin embargo, era la única que describía sin adornos cómo me sentía. Mi estado era una preposición, un golpe que separaba dos existencias de una misma persona. La vida parecía escrita en un idioma muy diferente al que yo conocía, como si un día el abecedario hubiera cambiado y las reglas fueran otras. Una apátrida en tu propia boca. Era realmente extraño pero así sonaba mi vida desde hacía dos meses, una semana y cuatro días. Y cuanto antes lo asumiera, mejor me entendería y me haría entender. Tenía que repetírmelo una y otra vez. «Morí el 3 de mayo. Morí el 3 de mayo.» Era un tiempo verbal de muy difícil conjugación pero vivía en un momento en el que pasado y presente se intercambiaban dimensiones, como si estuvieran jugando a una modalidad nueva del juego de las sillas musicales.

Era cierto, morí un 3 de mayo. Era peor de lo que sonaba. Ese día dejé de respirar, de sentir, de escuchar, de pensar, de reír. Morí ese día aunque llevaba muerta hacía un tiempo. Empecé a odiar el número tres. De repente, un día empiezas a odiar, no solo a quienes permanecen con vida —yo incluida—, sino a las cosas más inanimadas del planeta. Un odio visceral, nada meditado, ese que sale de las entrañas más feas, las más escondidas en el interior de una persona.

Sí, necesitaba pasar más tiempo a solas. Y creo que el mundo también lo agradecería.

3

Necesitaba pasar más tiempo a solas, aunque en ese momento mis actos traicionaban mis certezas mentales. Iba directa a un lugar donde el aislamiento no tenía cabida.

En mi nuevo estado, la soledad me reconfortaba, no me hacía sentir mal. Al menos sabía que mis amigos no iban a sufrir viéndome convertida en algo que no reconocían, empezando por los cuarenta y dos kilos en los que se quedó mi cuerpo —me alegré de bajar uno más solo para evitar ver el número tres en el marcador de la báscula—, pasando por las sombras que hicieron una sentada colectiva en mi rostro y siguiendo por un borrado total de aquello que más me había caracterizado cuando estaba con él, en plena conciencia de la vida: la risa. Podía parecer algo frívolo pero era la deserción más llamativa para la gente que me conocía y para los que me querían. Yo ni siquiera era consciente de ello, no sabía que su presencia fuera tan peculiar ni tampoco le había dado la importancia debida, pero supongo que son de esas cosas que, hasta que no las pierdes, no eres consciente de que las tenías.

Aquella soledad impuesta y autoprescrita también era para mí un mundo de ventajas porque no tendría que restar tiempo a mi recuperación —que esperaba comenzara a manifestarse en algún momento—, aparentando estar bien y superando lo insuperable. Supongo que eso era retirarse a los cuarteles de invierno. Y si nadie le preguntó a Napoleón por qué se retiró a sus cuarteles de invierno tras la batalla de Smolensk, no sé por qué tendrían que preguntármelo a mí. Había que esperar, hibernar, aguantar. Era la regla máxima para recuperarse del estado de hipotermia existencial en el que me encontraba, y sobrevivir.

Mi vida se había convertido en una eterna espera. Me sentía uno de esos cuerpos que aguardan sobre la bandeja de acero de las cámara frigoríficas; solos, tirados, abandonados, sin vida, esperando a que alguien viniera a identificarlos —como si eso fuera a servir de algo— y poder seguir su camino. No iba a venir nadie, al menos nadie que me interesase. No podía. Acababa de irse para siempre y, sin saberlo, me había llevado con él pero dejándome allí.

Sentí frío, no por la imagen de la cámara frigorífica, sino porque el aire acondicionado del coche marcaba once grados. Aquello no era nada bueno para la inesperada ronquera que me acompañaba desde hacía días. «Es una simple afonía, descartamos una paresia de las cuerdas vocales», me dijo el doctor que se acercó a casa a darme el pésame y, de paso, el diagnóstico. O quizá fuera al revés. «Pues vale —pensé—, como si me importara que lo fuera.» En mi estado de melancolía, hábilmente disfrazado de dejadez, el positivismo ayudaba. Si había perdido la voz y mucho antes las ganas de hablar, ya tenía la excusa perfecta para no atender llamadas ni escuchar fórmulas mágicas, consejos milagrosos y las mismas frases de ánimo y consuelo plagiadas unas de otras, idénticas a las que había dado yo cientos de veces. No era un reproche, tan solo una mera observación, de esas con las que entretienes tu mente cuando los demás intentan entretenerte a ti.

Un cartel entró en la perspectiva de la carretera:

TÁRMINO 35

Volví a sentir algo parecido a un escalofrío artificial. Me estaba acercando. En menos de media hora llegaría. A decir verdad, la cámara frigorífica no estaba tan mal, a no ser que empezaran a aparecer familiares para reconocer el cuerpo. No pude evitar acompañar aquel siniestro pensamiento con la visión de su familia.

Fue instintivo. Giré ligeramente la cabeza buscando la bolsa con la urna blanca que contenía las cenizas de Jonas, colocada detrás del asiento del copiloto. Me había prometido no mirar hacia ese lugar en todo el viaje, pero no pude cumplirlo. Como cuando juras que no vas a llorar en el entierro de la persona a la que amas y, al final, la vida te vence y desaguas un mundo. Había sido una mala decisión mantener la urna tanto tiempo conmigo en nuestra casa, como una especie de presencia artificial. No sabía cómo comportarme ante ella: unos días la esquivaba, intentaba no mirarla, obviarla; pensé incluso en esconderla —probé varias ubicaciones, ninguna me convencía, incluso de algunas me avergonzaba—, y otras veces no podía separar mi vista de ella, como si estuviera abducida por aquel cofre de granito blanco. Tenía que resolverlo, se lo debía. Era justo que sus deseos se antepusieran a mi sufrimiento y el hecho de que yo no hubiera sido capaz de regresar a Tármino, su segundo lugar preferido en el mundo después de mí, era mi problema. Sin embargo, cuanto más me acercaba a mi destino, más me costaba desterrar la idea de que aquel viaje era un error del que seguramente me iba a arrepentir. Debería haber esperado más tiempo para regresar, aquellas cenizas eran lo único que me empujaba a ese éxodo.

El duelo cumple etapas íntimas que nadie conoce porque solo te incumben a ti. No son las que te dicen los psicólogos, ni las que encuentras cuando tecleas la palabra «duelo» en Google, ni las que salen de la boca de quienes parecen tener todas las licenciaturas sobre el comportamiento humano cuando están ante alguien que acaba de experimentar una pérdida. Porque las pérdidas no se tienen, se experimentan, implican demasiadas cosas para tenerlas en propiedad, hay que padecerlas. Ésas son teorías que difícilmente casan con la práctica que, en definitiva, es la vida real que cada uno se come y digiere como puede. Mi cuerpo no pedía un viaje sino el interior de una casa, de una habitación vacía y familiar en la que encerrarme en silencio, como hacía el pintor danés Vilhelm Hammershøi cuando retrataba el interior de su apartamento en el barrio de Christianshavn. Al igual que él, también yo necesitaba pintar esas habitaciones vacías, una y otra vez, sombrear las puertas abiertas que conducían a infinitos pasillos, las ventanas cerradas que no daban a ninguna parte aunque entrase por ellas algún halo de luz melancólica. Necesitaba encontrar mi figura aislada en una habitación desierta, en mi ciudad abandonada. Buscaba esa intimidad, esa calma, ese destierro sembrado de silencio y memoria. «Si la gente solo pudiese abrir los ojos al hecho de que pocas cosas buenas en una habitación dan una calidad mucho más bella y fina que muchas cosas mediocres...» Esa reflexión del pintor danés aparecía en la litografía *Puertas blancas* que Jonas me regaló el día de nuestra boda y que me entregó entrando como un colegial en la habitación de la masía donde decidimos casarnos, en la que remataba mis últimos minutos de soltería. «*Vamos a llenar todo ese vacío y a tirar todas esas puertas, los dos juntos. Siempre*», bromeó mientras intentaba salir de la habitación a hurtadillas para que nadie observara que había roto la sagrada tradición de no ver a la novia antes del «Sí, quiero». Deseábamos una habitación vacía para los dos, para estrenar, y la tuvimos. Y yo quería permanecer en ella, abrazar su vacío para sentirme un poco más cerca de él.

Alguien me explicó un día que los interiores vacíos de Hammershøi donde yo solo veía luz y escuchaba silencio eran asfixiantes y que su obra era una deliberada reflexión sobre la melancolía de la pérdida. Ése era el nivel de abstracción que yo necesitaba entonces y, sin embargo, iba camino del corazón de la Alcarria, una fábrica de recuerdos, de olores, de imágenes, de momentos.

Un nuevo cartel informativo en la carretera:

TÁRMINO 5

4

Tármino 5?

¿Qué había pasado con el Tármino 25 y el Tármino 15? ¿Nadie iba a respetar la cadencia numérica? Era como si alguien tuviese prisa en que llegara a las lindes del pueblo y las traspasara sin más. Supongo que para quien puso los carteles indicadores en la carretera resultaría muy fácil, algo mecánico que no mereció ni media reflexión, pero el resto necesitamos nuestro tiempo aunque nadie nos escuche cuando lo pedimos a gritos. Quizá por eso mi venganza consistía en no oír a los que llamaban.

Mi móvil volvía a pedir protagonismo. Al ver el nombre de Daniel en la pantalla, sonreí y aquella inusual mueca relajó los músculos de mi espalda, que por entonces ya estaban agarrotados, hasta el punto de haberme dejado sin cuello. A él sí que le permitiría escuchar mi voz afónica. Era lo único —el único— que me quedaba de Jonas, así que le hice depositario inconsciente de todo el amor, el cariño y el afecto que sentía por él.

—¿Daniel?

No pudo ser. La llamada se cortó. La cobertura siempre daba problemas a la entrada del pueblo. «Mejor le escribo un mensaje diciéndole que estoy llegando, y luego ya le llamo.»

Posé mis ojos tan solo un instante en el teclado del móvil, apartándolos fugazmente de la carretera, pero fueron suficientes.

No lo vi.

Cuando quise darme cuenta, las ruedas de mi coche se habían comido algo contundente y el viraje en la dirección hizo que fuera a parar a la cuneta. Lamenté no llevar el cinturón de seguridad, me hubiese evitado el estúpido golpe en la cabeza. Me llevé la mano a la sien izquierda como si eso fuera a borrar el dolor. Miré los dedos para asegurarme de que no había ni rastro de sangre. Comprobé que la ventanilla seguía tan intacta como la recordaba. Es cierto que los coches duran más que sus conductores, quizá porque ni sienten ni padecen ni cometen errores por los que terminan pagando. Esperé como quien aguarda la aparición de un fantasma. Ni me moví. Rogué que no fuera nadie, ni humano ni animal, lo que acababa de pasar por encima. «Al menos nadie que me importe», pensé. No sé cómo me asaltó ese pensamiento que rápidamente desterré de mi cabeza, por vergüenza más que por auténtica convicción. Estaba en Tármino, demasiada proximidad a lo tóxico. El coche me venía grande, lo sabía. El viaje también. Y Tármino había tomado las dimensiones de Nueva York.

Permanecí inmóvil, paralizada, en silencio. Después de unos segundos —¿o fueron minutos?— sin oír ni ver nada ni a nadie saliendo de los bajos del vehículo, abrí la puerta y puse un pie en el exterior con mucha cautela mientras agradecía que el desnivel de la cuneta no fuera pronunciado. Me disponía a arrodillarme en la calzada para mirar bajo el coche cuando a escasos diez metros una imagen sobre el asfalto me hizo desistir.

—¿Qué demonios...?

Ni siquiera terminé de enunciar la pregunta. No me importaba saber qué hacía un perro mirándome fijamente en mitad del camino. No parecía herido, estaba rígido, firme sobre sus cuatro patas. Mostraba un porte demasiado regio para un perro que había estado a punto de morir atropellado. Me observaba con la complicidad de dos seres que durante unos segundos han compartido un mismo destino. Miré a un lado y al otro de la carretera, no supe si en busca de ayuda o deseando no encontrar miradas ajenas. A un lado, la entrada del pueblo con las primeras casas asomando en una armonía de piedra, madera y teja; al otro, el camino asfaltado que acababa de recorrer, perdiéndose hasta el horizonte en los campos llanos de la Alcarria y el cielo limpio flanqueándolo. No vi a nadie. El perro seguía sin moverse y empeñado en fiscalizarme con su mirada. Nunca he sabido de razas, pero aquél era grande y tenía el pelaje parduzco manchado y enredado como si llevase tiempo a la intemperie. Parecía callejero, aunque fijándome un poco mejor pude observar que tenía un collar marrón; de él colgaba una placa redonda que, movida por la respiración del animal, destellaba ligeramente por la acción del sol sobre ella. Dudé si volver al coche o encaminarme hacia él. No podía dejarlo allí en mitad de la carretera. Otro conductor podría venir y correr la misma suerte que yo. Anduve muy despacio hacia él. No se inmutó. Por un momento, pensé en deshacer mis pasos ante la posibilidad de que el perro mudara aquella calma en un arrebato de rabia que le hiciera abalanzarse sobre mí, como si yo tuviera culpa de algo. Ni siquiera le había visto. De hecho, no entendía de dónde había salido porque no presentaba heridas. Me pregunté si habría otro perro en la cuneta o atrapado en los bajos de mi coche porque era imposible que hubiese atropellado a ése y luciera de aquel modo. Iba a comprobarlo pero desistí al ver en la distancia el reflejo de lo que supuse que sería un vehículo aproximándose. El perro también lo vio y se identificó con mi decisión, encaminándose campo a través.

—Confirmado: yo a ti no te he pasado por encima, ni te he rozado.

Volví al vehículo, besé mi doble alianza y balbuceé algo parecido a una plegaria para que pudiera arrancarlo sin problema e incorporarme a la carretera de nuevo, sin tener que llamar a nadie para que me ayudara. Apreté el botón de arranque del coche. No respondió. Quizá la llamada de Daniel había sido una señal para que diera la vuelta y no entrara en el pueblo. Saqué la tarjeta de encendido para volver a introducirla y que activara el cuadro de mandos, y lo apreté una segunda vez. Tampoco. Quizá el perro era la señal para que regresara a Madrid sin ni siquiera pisar Tármino. Al tercer intento, el coche arrancó. Quizá es que era imbécil, además de una inconsciente por no haber llevado el cinturón de seguridad, y Carla tenía razón.

Había conducido durante algo más de una hora sin ver, con el único GPS de la costumbre aprendida. El coche había seguido el mapa de la memoria. No recordaba haber visto nada, ni los árboles, ni los cambios de sentido, ni los otros coches; las señales de tráfico se hicieron invisibles, los restaurantes de carretera con un nutrido número de camiones indicadores de lo bien que se comía allí corrieron la misma suerte y también fueron borrados de mi campo de visión. Lo raro es que hubiera llegado sin problema, sin despeñarme por ningún precipicio ni empotrarme contra ningún árbol. De nuevo apareció Jonas en mi cabeza como si estuviera a diez centímetros de mí. *«Nadie se muere en la víspera.»* En su voz sonaba mejor, mucho más convincente. Si tan solo pudiera escucharla una vez más, no me importaría dar al traste con todo y desaparecer en la víspera. Lo que me esperaba a la llegada a Tármino no se me antojaba bonito. Quizá por eso tardé tanto en salir, porque no quería llegar.

TÁRMINO

BIENVENIDOS A LA TIERRA DE LA LAVANDA

Aquel cartel sí lo vi. La última vez que lo dejamos atrás conducía Jonas y yo me peleaba con el objetivo de mi cámara o con las lentes que, por alguna extraña razón que se me escapaba, se empañaban. *«No tenemos que ver a nadie que no queramos. Te lo digo para que me lo recuerdes, por si lo olvido.»* Le sonreí antes de mirarle. Siempre que llegaba a su pueblo me repetía la misma frase. Yo creo que se la decía a sí mismo aunque prefiriera vaciarla en mí.

Bajé la ventanilla del coche. Pensé en descapotarlo pero cejé en la idea. Necesitaba saber que había llegado y el olor a lavanda me lo confirmaría. No tuve que sacar la cabeza por el hueco de la ventanilla para olerlo, ahí estaba. Olía a él. Su olor era la lavanda. Todos mis recuerdos estaban impregnados de él, todos olían a él. La lavanda era el aroma del recuerdo, la esencia de la memoria, la fragancia de la vida, y él se había encargado de extenderlo en todas sus facetas: lavanda vaporizada en la almohada para ayudar a conciliar el sueño, caramelos de lavanda, velas de lavada, jabones de lavanda, incienso de lavanda, aceite de lavanda, mermelada de lavanda... Recordé los baños de vapor y las inhalaciones que me instaba a hacer con aceite de lavanda para desterrar las bronquitis y los catarros de mi pecho, para despejar mis vías respiratorias y aliviar mi tos, y con ello, mi alterada frecuencia cardiaca. El violeta siempre estuvo presente en su vida y quería que así fuera hasta el final de sus días, e incluso más allá. Era el sueño que se quedó por cumplir, al menos, uno de ellos. Cuando se jubilara, aquél sería su lugar en el mundo y, por ende, el mío, ya que el mío era él. Algo parecido al mecanismo de la muñeca rusa, la matrioska, donde unas te llevan a las otras, o como el de las cerezas solidarias.

Siempre había pensado que el día que regresara a Tármino atravesaría el pueblo como alma que lleva el diablo, pero supongo que me redimí porque mi coche avanzaba despacio. Era julio, el mejor mes para entrar en el mundo azul. Se podía percibir el orgullo de las calles, vestidas y acondicionadas con la flor violeta para vivir el mejor momento del año. Había bandas moradas hermanando las fachadas, los balcones y las ventanas de las casas, carteles anunciadores, macetas enormes llenas de lavanda. Al día siguiente, el 15 de julio, se celebraría el Festival de la Lavanda. Era tiempo de fiesta, de reunión, de mostrar lo bello y esconder cualquier resquicio de fealdad, si es que quedaba alguno. Se respiraba alegría, ganas de festejo, y al mismo tiempo, tranquilidad. En aquel rincón púrpura, el mundo olía a limpio, a nuevo, a campo abierto, como las puertas de los cuadros de Hammershøi. Invitaba a vivir la vida en modo violeta. En cada esquina se ofrecían excursiones en globo sobre los campos de lavanda, vuelos en parapente que prometían deslizarse a vista de pájaro por las mil hectáreas de las plantaciones moradas. Un cartel anunciaba un concurso fotográfico sobre la flor de la lavanda, y otro hablaba de un rally, justo al lado de uno más que ofrecía una clase con un cocinero mediático dispuesto a introducir la lavanda en la gastronomía. Quizá era el momento de retomar a mi antigua compañera de viaje. Desde que Jonas murió no había sido capaz de hacer una foto. A lo máximo que había llegado era a ordenar y archivar las suyas, las que guardaba en papel y las que poblaban mi memoria, tanto digital como analógica. Mis recuerdos con él aparecían en blanco y negro. En las fotos siempre prefería esa dualidad cromática, pero los recuerdos necesitaba vivirlos como nacieron, en color, aunque se resistía a aparecer. Quizá aquélla era una buena oportunidad para intentarlo de nuevo.

Cuando giré en una de las primeras rotondas, el edificio se alzó ante mí como una aparición. Allí estaba, el centro hospitalario que Jonas había ayudado a construir. Las letras que formaban su nombre todavía lucían nuevas, brillantes. Ni la lluvia, ni el frío ni el viento habían tenido aún ocasión de teñirlas de vida. En cuanto se supo de su muerte, los responsables del hospital acordaron renombrarlo en su honor como homenaje y muestra de agradecimiento a quien había dedicado tiempo y oficio, además de financiación, para construir el centro hospitalario que cubría las necesidades de los habitantes de la comarca donde él había nacido. Me emocionó ver su nombre en la parte frontal de la fachada, así como la estatua conmemorativa que presidía la entrada. Me sobrevino un llanto incontrolado, no pude evitarlo. Llevaba días, semanas, meses viendo el mundo borroso, con una tela vidriosa que transformaba el cielo, los árboles, los semáforos, las tazas de café y los edificios en formas ondulantes, como si estuvieran sumergidos en el mar. A eso ya estaba acostumbrada, aunque seguía preguntándome de dónde había salido el escuadrón de lágrimas que no se cansaba de saltar al campo de batalla e inundarlo todo, y si creería que así iba a ganar algo. Es imposible que el cuerpo almacene la ingente cantidad de gotas saladas que amenazaban con borrar mi rostro. Lo había visto en la naturaleza: si el agua erosiona montañas de tierra, rocas, piedras o icebergs, qué no haría en una dermis delgada, fina e insignificante. Pero aquellos ataques de lágrimas veloces y atropellados resultaban incontenibles. No eran las habituales ganas de llorar, sino más bien una suerte de espasmos, rápidos, fuertes e imprevistos ante los que solo cabe esperar a que terminen para retirar los vestigios.

Al ver su nombre en grandes letras presidiendo el frontispicio del hospital y aquella estatua representando su figura, sencillamente ocurrió. Daniel me había enviado fotos del día del homenaje, al que me fue imposible asistir. Solo habían pasado seis semanas y aún no era dueña de mi existencia. No es que ahora lo fuera, pero al menos respiraba. Le habían encargado la obra a un escultor, antiguo paciente de Jonas, que se dedicó a ella en cuerpo y alma. Me gustó que la hubiera realizado en granito blanco. A él también le habría gustado. Me recordaba a la estatua en memoria de Sam Houston que veíamos en nuestros viajes a Huntsville, aprovechando las periódicas visitas al Texas Heart Institute de Houston. Las de bronce no resisten bien el paso del tiempo, se vuelven feas, oscuras y ese tiempo termina por oxidar sus facciones. Me parecen tristes por irreales, siempre me recuerdan al cuento de «El príncipe feliz» de

Oscar Wilde, con una moraleja estupenda que sin embargo deja la estatua hecha unos zorros.

Agradecí que le hubieran cincelado con su inseparable bata blanca. La llevaba puesta la primera vez que le vi, hacía doce años, un mes de mayo. Aquel mes se estaba volviendo complicado para conmemorar efemérides. Iba a ser una consulta rápida, solo necesitaba saber si podía viajar después de sufrir varios episodios cardiacos delicados. Yo insistía en que no era nada, como mucho un soplo —«Herencia de mi madre, que acaba de cumplir los sesenta», dije como si aquello me fuera a salvar de un diagnóstico que diera al traste con mis planes—, y él me escuchaba con la mirada cansada —después supe que aquel día venía de una guardia complicada de veinticuatro horas— y con aquel característico gesto suyo que te hacía creer que le estaba divirtiendo lo que oía, pero no tanto como para dejarse convencer. Recordaba cada segundo de aquel primer encuentro que deseé rápido y que se alargó más de una década. Así de inútil resulta planificar el tiempo.

—*¡Vaya, sesenta años y con un soplo cardiaco! Sí que son longevos en su familia. O eso, o su madre es paciente mía y sabe que le doy buenos consejos.*

Me pareció algo vanidoso, pero divertido.

—*No se crea. Solo las mujeres somos longevas. Los hombres aguantan menos, se mueren antes. Creo que por norma general es así, aunque usted lo sabrá mejor que yo* —*le repliqué. La conversación era tan absurda que a mí también me estaba divirtiendo. Creí que cinco minutos de argumento dicharachero y apresurado, al más puro estilo de Carla, iban a despistar a todo un jefe de cardiología. Si no fuera porque necesitaba oír un sí de la boca de aquel doctor, hubiera seguido—. ¿Puedo irme entonces?*

—*¿Quiere irse?*

—*Sí. Quiero irme fuera.*

—*¿Tan mala impresión le he causado?*

—Me refiero a si puedo viajar en avión.

—¿Dónde quiere ir?

—A Bosnia, a la antigua Yugoslavia. Tengo planeado un viaje de trabajo. Empezaré en Sarajevo, seguiré por Polje, Zenica, Tuzla, Visegrado, Mostar... Hago fotos, ¿sabe? Retratos. Soy buena captando expresiones. Se puede leer en el rostro de una persona. Una mirada, un gesto, una cicatriz, una nariz aguileña o la señal de un entrecejo fruncido puede dar más información que cualquier manual de comportamiento —le expliqué con un exceso de información creyendo que, si le aburría lo bastante, se lo quitaría de encima y me diría que si.

—Ya —dijo mientras escribía algo ilegible en un volante antes de levantar la mirada hacia mí—. Entonces sabrá lo que voy a decirle.

Lo sabía, y no me gustó. Dejó de ser divertido aunque eso no restó un ápice de atractivo a su rostro. Pero no me iba a dar por vencida tan fácilmente.

—No puedo pedirle al mundo que pare porque yo no pueda seguirle.

—No le diga que pare, tan solo que espere hasta que le haga más pruebas. No se apure. El mundo va a continuar ahí. ¿Nos vemos al final de la semana?

Nos vimos al final de esa semana, y la siguiente, y así hasta terminar el calendario de aquel año y estrenar uno nuevo. Mi soplo era en realidad un defecto congénito en el corazón. Lo sabía de sobra.

—Una grieta en una de las paredes que separan los músculos de tu corazón. Has nacido con ello pero hasta ahora no se ha manifestado. Y si lo ha hecho, parece que no te has dado por aludida, o no has querido hacerlo. Pueden aparecer arritmias e insuficiencia cardiaca, y supongo que ya ha sucedido más de una vez. Esto es importante, para ser exactos, es grave, hay que tomárselo en serio. Pero vamos a hacer todo lo posible para mantenerlas a raya. Tendremos que cuidar ese corazón. —Sus últimas palabras no me parecieron extraídas del informe médico.

Cumplió su promesa. Hice mi viaje a Bosnia, fotografié las miradas más asustadas, los rostros más melancólicos y tristes que había visto en mi vida y, por primera vez, estaba deseando regresar a casa, no por lo que veía a través del objetivo de mi cámara, sino por lo que mis ojos estaban dejando de ver. El de Jonas se había convertido en mi rostro favorito, en la mirada por la que quería ser observada. No había sido tan feliz en mi vida, ése era mi verdadero retrato.

Nunca sabes qué persona cambiará tu vida, pero sabes perfectamente quién la sumirá en un profundo agujero negro cuando se vaya, especialmente si se va antes de tiempo.

El zumbido del móvil me recordó que debía activar el sonido del teléfono. Daniel contestaba al mensaje que le había mandado una vez pasado el susto desde el interior de mi coche, todavía en la cuneta. «Si quieres nos encontramos allí. Ya tendremos tiempo de ir a casa.» «Allí» solo podía ser un sitio. El mundo azul. La extensión más mágica, impresionante y reconfortante que uno podía imaginarse. Un océano terrenal en mitad del campo. La plantación de lavanda más hermosa sobre la faz de la tierra. «*Mejor aún que la Provenza, porque aquello es Francia y esto es mi casa, mi hogar*», reconocía orgulloso Jonas. Era el propietario de una parte de aquel inmenso mar violeta cuyo valor emocional superaba al feudal. Su historia con aquella isla de tierra oceánica comenzó a fraguarse antes incluso de que naciera.

Su padre, don Javier, trabó amistad con un hombre con el que coincidió en la Real Fábrica de Paños donde ambos trabajaban fabricando mantas para el ejército hasta el inicio de la Guerra Civil. La vida los convirtió en inseparables. Javier y Tasio, Tasio y Javier: una de esas amistades sinceras y profundas que acreditan que existen lazos más fuertes que los de la sangre y la genética. Un día llegó al pueblo la onda expansiva del estallido de la Guerra Civil; los odios y las venganzas ancestrales que algunos guardaban en su memoria más oscura vieron la oportunidad perfecta para tomar forma y siguieron vivos durante décadas. Lo que no hicieron los hermanos de sangre, lo hizo el hermano de vida. Jonas me contó que su padre salvó a su amigo de una orden de ejecución inmediata emitida —o al menos consentida— por el propio hermano de Tasio, acabada ya la guerra, y le ayudó a huir a Francia sin importarle el riesgo que corría. Nunca perdieron el contacto, su amistad sobrevivió a la contienda y esquivó las complicaciones de la posguerra, hasta que mucho después de su exilio, los ecos de una joven democracia en ciernes convencieron al amigo de don Javier para abandonar la Provenza de manera temporal y volver a pisar su pueblo. No le gustó lo que vio —un paraje abandonado, desencantado y sin futuro— y, con la ayuda de su hijo, decidió cambiarlo. Aquella tierra de la que un día tuvo que huir era perfecta para el cultivo de la lavanda con la que había convivido a diario en el sureste de Francia, y decidió preñar varias hectáreas de Tármino de flores azules. Aquella idea devolvió la vida a la comarca, sus gentes regresaron y llegaron algunas nuevas, aunque él prefirió volver a su exilio francés, que el tiempo había convertido en hogar, y solo retornar a aquel rincón de la Alcarria de vez en cuando para encontrarse con su amigo Javier.

Tasio nunca pudo agradecerle lo bastante que le salvara la vida, no sabía cómo, era imposible devolver aquel favor. Quiso hacerlo ofreciéndole parte del legado azul que, sin su valentía en aquella noche mediados ya los años cuarenta, no hubiera sido posible. Don Javier nunca lo aceptó, no sentía que nadie le debiera nada por hacer lo que debía, lo que le dictaba su conciencia. Aunque lo rechazó una y mil veces, cuando su amigo murió se lo dejó en su testamento. *«Ni con ésas»*, me contaba Jonas: a pesar de la insistencia de la viuda y sus hijos, la respuesta seguía siendo la misma. Al final, el hijo mayor de Tasio, Roberto, heredó tanto las tierras de lavanda como el deseo paterno, y no cejaría hasta cumplir la última voluntad de su progenitor aunque tuviera que solventarse en las nuevas generaciones. Así lo hicieron en el hospital que hoy llevaba el nombres de Jonas, donde los hijos de aquellos dos hombres buenos cerraron el círculo de una historia inacabada. Era la historia de una deuda saldada, la cosecha de un deseo cumplido.

La marea del tiempo había devuelto a la orilla de Tármino aquel regalo en forma de campos de lavanda, pero, en el interior de Jonas, aquella inmensa extensión guardaba un significado mucho más amplio. Siempre sintió por su padre auténtica devoción, un sentimiento que iba más allá de la admiración filial, que rebasaba el incorpóreo juramento de amor de un hijo hacia su padre. Si la sangre no los hubiera unido, sentiría el mismo respeto por aquel hombre, por su vida, por su manera de ser, por la naturalidad con la que convivió con su condición de héroe sin más reconocimiento que un silente pacto entre caballeros que al final conocía medio pueblo. Como decía Jonas, así aspiran a terminar todos los secretos.

Él solía quedarse en silencio contemplando aquel mar violeta en toda su extensión, con las manos escondidas en los bolsillos, perdiendo la mirada en el horizonte dibujado por las hileras de flores moradas. Allí se sentía más cerca de su padre. A veces sonreía, como si le viera, como si escuchara su voz y volviese a hacerle partícipe de sus consejos paternos, de sus pensamientos, aquellas sentencias que Jonas tanto extrañaba y muchas de las cuales adoptó como propias.

Ahora eran mis manos las que se escondían en los bolsillos, haciendo mío ese recuerdo y compartiendo la misma sensación de cercanía por quien se había ido. En mi cabeza, aquel mar ya no era tan púrpura, ni tan aromático, ni tan bello, pero cuando lo tuve delante recuperó el esplendor perdido por el desgaste de la distancia y el engaño de la memoria. De nuevo la perspectiva; el mundo violeta siempre ganaba.

Heredé el campo de lavanda, aunque desde el primer instante tuve la firme convicción de venderlo. Si él no estaba en mi vida, aquel campo violeta tampoco lo estaría por mucha belleza que destilara. Intuía que me hacía daño y que esa herida no cicatrizaría en el tiempo. Había retrasado mi presencia en aquel lugar por miedo a volver sin él al paraíso que un día compartimos. No era la primera vez que me asaltaba el miedo al regreso. Me aterraba volver a los lugares en los que habíamos estado juntos, adentrarme en los mismos espacios y, sin embargo, no podía evitar acostarme cada noche en su lado de la cama, ocupar el hueco que su cuerpo había dejado en el sofá, encontrar acogida en su pijama, en sus chaquetas de lana buscando el abrazo fantasma, hambrienta por sentir su resguardo, aunque lo supiera espurio y artificial; también lo es la luz otoñal en las tardes de mayo —otra vez mayo— y la vista lo agradece igual. Los engaños admitidos no pueden considerarse fraudes.

Los espacios todavía guardaban su olor. Por eso adopté sus gustos, sus costumbres, sus manías. Apadriné los huecos dejados y todo lo que en ellos guardaba, lo bueno y lo malo, los afectos y las devociones, pero también los rencores y los odios. Es lo primero que te deja claro el notario cuando te planteas aceptar una herencia: heredas lo bueno y lo malo, las deudas y los activos, sus cargas y sus alivios. Aceptar solo una parte, afincarse en esa parcialidad interesada, al igual que la neutralidad en tiempos de guerra, es de cobardes.

Dejé el coche en el arcén y me adentré entre las hileras tejidas por las ramas espigadas y sus flores violáceas. Era complicado no dejarse envolver por aquel manto cárdeno sin sucumbir a la tentación de mimetizarse con él e inhalar la lavanda hasta que los pulmones se volvieran violetas. Me había costado llegar, pero aquel lugar me hacía sentir más próxima al cielo, me impregnaba de vitalidad y me devolvía esa calma que tanto había echado de menos. Sonreí al imaginar lo que diría Jonas si estuviera allí y mi fingido hartazgo ante la posibilidad de que me contase, por enésima vez, la historia de marras. Si volvía a oír la leyenda del químico francés René-Maurice Gattefossé, de cómo se quemó la mano, cómo se recuperó milagrosamente gracias al uso del aceite esencial de lavanda y cómo desde entonces dedicó su vida al estudio terapéutico de los aceites esenciales, sería yo quien lo quemara todo.

No sé por qué, cada vez que hablaba de fuego me venía a la cabeza la familia. No solo la suya, todas en general. Aunque aquella familia suya, en particular, atraía el incendio y se podía notar la combustión y la quemazón que desprendía a poco que te acercaras. Una pira enorme alzada por llamas encumbradas y alimentada por historias, rostros, secretos a media voz y silencios enquistados en el tiempo, que aumentaban la temperatura de la hoguera.

—¡Lena!

5

L ena!
   Suena diferente cuando tu nombre lo pronuncia alguien a quien amas, a quien quieres y quien comparte el mismo afecto hacia tu persona. Te infunde confianza, te regala un pellizco de felicidad, te voltea en el aire para que experimentes lo que es la libertad, sabiendo que no te dejará caer. Existían tres únicas voces masculinas que ostentaban esa potestad: la de mi padre, la de Jonas y, ahora, la de Daniel. Las dos primeras habían enmudecido por la misma venganza arbitrada por la vida: el cáncer, casualmente, el mismo tipo de carcinoma de pulmón microcítico en estadio IV. Solo quedaba la última. Por eso, cuando su voz envolvió mi nombre, me sentí renacer de un parto complicado, noté que estaba en casa y que recuperaba mi lugar en el mundo, el que me había arrebatado el destino en su empeño en ser okupa de la vida de otros.

   Desde que Jonas murió, tenía la impresión de haber perdido parte de mis sentidos. La primer ducha después de abandonar el hospital no la sentí; mi piel no reaccionó al agua, no sabría decir si estaba fría o caliente. Luego me di cuenta de que la caldera no estaba encendida, así que imagino que el agua saldría helada, pero mi dermis mudó en una inmensa lámina de acero, aislándose de las erosiones externas. Con el oído y la vista no corrí mejor suerte, podría cruzarme con personas a las que conocía pero ni siquiera veía, y a veces no oía algunas voces, ni las distinguía. Supuse que tampoco me interesarían mucho. Hasta que apareció la voz esperada.

—¡Lena!

La voz de Daniel era muy parecida a la de su primo hermano. Profunda, poderosa, con cuerpo, de esas imposibles de imitar o aspirar a ellas si no vienen de serie.

Siempre me habían gustado las voces hondas, envolventes, con cuerpo de madera y acústica de catedral, embaucadoras y perturbadoras. Esas voces no engañan, son lo que parecen, puedes confiar en ellas te digan lo que te digan. La voz de Jonas te transformaba en arena: cuando él hablaba dejaba huella, como las pisadas en la orilla de una playa o en un terreno albarizo. Pese a todos mis miedos, era imposible que alguna vez pudiera olvidarla, aunque deseara borrar otras de mi memoria. Se apagó la voz perfecta y se encendieron otras que nacieron para la mudez.

No era el único parecido que Jonas y Daniel compartían. Y no hablo de sus manos nervudas, reparto genético del que quedó al margen el resto de la familia. Me refiero a sus preferencias vitales, a su forma de entender la vida y la de sus semejantes. Jonas salvaba cuerpos y Daniel optó por salvar almas. Quizá por eso se entendían tan bien, quizá por eso siempre existió ente ellos una conexión especial que nada tenía que ver con la consanguinidad más directa. Uno era un hombre de ciencia y el otro lo era de fe. Verlos juntos era un espectáculo para la vista y el oído, un festival para los sentidos si sabías apreciar la belleza, la bondad, el talento y la buena conversación. Los dos dominaban las palabras aunque Jonas era más prolífico en la oratoria y Daniel perfeccionó la contención. Siempre fue hombre de silencios prolongados, solo rotos por miradas y sonrisas que solían decir más que lo que callaba su boca. Pero no fue el sacerdocio lo que marcó ese vínculo. Ya desde pequeños formaban un tándem peculiar que provocó quebraderos de cabeza a sus padres y no pocos problemas con algunos vecinos del pueblo, que no entendían que los dos mocosos pudieran campar a sus anchas en los huertos ajenos y entender la sacristía como un lugar de esparcimiento «cultural y gastronómico», según ellos mismos explicaron cuando fueron sorprendidos por el cura comiendo a dos carrillos las hostias, las obleas de pan ázimo. «¡Pero si estaban sin consagrar!», intentaban argüir en su defensa ante sus padres, a quienes les costaba más aguantar la risa que insistir en la buena reprimenda que recibirían los chavales según le habían prometido al párroco.

Nunca entendí por qué Daniel optó por los hábitos. Todo hacía pensar que se decantaría por la abogacía, siempre se le había dado bien terciar en riñas, defender causas perdidas y pleitos nobles. Según Jonas, ése fue el problema: que se lo comerían en cuanto pusiera un pie en el juzgado. Los abogados vendían su alma al diablo el primer día. Si querían ver entrar dinero en sus despachos, debían entender que los buenos no son tan buenos y que los malos son siempre víctimas potenciales. Siempre hubo algo que se me escapó, que no me contaban. Tal vez podía comprender que en la juventud optara por el sacerdocio, pero ¿que tantos años después aún lo abrazara convencido? Tenía que haber algo más serio, algo oculto en esa decisión de seguir entregando su vida a Dios.

Un día Jonas me confió que la única manera que tenía Daniel de cargar con un secreto que arruinaría la vida de una persona, y posiblemente la de su familia, era refugiarse bajo un manto sagrado que le entregara un salvoconducto al silencio, y quién sabe si a la salvación. Recuerdo que fue una Nochebuena. Cuando mi curiosidad insistió en saber más, prometió que algún día me lo contaría. Otra conversación que nos robó la vida.

—¡Lena!

Le abracé como hacía tiempo que no abrazaba a nadie. Justo el tiempo que no abrazaba a Jonas. Me devolvió a aquel abrazo en la habitación del hospital en la que Jonas acababa de fallecer y donde por expreso deseo suyo —en los últimos días se convirtió en orden— no entró nadie más de la familia.

Pude sentir el abrazo como si fuera el que le di aquel 3 de mayo de hacía dos meses, una semana y cuatro días.

Durante todo el día había querido estar a solas con Jonas en la habitación. A solas y con poca luz. Aunque desde la noche anterior él ya no podía intuirme —deseo que pudiera—, yo sí necesitaba su compañía. Les pedí a las enfermeras que mantuvieran la luz tenue, que por un día no tocaran las cortinas ni subieran las persianas, que lo dejaran todo como estaba. Ellas sabían que el final se acercaba e intentaron molestar lo menos posible. Tan solo recuerdo una entrada en todo el día. «Tienes que comer algo», escuché que me decía. «Luego. Más tarde», me oí decirle. Nunca supe quién de las cuatro enfermeras que se dedicaron a él en la semana que estuvo ingresado lo había dicho. Se trataba de esperar la peor sentencia que me había impuesto la vida y siempre había esperado mejor sola. Daniel entró en la habitación quince minutos antes de que Jonas dejara de respirar. Nunca le agradecí con palabras que me permitiera la intimidad de las últimas horas con mi marido. Él habría tenido el mismo derecho de vivirlas porque así se lo había permitido Jonas —a él, y solo a él de toda su familia— y sin embargo demostró la mayor generosidad que puede tener una persona hacia otra: cederle su lugar en el mundo. Siempre admiré a quienes son conscientes del lugar que les corresponde y no intentan invadir terrenos ajenos. Luego supe que se había mostrado nervioso durante todo el día, que no acertó con ninguna de sus misas, y que a pesar de ser un conductor diestro, golpeó tres veces la parte trasera de su coche al intentar sacarlo del garaje. Cuando le vi entrar en la habitación, agradecí su presencia pero en mi interior supe que el final estaba más cerca de lo que desearía. Daniel había tenido el don de la oportunidad.

No soy capaz de recordar ninguna de las palabras que me dijo ni las que yo le dije a él, si es que aquella conversación existió realmente. En un momento, vi que el pecho de Jonas ya no se elevaba. No había sentido nada. Mi mano apretaba la suya y todo iba bien. La definición de «bien», según la circunstancia, puede llegar a ser tan absurda como gritar «¡No!» cuando estás cayendo por un precipicio de treinta metros. Me refiero a que no se había producido un cambio de temperatura, ni una presión menor en su mano, ni un acto reflejo, ni cualquier variación patente que su cuerpo pudiera experimentar para alertarme de que acababa de perderle. Daniel no se había dado cuenta. De no haberme visto levantarme de la cabecera de la cama de donde no me había movido durante horas —en realidad fueron días que se me hicieron siglos— y hacerlo con la lividez del mármol, no habría advertido que acababa de perder a una de las personas más importantes de su vida.

«Daniel...» Pronuncié su nombre como si él pudiera evitar lo inevitable. Le vi acercarse a la cama y salir corriendo de la habitación, a la que regresó cinco segundos después acompañado por tres médicos que me apartaron de mi emplazamiento con la delicadeza a la que obligan las malas noticias. No sé por qué esperaba oír de sus bocas la confirmación. No la necesitaba. Hacía un minuto que me había quedado viuda y no entendía cómo seguía viva. Lo entendí como una traición. Suya no, mía; no se traiciona a la gente a la que quieres y que te quiere. No oí las palabras de los facultativos porque tampoco fueron capaces de pronunciarlas. Creo que sonó algo parecido a un silbido ahogado. «Lo siento, Lena.» Era la primera vez que veía a tres doctores con sus batas blancas disimular el llanto, hundir el rostro en el pecho o taparlo con las manos, y me tuvo que tocar a mí. Salieron de la habitación, aunque creo que fue una huida que, en cierta manera, envidié. Si yo hubiera podido, también habría desertado, pero el cuerpo ni siquiera me respondía. Me abracé a Daniel, aunque creo que más bien fue él quien se abrazó a mí. Fue la primera y única vez que le vi romperse en sollozos como el niño que pierde a su madre y es consciente, en ese momento, de la orfandad que le acompañará el resto de su vida, un estado irreversible al que deberá acostumbrarse. La muerte de Jonas hizo que viera a hombres grandes, fuertes y poderosos mostrarse afligidos como escolares, llorar como plañideras profesionales pero desde la verdad y el dolor más auténtico, ese que vacía las entrañas y destruye lo que queda en ellas.

El abrazo de Daniel en mitad del mundo azul me retrotrajo a aquel abrazo en el mundo del éter, las batas blancas y las persianas a medio bajar. Aquel envolver sentido y enérgico fue más contenido en lágrimas, pero igual de intenso. Encerraba muchas cosas guardadas durante setenta y dos días. Me gustaba abrazarle. Era lo más parecido a rodear a Jonas con mis brazos. No había prisa por apartarse, uno se sentía querido ahí dentro, se estaba bien y siempre se hacía corto. Él era una excepción a la regla del miedo al regreso, a la vuelta, a retornar al pasado. Siempre me alegraba de verle aunque en el fondo fuera por egoísmo, por un interés creado por la pérdida. Pero supongo que a él le sucedía igual conmigo. Podríamos entenderlo como unas honestas y consentidas tablas. Unas veces la vida se interpone entre dos personas y las separa, impidiéndoles seguir juntas. Otras, las mantiene unidas y tampoco entonces cabe preguntarse por qué razón. Los porqués no tienen cabida en mitad de una pérdida ni de un duelo. Son afónicos, como afónicas estaban mis cuerdas vocales.

—¿Cómo estás, Lena? —me preguntó, sabiendo de sobra la respuesta.

—Bien. —Mi voz sonó a la de un duende ronco perdido en mitad del bosque.

—Mentirosa.

—Estaré bien —reconocí con una media sonrisa, descubierta en el engaño.

—Eso ya está mejor. —Se apartó de mí para tomar cierta distancia y tener una perspectiva más clara—. Te veo más flaca. Pero estás guapa.

—Ahora eres tú el que miente. Y eso en tu mundo es más grave porque te estás comiendo el octavo mandamiento.

La risa también los unía. La misma risa fuerte, estruendosa, sincera y abierta. Era una risa de golpe, un golpe fuerte que luego aminoraba en intensidad, confiando en el eco del que se quedaría colgada. Hasta que conocí a Jonas nunca pensé que la risa podía iluminar un espacio como lo hace el sol entrando a hurtadillas entre las rendijas de una ventana para encender una habitación oscura.

Agradecí que no viniera con sotana. Pese a lo que pudieran pensar las beatas, que se multiplicaron y aumentaron su asistencia a la iglesia desde que Daniel se hizo cargo de ella, siempre había estado más atractivo vestido de calle, y con lo de atractivo me refería también a familiar, cercano, afín.

—Tú sí que estás guapo. Debes de tenerlas entregadas —dije forzando aún más mi escuálida voz. Recordaba que los piropos le incomodaban aunque al mismo tiempo le divertían. Eso también lo compartía con Jonas.

—Ya sabes que en la familia tuvimos un listo que se hizo de oro vendiendo parcelas en el cielo a las feligresas. La Vaquería del Cielo, lo llamó. Un negocio próspero hasta que llegó la Guardia Civil. Todavía debe estar corriendo el bueno de don Mateo.

Me encantaba esa historia. Al igual que Jonas, Daniel tenía la facultad de la narración. Podía contar cien mil veces la misma fábula, la misma anécdota, que siempre sonaba a novedad quizá porque siempre aportaba un nuevo dato, un nuevo matiz que la hacía parecer diferente. Cuando una persona cuenta el mismo chiste y te hace reír como si lo escucharas por primera vez, estás en compañía de la persona a la que más amas en el mundo. Ni siquiera sé si sería cierta la historia del antepasado familiar que en los tardíos cincuenta y principios de los sesenta regentaba la vaquería del pueblo desde la que vendía parcelas de cielo a veinte pesetas —también las había más humildes, entre las cinco y las quince pesetas—, y en agradecimiento a la generosidad de las beatas —siempre eran mujeres, aunque el miedo y el deseo de una vida mejor en el más allá también convenció a algún hombre—, don Mateo le regalaba a cada una un poco de leche aguada extra, y hasta un trozo de requesón a las más espléndidas. Desconozco si sería cierto o el paso del tiempo lo catalogó como leyenda. Pero uno siempre cree a la persona a la que ama.

—No has pasado por casa, ¿verdad? —preguntó Daniel. Contesté negando con la cabeza—. ¿Has pensado ya dónde quieres hacerlo?

—Me fío de ti. Tú conoces esto mucho mejor que yo. Sabrás cuál es el mejor lugar.

No es que me incomodara hablar del lugar exacto donde esparciría las cenizas de Jonas pero, para un extranjero, el mundo azul era un todo compacto en el que resultaba difícil distinguir una particularidad.

Me apeteció seguir paseando entre las hileras de lavanda y a Daniel le pareció bien.

Agradecí el zapato cómodo porque las piedras ocres que salpicaban a traición aquellos pasillos naturales lo exigían. Los vaqueros también me ayudaron para no repetir la irritación cutánea que me provocó el contacto con la planta en mi primera visita al mundo azul. Sin embargo, esa previsión no evitó la picadura de una abeja —esta vez en el brazo—, de las que solían reunirse en aquellos parajes; por lo visto no le hizo gracia mi presencia aunque sí mi piel, a juzgar por el aguijón que enterró en ella.

—Espera —dijo Daniel agachándose para coger un poco de barro que mezcló con algo de agua a modo de masilla y que extendió en mi antebrazo, sobre la picadura, no sin antes extraer el aguijón—. Menos mal que has traído una botella de agua —comentó mientras empezaba a reírse por algo que estaba cobrando vida en su cabeza y que finalmente compartió conmigo—. La última vez que hice esto éramos unos críos, y tu marido y yo tuvimos que mear sobre el barro para hacer una especie de cataplasma en el cuello de tu cuñado. —Me miró a modo de disculpa. Desde hacía tiempo, habíamos sustituido esa acepción por otra más acorde a su condición—: El Zombi tiene anafilaxia —por Jonas sabía que era una reacción alérgica grave, en este caso al veneno de himenópteros— y era eso o dejarle que se nos muriera en menos de treinta minutos. Entonces no se estilaba el autoinyector de epinefrina que se lleva ahora. —Sonrió al ver la expresión de mi rostro respecto a las oportunidades perdidas—. Te recuerdo que estás hablando con un hombre de Dios.

—Entonces no lo eras. Y yo te recuerdo que tu jefe no goza de mis simpatías.

Mientras se lavaba las manos con el agua que quedaba en la botella para deshacerse de los restos de barro anaranjado que tenía en los dedos, algo le llamó la atención en mi cara.

—¿Qué es eso? —preguntó.

Me llevó unos segundos entender que «eso» era un prominente chichón en mi sien izquierda, resultante de la visita a la cuneta que había hecho con el coche unos minutos antes.

—Nada, un daño colateral. —Al ver la expresión de Daniel, amplié mi explicación—: Se me cruzó un perro en la carretera. Y acabé en la cuneta y con un chichón.

—Igual ha sido el mismo perro que ha mordido esta mañana al Zombi —me confió divertido—. Es verdad, no bromeo. Y no es la primera vez.

Era cierto: en más de una ocasión tuvo problemas con ellos

o con sus amos, que le habían sorprendido pegando a los animales o arrojándoles piedras y hasta agua hirviendo. Daniel volvió a interesarse por mi sien.

—Deberías ponerte aceite de lavanda. Cuando lleguemos a casa, lo haremos. Recuerda que es bueno para la hinchazón.

Lo clasifiqué en el apartado de olvidos. Uno más.

No teníamos prisa, pero se acercaba la hora de comer y nos dirigimos hacia mi coche. Daniel había organizado una comida con los amigos más cercanos de Jonas, lo más íntimos, el famoso cuarteto, a la que Carla llegaría con tiempo suficiente, y eso me alegró. El cóctel Daniel-Carla prometía ser explosivo, y en aquel momento de mi vida necesitaba explosiones ajenas que acallaran mi ruidosa fábrica de recuerdos.

Aquella misma tarde noche se celebraba la misa funeral en memoria de Jonas. Ni él ni yo fuimos nunca especialmente creyentes, pero jamás nos molestaron las misas, los rezos, ni las vigilias. «Ni él ni yo.» Los dos. Me resultaba imposible hablar en singular. Seguía utilizando la primera persona del plural como sujeto de mis frases, igual que seguía haciendo la compra para dos, pensando por los dos, actuando por los dos, decidiendo por los dos. Era incapaz de crear costumbres nuevas, de instaurar hábitos propios. Comía sus platos favoritos, leía sus libros —acababa de terminar *Groucho y yo. Memorias de un amante sarnoso* y sobre la mesilla me esperaba *La ciencia del exterminio*, de Silvain Reiner; en ocasiones el mimetismo resultaba atroz—. Me enganchaba una y otra vez a sus películas; siempre que ponían una ambientada en la Segunda Guerra Mundial, me quedaba petrificada y la veía hasta el final. La de *El pianista* me negué a verla hasta tal punto que cada vez que la emitían por televisión y nos pillaba juntos en el sofá, le arrebataba el mando. Se marchó sin ver a Adrien Brody sobreviviendo en Polonia y, desde entonces, yo no me la perdía cuando la programaban. La culpa de la ausencia, supongo. O de las cuentas pendientes, las que quedan sin saldar.

Mi mundo seguía siendo un mundo de dos en el que yo residía como refugiada. Me dije que sería cuestión de acostumbrarse. Aunque a ciertas visiones es imposible habituarse. Lo supe nada más verle.

6

Primero un perro cruzándose en mi camino mientras me mira como si me estuviera perdonando la vida, cuando creo que fui yo quien se la perdonó a él; luego una abeja reivindicando en mi antebrazo su precedencia en el mundo azul, y ahora semejante espectro atravesando la carretera a unos metros del primer semáforo en rojo de todo Tármino. El día solo podía ir a mejor.

Si un saco de boxeo viejo y maleado tuviera la capacidad de caminar, tendría ese mismo aspecto. Intenté recordar cuándo fue la última vez que vi a Marco. De nuevo la cuenta carcelaria. Dos meses, una semana y tres días. Hay fechas que son cicatrices en el calendario, como hay visiones que se convierten en golpes directos a la retina.

Estábamos en el tanatorio. Daniel se había hecho cargo de la parafernalia funeraria para aliviarme a mí el peso: había elegido el ataúd, las coronas —se encargó de que la más grande fuera una de rosas rojas atravesada por una cinta en la que se leía TU ESPOSA—, la urna, se había ocupado de la contratación del cuarteto de cuerda que despediría a mi marido con la pieza clásica con la que a él le gustaba evadirse, el texto de despedida, las esquelas... Así que ese día yo no tenía más horizonte que la caja de madera en la que Jonas «descansaba» —qué concepto más hipócrita—, y aun así me resultó imposible eludir aquella visión: un abrigo de cuadros grandes que le llegaba hasta los pies, una corbata verde con un enorme pato Donald monopolizando el centro de la tela y un sombrero de cazador al que ni siquiera había despojado de una ridícula pluma, que, insistiendo en la farsa del atuendo, no era ni auténtica. Siempre supo cómo aparecer en los sitios para atraer la atención.

La víspera de la incineración ya le intuimos cuando nos llegaron noticias de que un energúmeno había aparecido en la puerta del hospital exigiendo entrar y velar el cuerpo. No podía saber que el propio Jonas había prohibido cualquier vigilia en muerte que no fuera la de sus amigos más cercanos celebrando su vida junto a él, a golpe de anécdotas, martinis y risas. La muerte de Jonas, como su vida, se reservaba el derecho de admisión. Era imposible que Marco lo supiera porque llevaba diez años sin hablar con él, sin mirarle, sin terciar un saludo, una llamada, sin preguntar cómo estaba ni interesarse por su salud cuando ya sabía que estaba enfermo. Se enteró porque Jonas sabía que su cáncer podría guardar cierta carga genética y lo correcto era avisar a aquellos con quienes la compartía, independientemente de la relación personal que existiera entre ellos. En la práctica, esa noticia solo afectaba a dos personas: a su hermano Marco y a Daniel. A su hija ya no podía afectarla.

Había fallecido cinco años atrás en un centro de desintoxicación, donde terminó sus días siguiendo el mismo camino trazado por su madre y compartiendo su misma suerte, trabajada a conciencia por ambas. No llegué a conocerla, tan solo supe de ella a través de los mensajes de voz que dejaba en nuestro contestador de casa o en el móvil de Jonas, mensajes plagados de insultos, amenazas, chantajes y peticiones de dinero cuando las cosas le iban mal, que era continuamente. Jamás había conocido un rencor semejante al de ella hacia su padre. Siempre le odió porque ella no se parecía a él, pese a haberlo tenido todo para lograrlo. Quizá creyó que metiéndose en el mundo de la droga y la bebida, como había hecho su madre, le recuperaría. Puede que fuera un intento desesperado de llamar su atención, pero fue el más torpe de todos. No quería su respeto ni su cariño, quería arruinarle la vida como aprendió de las enseñanzas de su madre, una mujer griega doce años mayor que él, que juró vengarse de su abandono hasta las últimas consecuencias, aunque le fuera la vida en ello. Incluso cuando fue detenida en el aeropuerto de Madrid —su detención salió en las noticias— con catorce kilos de cocaína repartidos en doce paquetes que había introducido en la maleta de su hija, juró ante la policía que era un encargo de Jonas y que él era el único responsable. Cuando vio que aquello no le funcionaba, argumentó que era una víctima inducida por él, y lo acusó entonces de haberlas iniciado a ella y a su hija en el consumo de drogas. Cuanto más trataba de hundirle y de calumniarle, peor parada salía de su absurdo, falaz y vengativo intento.

Una vez Daniel intentó que entrara en razón, y cuando le preguntó por qué mentía sobre Jonas, ella le respondió que «porque puedo, porque los abandonos se pagan y porque no voy a parar hasta verle muerto». Era como observar las acometidas de una loca encerrada en un cuarto acolchado propio de un relato de terror, culpando al mundo, y especialmente a Jonas, de desgracias de las que solo ella era responsable. Pensaba que gritándolas a todo aquel que quisiera escucharlas les conferiría cierta verosimilitud, pero nada más lejos de la realidad. Ese mismo odio se lo inoculó a su hija, que, antes de entender la situación, prefirió aprovecharse de ella al creer que eso le facilitaría la vida. Era la prueba palpable de que el odio guarda herencia generacional. Un día le escribió un mensaje a su padre diciéndole que bailaría sobre su tumba, y horas más tarde le envió otro comunicándole que había pensado no trabajar nunca, ya que podría vivir sin problemas con lo que heredaría de su madre y de su padre cuando éstos murieran. Los amigos más íntimos, así como su abogado y la propia policía, recomendaron a Jonas bloquear su móvil, cortar todo contacto con ella aunque fuera por no tener que aguantar los exabruptos nacidos de la rabia y de la maldad. Pero él no quiso hacerlo: pensaba que si algún día le pasara algo a su hija —y estaba convencido de que así sería—, le llamarían a él. Y así sucedió una madrugada, cuando su teléfono sonó y le comunicaron que la chica había muerto de una sobredosis en el propio centro de desintoxicación. Siempre terminaba haciéndose cargo de su desbaratada vida, incluso de su desconcertado y trágico final. Creo que Jonas nunca sintió odio por ella, ni siquiera por su madre. Le provocaban más lástima que cualquier otro sentimiento relacionado con el rencor. No valía la pena malgastar la vida en personas y situaciones que no lo merecían. En cualquier caso, a ella, a su hija, ya no tendría que llamarla.

A Daniel se lo dijo en persona, compartiendo miradas y apretando su mano, como eliges decir las cosas trascendentes a las personas importantes.

Solo tuvo que hacer una llamada, a su hermano Marco. «Ah, vale. Pues ya veré qué hago porque yo me encuentro bien.» Después de la carga emotiva que vertió en su respuesta, ni una llamada. En todo el año de enfermedad, ni una comunicación. Nada. En el fondo, lo agradecimos, especialmente Jonas. Mi interior optó por enquistarlo en silencio y, cada cierto tiempo, supuraba pus que quedó infectado.

Como en el hospital nadie sabía quién era el descerebrado que insistía en vociferar bufidos exigiendo «velar a mi hermano», llamaron a la policía y terminó pasando la noche en comisaría, no sé si por el estado de embriaguez que presentaba o por miedo a que dañara a alguien. Lamentablemente, salió de allí con tiempo para presentarse disfrazado de payaso en el tanatorio.

Marco. Las cinco letras más absurdas, falsas e innecesarias que existían en el mundo. No porque ése fuera su nombre, es que ni siquiera lo era. Supongo que ni él mismo se gustaba y decidió hacer algo al respecto. Un día apareció en el pueblo demandando —él no pedía, él directamente exigía— que le llamaran Marco, que ya no era Herminio, ni mucho menos «Hermo», como le llamaban todos, y que nunca más respondería por ese nombre. Más allá de sembrar inquietud, los lugareños encontraron un buen tema del que mofarse. El Zombi tenía esa facilidad para hacer amigos.

Desde el interior del coche y con el silencio cómplice de Daniel, que ocupaba el asiento del copiloto, comprobé que hay personas no cambian nunca. Su andar seguía siendo el de un palmípedo, a cuya impresión ayudaba el paso marcial acompasado por sus pequeños brazos, acabados en unas manos cortas —una de ellas vendada, seguramente por la mordedura del perro de la que me había hablado Daniel— de dedos rechonchos y peludos, siempre estirados, sin opción a la articulación. Me fijé en el vendaje blanco que lleva en la mano derecha y le imaginé huyendo del perro que le había mordido horas antes. Iba balanceando el cuerpo de lado a lado, perfeccionando una timorata cojera. No se sentía cómodo en él, era comprensible. Tampoco ayudaba que la cabeza no hubiera encontrado la complicidad de un cuello que pudiera separarla de la espalda y se viera condenada a hundirse entre los hombros. Me pregunté cómo un cuello inexistente podía mostrarse tan rugoso. Su gusto por la ropa no había mejorado con el tiempo, quizá su trabajo en la funeraria no le había ayudado a optimizarlo. Con el textil siempre tuvo problemas. Nunca llevó bien tener que heredar la ropa de su hermano mayor y la de su primo. En la adolescencia, la vida resulta cruel y las comparaciones pueden ser dolorosas.

Creo que el encono que Marco profesaba hacia Jonas y Daniel nació en esos pedazos de tela que pasaban de generación en generación; sentía que vivía de las sobras y eso le infectó con el virus del rencor y la inquina. No le gustaba su vida porque estaba más interesado en envidiar la de los demás. El primer día que entré en su casa —y creo que fue el único— me llamó la atención una fotografía enmarcada en el recibidor. Me provocó cierto rechazo y no entendía por qué. Había algo lúgubre, extraño, umbroso en aquella foto encuadrada en un marco igual de llamativo. Al principio pensé que mi oficio no me permitía ver las cosas con la normalidad habitual, pero más tarde Jonas me sacó de dudas: «*Recorta las caras de los demás en las fotografías y pega la suya en los huecos. Así puede decir que ha estado con personalidades que no ha visto ni de lejos, y en lugares que, en realidad, nunca ha visitado*». Algunas personas están en el mundo para llenar un vacío. No un vacío de algo o de alguien; simplemente un vacío, me refiero a la nada. Pero como la vida es generosa, especialmente con quien no se lo merece, todavía encuentran un hueco, aunque sea manipulando una fotografía.

El saco de boxeo viejo y maleado seguía estropeándome el paisaje.

Por un momento fue como si mi coche ocupase un lugar en un autocine fantasma, uno de esos cines de verano a los que acudes con tu vehículo, tu acompañante y tus palomitas, y ves la película a través del parabrisas.

—¿Estás bien? —Daniel esperó unos segundos y al no recibir respuesta, insistió—: ¿Lena?

—¿Sabes que se presentó en la notaría exigiendo estar presente en la lectura del testamento? —pregunté, obviando una contestación a su pregunta. Mi voz parecía más clara, había recuperado parte de la nitidez perdida en los últimos días por culpa de la inoportuna afasia. Por un segundo pensé que mi afonía era selectiva, que aparecía y desaparecía dependiendo de quién fuera mi interlocutor. O eso, o ciertos recuerdos lubricaban mis cuerdas vocales.

—Yo estaba allí. Eras tú la que no estaba —me recordó certeramente. Daniel, en su calidad de albacea nombrado por Jonas, me había evitado también ese trámite.

—Es verdad. Se me había olvidado. —Aquello era nuevo para mí: recordar y olvidar lo no vivido. A veces, te identificas tanto con las cosas que te cuentan, que crees haberlas vivido—. Donde no estabas era en el despacho de mi abogado cuando se presentó para impugnar no sé el qué.

—Aún hay algo más divertido que no sabes —me confió, iniciando su media sonrisa de costado, marca de la casa—. Quería comprarse una Harley Davidson con el dinero que pensaba que le había dejado Jonas. Tenía elegido hasta el modelo: una Iron 883. Se paseaba por todo el pueblo con un folleto de publicidad en la mano. «Estilo agresivo retro con comodidades modernas. No hay que pulir esta máquina. Solo súbete y sal a rodar.» Así lo anunciaban. Y también decía algo de que se mostraba con color Olive Gold. Me lo sé de memoria porque durante semanas, a cada sitio que iba, lo hacía con el catálogo, lo ponía encima de la mesa y comenzaba a hablar de sus prestaciones. Un día dejó de hacerlo. Supongo que abandonó la idea de salir a rodar.

La confesión hizo que ambos apartásemos la vista del parabrisas para buscarnos con la mirada. No pudimos evitar una sonrisa, la mía más escueta, contenida, sin alcanzar la condición de risa, no sé si por el regreso de la recurrente afonía o por miedo a haberla olvidado. Pero la suya alcanzó la categoría de carcajada. La burla no era por la desfachatez de Marco al esperar algo de alguien a quien había traicionado, vilipendiado, odiado y envidiado toda su vida, a pesar de que ese alguien se la hubiera salvado en varias ocasiones. La mofa era por imaginar semejante cuerpo subido a una Harley Davidson. Nos sentimos igual que los lugareños al ser informados de que Hermo ya no era Hermo.

—¿Tienes hambre?

—No mucha —respondí sabiendo que mi estómago continuaba cerrado desde la muerte de Jonas.

—Tienes que comer. —Daniel miró el semáforo—. Es la segunda vez que se pone en verde. Lo mismo tendríamos que pasar.

Me sorprendió. Por fin un semáforo que no me hacía esperar, más bien era yo quien ignoraba sus órdenes. Estaba en lo cierto. El día solo podía mejorar.

7

Aparqué el coche como solía hacerlo él. En la parte trasera de la casa de piedra y madera que se levantaba en dos plantas, y que el padre de Jonas había construido tomando como referencia lo que para él era lo mejor de la hacienda: el olivo de tronco grueso y porte retorcido al que don Javier llamaba Viejo Amigo, y que llevaba más de veinte años custodiando sus cenizas.

Aparcábamos bajo su copa apaisada, extensa y colmada de ramas entrelazadas, al resguardo de la sombra. Cumplir con el ritual obligaba a hacer una serie de maniobras complicadas para dejar el vehículo con la parte delantera mirando a la salida, preparado para facilitar la marcha. Cuando iba a Tármino con Jonas y le veía maniobrar, no entendía por qué había que adelantar el trabajo. Anteponerse al destino me resultaba inútil y poco productivo. Pero ya no me planteaba idoneidades. Él lo hacía, yo lo hacía. Ésa era la hoja de ruta que prevalecía sobre cualquier lógica.

En el rostro de Daniel volvió a dibujarse su media sonrisa al ver cómo calcaba las costumbres de Jonas, pero no dijo nada. Temía un «¿Quieres hacerlo tú?» o un «¿Hay algún problema?», y no estaba dispuesto a entrar en esa conversación que sabía acabaría perdiendo. Ser un experto en silencios te hace precavido.

Fue él el encargado de abrir la puerta de madera y hierro forjado de la casa, mientras yo adoptaba la identidad de una sombra. Siempre se mostró encantado con el rol de guardés que le había sido encomendado tanto en vida de Jonas como en su pérdida. Tuve la certeza de que no lo hizo por costumbre, ni por caballerosidad, ni por encender las luces antes de que yo entrara, ni tampoco por dejar mi pequeño bolso de viaje —que previamente recogió del maletero mientras yo me hacía cargo del cofre de granito blanco con las cenizas de Jonas— a la entrada del comedor, sobre la mecedora que nunca había tenido más uso que el de acomodar el equipaje. Lo hizo para que la bofetada de la ausencia no me tirara al suelo, como sucedió en la casa de Madrid. Entré con cierta cautela, como si temiera que, en cualquier momento, algo en forma de recuerdo se abalanzara sobre mí. No me lo dijo pero intuí que había estado varias veces, no solo para comprobar que la limpieza estaba hecha, sino para asegurarse de que ninguna presencia incómoda me hiciera el regreso más difícil. Todo estaba igual aunque se notaba la mano de Daniel que tiernamente había retirado los vestigios de la última vez que estuvimos allí. No había rastro de las cajas de medicinas, ni de las flores que se quedaron en los jarrones por nuestra precipitada salida, ni del vaporizador portátil que se convirtió en un aliado vital, ni de la cena que quedó abandonada sobre la mesa, ni de las luces encendidas...

—No sabía qué hacer con su ropa. No estaba seguro de lo que pensabas hacer con ella. Pero si quieres, en una hora, lo pongo todo en cajas. Tampoco dejó mucho.

Es cierto que la voz de las personas disminuye varios tonos cuando hablan de cosas tristes, delicadas, incómodas. El dolor y la pena aflautan su timbre y se torna en timidez pasajera. Quizá de ahí venía mi afonía.

—Voy a ver si está encendida la caldera. Milagros limpia muy bien, pero de encender el agua y el gas anda bastante corta, la pobre, es normal...

Daniel sabía que estaba todo en orden pero también era consciente de que yo necesitaba cierto tiempo y espacio para hacerme con la casa. Como siempre, sabía dónde estar, sin usurpar lugares que no le correspondían. En el fondo, creo que era él quien más lo necesitaba, al fin y al cabo yo había desarrollado un imaginario radar que me aislaba o me conectaba al mundo según los inputs de recuerdos que recibiera. Me había convertido en una autista caprichosa y autodidacta. El encendido y el apagado dependían de mí.

No tenía prisa.

Recorrí las estancias muy despacio, mirando lo que iba apareciendo ante mí como en los libros troquelados infantiles, donde en cada página la historia y sus personajes se despliegan tridimensionalmente. Ésa era la percepción, caminar por un espacio en 3D, con la sensación de estar buscando lo que no había desaparecido antes de encontrar lo que aún sobrevivía a la limpieza de Milagros y la aniquilación selectiva de Daniel. Había estado allí cientos de veces y, sin embargo, me pareció otra casa, otros muebles, otras paredes. Incluso la luz que entraba por los ventanales del comedor o de la cocina —retrasé la visita a nuestro dormitorio en la planta superior todo lo que puede— me parecía diferente. La casa entera me recibía como disfrazada con la artificiosidad de un mal cómico, un actor de teatro sobreactuado, de los que gritan el chiste en vez de modularlo con naturalidad, creyendo que el público es idiota y no sabrá reírse por sí mismo cuando escuche la supuesta gracia. Parecía que habitaba otra casa. Había días que me sucedía lo mismo con mi cuerpo, en el que me sentía una extraña. Nuestro refugio en el mundo azul me devolvía una imagen tan irreal que tuve la impresión de estar haciendo un recorrido virtual a través de una cámara web, como esos vídeos que cuelgan las inmobiliarias que han decidido que vende mejor la imagen en movimiento que la fotografía. Allá cada uno con sus errores.

Centré la vista en las velas a medio consumir —podía recordar la última vez que había encendido cada una de ellas, hasta podía señalar el lugar exacto que ocupaba Jonas mientras lo hacía—; en las columnas de libros antiguos que él prefería colocar en el suelo antes que en las baldas de la biblioteca; en los troncos de madera para la chimenea que se entretenía en apilar para que, cuando huyéramos de Madrid los fines de semanas de invierno, supiéramos que el calor estaba asegurado; en el tablero de ajedrez que aún mantenía la partida inacabada, como esos relojes que se paran, congelando la hora que marcan las manecillas justo en el momento en que se produjo el golpe mortal, la fatal sacudida. A Daniel se le había pasado ese detalle. En cierto sentido, lo agradecí. Aquel desliz sobre la superficie reticulada de treinta y dos casillas blancas y otras tantas negras era lo único que me demostraba que un día había estado allí.

En ese instante, mi cuerpo empezó a entrar en calor, abandonando la sensación glacial que había acampado en mis huesos desde que crucé el umbral de la casa. Tenía las manos frías y comencé a frotarlas entre sí, confiando en recuperar la sensibilidad. Algo me invitó a rescatar el sentido del tacto. El pequeño juego de café que compramos en Sintra durante nuestro último viaje a Portugal. Para ser sincera, fue regalo de Daniel, que decidió aprovechar la siesta a la que el resto nos abandonamos para acercarse a una de las mejores tiendas especializadas en porcelana portuguesa, donde vendían la auténtica loza de la casa Vista Alegre. Era una colección de seis tazas, con sus correspondientes seis platos y sus seis cucharillas, en tonos azules y con un dibujo delicado, cuyo diseño original databa de 1841. No recordaba haberlas usado nunca. Estaban allí, esperando, como esperaba yo ante un semáforo en rojo. A su lado, una foto enmarcada me sacudió. No sé si lo hizo más la imagen de Jonas o la voz de Daniel.

—¿Has vuelto a hacer fotos?

Tenía la respuesta a su pregunta en la cabeza, pero no oí que descendiera hasta mi boca para verbalizarla. Desde hacía dos meses, una semana y cuatro días no había vuelto a hacer una foto. Nueve semanas y media, hubiera dicho una embarazada. Cada uno contabiliza la vida en las unidades de tiempo que le marcan sus circunstancias. No sé por qué hice esa inoportuna comparación. Mis manos siguieron el trayecto hasta mi vientre. Volvían a estar heladas. Aquella conversación también se nos quedó pendiente. Y esa foto me lo recordó. Era un retrato de Jonas que me empeñé en hacerle minutos antes de abandonar Sintra. Pero no logré captar el gesto que yo pretendía y que ideé secretamente, con la emoción nerviosa de quien organiza una fiesta de cumpleaños sorpresa. Pensé en darle la noticia al tiempo que apretaba el botón de mi cámara con el deseo de poder captar la expresión de su cara al escuchar lo que tenía que decirle. Así, él podría ver su rostro de asombro tal cual iba a verlo yo. Una llamada inoportuna en su móvil desbarató mis planes. Perdí los ángulos de su rostro en la pantalla de mi cámara, y él, la oportunidad de escuchar algo que anhelaba desde hacía mucho tiempo. En aquel momento no me importó, aunque conocía la ley de la buena fotografía: cuando desaprovechas la oportunidad de hacer una foto, la extravías para siempre, jamás volverás a tener ese instante aunque dispongas de un segundo disparo. La magia, la luz y el momento se evaporan, huyen. Encuadra, enfoca y dispara; todo lo demás es tiempo perdido que nunca volverá.

Estaba deseando decírselo pero necesitaba que fuera algo especial. Ya habría tiempo. Siempre decimos eso cuando nos creemos inmortales, supervivientes por derecho adquirido, «Ya habrá tiempo». Aquella foto frustrada que ahora me observaba se la hice horas antes de coger el vuelo en el aeropuerto de Lisboa que nos llevaría a Madrid. A la mañana siguiente llegó esa llamada que lo cambió todo. «Me quedaría más tranquilo si te hicieras más pruebas... De hecho, acércate ahora mismo y que te lo vean.» Y entre todo el dolor que me bombardeó sin tregua por todos los flancos, incluso por los que no sabía ni que existieran, el mayor fue preguntarme por qué no se lo había dicho, por qué había preferido esperar a un momento estúpidamente ideado como más romántico. Quizá si lo hubiera sabido, lo habría ayudado a sobrellevar el impacto. Pero ahora, no. Ya era tarde. No era el momento, como la fotografía que se pierde por no hacerla en el instante exacto.

Cada día me planteé decírselo, darle la noticia que llevábamos esperando desde hacía años, pero más que una alegría me parecía un desahogo egoísta, y no podía ser tan cruel. Por un lado, quería contárselo porque eso me haría sentir mejor, pero por el otro, sabía que incrementaría su carga anímica. La verdad, como la sinceridad, como la fotografía, tiene su momento. Si lo haces antes o después, aunque difiera unos segundos, puedes herir a una persona de por vida. Perdí al bebé a las cuarenta y ocho horas de recibir el mazazo en forma de palabra, «cáncer». Agradecí que la pérdida no fuera de noche o de madrugada, cuando hubiera tenido que darle explicaciones. Cuando pasó, él estaba trabajando. Estaba de dos meses y medio, aunque lo confirmé durante nuestra estancia en Sintra, escondida en el cuarto de baño del hotel Penha Longa, uno de nuestros rincones favoritos donde un día pensamos organizar nuestra boda. ¿Cómo iba a decírselo? Le había oído preguntar si llegaría a Navidad. No podía hacerle eso. Si la vida y yo misma le negamos la oportunidad de alegrarse por la llegada de un bebé, no teníamos derecho a entristecerle por su pérdida. Eso tendría que gestionarlo yo sola. Nadie te enseña cómo se sobrevive a una pérdida, ni recurriendo a mi propia experiencia podía hacerlo y eso que había adquirido la suficiente: mi padre, mi hermana Lucía, Jonas... él sobre todas las cosas. Pensándolo bien, tampoco podría arreglar nada. Las malas noticias se comparten para aliviar cargas, no para aumentarlas. Habíamos perdido la posibilidad de convertirnos en padres. No la recuperaríamos hablando, llorando ni lamentándonos.

Ni siquiera me atreví a decírselo a ninguna de sus fotos. Había empezado a hablar con ellas, no con todas, solo en las que aparecía él sonriendo. Si no hubiera sido por Daniel, se lo habría explicado en voz alta al retrato que en esos momentos mantenía en mi mano. «Casi lo conseguimos, si hubiéramos tenido unos meses más, si no hubiéramos ido ese día a la consulta, si lo hubiéramos dejado para otra ocasión, si el tratamiento hubiese funcionado, si no hubieras sufrido esa inesperada recaída...» El condicional estaba demasiado presente en mi vocabulario y monopolizaba mis planes, que se habían quedado estancados en el pasado. Era allí donde mi vida transcurría, en el pasado, en las manos que ya no podían tocarme —la mano de Jonas sobre mi pecho era el único bálsamo que frenaba mis arritmias y también eso lo echaba de menos—, en la voz que ya no me hablaba, en los ojos que no podían mirarme, en la risa que ya no sonaba. No es que viviera en un constante *déjà vu*. Lo mío era un dejar de vivir. Mi identidad fondeaba en el pasado. Allí se vivía mejor. Nadie podía culparme. Pero tampoco podía engañarme: si mi vida se había derrumbado, lo que hacía ahora era vivir entre escombros. A veces es mejor recordar la vida que vivirla, se sufre menos.

Mirando aquella fotografía de su retrato frustrado me hubiera gustado echarme a llorar, pero llorar de verdad. No se sabe lo que es llorar hasta que pierdes a quien más quieres y eres dolorosamente consciente de que nunca más volverás a verle. Lo que se hace hasta entonces es un ensayo sin fuerza, sin sentido, sin legitimidad, sin motivo, como el simulacro de un incendio o el que hacen en los cruceros nada más llegar y que, en caso de fuego o hundimiento real, no te sirve de nada porque, en mitad de la realidad, la simulación resulta inútil. Quería llorar hasta la asfixia, como aprendí a llorar desde el pasado 3 de mayo. Ni siquiera antes de su muerte, cuando corría a esconderme al cuarto de baño, en el coche o en cualquier agujero que me concediera un refugio de intimidad y de invisibilidad que evitara que él me viera, sabía lo que era llorar hasta secarte por dentro.

Un mero ensayo general de aficionados. Pensé si el ahogado sentiría lo mismo: unos segundos de asfixia, de dolor, siendo consciente de que te mueres, unos instantes dramáticos, para luego experimentar un estado de tranquilidad en el que te abandonas por puro agotamiento. Dicen que el ahogamiento es la muerte más dulce. Claro que eso aseguran los que nunca se han ahogado.

No pude llorar, no por falta de ganas sino porque el verdadero desahogo no admite compañía. Y aún le debía una respuesta a Daniel que fuera más allá de la consabida negación con la cabeza y un lánguido monosílabo. ¿Volver a hacer fotos?

—Todavía no. Se me resiste el enfoque y no doy con el encuadre, ni con la luz. La verdad es que no encuentro nada que me apetezca mirar por un objetivo.

—Volverás a hacerlo. Cuando lo encuentres, cogerás la cámara y entonces no pararás de hacer fotos —dijo mientras quitaba el tapón de un pequeño frasco de vidrio transparente, sin etiqueta alguna—. Para el chichón, verás como baja.

Me reconfortó el olor a lavanda. Aquel aceite olía distinto al que se compraba en las tiendas. A lo mejor por eso el recipiente no tenía etiqueta, porque a los productos de consumo propio le echan algo exclusivo, único, muy personal que niegan al gran público. No sentí ningún alivio en mi hinchazón, excepto el olfativo. Tal vez eso amortiguó el golpe que me lanzó en forma de propuesta:

—Quizá esta tarde, antes del funeral...

Daniel dejó caer una idea que no sé si me parecía una genialidad o la invitación más siniestra del mundo. Me proponía fotografiar el paraje donde esa misma tarde esparciríamos las cenizas de Jonas. Me llevó unos segundos digerirlo. Le miré entre asustada y sorprendida, y su expresión no difería demasiado de la mía. Cuando la posibilidad de que no fuera tan mala idea cruzó por mi cabeza, ya estaba haciendo la composición de lugar. Era la mejor hora, la más tranquila, la más esquiva a miradas indiscretas y la que propiciaba una mayor intimidad. Por no hablar de que era el mejor momento de luz para hacer una fotografía que prometía convertirse en histórica: la primera fotografía de la era pos-Jonas.

Sería el instante perfecto, en unas horas. Mañana, con la celebración del Festival de la Lavanda, resultaría imposible, demasiada gente, demasiado interés y demasiada carga emocional. La buena fotografía huele la oportunidad. Las fotos vienen solas. Sin embargo, mi gesto no mostró demasiado convencimiento. Y Daniel insistió.

—Así podrás verle aunque no le veas como estás acostumbrada. Así le sentirás, que es lo que de verdad importa. La insinuación y la imaginación siempre han funcionado mejor en una fotografía. Eso me lo dijiste tú justo ahí, en Sintra —dijo, señalando el retrato de Jonas.

Recordaba el momento en que había tomado esa foto, en mitad del parque de la Libertad, una espectacular explosión de la naturaleza situada en el centro de la ciudad, junto al Palacio Nacional, y salpicada artísticamente con esculturas de animales reales e irreales. Era un rincón único que invitaba a perderse, que es lo que solía suceder cuando algún visitante se despistaba en mitad de la frondosa flora. Me gustaba hacer fotos allí porque nada de lo que habitaba aquel paraje posaba para la foto y las personas se contagiaban de esa actitud. Seguía una de las máximas de la fotografía: nada es ajeno a su entorno. Aquél era el lugar elegido para hacerle el retrato a Jonas que una inoportuna llamada de teléfono frustró.

—No tienes que decidirlo ahora. Tú llevas la cámara, como veo que sigues haciendo —dijo recordando que casi se había sentado encima de ella cuando subió al coche—, y si se tercia, lo haces. Será tu elección. Nadie te empujará a ello. No tienes que decírselo a nadie.

Un estruendo seco y metálico acabó con nuestra sesión de fotos imaginaria. El ruido venía del exterior. Ambos nos apresuramos a salir fuera de la casa, incapaces de entender qué podía haber pasado. Sonaba como si algo contundente se hubiera comido la verja de entrada. Creímos que el mundo azul había caído y se estaba haciendo añicos.

—¡Coñññññññño! —Me gustaba esa cadencia tan peculiar que tenía Carla de pronunciar las palabras soeces. Le pasaba también cuando blasfemaba y juraba en arameo. No existía nadie cuyo aspecto físico desentonara más con lo que le salía de su boca. Como decía Jonas, era como poner a un Cristo dos pistolas. Ésa sí que era una buena fotografía—. No hay campo, ¿verdad? —dijo señalando la extensión de tierra a su alrededor, incluido el mar violeta—. No tenéis campo, lo habéis ocupado con los ramitos de violetas y tenéis que poner aquí esta mierda de piedra para joderme el chasis, o como leche se llame lo que quiera que haya ahí en los bajos de mi carro.

Carla salió como pudo del vehículo, después de comprobar que no arrancaba y que por mucho que apretara el acelerador —ella no lo pisaba, lo apretaba como si buscara tocar fondo—, la cosa no mejoraba. Se recompuso sobre sus tacones y apretó el paso para abrazarme. Podía cambiar de actitud, de composición y de expresión en milésimas de segundo. Tenía alma de fotografía.

—Ven aquí. Los abrazos hay que sentirlos, se tienen que dar de verdad, hay que apretar fuerte para transmitir todo el amor que llevamos dentro hacia la otra persona. Y tú eso nunca has sabido hacerlo, al menos conmigo —dijo sin apenas respirar, para más tarde recordarme que tenía mala cara y con peor color que ayer—. Tú debes de ser Daniel, ¿verdad? Sí, seguro. Porque si creyera que fueras Marco, me estaría dando una embolia. —Y extendió la mano, para acabar el saludo con un par de besos.

—Ya le conoces, Carla. Le viste en el tanatorio... y en nuestra boda —le recordé.

—Es verdad, pero entonces no me pareciste tan atractivo.

Es que la toga esa que os ponéis no os favorece tanto como pensáis los hombres de Dios.

—Se llama sotana... —puntualizó Daniel sin poder evitar su mueca característica. Conociendo a Carla, esa media sonrisa de costado no era buena idea—. Me alegra que hayas venido. A Lena le sentará bien.

—Yo, por mi amiga, me bebo el océano y luego lo vomito si hace falta. ¿Y qué? ¿Ya has visto al Zombi? —me preguntó, mientras elevaba un brazo por encima de la cabeza, intentando buscar algo de cobertura en su móvil, cosa que en algunos parajes de Tármino era misión imposible—. ¿Le habéis metido? Porque digo yo que, ya que nos hemos decidido a venir, tendremos que aprovechar el tiempo y no dejar nada pendiente, por si tardamos otro tanto en volver. ¿Tú qué piensas, Daniel?

—Pienso que deberíamos coger el coche y acercarnos a la casa de Roberto. Nos están esperando para comer un delicioso cabrito.

Sonreí al pensar en Roberto. Era el hijo de Tasio, aquel hombre al que don Javier había salvado de morir por una venganza familiar disfrazada de represalia guerracivilista, y que logró cumplir la última voluntad de su padre: que doscientas hectáreas del mundo azul acabaran en manos de su salvador, en este caso, de su hijo Jonas. La vida se encargó de convertir a los vástagos de aquellos hombres en grandes amigos.

—Me encanta el cabrito —dijo Carla relamiéndose, no sé muy bien de qué.

No quise recordarle que era vegetariana y que últimamente se estaba dejando seducir por el veganismo. Las nuevas eras siempre empezaban con grandes cambios de opinión.

La revolución había llegado al mundo azul. Y eso que todavía no había pasado nada.

8

Nada más llegar a la gran casona familiar de los Andrade, sentí que estaba en casa, que había recuperado la familia, la que siempre está ahí aunque la hayas abandonado, la que responde, protege y quiere en la distancia y que rara vez suele compartir árbol genealógico. En los últimos meses había olvidado que el hogar es donde te acogen y siempre te sientes querido.

Me apetecía ver a Roberto, al que encontré con su inseparable delantal, idéntico al que se ponía Jonas durante aquellas jornadas gastronómicas, tapaderas de auténticos aquelarres en los que nadie que centrara la conversación salía vivo. Mis ojos se dirigieron a la leyenda bordada en mitad del mandil de tela con delicadas letras negras: AMOSANDA 1.

—El de tu marido está ahí —dijo Roberto mientras lo señalaba con el cuchillo con el que había comenzado a cortar las primeras lonchas de jamón. Miré en la dirección indicada por la hoja estrecha y flexible. De la parte alta de la puerta colgaba el AMOSANDA 2. También aquel trozo de tela parecía estar esperándole—. Es tuyo. Si te apetece, te lo pones. Y si no, ahí estará siempre, bien situado para seguir controlándolo todo.

Los Amosandas —una deformación del «¡Vamos, anda!»—, ése era su nombre artístico, al menos entre aquellas cuatro paredes y en compañía de la gente a la que querían. Una expresión que acuñaron como grito de guerra cuando uno se jactaba de haber mejorado el plato del otro, y que empezó a fraguarse en las aulas de la Facultad de Medicina de Madrid en la que ambos estudiaron.

Roberto era patólogo en el hospital comarcal que ahora llevaba el nombre de Jonas y fue uno de los impulsores de aquel bonito homenaje. Por supuesto que se lo merecía, pero en la vida no siempre te pasa lo que te mereces. Y además de un reputado patólogo, era un cocinillas que solía competir con su gran amigo para ver quién conseguía el mejor morteruelo de caza o el más delicioso pastel de berenjenas con colas de cangrejo. Aun a riesgo de parecer poco objetiva, era Jonas quien siempre se alzaba con el premio.

También era el maestro jamonero: «*Lonchas pequeñas y finas, con incisiones delgadas, el corte muy estrecho, intentando que lleven grasa intramuscular para que estén más sabrosas*». No fui la única que creyó oír a Jonas, mientras Roberto ocupaba el que siempre era su puesto. Su amigo solía fingir una protesta entre risas: «¡Coño, Jonas, que más que cortar jamón parece que estemos implantando una prótesis en la válvula aórtica!».

—Como sé que no comes carne, te he preparado un bacalao alcarreño que te va a hacer llorar... —dijo ahora, y a continuación intentó tragarse las últimas cinco palabras ante las miradas reprobatorias del resto del grupo, excepto la de Daniel, que siempre sacaba lustre a su sonrisa para quitarle hierro a todo.

Pobre Roberto. Durante unos segundos se quedó quieto, como si eso le fuera a convertir en invisible en mitad de un incómodo silencio. Le sonreí para que no tuviera la impresión de haber dicho algo inoportuno. Eso solía pasarme muy a menudo, el pensar que cualquier palabra dicha en un contexto distinto podría ahondar en mi herida. Supongo que es lo que les ocurre a las personas invidentes cuando alguien quiere tragarse sus palabras después de decirles un «Como verás», o soltarle un «Si ves que tal». Ellos suelen reírse del absurdo sentimiento de culpa ajena. Ahora, yo también lo hacía.

—No te preocupes, Roberto. Vengo llorada de casa, de la de Madrid, así que fíjate si he tenido tiempo —le tranquilicé.

Comencé a olfatear lo que encerraban aquellas fuentes extendidas, una mitad en el aparador de la cocina, y la otra mitad ocupando ya su lugar en la mesa del comedor. La costrada de calabacines, que situé a escasos centímetros de mi nariz para poder olerla mejor, tenía una pinta exquisita. Seguí inspeccionando el despliegue gastronómico que Roberto y compañía habían preparado. Parecía una cena de Navidad. Gracias al cielo, no lo era. Creo que no hubiera podido soportarla. Al ver la cazuela de barro con los famosos duelos y quebrantos no pude evitar pensar en lo que hubiera disfrutado Jonas con esa *delicatessen*, según sus propias palabras. Toda la bola que se me hacía a mí al ver aquel monumento al colesterol y la grasa, para él era un manjar de dioses. Nunca entendí cómo encajaba eso con la cardiología, pero lo hacía a la perfección.

Seguí con mi ronda fiscalizadora, mientras Roberto insistía en describirme con detalle cómo se elaboraba cada plato, como si hubiera alguna opción a que yo siguiera sus indicaciones en algún momento. Solía perder el interés y abandonar todo intento de fingir atención en cuanto oía que lo primero que tenía que hacer era un sofrito, que ni siquiera sabía lo que era. Mi inspección visual llegó a la mejor zona de la exposición, los dulces.

—En lo que veo que insistes es en matarme con tus bizcochos borrachos.

Me giré hacia la puerta de entrada de la cocina por la que, en ese momento, apareció Hugo, el mayor de todos los amigos, el que siempre arrastró una fama de hombre serio, cabal, meticuloso, recto, tan respetuoso como respetable, aunque luego fuera el más campechano de todos. Me hizo especial ilusión abrazarle; era como abrazar a toda una fábrica de algodón.

—¿Te importa explicarle a tu patólogo qué es la intolerancia al alcohol y cómo puede causarme la muerte? —dije, y vi la expresión de Roberto y lo que pasaba por su mente en ese instante: «Entonces del orujo, ni hablamos».

Hugo, el director del hospital de Tármino, levantó hacia mí sus ojos azul cielo y sonrió abiertamente, dejando al descubierto una dentadura amplia y alargada, como lo era su estatura de metro noventa y tres centímetros, mientras se acariciaba esa barba blanca que le echaba unos cuantos años encima y que, según él, «Me da autoridad, como a Charlton Heston en *Los diez mandamientos*». Sin abandonar su gesto circunspecto, que contrastaba con su tono sarcástico, no tardó en defenderse como buen gestor que era.

—La culpa es de tu marido, que me engañó jurándome sobre la Biblia que Roberto era el mejor patólogo del país y todavía estoy pagando una factura millonaria por ser tan confiado. Debí preguntarle de qué país hablaba, pero ya conoces a tu esposo. Cabezón y persuasivo hasta el final. Cuando algo se le mete entre ceja y ceja... —dijo mientras se servía una copa de vino.

Aquellas personas eran las únicas con las que seguía hablando de Jonas en tiempo presente. No evitaban pronunciar su nombre ni hacer burlas divertidas sobre él, las mismas que soltarían en su presencia: como su última metedura de pata con el consejo rector del centro, o su obsesión por que sonara en el quirófano el acto II, escena y dueto del *Don Carlo* de Verdi, a pesar del hartazgo de las enfermeras, que no podían más con el *È lui! desso, l'Infante!... Dio, che nell'alma infondere*, aunque aún llevaban peor el *Die Meistersinger von Nürnberg* de Wagner. «Y encima las cantaba, en alemán, en italiano... o lo que él creía que era alemán e italiano. Tu marido creía haberse tragado a Pavarotti y a Domingo juntos, a los dos, y también a sus gallos.» La camaradería que impregnaba aquellas conversacio-

84

nes me hacía creer que en cualquier momento Jonas aparecería por la puerta con una fuente de perdices sobre una base de su aplaudido pisto manchego, lanzando su habitual amenaza: «*Como sigáis así, no coméis, y lo que es peor, os doy el recital completo de* Das Lied von der Erde *de Mahler, para que os quejéis con razón*». Esa resurrección dialéctica, más que dolerme, me reconfortaba. Y, según me decían Carla y Daniel, se me notaba sobre todo en la mirada, que por unos instantes dejaba de mostrarse triste y vacía. Era complicado que los ojos de un fotógrafo se mostraran vacíos, igual de extraño que verle viviendo a oscuras y ése venía siendo mi hábitat desde hacía unos meses.

La ilusión se multiplicó al cobijarme en el regazo de la mujer de Hugo, Lola, la mamá oso del grupo, título que ostentaba con especial orgullo, la primera «novia» que tuvo Jonas «a los cuatro años» y cuya amistad permaneció en el tiempo de manera auténtica y leal. Bromeaba con el derecho que aquel vínculo efímero pero casi familiar le confería para considerarme la nuera que nunca tendría —puesto que ella y Hugo no tenían hijos—, y no dudaba en desplegar toda su artillería de *mamma* napolitana para defenderme como si fuera, no ya una nuera, sino una hija. «Ésta sí, Jonito», le susurraba, entre divertida y provocadora. Creo que Lola era la única persona a la que le permitía utilizar aquella alteración de su nombre. «Ésta sí, que hay que ver lo que te ha costado para lo guapo y lo buen partido que eres, y lo que hemos tenido que aguantar las personas que te queremos», le decía con una de esas voces dulces y con cuerpo que suele dar la Alcarria, en lo que supongo que tendrá alguna responsabilidad la calidad de la miel que produce.

De padre alcarreño y madre napolitana, Lola no había nacido en la región de Campania, como muchos pensaban, aunque sí vivió allí durante unos años y ahora que rondaba los sesenta, sus rasgos angulosos definidos por unos pómulos prominentes invitaban a pensar que retendría por siempre esa belleza italiana. La influencia materna también había prevalecido sobre la paterna en su habla, y cuando se aceleraba se intuía un deje napolitano que siempre acentuó su atractivo. Adoraba a Lola y creo que ella a mí. En nuestro cariño no había compromiso ni apariencia. Igual que yo había heredado de Jonas el mapa emocional de sus afectos y desafectos haciéndolos míos, sus amigos habían recibido el mismo legado y eso me incluía a mí.

Quizá porque Lola apreciaba a Jonas más que a cualquier otra persona en el mundo, exceptuando a Hugo, no había dejado de llamarme ni un solo día desde su muerte. Ni un solo día en los dos meses, la semana y los cuatro días que llevaba huérfana de vida. De ella vinieron los consejos maternos que «hacían cama», una expresión muy suya, que recogían, acunaban y abrigaban; aquellos que no llegaron por conductos habituales propios, es decir, por mi propia madre. Los veinte minutos diarios que me dedicaba cada noche, antes de cenar con Hugo, y que algunas veces se alargaban sin apenas darnos cuenta. «Ni se te ocurra quedarte en casa, pisa calle», «Nada de confundirte en este momento y dejarte querer por cualquiera, que tú buscas consuelo y ellos otra cosa», «Hay un tiempo para el duelo, lo marcas tú pero tienes que pasarlo», «Tú respira, respira, que el resto ya vendrá solo». Eran las frases de siempre pero, en su voz, sonaban diferentes. Lo mejor era cuando me contaba alguna anécdota vivida con Jonas, alguna trastada que hizo de pequeño, algún pecado inconfeso de la adolescencia o algún secreto inocente que ya no había por qué seguir guardando. Cada noche tenía un relato que contarme. Supongo que no le resultaba fácil, algunas veces incluso pensé si sería cierto o fruto de una trabajada imaginación, pero a mí me aliviaba y podía darle un descanso merecido a mi lagrimal.

Ayudé a poner la mesa aunque casi estaba todo dispuesto cuando Daniel, Carla y yo llegamos a la casa. Las vajillas rústicas siempre llamaban mi atención, parecían obras de orfebrería con sus grabados y sus filigranas, algunos grotescos aunque realmente fastuosos. Y aquella de color verde oliva con formas de diferentes hortalizas en relieve me gustaba especialmente. Al menos me gustaba en Tármino. Estoy segura de que si la pusiera en la mesa de cualquier otro lugar ya no me gustaría. Todo tiene su lugar en el mundo, cada vez estaba más convencida de ello.

Carla había encontrado a su alma gemela en Roberto: los dos hablaban sin control y, lo que resultaba más curioso para quienes contemplábamos la escena, al mismo tiempo. Y aun así, se entendían, eran capaces de oír una pregunta en mitad de la continua verborrea y dar una respuesta argumentada. Daniel comenzaba a servir el vino que había traído Hugo de su bodega particular, mientras le intentaba quitar de la cabeza la idea de comer fuera, en el jardín, por el exceso de calor con que nos había sorprendido julio.

Ya estábamos casi todos. Solo faltaba uno, y abría la puerta en ese instante.

—¡Aimo!

El único finlandés que presumía de ser alcarreño, y además era el dueño de la mayor fábrica de miel de la zona, me sonrió desde el umbral. Siempre llegaba tarde porque empleaba más tiempo del pensado en cargar su todoterreno con cajas enteras de botes de miel de eucalipto, azahar, de romero, de brezo, multifloral y, por supuesto, de lavanda, para repartir entre los comensales como si fuera el auténtico Santa Claus. Pero Aimo le echaba más horas a su jornada laboral que su compatriota. No importa cuándo te hubiera visto la última vez, él siempre aparecía con un paquete de sus productos especialmente preparado para ti. En eso hacía honor a su nombre, cuyo significado en finlandés era «cantidad generosa», o al menos con eso bromeaban siempre. Le agradecí que me trajera un espray de propóleos con miel y tomillo.

—Me ha dicho Daniel que estabas un poco afónica. Esto es

mano de santo, te va a desinfectar todo lo que te escuece en esa garganta. Y ya sabemos que es mucho.

Me hacía gracia que un finlandés hiciera juegos de palabras en español y se animase con las dobles intenciones, no creo que yo fuera capaz de hacerlo en finés. Siempre estaba pendiente del detalle. Como regalo de bodas, personalizó unos tarros de miel alcarreña con nuestros nombres grabados en las etiquetas. A Jonas le pareció cursi pero también le pareció cursi la dedicatoria que mandé grabarle en la tapa trasera del reloj que le regalé por su sesenta cumpleaños, aunque en el fondo estaba encantado. «*Menos mal que la frasecita va por dentro*», bromeaba con intención de provocarme. A los tarros de miel personificados, Aimo añadió un surtido extra de jabones, caramelos, geles, cremas... hasta contemplar su catálogo de marketing. Se aseguraba personalmente de que nunca nos faltara en casa una buena muestra de aquel manjar. Y seguía haciéndolo. Tuvimos problemas reales a la hora de priorizar olores y sabores en casa; menos mal que la lavanda y la miel casaban bien. Aimo se integró tanto en el grupo, que era el primero en aportar soluciones prácticas y beneficiosas. Presumía de pensar mejor y más rápido que el resto gracias a sus raíces nórdicas.

—Recordad que los finlandeses inventamos la sauna, que hasta mediados del siglo XX estaba considerado como un lugar sagrado, de silencio y recogimiento —comentaba a modo de reivindicación histórica.

—Lo sabemos. Y allí se iba a pensar, no a hablar ni a criticar ni a chismorrear. Y siempre salía algo positivo. Hasta mediados del siglo XX, algunas mujeres incluso daban a luz allí —comentaba Lola con cierta sorna, mientras cortaba el pan con el cuchillo de dientes de sierra ante la desesperación de Hugo, que la instaba a hacerlo con las manos, como toda la vida de Dios, para no herir la masa madre. Lo de la masa madre siempre me sonó a Lola. Y si se trataba de no herirla, me parecía buen consejo aunque ella no lo considerase así y siguiera partiéndolo con el cuchillo.

—Y algunos amortajaban allí a sus muertos —aportó Aimo, sabiendo de lo que hablaba.

—Eres único vendiendo el material, querido amigo. Lo que no sé es cómo no te han ofrecido ser concejal de Turismo. Este pueblo está perdiendo dinero. —Hugo siempre intentaba buscarle las cosquillas aunque nunca lo conseguía. Creo que los finlandeses no tienen.

Solo había otra cosa en el mundo que a Aimo le gustara tanto como la sauna: el zumbido de las abejas en los campos de lavanda. Y en aquel lugar había miles de ellas. Para Aimo, aquel sonido era como para Jonas el *Nessun Dorma*.

—Sin su polinización, no existiría este paraíso violeta. Deberíamos ser más agradecidos y mucho más cautos. El otro día vi al Zombi breando entre ellas. Hay personas que siguen sin entender que si invades su territorio, las abejas se defienden, como haríamos todos.

—Al Zombi ni mentarlo, que está feo hablar de basura en la mesa —dijo Roberto.

—Lástima que lo del reciclaje de residuos todavía no esté demasiado implantado en este pueblo, y mira que todos están concienciados. Tendría que estarlo. Por el bien del planeta —dijo Hugo robándole un beso a Lola, que lo aceptó de buen grado.

Todos conocían los secretos de cada uno de los integrantes del grupo, sus debilidades, sus errores, sus fobias, sabían de sus problemas y conocían las soluciones, las idóneas y las poco ortodoxas también. Tenían claro quiénes eran sus amigos y quiénes sus enemigos. Eran como un Club de la Lucha descafeinado, «*nenaza*», en palabras de Jonas, sin la violencia como terapia evasiva —de hecho, podía distinguirse perfectamente quién de todos era el Edward Norton oficinista y fundador del club, quién el Brad Pitt vendedor de jabones y quién la extraña pareja—, una peculiar estirpe de mosqueteros que sabía estar en su lugar y, si era necesario, también en el lugar del otro, pero siempre con permiso.

Jonas adoraba a los integrantes de aquel cuarteto —quinteto, contando a Daniel—, y yo heredé su devoción por ellos. Aquélla era su verdadera familia, la que conseguía que me sintiera más cerca de él. Era justo que también ellos compartieran esa misma cercanía en nuestro particular último adiós.

Hacía mucho que no disfrutaba tanto de la compañía de personas a las que quería, quizá porque tampoco yo se lo había permitido. Entendí que debía mantenerlas alejadas de mí si quería recuperarme y volver a respirar. Tenía que trabajar para poder levantarme por mí misma y caminar de nuevo, y su presencia era una muleta que no me ayudaba a mantener el equilibrio. Había días en los que deseaba refugiarme en algún lugar donde no me conociera nadie, donde no pudiera encontrarme con una presencia que me recordara mi pérdida, como si fuera algo de lo que pudiera olvidarme. Fantaseé muchas tardes con acercarme a un hotel, sentarme en una de sus estancias y allí entablar una conversación vacía y sin pasado con un extraño, con el que hablaría de las consecuencias del cambio climático en los desastres naturales, de la selección de rugby de Australia y del posible estallido de la Tercera Guerra Mundial. Cualquier tema de conversación sería válido si eso me servía para dar esquinazo al recuerdo, aunque fuera por unas horas. Sería un oasis de amnesia en mitad de aquel desierto fértil de memoria. Pero aquella sobremesa compartida en Tármino, en casa de Roberto, con el sexteto de ángeles de la guarda que me custodiaba, me reconcilió con la compañía de los conocidos.

Fue un alivio sentirme acompañada por todos ellos cuando, a media tarde, antes de que se pusiera el sol, acudimos a los campos de lavanda para esparcir las cenizas de Jonas. Daniel había elegido el lugar perfecto. Fue una buena idea dejar que él decidiera. Nada como confiar en alguien que conoce el terreno que pisa. Decliné amablemente su ofrecimiento de llevar él la urna funeraria; no me lo decía por ahorrarme la carga emocional que encerraba, sino porque al ser el cofre de piedra natural y no de resina blanca, podía resultar demasiado pesado para un cuerpo que no había traspasado aún la barrera de los cuarenta y dos kilos. Se lo agradecí pero prefería llevarla yo. Era extraño pensar que en esa urna de granito blanco estaba la persona a la que más había amado en mi vida y que seguiría amando el resto de mis días. Y mucho más peregrino resultaba creer que la nebulosa gris que se formaba al esparcir el contenido, con mejor o peor puntería, guardara algo de él. Jonas volvía a tener razón: las conversaciones y los pensamientos más absurdos nacen en un tanatorio, en un entierro o esparciendo las cenizas de un ser querido. Me pareció tierna la preocupación de Roberto porque alguien nos sorprendiera haciendo algo ilegal.

—Lo que se va a reír Jonas como venga la Guardia Civil y nos lleve a todos presos por esparcir las cenizas. No me extrañaría nada que lo estuviera preparando desde allí arriba. Porque esto que estamos a punto de hacer está penado con multa, ¿verdad?

—Tranquilos —dijo Lola—. Si aparece alguien, somos siete. Le cogemos, le matamos y le enterramos en esta tierra que el padre de Roberto, en paz descanse, me explicó en una ocasión que es un terreno que lo resiste todo. Y si es bueno para que crezca la lavanda, lo es para esconder el cadáver de un delator. —La exposición sonó tan contundente que tenía que ser mentira, aunque no pude evitar mirarla como si su cuerpo realmente encerrara a un marine estadounidense. Con su deje napolitano, cualquier cosa que soltara por la boca sonaba contundente y digna de ser temida—. Y tú, niña, no me mires así, que es broma. —Su excusa envuelta en maternal regañina no sonó tan convincente como el argumento anterior.

—Ahora que lo pienso —apuntó Aimo dirigiéndose a Daniel—, ¿esto no está prohibido por los tuyos, no lo ha condenado la Iglesia?

—Muy bien, vosotros seguid ayudando, aportando para crear un buen ambiente. —En esos momentos, el tono irónico de Daniel se pareció mucho al de Jonas—. Aunque no creo que precisamente los tuyos, Aimo, que se dedican a amortajar a los muertos en una sauna a más de ochenta grados centígrados, tengan mucho que decir en este cometido.

—Joder el páter, cómo se pone —apuntilló timoratamente Aimo, sin poder evitar que la erre se le resbalara en el frenillo—. Ese carácter no lo saca con las beatas.

—Con la Iglesia hemos topado, amigo Aimo.

No sé cómo la solemnidad de aquel momento que estaba complicándome el camino desde que salí del coche se había evaporado gracias a la surrealista conversación del quinteto. Menos mal que Carla parecía disfrutar tanto con la charla —conociéndola, estaría cogiendo notas—, que asombrosamente no abrió la boca. Les agradecí en silencio que me hubieran regalado la oportunidad de recordar aquel instante con una sonrisa y no entre lágrimas, como ocurrió durante la incineración. Pero había llegado la hora.

—¿Lo hago ya?

Fue la pregunta más idiota de toda mi vida. Como si necesitara permiso para hacer lo único que nadie podía hacer por mí. Más tarde comprendí que era el miedo a perderle definitivamente, a sentir que lo abandonaba en aquel lugar, a creer que le traicionaba. «Para siempre.» Era nuestra clave para abrir y cerrar cualquier cerradura, y tenía la impresión de estar a punto de cambiar la contraseña.

—Cuando tú quieras. —La voz de Daniel parecía venir de un lugar distinto a su ubicación—. Estamos todos aquí, contigo. Estate tranquila. —Aquella última frase me lapidó. Era la misma que me decía Jonas cuando sabía que iba a preocuparme por algo importante.

De repente, las conversaciones cesaron y, con ellas, los intentos por hacerme más soportable aquel momento. Como si respondieran a un señal acústica inaudible para el resto, todos guardaron silencio. La muestra de respeto hacia su amigo apareció sin más, sin pedirla, sin necesidad de expresarla con palabras. No los veía pero podía sentir el hormigón que se les había alojado en la garganta. El silencio en mitad de aquel campo de lavanda intimidaba. Mientras quitaba la tapa superior de la urna, oí alguna respiración ahogada, algún sollozo contenido, algún sorbo nasal imposible de sujetar. Me impresionó observar cómo en milésimas de segundos, las emociones viran de un extremo a otro, las lágrimas se tragan las risas, la angustia engulle la alegría y la aflicción devora el consuelo. Volví a sentir la presión en el pecho y las arritmias revoloteando, esas que solo la mano de Jonas acallaba cuando la situaba sobre mi corazón, como si intentara sujetarlo. Temí que el trote descabalgado en mi pecho me hiciera tropezar y se me cayera la urna funeraria. Así que decidí hacerlo rápido. Vacié el contenido intentando dibujar un círculo. Así se lo había visto hacer a Jonas con las cenizas de su madre, y así lo hice. Las pavesas se mantuvieron suspendidas en el aire durante unos segundos y después desaparecieron. Ni siquiera las vi irse, no sé ni siquiera si cayeron o se evaporaron. No tenía memoria visual de aquel momento.

Mire instintivamente al suelo. No pude avistar lo que fuera que quisiera ver. Creo que todos los que estábamos allí nos sentimos más vacíos que la urna de granito que aún sujetaba entre las manos. Teníamos la sensación de habernos quedado solos. Iba a ser cierto que Jonas se había alejado de nosotros. Sentimos el abandono. No había sentido mayor soledad en mi vida. Eso era lo que debía de sentir un niño cuando se sabe abandonado por sus padres desde la cuna; ya no únicamente huérfano, sino traicionado, desatendido, inerme, solo.

Había esparcido sus cenizas y me sentía como si le hubiera perdido para siempre. Era irracional pensarlo, pero quién puede exigir raciocinio en mitad de un proceso de desesperación.

Jonas ya formaba parte del mundo azul.

Por unos segundos, odié el violeta.

Todos iniciamos el regreso al coche, en silencio, sin prisa. Algunos se giraron para contemplar de nuevo el lugar exacto donde tenía la impresión de haberle abandonado. Caminé despacio, cerrando la comitiva, acompañada de Carla y de mi inseparable ángel custodio. Fue Daniel quien recogió la urna de mis manos y puso en su lugar mi cámara de fotos, la Nikon D7000 que él mismo había rescatado del asiento del copiloto minutos antes y que, hasta ese momento, no me había dado cuenta de que nos había acompañado. No me dijo nada. Solo me la entregó y cogió del brazo a Carla, instándola a apretar el ritmo, dejándome unos metros atrás. Los observé alejarse en el campo de lavanda, antes de darme la vuelta y volver sobre mis pasos, tan solo unos metros.

Observé durante unos instantes como si esperase algo o a alguien, aun sabiendo que no lo encontraría más allá de mi cabeza, y sobre todo, de mi corazón. Quería captar un momento y eso no se ve en el visor de una cámara, es algo abstracto, inmaterial, incorpóreo. Quería captar un momento, sin nada concreto en lo que fijarme, la mirada puesta en lo que ya no está; la memoria, centrada en Jonas. Fotografiar la nada, porque nada se ve, y menos a través del objetivo de una cámara, sobre todo nada de lo que yo quería ver. Si él no estaba, ¿entonces qué? Solo la luz de la tarde, el color violeta, el enfoque, el encuadre. Mis ojos dieron con él. Tenía el encuadre. Levanté la cámara, esperé unos segundos, apreté el botón una sola vez y oí el característico sonido del disparo. Me costó reconocerlo después de tanto tiempo, pero ahí estaba, no lo había olvidado, aunque el sonido del obturador me pareció más seco y duro. Estaba hecho.

Bajé la cámara, y me quedé observando lo que se mostraba ante mí, sin el filtro del objetivo de focal fija 50 mm f/1.4. Me alegré de tenerlo: se trataba de convertir ese momento en inolvidable y con otro no lo hubiese logrado. Aquél me dio el enfoque preciso de mi Nikon D7000. Deseé haber capturado con suficiente nitidez la belleza de la luz del ocaso tiñendo de oro el manto violeta, proyectando una capa de purpurina brillante sobre él. Era tan hermoso y perfecto que cualquier ojo ajeno a la superioridad de la naturaleza frente a la mano del hombre habría jurado que parecía pintado más que real. Me pareció el instante más bello que había contemplado en mi vida, o al menos, el de mayor carga emocional.

Ya tenía mi foto, la que más me costó hacer, pero de la que más orgullosa podría sentirme. Lo había logrado. No sabía cómo habría salido pero estaba dentro. Aquel disparo rompió la barrera de los dos meses, la semana y los cuatro días de absoluta oscuridad. Por fin, había entrado algo de luz en mi cámara oscura.

Todos respetaron aquel momento de intimidad esperándome en el coche y, una vez juntos, el camino de vuelta a casa lo hicimos en silencio. Nadie tenía nada que decir. Incluso Carla mantuvo la boca cerrada. Y eso sí que podría considerarse un milagro. Otro milagro azul.

El regreso nos devolvió a cada uno a su casa, pasando previamente por el caserón de Roberto para recoger los trastos dejados allí y recuperar los coches. En un par de horas nos veríamos todos en la iglesia para la misa funeral de Jonas. «Una más, y ya», me repetía una y otra vez con el fin de encontrar los ánimos que necesitaba para afrontar lo que me quedaba de día. «Una más, y ya.»

Al apearnos del coche, Carla recuperó el don de la palabra colgándose al teléfono en una conversación que, por supuesto, monopolizó. Daniel me rodeó con el brazo y yo me así a su cintura. Lo habíamos hecho. Una cosa menos, y no sé si eso era bueno o malo.

—¿Ha salido guapo? —preguntó refiriéndose a Jonas en la fotografía.

—Sería la primera vez que saliera feo en una foto —contesté. Mi sonrisa volvía a ser de compromiso—. No sé si algún día me atreveré a volcarla en el ordenador.

—No hay ninguna prisa, Lena. Es tu decisión. Pero cuando lo hagas, me encantará verla.

—Prometido.

Miré al cielo. La luz hermosa que nos había acompañado se había ido y nos había dejado abandonados. Otra traidora, igual que yo al abandonar a Jonas como él me había pedido. Pero eso no le restaba grado a mi traición. No pude culpar al crepúsculo vespertino de su huida, al contrario, me solidaricé con él. Pensé que esa luz tendría un mejor cometido, que acompañaría a Jonas y le iluminaría el camino para que no se perdiera. No sé por qué se piensan esas cosas tan cursis cuando estás moralmente devastado. Ni que eso fuera a ayudar en algo. Pero lo haces y lo preocupante es que ni siquiera te parece remilgado. No sé por qué el duelo nos hace decir cosas tan ridículas. Confié en que si algún día recuperaba la vida, o al menos la compostura mental, no recordara ciertos pensamientos capaces de abochornarme tanto que no tendría agujero lo bastante hondo para esconderme de mí misma. «Los mexicanos se lo montan mejor», pensé. Miré a Carla, mitad mexicana, mitad española. Ella sí que sabía. Envidié su capacidad de ponerse burra y grosera a pesar de su apariencia de princesa Disney. Yo también era así. Fuerte, segura, pudiendo con todo, siempre mostrando una sonrisa pero sabiendo que dentro escondía medio Ejército Rojo en plena Segunda Guerra Mundial, y que continuaba refugiada en mis cuarteles de invierno.

Me dio la impresión de estar equivocándome en algo, había

algo que estaba haciendo mal. Mi proceso de recuperación no estaba resultando el adecuado. Nada iba bien. Necesitaba un revulsivo que me sacara de ese estado mental en el que, lejos de sobreponerme como me habían asegurado, sentía que me hundía cada día más. Pero no lo encontraba, a pesar de tenerlo tan cerca. La ceguera es otro de los efectos secundarios de la pérdida.

9

Cada día me resultaba más difícil mirarme al espejo por la dosis de valentía que requería. Ponerme ante él era enfrentarme a la realidad, a la verdad que nadie se encarga de adulterar para hacerla parecer más bonita. Por más que miraba entre los huecos y las sombras que un día aparecieron en mi rostro a modo de camuflaje, no me encontraba en esa imagen distorsionada de mí misma que no reconocían mis ojos, los auténticos jueces imparciales de aquella realidad, los que no mentían, ni buscaban subterfugios, ni palabras huecas que buceasen entre excusas, frases hechas y mentiras piadosas. El espejo me devolvía la imagen de una extraña. Era como si me hubiese sobrevenido una galopante prosopagnosia, un déficit sensorial con el que resultaba complicado convivir: veía mi rostro pero era incapaz de reconocerlo. Sabía que era yo, era mi olor, mi pelo, mi piel, eran mis ojos, pero no me reconocía.

Entendí la angustia taciturna que invadía a Jonas cada vez que veía cómo su madre, enferma de Alzheimer, le miraba sin verle. Cada día resultaba más salvaje ponerse ante ella sabiéndose invisible. Aceptar que tu madre no te reconocerá ni siquiera en el fondo de la mirada es tanto como arrancarte la identidad a mordiscos y, con ella, tu esencia. Es como si te borraran tu historia o te dijeran que ya nunca más serás el que creías ser, que te han engañado, que todo era mentira y que no solo tienes que asumir la situación, sino que te exigen adaptarte a ella y seguir con tu vida. Si hay algo peor que no vivir, es olvidar lo que has vivido después de una existencia plena y rica de experiencias, con todos los vaivenes de felicidad y aflicción que ello conlleva. Y aún resulta más cruel cuando quien te olvida es la persona amada y la que más te ha querido en tu vida. A menudo, al término de aquellas visitas frustrantes de las que cada vez tardaba más tiempo en recuperarse, pensé que yo preferiría estar muerta antes de ver cómo Jonas no me reconocía cuando me mirase. Eso sería tanto como morirme en vida, como negar que algún día me había amado la persona a la que yo amaba. Lo mejor que te puede pasar en la vida es amar y ser amado. Perder esa sensación es mucho más doloroso que no tenerla nunca. Nadie sufre por perder algo que no tiene.

Por un momento, me pareció injusta esa comparación para los enfermos y los familiares aquejados por la maldita demencia. Al menos yo sí le recordaba, era afortunada. El recuerdo que a veces crees que te va a quitar la vida te la posibilita, igual que algún día te la dio. Aunque seguí sin reconocerme en mi reflejo.

Me vestí de negro. Volví a enfrentarme al espejo y volví a pensar que aquella impostora no era yo. Me sentía disfrazada como me pareció nuestra casa en Tármino, vestida para aparentar una normalidad pasada que ya no existía.

—No tienes por qué hacerlo. —La voz de Carla me sacó de mis pensamientos.

—¿El qué? —pregunté aún perdida.

—Vestirte de negro. Es una misa funeral. Y ese color te hace daño.

Tenía razón. Ese color había entrado en la categoría del odio acérrimo. La última vez que me vestí de negro fue en la incineración de Jonas. De aquella vestimenta no quedaba nada. Esa misma noche metí el vestido, las medias, los zapatos, hasta el pasador negro que había sujetado mi pelo durante todo el día, en una bolsa de residuos orgánicos del mismo color. La cerré con un triple nudo y la bajé a la calle sin perder un segundo, para asegurarme de que esa misma noche el camión de la basura lo recogería y lo llevaría lejos de mí. Es una de esas decisiones que ni siquiera tomas por ti misma, no las procesas, te vienen por ciencia infusa, sin seguir indicaciones, igual que respiras a diario, sin tener conciencia de ello; igual que sobrevives en mitad de una pérdida, dejándote llevar, sin darte cuenta.

De repente, el negro se había convertido en un enemigo, en algo que evitar.

Lo mismo ocurría con algunas palabras, y en especial con una: la palabra «viuda». Antes no me daba cuenta, ni siquiera advertí ese sentido siniestro cuando mi madre se convirtió en una al morir mi padre. Quizá porque siempre había entendido que la víctima en aquella historia era él y no ella. Ése era otro capítulo por estudiar aunque guardaba mucha relación con éste. Cada vez que oía a alguien referirse a mí como «viuda», era como si me clavaran un estilete en el corazón. No sé a quién se le ocurrió inventar una palabra tan fea, tan dolorosa, tan innecesaria. Da igual quién la pronuncie, incluso si lo hace alguien querido, te asesta el mismo golpe seco en el estómago, difícil de esquivar y del que tardas en recuperarte. No hay ninguna palabra que insista tanto en el permanente recuerdo de una pérdida, en remarcar que estás sola, desamparada, abandonada. Es uno de esos recordatorios como tantos otros que parecen hechos para provocar más dolor, injusto, redundante, malicioso, un marchamo cruel e inhumano como la estrella de David cosida en la ropa de los judíos. Pero hasta que eres semita y te obligan a coserte el hexagrama amarillo en un lugar visible de tu vestimenta para que todo el mundo que se cruce contigo sea lo primero que vea, no eres consciente de lo que significa y de la brutalidad que encierra.

Viuda. Ni siquiera suena bien ni bonito. Incluso para quien la pronuncia, incapaz de no imprimirle una intención de pena que insiste en lacerarte más la herida. Por supuesto no lo hacen con maldad, pero eso no amortigua el golpe. Ocurre lo mismo con las frases de pésame. No creo que sean del agrado de quien las pronuncia ni de quien las recibe. Una pérdida de tiempo. Sería mejor un abrazo, un beso, compartir un llanto con alguien, sin decir nada, sin necesidad de palabras, porque esas frases no dicen nada cuando han estado en boca de tantos. Algo similar deben de sentir los que prefieren hablar con Dios en vez de recitar como un mantra la oración de rigor que la mayoría repite sin procesar lo que está diciendo, como cuando en la escuela te obligaban a aprenderte de memoria la lista de reyes godos. Ni idea de quiénes eran ni de lo que hicieron, lo que primaba era recitarla de carrerilla. La memoria en su estado más inútil. Las frases de pésame son las palabras en su estado más estéril.

Había dos frases, reconvertidas por inercia en una, que cada vez que alguien las repetía eran como estar oyendo los versículos malditos del Apocalipsis: «Tienes que rehacer tu vida. Eres joven». Jamás pensé que se pudiera aborrecer tanto unas palabras como yo detestaba aquéllas. «Tienes que rehacer tu vida.» No sé qué quieren decir, de verdad. Creo que tampoco ellos lo han pensado bien. No quería rehacer mi vida, ya tenía una perfecta que yo misma elegí, que construimos los dos juntos, pero me la arrebataron. No quería rehacer nada, quería mi vida de antes. No se puede rehacer algo que está roto porque no hay parche ni pegamento que esconda las cicatrices de las cisuras; se ven, están ahí y lo estarán siempre, y te recuerdan que eres una hipócrita por intentar vivir en una vida que no es la tuya. Porque en esa nueva vida que todos se empeñan en que inicies, él no aparece, ni tampoco su risa, ni su mirada parlante que contenía todo el alfabeto necesario para entendernos sin necesidad de pronombres, de sujetos, de verbos y de onomatopeyas. Cómo reconstruyes eso, cómo lo restauras. Cómo vas a vivir una mentira desde la verdad.

«Eres joven.» Y eso ¿qué significa? Quizá piensan que el dolor es menor si tienes menos edad, como si los años o la falta de ellos amortiguaran la pena, el ahogo, la presión en el pecho, el puño de acero en el corazón, como si por ser joven te recuperaras de lo irrecuperable. De ser así, no existirían traumas infantiles y tenemos el mundo lleno. Como si solo se enamoraran los jóvenes y solo los mayores tuvieran la capacidad de sufrir; esos dos sentimientos son intercambiables entre las edades. La memoria del dolor es eterna. Y me temo que las frases de pésame, también.

Y luego está la frase de pésame adivinatoria: «Él lo querría así». Todos parecen saberlo todo. Todos parecen conocer las respuestas. Qué suerte. Yo llevo una eternidad intentando encontrar un porqué y no hay manera de dar con una contestación razonable. Ellos sí la saben: «¿Por qué? La vida». ¿La vida? ¿Qué vida? Tú solo sabes preguntar y solo ellos conocen las respuestas. Todos saben lo que va a pasar menos tú, todos saben lo que pensaría Jonas menos tú, todos saben lo que tienes que hacer menos tú. Te has convertido en un peón de ajedrez blanco o negro, en este juego no importan los colores, al que dos dedos atrapan y llevan, sin mediar explicación, de un tablero a otro distinto donde todo te parece extraño. Y allí te sueltan, en mitad de la nada, en una selva nueva por la que tendrás que empezar a caminar otra vez. Debe de ser eso a lo que se refieren cuando dicen lo de «rehacer tu vida, empezar una nueva vida sin él». Los pobres se lo inventan. No saben qué decir, yo tampoco sabría, y en lugar de reconocerlo o callarse y entender que el silencio puede ser la mejor de las respuestas cuando no tienes ni idea de lo que pasa, siguen hablando. La idea debe de ser no parar nunca de hablar, aunque expongan tonterías de las que seguramente se avergüencen y se arrepientan nada más decirlas, si es que reparan en lo que han dicho. Lo importante es no parar, seguir y seguir, pedalear sin resuello, una y otra vez.

«Lena, cielo, ¿necesitas algo?» No. Absolutamente nada. Me sobra todo. Solo le necesito a él. Supongo que ésa es la parte positiva de perderlo todo y quedarte sin nada, que te sobra todo. Ya no puedes perder más.

No es un reproche. Lo hacen lo mejor que pueden. También yo pronuncié esas mismas palabras cuando el dolor provenía de otro cuerpo, de otra cara, cuando eran otras manos las que se sujetaban el pecho porque dolía ahí dentro, las que enjugaban sin éxito las lágrimas que bajaban por otro rostro. Siempre es otro cuerpo hasta que un día descubres que es el tuyo.

Sueles pensar que el pésame tiene un plazo, una fecha de caducidad. Crees que te lo darán en las primeras horas, en los primeros días. Pero de nuevo, te equivocas. El periodo se prolonga a las primeras semanas y llega a los primeros meses. Lo agradeces porque siguen recordándole, porque no le han olvidado, porque sigue en sus pensamientos y eso te consuela, te abriga. Pero también te duele. Por eso lo llaman duelo, supongo. El teléfono ha contribuido mucho a alargar esas situaciones. Hay quien siempre está a tiempo de mandar un mensaje y decir que lo siente, que acaba de enterarse, que no se lo puede creer, que su más sincero pésame, que avise cuando se vaya a celebrar el funeral, que está ahí para lo que necesites. Y luego están los mensajes cargados de poesía y filosofía existencial que entretienen más porque a menudo hay que leerlos varias veces aunque la relectura no te asegura su entendimiento, más bien te lo impide. «Jonas no ha muerto, tan solo ha cambiado de energía. Todos somos energía que fluye. Somos energía, no materia. Somos alma, no cuerpo.» Podía escuchar la voz de Jonas a la perfección: «*¿Quién es este imbécil?*». O: «El viento hace caer las hojas como la vida ha hecho caer a Jonas». ¿En serio?

No fallaba nunca, esos mensajes los mandaban personas que

no le conocían, esos que envían la misma felicitación navideña a todos los contactos guardados en su lista del mail o del teléfono móvil. Es comprensible, hay que primar el tiempo y la agenda cada vez es mayor, cada vez hacemos hueco a más nombres que ni siquiera conocemos. Jonas tenía una máxima: al que enviara uno de esos mensajes sin molestarse en encabezarlo con tu nombre, no le respondía. Estaba esa opción u otra más cruel pero que a mí me divertía más, y era responderle con un escueto: *«¿Quién eres?»*.

Jonas conocía a las personas. Tenía ese don. Igual que podía reconocer el país de origen de alguien solo oyéndole hablar, sabía dónde, cuándo y de qué manera esa persona iba a traicionarle. Un día, en un restaurante, mientras el camarero nos recitaba las especialidades del menú, le miró después de escucharle y le dijo que era de Costa Rica. *«Pero no de San José. Tú eres de Puerto Limón. Y te digo más, eres de la zona de Hospital. Allí vi los primeros atardeceres violetas de mi vida, cuando el mar se juntaba con el cielo, todo rodeado de palmeras. Y allí vi el primer y único hospital color salmón que he visto nunca. Todos los días me cogía la avenida Barracuda y giraba por el paseo del Doctor Rubén Umaña Chavarría. Qué buenos momentos. Pura vida, tico»*, le confesó al camarero. Tenía una habilidad pasmosa para reconocer acentos y situarlos en el mapa, siempre que hubiera estado allí. Y en Puerto Limón estuvo trabajando durante algo más de un año en el hospital Tony Facio Castro, de donde regresó con grandes amigos con los que aún guardaba relación. Nunca olvidaba una voz, ni un acento, ni un deje por sutil que fuera. El pobre mesero no volvió a acercarse en toda la noche. Estoy convencida de que creyó que aquel cliente era alguna especie de brujo. Estar a su lado era todo un espectáculo de aprendizaje. O como él dijo recordando su periodo costarricense, era *«pura vida»*.

De nuevo el teléfono. Dejé que sonara. No odiaba el sonido del teléfono, insistente, anunciador, incluso melodioso. Lo que detestaba era que se hubiese convertido en el vehículo conductor de lo que no quería oír. Las mismas frases, calcadas unas de otras y otras de unas. Me aburrían porque me impedían contestar como yo quería. «¿Qué sabréis vosotros de rehacer vidas? ¿Qué tiene que ver ser joven con superar el mayor golpe de mi vida?» Pero no podía. Tampoco lo deseaba. La mayoría de esas personas me querían, sobre todo le querían a él, le quisieron y le seguirían queriendo porque resultaba imposible no hacerlo. Así que dejé que sonara, esperé a que grabaran su mensaje y aguardaría hasta la noche para escucharlos todos juntos. De golpe era mejor. Una ley de plazos para el dolor y la tortura no la contemplaba.

—Tienes que tomarte esta infusión. —Carla entró en mi dormitorio como lo hacen los ratones de biblioteca, en silencio, a hurtadillas, por algún sitio que nadie ve, hasta que se hacen notar—. Es una tila con algo, no recuerdo lo que me ha dicho Daniel que lleva, pero da igual. La tila, ya de por sí, es buena para la ansiedad, es relajante, calma hasta el músculo liso bronquial, y es antiespasmódica, buenísima para la gastritis nerviosa, muy buena para las cefaleas... Da igual que no te duela la cabeza —dijo al ver mi ademán de negación, dejándole claro que había fallado el tiro—, ya te dolerá más tarde. Es estupenda para el insomnio, para combatirlo, me refiero. —Deseé que parara. Conociéndola, era muy capaz de enumerarme todos los ingredientes y beneficios de la tisana—. Y además, no es de bolsita, como la que se compra en los supermercados. Es a granel. Daniel lleva media tarde con el infusor de té, un gramo de tila por setenta y cinco mililitros de agua. Como mucho, dos al día, que me lo he aprendido de memoria. Tienes que bebértela. Te sentará bien. Yo he probado un poco abajo y casi vomito. Pero no por nada, es que he tenido como una retrocesión a mi infancia, por el olor y el gusto, y he recordado que cuando estaba mal de estómago me daban esto y lo vomitaba todo. Mano de santo. Yo prefiero el tequila para los nervios y el estómago, me cae mejor, es muy padre. Pero tú tienes que tomarte la tila. Tienes que tomártela —dijo. Y por fin calló.

Lo curioso es ver lo planificada que tienen algunas personas tu vida, tus necesidades y tu propio duelo, cuando tú aún estás en caída libre por el precipicio y sin entender muy bien cómo demonios has llegado hasta allí, si en la carretera por la que circulabas ibas en la dirección correcta y con todos los mecanismos de seguridad activados. No recordaba haber recibido tal avalancha de indicaciones, consejos y órdenes en tan breve tiempo. Tienes que comer, tienes que quitar las fotos de los dos juntos, tienes que cambiarte de casa, tienes que tirar su ropa, tienes que dejar de ir a los mismos restaurantes, tienes que vender su coche, tienes que dejar de ver a sus amigos, tienes que regalar sus palos de golf, tienes que quemar las sábanas de la cama —¿quemar, no valía con tirarlas a la basura?—, tienes que deshacerte de la bicicleta estática sobre la que todas las mañanas hacía diez kilómetros, tienes que dejar de escuchar su música, tienes que empaquetar sus libros, tienes que borrar todo el historial en su ordenador, tienes que tirar todo lo que quede de su comida favorita en el frigorífico... Parecía que me había invadido un ejército de madres histéricas y mandonas del que no iba a ser capaz de librarme. Un batallón de «tienes que», cuando ya no tenía nada, cuando lo había perdido todo. Nunca pensé que pasaría, pero mi existencia se había vuelto shakespeariana: me rodeaba un ejército de locos guiando a un ciego.

Los envidiaba, sabían lo que había que hacer en cada momento, sin un resquicio de duda, sin necesidad de analizar el cuadro de pros y contras que cada decisión conlleva. Los miraba sin verlos, asintiendo mecánicamente como si compartiera cada recomendación, sin parar de preguntarme si ellos en mi situación harían todo lo que aconsejaban. Seguramente, no.

Pero en ese escenario hipotético que no deseaba a ninguno, sería yo quien desplegara ante su mirada rota y vacía todo el repertorio de tareas por hacer. Por eso les agradecía tanto que estuvieran ahí, porque es donde yo estaría si ellos me necesitaran y eso me acercaba a ellos aunque no entendiera nada de lo que me decían. Yo sabía que no les iba a hacer caso, y seguramente ellos también. Ya estábamos en paz, y sin discutir.

Tampoco le hice caso a Carla. En lo de la vestimenta, no en tomarme la infusión. Fui de negro. Me ayudaría a difuminarme con el ambiente y, con un poco de suerte, pasaría inadvertida. Pensamiento absurdo y ridículo, uno más. Me estaba haciendo con una buena colección. En mi defensa diré que no era el negro de las viudas de siglos pasados. Creo que a esa combinación cromática la denominan «negro roto». Rompí el negror de mis pantalones y mi chaqueta con una camiseta blanca de tirantes. «De manual», pensé, pero no me importó. Algunas veces resultaba agradable que todo me diera igual, que nada importara, deslizarse por un impávido letargo sin que pasase nada. Me recordaba al sopor del éter del hospital de Jonas. Pero eso no me libró del comentario de Carla: «De camarera, muy bien. Perfecto. Estás estupenda para que te pidan unos gin-tonics». No tuve ganas ni tampoco respuesta para su bordería. Además, tenía razón. Lo único que me libraría de un error de reconocimiento sería la ausencia de catering en el funeral. Podía considerarme a salvo. «Siempre y cuando no te quites la chaqueta dentro de la iglesia. Te recuerdo que los hombros descubiertos no están bien vistos en un templo sagrado, y esto es un pueblo. Tenlo en cuenta, que la España profunda es muy profunda. Lo sabré yo, que vengo de México.» Exageró, como siempre, aunque tampoco en eso le hice caso. Entonces no lo sabíamos, pero sus palabras llevaban un cargamento extra de razón.

10

Me reconfortó ver la iglesia repleta de rostros conocidos y otros completamente nuevos para mí, aunque sus gestos me expresaban un afecto familiar que arropaba. Me pareció una declaración de amistad a Jonas, un reconocimiento de lo mucho que significó para todos los que allí estaban. Era la víspera de un día grande en el pueblo, a unas horas de la celebración del Festival de la Lavanda, había mil cosas que hacer y mil sitios a donde ir, pero habían elegido estar allí en memoria de su amigo. Jonas era una persona querida y respetada en el pueblo, como lo había sido su padre —a quien todos recordaban y no solo por lo que hizo con su amigo Tasio— y como también lo había sido su madre. Y ahí se detenía el recuento de los aprecios y respetos hacia la familia. A pesar de lo que Carla pensara sobre profundidades patrias, en los pueblos no eran tontos y sabían contar, puede que incluso mejor que en la ciudad.

Cuando llegué acompañada del cuarteto y de Carla, la iglesia ya estaba a reventar. Incluso tuvieron que dejar las puertas del templo abiertas para que los lugareños y algunos amigos y compañeros de trabajo de Jonas que habían venido de Madrid pudieran seguir la misa funeral. Ni siquiera sé cómo se enteraron, ya que el funeral lo organizaron sus amigos, en especial Lola y Roberto, y me sorprendió que alguno de los asistentes hubiera doblado el mapa para venir a Tármino, como hizo un antiguo compañero de la mili, recién llegado de Galicia. No era algo habitual aquella abertura de puertas pero la mano de Daniel se dejó notar. El tráfico de influencias no siempre tiene que conllevar algo despreciativo.

Me había prometido no llorar, de hecho había accedido a que Carla me diera un par de brochazos de maquillaje para aliviar la palidez de mi rostro, pensando que ejercería de muro de contención ante una posible llantina. De momento, la estratagema funcionaba. Daniel nos propuso que pasáramos por la sacristía antes de ocupar la primera bancada que él mismo había reservado para los familiares y amigos más cercanos —es decir, nosotros— como se hacía habitualmente. Pensó que vernos antes del inicio de la celebración ayudaría a rebajar los nervios por la parafernalia eclesiástica, que solía imponer bastante, sobre todo a los que no estábamos muy familiarizados con ella. Aunque ya había insistido en que yo no haría ninguna lectura bíblica en el funeral, al final accedí porque Lola se negó aduciendo miedo escénico; Hugo dijo que se estaba mareando; Aimo refutó que se le resbalaban las eses y que Jonas no se merecía eso, y Roberto dijo que no había traído las gafas. Me pareció una encerrona descarada, sustentada en unas excusas muy pobres que ni siquiera se molestaron en elaborar, pero acepté. Solo esperaba que la emoción no me dejara muda, ya que mi afonía había mejorado bastante gracias al espray de propóleos de Aimo. Porque no tenía ganas de pensar, de lo contrario, hubiese llegado a la conclusión de que el finlandés me había llevado el espray para que recuperara la voz y obligarme a leer en la misa funeral de Jonas.

Al salir de la sacristía, fui consciente de la gran cantidad de personas que llenaban la iglesia. Noté que hacía calor, no solo por la lógica del calendario, era 14 de julio, sino por la sensación de humanidad allí congregada. Recé para no marearme entre la emoción y la temperatura. Solo podía pensar en la inconveniencia de quitarme la chaqueta dentro de la iglesia. Nada de hombros descubiertos, ésas eran las indicaciones de mi amiga. Me vino bien ir casi en volandas entre Lola y Carla, seguida de Hugo, Aimo y Roberto; si pasaba algo, ellos me recogerían. Tener esa red mental me tranquilizó. Nos dirigíamos a la bancada central para ocupar el lugar que nos había dicho Daniel pero un giro inesperado cambió nuestra trayectoria, un tirón en forma de latigazo en mi brazo izquierdo, que era el que me sostenía Lola. Algo pasó. Por un segundo temí que, en mi aturdimiento, estuviera a punto de empotrarme contra el ambón y el libro sagrado que alguien había colocado sobre él. No fue eso. Un cambio insospechado de ubicación nos obligó a caminar hacia los bancos situados a la izquierda del presbiterio. Lo entendí cuando me senté en la banca, desvié la mirada hacia la nave central de la iglesia y los vi.

Marco y su mujer, Petra, ocupaban el primer banco donde se supone que deberíamos estar ubicados nosotros como marcan la lógica y la costumbre. Allí permanecían los dos, en la más absoluta soledad. Debí imaginarlo cuando entre la comitiva que llevaba detrás oí un murmullo del que sobresalió la voz de Hugo. Blasfemaba algo que Lola intentó acallar con un discreto siseo, pero que terminó con un nítido «Porque estamos en una iglesia, que si no le hostio vivo...». Y luego añadió unas palabras, en un tono menos audible, sobre la similitud de aquella visión con la del Santo Padre en un prostíbulo. Creo que el enfoque que proponía Hugo no me hubiera resultado tan impactante como el de ver al Zombi ocupando el banco reservado para los familiares y amigos más cercanos. Me solidaricé con las miradas de reproche que les lanzaban los asistentes, que prefirieron quedarse de pie antes que sentarse junto a ellos. Si hay algo que cuesta guardar en un pueblo son los secretos de familia. Y si sus habitantes toman partido, se alimenta el espíritu de Fuenteovejuna, y Tármino llevaba tiempo alimentándolo. No pude evitar mirarlos durante más tiempo del que me hubiera gustado. Se les veía incómodos pero permanecieron impávidos y sin intención de enmendar su error ni su soberbia mal gestionada; el siempre equivocado orgullo de Marco, que su tosquedad solía confundir con arrojo y valor.

Me tenía que haber tomado más tila, el dolor de cabeza que presagió Carla empezar a aparecer. Noté que Lola me apretaba la mano con fuerza. En los últimos tiempos, ese gesto se estaba volviendo demasiado habitual y no solía traer nada bueno, como la luz roja de los semáforos, además de la insensibilidad que me provocaba en los dedos, porque la Mamma apretaba hasta dejarlos macilentos. Pensé en zafarme pero recordé el consuelo que me proporcionaba saber que Jonas murió con mi mano apretando la suya. Nunca pensé que sujetar la mano de alguien hasta el final de su vida conllevara tanto alivio emocional *post mortem*. En mitad del intenso dolor que me provocó su muerte, ése era el único atisbo de felicidad al que lograba asirme a modo de tabla de salvación. Saber que lo último que sintió fue mi mano, mi roce, que sabía de mi compañía, que no estaba solo. Antes creía que el tacto de una persona no era algo que se recordara, pero me equivoqué. Subestimé el valor de la piel hasta que la necesidad de tocarle se hizo asfixiante. Le recordaba, le escuchaba, podía incluso olerle pero nunca más podría tocarle. La memoria de la piel no admite lo tridimensional, no admite el recuerdo del tacto; puedes recordar un olor, un sabor, pero el tacto de una persona es único, no puedes encontrarlo en otra, esa sensación es irremplazable. Cuando eso cambie, supondrá una revolución.

Pensé en aprovechar lo que tenía y mi mano apretó con fuerza la que me brindaba Lola. Al hacerlo, dejé de ver presencias indeseables en el primer banco de la iglesia.

Cuando Daniel salió de la sacristía, se posicionó tras el altar, que besó convenientemente antes de comenzar la misa, y al levantar la cabeza y buscar con su mirada nuestra presencia en la bancada central, comprendí que tampoco le gustó lo que vio.

Por un momento, temí que el pronto que compartía con Jonas cuando alguna situación injusta le superaba le hiciera abandonar su lugar tras la mesa rectangular para sacar a patadas a los indeseables okupas. De hecho, lo pude visualizar y hasta me dio tiempo de justificarlo: al fin y al cabo Jesús también tuvo un brote violento en la casa del Señor cuando, látigo en mano, expulsó a unos mercaderes del Templo de Jerusalén, por usurpar un lugar que no les correspondía. Desde luego, jurisprudencia había. Me habría gustado verlo, no lo niego, pero no en el funeral de Jonas. Le habría restado protagonismo a su memoria. Daniel hizo bien en evitarle ese placer a Marco, aunque sabiendo cómo era, le supuso un gran esfuerzo. Solemos subestimar el temperamento de los hombres buenos y tranquilos, y no deberíamos.

Verle aparecer con la casulla morada característica de la misa de difuntos me impresionó. Me pasaba igual que con mi imagen en el espejo, me costó reconocerle, no parecía él. Daniel convertido en el padre Daniel. Él, que no era demasiado partidario de las vestimentas litúrgicas. «Los uniformes siempre imponen», decía. Me emocioné al verle. O más que emoción creo que fue una especie de orgullo un tanto maternal, que tampoco entendí.

Cuando estuvimos en la sacristía, aún no se había vestido, y tampoco solía vestir a diario la clásica sotana, así que no era habitual verle de esa manera, al menos para mí, que apenas pisaba la iglesia, tampoco la suya. Ni siquiera cuando Jonas y yo estábamos en Tármino nos acercábamos a oír sus misas, algo que no le contrariaba, más bien agradecía; prefería vernos «fuera del horario de oficina», como él decía. «¿*Qué, ya los has engañado a todos?*», solía bromear Jonas. «No creas, alguno se me resiste», admitía él tomando a bien la provocación. Era su forma de entenderse. Me divertía que Daniel siguiera entregándole bolsas de plástico llenas de hostias. El primer día que descubrí su condición de camello sagrado, le divirtió mi expresión:

«Son los restos y, por supuesto, no están consagradas aunque tampoco creo que a tu marido eso le importe mucho». Era un imagen singular ver a todo un jefe de cardiología engullir una bolsa llena de hostias ante el televisor, hasta que te acostumbrabas, que suele ser la solución más práctica para todo. Incluso intentó aficionarme ofreciéndome los trozos de pan ázimo, pero la endiablada guerra que lidiaba mi paladar con las obleas de harina de trigo frustró el intento. No todos los hábitos de la persona amada admiten ser compartidos, a veces basta con respetarlos.

Todavía hoy me sorprendía rememorar aquella imagen.

Desde ese primer impacto visual, ya no pude verle con claridad durante el resto de la celebración religiosa porque mis ojos no estuvieron secos en ningún momento. Me costó aún más identificarle en la jerga que salía de su boca y deambulaba por mi cabeza, perdida e inconexa, creando un batiburrillo de textos, palabras, oraciones, frases hechas, jaculatorias, enunciados, plegarias y expresiones que, en general, me sonaban siempre a lo mismo. Ni siquiera su voz parecía la de siempre, como si hubiera perdido la familiaridad que le caracterizaba.

—Oremos con fe a Dios, para quien toda criatura vive.

Agradecí el silencio que siguió a esa frase.

De toda esa extraña nebulosa solo era capaz de reconocer una palabra: Jonas.

—Oh, Dios de vida y de salvación, para quien vive todo lo destinado a la muerte y para quien nuestros cuerpos, al morir, no perecen, sino que se transforman y adquieren una vida nueva. Pidamos por nuestro hermano Jonás a Jesucristo, que ha dicho: «Yo soy la resurrección y la vida; el que cree en mí, aunque haya muerto, vivirá; y el que está vivo y cree en mí no morirá para siempre».

Ni siquiera fui capaz de controlar mentalmente lo que creí

que recordaba del colegio de monjas, aprendido a fuerza de machaconas repeticiones. Nada de lo que escuchaba tenía demasiado sentido, hubiese preferido menos parafernalia lingüística y más palabras reales, pero es lo que había y decidí no darle importancia. Estaba en el interior de un templo sagrado, no era mi hábitat, así que tendría que aceptarlo. Tampoco me disgustaba, era tan fácil como pensar en otra cosa. Esperaría a que Daniel acabara, leería lo que tenía que leer y saldría de allí.

—El mismo Señor que lloró junto al sepulcro de Lázaro y que, en su propia agonía, acudió conmovido al Padre, nos ayude a decir: Padre nuestro, que estás en el cielo...

—¿Han cambiado el padrenuestro? —pregunté como si de verdad me importara.

Me consoló saber que Carla estaba aún más perdida que yo.

—¿Qué padrenuestro? ¿El credo, te refieres? ¿O eso es el avemaría? No me entero mucho, la verdad. Vamos a tener que venir más. ¿Ya no cantan lo de la «espiga dorada por el sol»? Yo solo me sabía esa, y la de «Alabaré, alabaré, alabaré, alabaré, alabaré a mi señooor...». Siempre me recordaba al juego ese, ¿te acuerdas?, que si repetíamos muchas veces seguidas la palabra «monja» acabábamos diciendo «jamón».

La miré como si no supiera de lo que hablaba. No sé si era lo que decía o el tono susurrante en el que lo hacía. Es cierto que solo las personas que te quieren y a las que quieres te hablan en susurros. Creo que estaba más nerviosa que yo y, desde luego, más aburrida. Le sorprendió mi mirada.

—¿Qué pasa? ¿Tú no jugabas a eso? Pues serías la única. ¿No has notado que la gente ya no se levanta tantas veces en misa como lo hacían antes? Quizá es por la edad de las personas que vienen, que tampoco están para mucho trajín, para qué vamos a engañarnos.

Me comprometí a no formular más preguntas porque las respuestas de Carla podían enterrarme.

Cuando me llegó el turno de realizar la lectura, tampoco

reconocí las palabras recogidas en el texto sagrado, que de mis ojos pasaron directamente a la boca, obviando el cerebro.

—«En aquel tiempo, exclamó Jesús: "Venid a mí los que estáis cansados, y yo os aliviaré. Cargad con mi yugo y aprended de mí, que soy manso y humilde de corazón, y encontraréis vuestro descanso. Porque mi yugo es llevadero, y mi carga ligera".»

Fui capaz de leerlo sin que me bailaran las letras aunque la voz se resquebrajó al principio de la lectura y no precisamente por la afonía. Pero empecé y terminé, que, como decía Jonas, era lo más importante de todo. Aunque no sé qué hacía yo hablando de yugos frente al altar de una iglesia intentando controlar la congoja. Creo que me centré en esa palabra para aislarme del resto de la lectura y olvidarme de por qué y por quién estaba allí.

«Yugo, yugo, yugo, yugo...» Quizá la reflexión de Carla sobre la euritmia de las palabras no era tan mala idea. Puede que incluso me ayudara a superar aquella prueba.

Por fin, intuí el final de la misa. Despertaba de mi letargo, la espalda empezaba a dolerme y mis piernas bramaban por algo de libertad. Era como si me desadormeciera de un sueño narcótico. Estaba tan convencida de esa opción que quise preguntárselo a Carla.

—¿Me has puesto algo en la tila que me diste antes de venir?

Su expresión sí se tornó bíblica. De repente, habíamos cambiado los roles. Carla optó por una contestación más ecuánime, poco que ver con ella.

—Mejor no le diremos a Daniel lo mucho que ha conseguido aburrirte en la misa funeral de tu marido.

No era eso lo que quise decir, pero tampoco era el momento de ponerme a matizar.

—Escucha, Señor, nuestras súplicas y ten misericordia de tu siervo, Jonas, para que lo recibas en tu seno, pues deseó cumplir tu voluntad; y, ya que la verdadera fe lo unió aquí en la tierra al pueblo fiel, que tu bondad ahora lo una al coro de los ángeles y elegidos. Tú que vives y reinas por los siglos de los siglos. Amén. Dale, Señor, el descanso eterno. Y brille sobre él la luz eterna. Descanse en paz.

En paz. Se me antojó un deseo algo complicado de lograr aunque estuviéramos en el interior de un templo. No podía quitarme la imagen de aquellos dos seres sentados en el primer banco de la iglesia en el funeral de quien se encargó de arrancarlos de su vida porque sabía que las malas hierbas, como los tumores malignos, hay que extirparlos de cuajo y limpiar el lugar a conciencia para evitar la metástasis. Cuando alguien se sabe próximo a la muerte y rechaza ver a una persona es porque entiende que hay encuentros muchos peores que el de la Parca. Supongo que es la lucidez de los momentos previos a la expiración de la que tanto hablan.

Hice esfuerzos para desterrar de mi retina y de mi cabeza a aquellas dos presencias en el primer banco de la iglesia, pero no pude. Lo entendí como una venganza rastrera y cobarde de Marco hacia su hermano, del tipo «Tú te has ido y yo me quedo aquí. He ganado. Por una vez en mi innecesaria vida, te he ganado en algo». Puede parecer algo absurdo, pero no lo era. En la fotografía, especialmente si es un retrato, los pequeños detalles marcan la diferencia. Y en la vida, sucede lo mismo. Esos detalles disfrazados de simples gestos o anécdotas sin importancia cincelan venganzas, odios y revanchas. Como cuando un familiar inoportuno e ignorante del lugar que ocupa arrebata a una madre primeriza el privilegio de dar el primer biberón de su vida a su recién nacido. Ese derecho no escrito le corresponde únicamente a ella, se lo ha ganado. Quien no lo ha experimentado puede restarle importancia; habrá más biberones, surgirán más ocasiones, pero el primero no se lo dio su madre y esa carencia se convierte en una punzada eterna y sangrante en la memoria.

La iglesia comenzó a vaciarse y pronto lo hizo casi al completo, menos el primer banco del pasillo central. Era una imagen tan irreal e injusta que dolía. Si Jonas hubiera estado allí, le habría obligado a irse tan solo mirándole como él sabía hacerlo, con toda la carga vital que guardamos en el fondo de la mirada donde almacenamos las verdades que hemos visto y no nos atrevemos a contar, pero eso no significa que las hayamos olvidado. Por eso Marco nunca consiguió sostenerle la mirada, por eso siempre terminaba clavándola en el suelo o apartándose de su campo de visión. Sostener la mirada a la verdad es muy complicado si vives implantado en la mentira.

Tuve la impresión de que la misa me había sentado bien. No le encontré el sentido a nada de lo que había oído y visto, pero creo que aquella monotonía de la liturgia eclesiástica ejerció sobre mí un efecto sedante. Aquella sensación me duró hasta que Daniel dijo «Podéis ir en paz», y lo interpreté como un permiso para acabar con la farsa de la teatralidad en la que habíamos estado durante casi tres cuartos de hora.

Me encaminé al pasillo central de la iglesia con la intención de matar a Marco. No sé por qué elegí esa palabra, «matar», pero es la que apareció en mi cabeza. Hay muchas maneras de matar, no es que pensara asesinar a nadie. Era una intención más serena, tranquila, sosegada, no tan dramática como podía esconder la semántica. Como cuando escuchas una sentencia que no te favorece pero decides hacerle frente desde la templanza.

A veces hay que escuchar de la misma manera como se habla, con cautela, con atención pero teniendo claro el objetivo final. Un día me contaron que los muertos no son sordos. Lo desconozco. Lo que sí sé es que no son mudos. Hablan, susurran, cuentan, gritan y lo más sorprendente de todo es que nos convencen. Jonas no era una excepción. Le podía oír en mi cabeza con nitidez. Y cuando los muertos hablan, se les escucha. Por eso me mostraba tranquila mientras me encaminaba hacia Marco aunque mis intenciones no lo fueran tanto. Si Lola y Roberto no me hubieran frenado, habría alcanzado mi objetivo. Aun así su reacción no sirvió de nada porque vi a la pareja de usurpadores de lugares ajenos aproximándose hacia mí. Noté que mi particular guardia pretoriana ocupaba posiciones y vislumbré a Daniel saliendo de la sacristía con más celeridad que de costumbre, según pude saber más tarde.

Fue uno de esos momentos en los que la vida se te presenta a cámara lenta porque sabe que vas a necesitar tiempo para estudiar cada detalle, para ponerlo en su contexto y para entender que nada de lo que acontece es casual. No sabía por qué mi corazón no estaba brincando como solía hacerlo en situaciones de tensión. Esa tranquilidad cardiaca solía aparecer segundos antes de protagonizar alguna reacción de ira descontrolada, lo que a Jonas le preocupaba más que los cuadros arrítmicos. «*Algunos días, pocos, la verdad, creo que me he casado con Charles Mason*», bromeaba. No sé por qué extraña razón la gente pensaba que fui yo quien aportó tranquilidad y sosiego a su vida, cuando era todo lo contrario. Él era quien insuflaba serenidad a la mía y no solo de palabra, con su voz. Lo hacía también con su mirada, con sus manos, con su sonrisa.

Así de caprichosa es la genética. Siempre hay un hermano que se lleva la peor parte. La naturaleza desbarra en muchas ocasiones y lo hace con todo el peso de su conciencia, para vengarse de una humanidad que no deja de inmiscuirse en sus asuntos.

Mientras los veía avanzar por el pasillo central de la iglesia oí a Marco decirle a una pobre mujer, que ya no sabía dónde meterse para huir de él, que en efecto Jonas era su hermano y que muchas veces los confundían, «especialmente por la voz. Y de espaldas éramos iguales, nos lo decían siempre...». Sentí que un arcada me subía por la garganta y me costó controlarla. No podría haber dos personas más diferentes en todo el planeta. Marco mascaba tabaco y regaliz negro de forma compulsiva, como si fuera un vaquero de Texas, y desde mi posición podía distinguir sus dientes amarillos —todos menos uno, el que le faltaba en mitad de la dentadura y dejaba un hueco tan negro como su alma—. Resaltaban en un rostro de piel cetrina, casi rozando la ictericia, y su pelo extrañamente rojizo, como falso, parecía una señal más de disconformidad. A medida que iba acercándose a mí, pude apreciar un fuerte hedor rancio, seco, una mezcla entre sudor y leche fermentada. Ni siquiera el olor a santidad, ese olor a incienso que atesora el interior de las iglesias, lograba camuflarlo.

Me dije que nadie le echaría de menos si desapareciera. Me sorprendió aquel pensamiento. Quizá era eso a lo que mi inconsciente se refería cuando segundos antes invocó la palabra «matar». No sé por qué apareció esa reflexión en mi cabeza. Él no era nadie, una de esas personas que no despiertan el menor interés, pero inspiraba ese tipo de deliberaciones, siempre lo hizo. No tenía lugar en el mundo, por eso sentía la necesidad de usurpar el de los demás. Siempre tuvo problemas de ubicación, por eso estaba siempre fuera de lugar. El tatuaje de un ancla con el que un día apareció en Tármino era una buena muestra de ello. ¿Qué tipo de persona se tatúa un ancla en el antebrazo cuando en su vida ha visto el mar, ni ha subido a un barco, ni ha vislumbrado un calamar que no fuera a la plancha sobre un plato? Él era ese prototipo de persona absurda, perdida, incoherente, tan innecesaria como la adolescencia, donde todo son problemas y dificultades. Así era el Zombi. El mismo que fingía coleccionar sobres de azúcar para llevárselos de todos los bares del pueblo y luego vaciarlos en el azucarero al llegar a casa y ahorrarse el comprarlo. Igual que hacía con las servilletas, los ceniceros, los palillos, hasta con los rollos de papel higiénico. Llevaba años haciéndolo. En una ocasión, el dueño de un bar le prohibió la entrada a los aseos hasta que no saldara la deuda que tenía por el papel sanitario sustraído. El propietario se había tomado la molestia de calcularlo: ciento cuarenta y cinco euros en papel higiénico en un solo año. No pagó la deuda, prefirió no volver a pisar el bar y empezar a frecuentar otro, para disgusto de sus dueños. Todo Tármino sabía de sus andanzas, hasta los perros que se cruzaban con él le conocían y no había manera de que pararan de ladrarle como si hubieran visto al mismo demonio. Sentía tanto desprecio por lo ajeno como deseo de sustraerlo. En plena noche, se ponía un abrigo encima del pijama y se acercaba a las obras del pueblo para robar ladrillos. Un día Jonas le sorprendió robando azulejos de la reforma que estaba haciendo en su casa. No le dijo una palabra. ¿Para qué? Ya se lo había dicho todo y nunca había servido de nada.

Y, sin embargo, ahí estaba, consumiendo oxígeno. No respirando, consumiendo oxígeno, quitándoselo a los demás. Ahí estaba, hablando de familia, como si la tuviera. Ahí estaba, ocupando el primer banco de la iglesia reservado para los más íntimos de Jonas, como si lo fuera. Ahí estaba, en el funeral de su hermano, como si le importara. Todo eso atravesaba mi cabeza mientras permanecía en silencio, observando cómo se acercaba. Quizá creyó que le retaba. Simplemente estaba haciendo un breve repaso mental para no olvidar a quién tenía delante. Cuando creí que abriría la boca para decir algo acorde con el interior de la iglesia en la que nos encontrábamos, alargó hacia mí una mano hinchada y amarillenta —la izquierda, la que no iba vendada— para entregarme algo.

—Te llegaron estos telegramas de pésame —dijo con una voz desabrida mientras sujetaba unos papeles doblados por la mitad, que el temblor de la mano agitaba entre sus dedos. Parecía que aquellos trozos de papel le quemaban, así que opté por dejar que le ardieran un poco más y rehusé cogerlos—. Quería dártelos.

—Son fotocopias. —Pude apreciarlo sin necesidad de tocarlos—. ¿Dónde están los originales? —Hice una pausa para mirarle. Su piel ya no era cetrina, ahora estaba encendida, roja como las venas que atravesaban el blanco amarillento de sus ojos—. Y sobre todo, ¿por qué los tienes tú?

—Los originales los tengo en mi casa. —Me encantó oírle tartamudear, algo que le pasaba bastante a menudo, cuando sabía que no controlaba la situación—. Como tú no estabas, decidí recogerlos yo en la oficina de Correos para que no se perdieran.

—¿Y quién eres tú para recoger nada mío? Supongo que sabrás que es un delito coger la correspondencia de otra persona sin su permiso previo.

—No les importó dármela, como saben que somos familia... —Intentó impregnar sus palabras de cierta dignidad. Por supuesto, no lo logró. Nunca fue bueno con las respuestas.

—¿Familia? ¿Y dónde has estado todo este tiempo?

—¿Qué querías que hiciera? —Fingió estar molesto ante lo que consideró un reproche. Tampoco atinó jamás con las preguntas, y a pesar de eso, insistía en hacerlas—. Dime, ¿qué coño querías que hiciera?

—No sé, ¿morirte?, ¿desaparecer? —Incluso a mí me extrañó la serenidad con la que le hablé, mientras seguía sintiendo la presión de la mano de Lola, que aumentaba cada vez que el Zombi abría la boca.

—Vale, nos tenemos que ir. —La voz de Roberto terció para poner fin a la conversación—. Apártate, Marco, o sabes que lo haré yo. Me da igual dónde estemos —dijo refiriéndose al interior del templo.

Mientras Roberto se hacía con los mandos de la situación como un antidisturbios con olfato suficiente para saber que algo estaba a punto de estallar, giré el rostro hacia mi izquierda para mirar a Petra. Quizá fue una impresión mía pero juraría que hacía esfuerzos por esconderse tras la espalda de su marido, desde donde le decía «Déjalo ya. Vámonos». Lo repetía una y otra vez, con la cadencia mecánica de un autómata y la expresión de una muñeca antigua, de esas de porcelana que, aunque inertes, asustan a muchas niñas por su aspecto siniestro. Seguía conservando ese halo de tristeza universal de quien se sabe traicionada por el mundo, por la amistad, por la belleza, por la bondad, por la suerte. Demasiada traición para alguien tan insignificante. Jonas nunca pudo soportarla y pasado el tiempo, me arrepentí de haber intentado suavizar aquella relación. Tardé un poco en entender que él tenía un radar para conocer a las personas y rara vez se equivocaba con ellas, aunque luego le costara un mundo soltar lastre. Y también me llevó mi tiempo comprender que no se pueden poner parches ni tiritas en una familia rota. La familia era como la vida, no se puede rehacer.

La realidad seguía presentándoseme ralentizada. Mientras los observaba, entendí que la vida es justa y sabe muy bien lo que une; lo que separa no creo que lo tenga tan claro, pero lo que une, sí. Aquellos dos ejemplares, a quienes un experto en contabilidad humana —de existir— calificaría de prescindibles para la humanidad, unieron sus vidas gracias a una traición enmascarada de divorcio. A ambos los sorprendió cerca, ya que la primera mujer de Marco era la propia hermana de Petra. No sé qué tipo de enfermo se tira a su cuñada mientras su esposa se somete a la tercera sesión de quimioterapia, ni qué tipo de bazofia humana se acuesta con su cuñado en un hotel cercano al hospital, aprovechando la hora y media que tarda el PET TAC al que está siendo sometida su hermana para comprobar que la metástasis del tumor en la mama se había conformado con extenderse a los huesos y no había llegado al cerebro. Supongo que son los nervios que, en algunas circunstancias, traicionan el comportamiento. Eso quise pensar el día de la incineración de Jonas, cuando los vi reírse mientras saludaban a unos y otros a la salida del tanatorio, como si estuvieran en una recepción de la embajada italiana. No podían reírse de nada, así que fingí creerme la mentira de Daniel cuando achacó aquel comportamiento vil a los nervios. Daniel era capaz de mentir si con eso conseguía que yo no sufriera más. Es otra modalidad de bondad, supongo.

Claro que la vida sabe lo que une, incluso en el interior de una funeraria. Allí era donde ambos trabajaban. Marco procuraba no extraviar más muertos de los tres que había perdido en dos años de trabajo, y Petra se encargaba de maquillar los cadáveres. Supongo que eran los únicos clientes que podían soportar su presencia a tres centímetros de su cara sin que su halitosis crónica les hiciera salir corriendo.

—Vámonos —le repitió Petra a su marido con su voz ahogada y fina, reflejo de la culpabilidad que sentía por todo lo que había hecho en la vida—. Vámonos te digo.

—Haz caso a tu mujer —le instó Daniel, que había llegado justo para arrancarles las fotocopias de las manos e interponerse entre Marco y yo—. Va a ser lo mejor.

—Tú mejor te callas, que ya has hablado suficiente. Aunque tú y yo tenemos una conversación pendiente, *primo* —le dijo en un ridículo tono que pretendía ser amenazante. Varios perdigones de saliva fueron a caer en la chaqueta de Daniel, ya sin sus vestimentas litúrgicas, y noté que hacía un esfuerzo para no entrarle al juego—. Algún día lo contaré todo, algún día todos me escucharán aunque no quieras y entonces sabrán quién eres realmente.

—Vale, John Wayne —le espetó Roberto cogiéndole bruscamente del brazo para sacarle de allí—. Venga, a coger tu caballo, a la puta calle.

Volví a ver el saco de boxeo viejo y maleado que advertí por la mañana desde el interior de mi coche, cuando Daniel y yo regresábamos de los campos de lavanda. Aunque en esta ocasión, más que caminar podría decirse que rodaba debido al ímpetu con el que Roberto le condujo por los pasillos laterales de la iglesia, esquivando con dificultad algún que otro confesionario. Y a dos metros de distancia, Petra, que tropezaba al mismo tiempo que lo hacía su marido. La sincronización de la malignidad aparece en los momentos de tensión.

Cuando el mundo recuperó su dimensión real y abandonó el ralentí para restaurar la normalidad, me encontré con un mar de abrazos, besos y frases de condolencia de los amigos y vecinos de Tármino que continuaban en la iglesia para darme el pésame. Lo único que me inquietaba es que hubieran presenciado el encontronazo con Marco, aunque entre Hugo, Aimo y en especial Carla, que se había encargado de tenerlos entretenidos hablando sin parar, habían conseguido evitarlo. Ninguna voz se levantó sobre otra, al contrario, así que dudé de que hubiesen oído nada de lo sucedido, aunque seguro que algo intuyeron. El simple encuentro rezumaba tensión, como cuando dos enemigos se topan en campo neutral. No eran tontos, ni ciegos, y algunos, como buenos parroquianos, la sordera no la contemplaban ni en sueños. Así me lo confirmaron varios de los mensajes en clave que introdujeron entre sus palabras de ánimo hasta que Daniel, aduciendo que debía cerrar la iglesia, logró sacarme de allí.

Hay conversaciones que reparan el cuerpo y consiguen idéntico resultado con el alma. Podría decirse que me sentó bien aquel encuentro, que la rápida acción disuasoria de Roberto y Daniel evitó que fuera a mayores. No siempre los desahogos van a ser de lágrimas, hay veces que las palabras también alivian.

Aunque en un primer momento pensamos en acudir a alguna de las terrazas del pueblo que ya lucían engalanadas en tonos morados y disfrutando del Festival de la Lavanda, convenimos que estaríamos más tranquilos en casa, a resguardo de miradas indiscretas y oídos sedientos de historias. Había mucho de lo que hablar y todos estábamos deseando hacerlo. Pude notarlo en sus caras y, por el calor que me bullía por dentro, juraría que también se reflejaba en la mía. Era la excitación que no te abandona después de una fuerte descarga de adrenalina como la que acabábamos de vivir. No estaba preocupada ni triste. Ni siquiera mi corazón se había abandonado a la danza africana a la que se entregaba cuando la tensión hacía acto de presencia. Fue como si encararme con el enemigo, con la persona a la que había estado esquivando durante años —esa que me hacía pensar en Tármino como «territorio hostil»—, me hubiera dado la fortaleza que necesitaba, el revulsivo del que le había hablado a Carla horas antes, mientras me vestía de negro para ir a la misa funeral de Jonas. Daniel fue el único que no lo vivió así.

—Lo siento mucho —dijo antes de arrancar el coche, que decidió conducir sin ni siquiera consultarme, como hacía a veces—. Tenía que haberlo previsto, debí haberlo imaginado. Pero no creí que se atreviera a presentarse. No sé... Perdóname, es todo culpa mía.

—Deja de disculparte. Lo único que siento es no haberle...

—No digas eso —me cortó con suavidad mientras colocaba a su altura el espejo retrovisor, y el coche en el que viajaban Roberto, Aimo, Hugo y Lola nos adelantaba por la derecha—. Tú no. No lo digas y así no tendrás que arrepentirte de haberlo hecho.

Pensé en contestarle, en rehusar su invitación a guardar silencio, pero la presión de la mano de Carla sobre mi hombro me hizo desistir de mi idea.

Daniel no lo entendía. En los últimos dos meses, una semana y cuatro días no me había sentido mejor.

11

Cuando te pasa algo realmente malo en la vida puedes hacer compensaciones en dos únicas direcciones: hacia el recogimiento y el olvido tranquilo, o hacia el odio y el rencor. Después de lo sucedido en la iglesia, mi opción era clara. Sé que lo correcto sería el perdón, mostrar una actitud clemente, expresar más tolerancia y mayor dosis de comprensión. Recordaba muy bien las instrucciones escolares del colegio de monjas en el que mi madre se empeñó en matricularme. Sé que el tiempo hace que perdones e incluso olvides desplantes, traiciones, palabras hirientes y amenazas, y eso nos aminora la mochila de venganzas y rencores. Pero supongo que ese tiempo no había llegado aún. Además, no siempre lo bueno y lo correcto es lo conveniente, igual que desear algo no significa que puedas alcanzarlo. La vida tiene sus propias reglas pero somos nosotros los que jugamos. Había descubierto que el odio bien dirigido y procesado resultaba mejor gasolina para seguir adelante que el sometimiento y la aceptación de la tristeza que, de momento, no me estaba ayudando a recuperarme. No quería sentirme obsesionada por mi propio dolor. Lo estaba, y no me gustaba. Así que había que cambiar de obsesión y es cuando apareció el odio. Algo nuevo para mí. Y no me disgustaba.

Fuimos los últimos en llegar a mi casa. Seguía sonándome extraño llamarla así, «mi casa». Aquélla era la casa de Jonas, y el recuerdo de la costumbre no admitía cambios de nombre. Era así y siempre lo sería. Cuando dejamos atrás la verja de entrada, el cuarteto ya había organizado el escenario perfecto para una buena velada. No podían negarlo, había ganas. Ganas de hablar, de acompañar, de liberar tensiones, de compartir secretos, de comentar lo sucedido. Esas veladas solo podían acabar de dos maneras: muy mal o muy bien. Y la calificación final dependía de la perspectiva de cada uno y del lugar de la historia en el que se decidiera estar. Jonas decía que siempre había que elegir bien los bandos en las batallas, porque de malas elecciones estratégicas estaba la Historia llena. El centro, como toda neutralidad, siempre era más seguro, pero también era menos divertido. Los extremos daban más vida.

Colocaron una mesa grande en el jardín —un espacio de cincuenta metros cuadrados de césped a la espalda de la casa— y la rodearon de sillas; encendieron unas candelas sobre la mesa y dispusieron los pies de jardín a modo de portavelas alrededor de las sillas, formando un círculo imaginario que demarcaba el lugar exacto donde transcurriría lo mejor de la velada. Ubicaron sobre la mesa toda suerte de vasos, copas, mezcladores, cuencos de frutos secos y gominolas de colores, y también unas cajitas con semillas que se habían convertido en indispensables en todo combinado: bolitas y granos de pimienta —de Jamaica, rosa, negra—, pipas de calabaza, bayas de enebro, ramas de vainilla, cardamomo verde, anís estrellado, cilantro, flor de hibisco, regaliz, ramas de canela —de Ceilán, de Java, de la India—, que más que los ingredientes necesarios para un combinado, especialmente de gin-tonic, parecían un arsenal para cualquier trabajo de huerto. Eran las últimas que había comprado Jonas. Las adquiría en una tienda de Madrid y cada vez que se prometía velada de amigos en Tármino, las llevaba como si fueran una munición especial. Las dichosas semillas, la pimienta cubeba y la canela cassia habían durado más que él. No sonaba justo: él las había puesto allí y le habían sobrevivido. Pensándolo bien, yo estaba en las mismas. Esa apreciación me asaltaba a menudo, dejándome sentimientos contradictorios. Mi conciencia alternaba mi condición de traidora con la de superviviente y en ninguna de las dos me sentía cómoda.

Pude contar tres tipos de ginebras diferentes, dos de vodka, otras dos de whisky, tres más de ron, un tequila aportación especial de Carla, dos botellas de vino de la colección particular de la pequeña bodega que Jonas heredó de su padre y las innegociables botellas de cristal con el orujo casero de tres colores diferentes que solían poner el broche final en cualquier encuentro. No había hambre pero sí mucha sed. Distinguí las copas de martini con su inseparable vaso mezclador que le había regalado a Jonas en las pasadas Navidades. «*No quiero ver una coctelera cerca de mi dry martini. Y no quiero aficionados tocando mi vaso con ojos de deseo con la intención de convertirlo en una batidora. Mezclar, no agitar, ése es el secreto, ¿es que no vais al cine?*», preguntaba sobreactuado mientras acompañaba sus actos con una explicación pormenorizada acerca de la necesidad de colocar el vaso mezclador en el centro de la mesa, llenarlo de hielo, removerlo de forma concienzuda y escurrir el agua que hubiera podido quedarse en el fondo. «*La cucharilla, amigos míos, es nuestra mejor aliada, nuestro cómplice secreto. Hay que tratarla como a la mujer a la que amas, con delicadeza, con cariño, con infinita exquisitez, con tacto, y a la vez con maestría y destreza, que note que sabes lo que estás haciendo. Se trata de mezclar ingredientes y conseguir una unidad indivisible.*» Ahí era cuando Jonas solía mirarme, y si me encontraba cerca de él, buscaba el beso que sellara el momento de complicidad y que, según la sed que tuvieran, los invitados solían jalear o increpar.

No había manera de librarse de esa teatralización, pero quien saboreaba el resultado juraba que merecía la pena soportar la previa. *«Y como vea a alguien limpiando el vaso mezclador con detergente, lo mato. Avisados quedáis.»*

Todo estaba dispuesto. No tuvieron problemas para encontrar las cosas porque conocían la casa como si fuera la suya propia, puede que incluso mejor. No faltaba detalle ni había lugar para el olvido. Me enterneció ver la cafetera de émbolo sobre la mesa con su inseparable jarra de porcelana blanca rellena de leche que Jonas siempre se encargaba de preparar. Sabía que era mi cóctel especial, ya que mi intolerancia al alcohol me impedía disfrutar de cualquier otro combinado. Recordé su carcajada cuando el camarero del Floridita de La Habana me preguntó si había ido a Cuba para tomar un refresco de cola en vez de un daiquiri, algo parecido a lo que me interpeló el empleado de La Bodeguita del Medio cuando rechacé el mojito que me ofrecía y le pedí una bebida gaseosa para acompañar mi yuca con mojo y mis habichuelas pintas; los chicharrones de cerdo se los dejé a Jonas. «¿Para eso ha cruzado el Atlántico, señorita?», me preguntó. «Para eso y para escribir mi nombre en una de estas paredes, aunque sé que en unos años desaparecerá porque ustedes la volverán a pintar para que los demás también tengan oportunidad de escribir el suyo. Alguien podría entenderlo como algo inútil, pero yo no.» Echaba de menos los tiempos en los que tenía respuesta para todo. «Ok, le traigo su cola», me dijo el camarero. Nadie se complicaba la vida en Cuba. Quizá no había regresado al lugar que debía.

Me detuve unos instantes para poder observar cada detalle. El jardín volvía a estar vivo, como en tiempos de Jonas. Todo estaba dispuesto, solo faltaban las palabras, que prometían ser la mejor parte de la velada, como siempre ocurría. Quizá no había sido tan mala idea regresar a Tármino. Quizá ése era el momento adecuado de estar allí. Dejé de pensar en el regreso como única medida de aislarme de la realidad. Convendría afrontarla para evitar que se enquistara y esa era una buena manera de empezar.

—Hemos pensado que no te importaría... —comentó Roberto mientras me recibía con un abrazo más paterno que de amistad y se preparaba para soltar un comentario que intuí nada más verle la cara—, antes de que tu cuñado venga a quemar la casa.

En ese momento descubrí que había una palabra mucho más repelente que «viuda», y era «cuñado».

Roberto tenía razón. Seguramente se lo habría oído decir a Jonas. «*Cuando tu familia está en llamas, no te acerques con un bidón de gasolina.*» Yo no solo obvié su recomendación, sino que me había acercado a ella con todo un oleoducto a cuestas.

Su familia, al igual que muchas otras —tal vez la mayoría aunque el rubor impida reconocerlo—, era como una leyenda antigua, enrocada en el pasado, con muchos recovecos, con exceso de personajes, llena de misterios sin resolver de los que todos sabían algo pero nadie hablaba con claridad. No, no era una leyenda, eso lo envolvería en un halo de fantasía que podría llevar a engaños. Su familia era un bazar chino, extenso y numeroso, inútilmente nutrido porque todo lo que terminas encontrando en él acaba siendo inservible, abono para el contenedor de residuos. Y lo peor es que insistes es frecuentarlo aun sabiendo que lo auténtico está fuera, que ahí dentro solo hay plástico cuando lo que necesitas es porcelana. Y el plástico contamina y el tiempo lo convierte en tóxico.

Jonas tenía dos hermanos, aunque el mediano, Manuel, desapareció pronto de la cotidianeidad familiar. Apartarle de la familia no fue una opción elegida voluntariamente, fue un callejón sin salida. Sufría un severo autismo complicado con una apraxia verbal que ya de niño hizo necesario su ingreso en un centro especializado. En aquellos años, existía la creencia popular y médica de que autismo y discapacidad intelectual iban de la mano, pero Jonas siempre decía que Manuel era el más inteligente de la estirpe. A lo mejor porque su desconexión con el mundo era absoluta. De hecho, cuando Jonas llamó a los responsables del centro donde estaba ingresado, éstos no consideraron apremiante tener en consideración la posible carga genética de su cáncer. Como hermano mayor que era, siempre se preocupaba por no alterar sus rutinas.

Y luego estaba Marco. La relación con su hermano menor nunca fue fácil. Al principio le disculpaba, quizá por cierto sentimiento de culpa del que no era responsable. Ningún hijo lo es por saberse el favorito de sus padres. Si tu madre no se alegra tanto cuando es tu hermano quien llega a casa y su rostro denota una pequeña decepción al ver que no eres tú sino Marco —entonces conocido como Herminio—, te puede resultar incómodo pero no hay nada que puedas hacer, excepto intentar quitarle importancia y suplir ese déficit afectivo de otro modo. Ya sucedía cuando eran pequeños y su madre sonreía de distinta manera cuando el hornazo que acababa de sacar del horno era del gusto de su hijo mayor. Las sonrisas, excepto cuando estás en pleno duelo y te dan el pésame, no se fingen, salen de forma natural y espontánea, muchas veces sin ser consciente de su aparición. Si la madre prefería hacer rosquillas de anís en vez de bizcochos de limón porque sabía que a Jonas le gustaban más las primeras, no era culpa suya. Un hermano con cierta lucidez lo hubiera aprovechado poniéndose hasta arriba de rosquillas. El pequeño Herminio, no. Aunque a juzgar por su aspecto, lo hizo, pero no empujado por la inteligencia sino por un sentimiento de odio que fue cocinando entre los tropezones de jamón, tocino y chorizo embutidos en el hornazo, y la harina y el anís de las rosquillas. Se le indigestó la vida y el culpable era Jonas, que compartía las culpas con Daniel, al que Marco envidió desde pequeño por la complicidad que Jonas y él compartían sin ser hermanos de sangre. Incluso don Javier se mostraba más afectuoso con su sobrino que con su hijo pequeño. En vez de unirse a ellos, Marco se quedaba rumiando su rencor en cualquier esquina de la casa, mientras los veía alejarse, no de él, sino hacia una vida que estaba allí para aprovecharla, sin perder el tiempo en enfados, complejos de inferioridad y reproches.

Tampoco ayudaba el hecho de que siempre fuera Jonas el que mayor éxito tenía entre las chicas, y el que más simpatías despertaba entre los lugareños a pesar de sus continuas travesuras —casi siempre acompañado de Daniel—, y el que consiguió entrar en la universidad, completó la carrera de Medicina, se sacó una especialización en cirugía cardiaca y se convirtió en uno de los mejores cardiólogos del país. Cada uno se trabaja su destino, o al menos, lo intenta. Marco trabajó en una fábrica de tornillos hasta que desapareció dinero de la caja; viajó a Nápoles para aprender los secretos de la comida italiana con la intención de abrir su propio restaurante, hasta que sucedió algo con la hija del dueño del local que le hizo salir corriendo del país; más tarde se empleó en el taller de prensas y chapistería de una planta de automóviles en el que ensamblaba las piezas de carrocería y los puntos de soldadura de los vehículos, hasta que la sombra de la malversación reapareció y más tarde pidió a su hermano dinero para abrir una panadería, que cerró a los seis meses por falta de salubridad y, especialmente, de clientela. En todo su currículo de desgracias profesionales fueron Jonas y, en muchas ocasiones, el propio Daniel quienes aparecían para solucionar las cosas, a veces con dinero y otras pidiendo favores que no hubieran pedido para sí. No hubo nada que hacer. Don Javier, al que apodaban «el Sabio», tenía una forma interesante de describirlo. «Cuando los hermanos nacen torcidos, no los endereza ni el vientre de una madre. Es como la fruta que sale mala, no hay barrica de roble que la salve. En cuanto descorchas la botella, salen los efluvios equivocados.» Luego, bajaba la voz y añadía: «Claro, que a quién se le ocurre mezclar uva viura con verdejo».

Las cosas no cambiarían nunca entre los hermanos. Jonas

siempre sería el favorito de su madre y el orgullo de su padre. Marco, no. Así se escribió la historia y de nada servía culpar al protagonista. En todo caso, las responsabilidades deberían pedirse al autor.

Desde la pérdida de sus padres, Jonas siempre se sintió un apátrida en su propia familia, exceptuando a Daniel. Don Javier falleció en un accidente de coche mientras volvía de La Rioja, de visitar unos viñedos, su verdadera pasión y a la que se había dedicado, aunque con vocación tardía. Fue su primogénito quien tuvo que ir recoger el cuerpo de su padre y traerlo hasta Tármino para que su madre pudiera enterrarle donde ella quería. También fue él quien tuvo que explicarle que el Sabio le dejó dicho en sus noches de confidencias paternofiliales que deseaba ser incinerado y descansar en el viejo olivo de la casa, el Viejo Amigo, como él lo llamaba. Siempre pensó que fue en ese instante cuando su madre comenzó a dejar olvidada la memoria en cualquier lugar, quizá porque el recuerdo era demasiado doloroso. Jamás olvidaría la respuesta de Marco, tras renunciar tanto a acompañarle como a quedarse con su madre esperando el regreso a casa del cuerpo de don Javier, algo que sí hizo su primera mujer. «Tú eras el favorito del viejo. Ve tú a buscarle. Le hará más ilusión que si voy yo. Necesito estar solo. Me voy al pueblo. —Eso quería decir al bar—. Cuando lleguéis, me llamáis.»

Algo parecido argumentó para justificar su negativa a visitar a su hermano Manuel y hacerse cargo del coste de su residencia, aunque nadie se lo había pedido, por la inutilidad que ello supondría: «¿No dices que es el más inteligente de todos? Vete tú a verle, a mí no me entiende. Encárgate de él, yo no soy el rico de la familia». A partir de ahí, Jonas dejó de disculparle. No había razones para hacerlo ni tampoco quedaban personas por quienes seguir fingiendo. Luego llegué yo creyendo que una extraña podría restablecer lazos familiares, hasta que me los comí y se me anudaron al cuello, arrastrándome también a mí. Cuando su madre falleció porque ya no soportaba remolcar la vida sin su compañero de viaje —y no por la insuficiencia cardiaca y el Alzheimer que recogía como causa de la muerte el certificado de defunción—, Jonas supo que era el momento de acabar con la farsa y declararse apátrida. Se sentía satisfecho de ese sentimiento impuesto que interiorizaba porque no le quedaba más remedio, porque no le dejaron otra salida. Quién querría pertenecer a un país en ruinas, sin cabeza ni corazón, destruido, envenenado de odio, de venganza, de rencillas. La condición de refugiado no resulta tan ofensiva cuando el exilio, lejos de ser forzado, es elegido por pura supervivencia. Pero nunca es del agrado de nadie y quizá por eso las personas no lo cuentan. Jonas necesitaba construir su propia familia y yo tuve la suerte de encontrársela.

Con las familias sucede lo mismo que con las puertas cerradas. Nunca sabes lo que te vas a encontrar al otro lado hasta que abres y entras. Aunque algunas veces, puedes sospecharlo. Desde el primer momento, sentí que no era bienvenida y me importó lo mismo que a Jonas la tibia acogida que le dispensó la mía, que se reducía a mi madre, aunque debo reconocer que estuvo algo más discreta y educada, supongo que porque tenía una vida propia aunque aburrida. Nunca lo interpreté como algo personal. Ni Marco ni Petra —a quien Jonas jamás consideró de la familia, quizá porque él sentía predilección por su primera mujer, Paloma, y la traición de ambos hacia ella le dolió como en carne propia— se caracterizaban por la empatía. Supongo que por eso llevaban la funeraria como si fuese aquel taller de chapa y pintura. Por una vez, supo cuál era su lugar en el mundo. Entendí que el Zombi no me iba a gustar nunca, por mucho que lo intentase. Cuando amas a una persona, amas a quien ella ama y odias a quien desprecia, sobre todo si te explican y entiendes las razones de ese mapa sentimental y te parecen más que lógicas. Yo tampoco sería la persona favorita de Marco en el mundo: amaba a Jonas, le hacía feliz y el sentimiento era correspondido. Hay secuelas que ni la tanatoestética puede disimular.

—Tú no eres consciente de la pequeña arruga que te sale en el entrecejo cada vez que ves al Zombi, ¿verdad? —me preguntó Lola, que obviando cualquier indicación de Jonas sobre el gintonic y sus cucharillas, prefería meter el dedo índice en su copa para seguir removiendo la mezcla—. Es justo aquí... —Noté la yema de su dedo húmeda y fría cuando lo colocó en mi frente—. Es como una pequeña cicatriz, como la que tenía Jonas en el labio inferior, la que se hizo cuando nos caímos de la bicicleta cruzando el puente, huyendo de las pedradas de aquellos niñatos del pueblo vecino a los que se les unió el Zombi, ¿os acordáis? —preguntó al resto, sintiendo que aquel recuerdo le abrigaba durante unos instantes. Por su gesto, juraría que le quitó el frío—. Creo que fue la primera vez que tu marido salvó la vida de alguien. Si no llega a tirarse de la bici para que yo hiciera lo mismo, una de esas piedras me habría dado pasaporte. Así que deja de arrugar el entrecejo —me exigió en un tono maternal, mientras intentaba borrar con el dedo la delgada línea dibujada por el odio—. Las cicatrices deben tenerse por alguien que merezca la pena, por alguien que se haya ganado a pulso dejar una huella permanente en ti, por alguien grande, Lena, no por cualquier imbécil con complejo de inferioridad e ínfulas de grandeza.

—No puedo evitarlo. Sale sola —dije en mi defensa.

—Después de ver cómo te has encarado a él, te permitimos que te arrugues lo que quieras —dijo Hugo jugueteando con la rama de canela que acababa de introducir en su copa—. ¿Qué es lo que le has dicho? ¿Que se tenía que haber muerto, que te gustaría verle muerto o que ibas a matarle?

—Lena, ¿le has dicho eso? —La voz de Daniel sonó a reproche paterno, y no pude evitar que me hiciera gracia.

—No ha sido exactamente así —mentí, como mienten los

niños, a medias, diciendo sin decir—. Él me preguntó qué quería que hiciera y yo le he dicho que morirse. Que no me pregunte si no quiere oír una respuesta.

—Di que sí, y muy bien que has hecho. Ni templo sagrado ni hostias —dijo Hugo intentando provocar a Daniel—. Que agradezca que no le hayas dado dentro de la iglesia.

—Pero ¿le has pegado? —preguntó Aimo preocupado, no por el hecho en sí, sino ante la posibilidad de habérselo perdido—. ¿Y dónde estaba yo que no lo he visto?

—En la sauna, Aimo, en esa sauna donde estás siempre. —Lola intentó desviar la conversación hacia otros derroteros. Ella era quien me había frenado al intuir que tras el «podéis ir en paz» de Daniel iba enfilada hacia ellos, como si previamente alguien me hubiera hipnotizado para actuar así.

—¿No le habrás pegado? —insistió Daniel con un gesto entre la preocupación y la sorpresa.

—Por supuesto que no. Eso es exclusividad tuya —repuso Hugo entre bromas. Pero Hugo siempre bromeaba diciendo la verdad. Por eso sus bromas no siempre hacían gracia entre algunos con problemas para aceptar la realidad.

—¿Les has pegado? —imité su pregunta, mientras me volvía hacia Daniel en busca de la confirmación. No tardó en reemplazar su mirada amable por una sonrisa de costado.

—Esto cada día se parece más a México. ¡Viva México, nomás! —Cuando Carla bebía, entraba en otra dimensión. Tenía una extraña manera de beber, como si realmente estuviese sedienta: bebía muy deprisa, el tequila se convertía en agua en su garganta aunque reaccionaba cuando llegaba a su estómago y subía a su cerebro. Solo le salía su mudada vena patriótica, que mostraba entreverando algún vocablo azteca en su léxico, cuando bebía o cuando estaba triste. Y aquella noche no parecía estar triste—. Siempre lo he dicho, menos mal que aquí no vais armados, viviríais en una balacera constante.

—¿No se lo has contado? —A Roberto le pareció divertido

empezar a levantar la veda de los secretos—. Aquí tu ángel de la guarda le encasquetó una buena somanta de hostias, pero de las buenas, no de esas de pan ázimo. Éstas iban consagradas con la mano abierta. —Bebió un trago de su combinado antes de poner en contexto la revelación—. Fue el día de la incineración de Jonas, no te diste cuenta de nada, demasiado tenías encima como para preocuparte de los demás. ¿En serio no se lo has contado? ¿Es la única familia que te queda y se lo ocultas? —Su tono era sarcástico, pero funcionó. Y prometía seguir haciéndolo durante toda la noche—. Las mentiras son las que se cargan las familias. Tú sigue así, padre Daniel, predicando pero no con el ejemplo precisamente —dijo mientras se disponía a estrenar el vodka Grey Goose al que, según él, no terminaba de cogerle el gusto, pero por intentarlo no iba a quedar.

Insistí en buscar en el rostro de Daniel una respuesta mientras se servía un vaso de vino. No era hombre de combinados, creo que no recordaba haberle visto tomar nunca lo que llaman alcohol duro. También en los gustos, la moderación era su brújula de comportamiento. Y eso afectaba igual a sus gestos. Era muy complicado encontrar una respuesta en el rostro de alguien que siempre sonreía y nunca sabías por qué razón.

—Tampoco fue exactamente así. Sois muy exagerados con el plural. Fue un intercambio de opiniones. Alguien tenía que mantener la compostura.

A mi cabeza regresó el día de la incineración de Jonas. El 4 de mayo.

No sé ni cómo tuve tiempo ni capacidad mental de pensar en la extraña excentricidad que tiene el calendario para hacer coincidir fechas en acontecimientos tan dispares. Un 4 de mayo tomé la primera comunión, un 4 de mayo murió mi hermana, un 4 de mayo recibí mi primer premio de fotografía, un 4 de mayo contesté que sí a una petición de matrimonio y un 4 de mayo enterraba a mi marido. Demasiados cuatros, y demasiado mayo. Todo lo que en su momento viví en una nebulosa tejida por la pesadilla lo recordé con la nitidez de unas lentes de focales fijas utilizando la hiperfocal de mi Nikon D7000.

Aquel día se mostró transparente ante mí: la sensación de pérdida y la frustración al abrir los ojos el día posterior a la muerte de Jonas —si el reloj no me engañaba, fueron catorce minutos de ojos cerrados en toda la noche—; el sentimiento de decepción por seguir estando viva sin él; el trayecto en taxi hasta el tanatorio y la asfixiante conversación del taxista sobre los males que asolaban a la política entrelazada con las voces de la radio; la sensación de frío que entumeció mi cuerpo; los restos del agua de lluvia en la ventanilla del coche, que convertían en burbuja todo el mundo exterior; la voz de Carla, que por una vez acunaba más que resonaba; la mano de Daniel, que durante todo el día pareció una prolongación de la mía; la permanente gelidez en mis manos, el puño de acero contra el pecho, el dolor de garganta; la llegada al tanatorio, los paraguas negros abiertos como un campo de setas en un día de lluvia; el encuentro de brazos amigos en los que me dejé caer con la entrega del corredor que llega exhausto a la meta; la entrada a la sala número cuatro —otra vez el cuatro, al menos no era el tres—; el nombre de Jonas en letras mayúsculas y negras sobre la cuartilla de papel blanco; las coronas de flores que entraban y salían con sus bandas ribeteadas que insistían en dotar de protagonismo a los adjetivos posesivos: «Tus compañeros», «Tus amigos», «Tu esposa», «Tu equipo», «Tus pacientes», «Tus vecinos», «Tu hospital», «Tu pueblo»..., por supuesto, no hubo un «Tu hermano». Todos los detalles cobraron vida en mi cabeza, como un tiovivo. Y ante mí también apareció la ausencia de Daniel, de la que no me percaté en su momento, de la que ni siquiera me acordaba. Durante unos minutos, mi ángel custodio se había esfumado. Y eso dotaba de contexto a la confesión de Hugo.

Un chasquido de dedos a escasos centímetros de mi rostro me hizo volver al plano presente. Era Roberto.

—¿Dónde estás, niña, que parece que has visto un fantasma? —De nuevo el pesar por la expresión inoportuna reflejado en su rostro—. Joder, qué día llevo. Me he tragado todas las reservas de torpeza. Perdona, Lena. —Se recompuso al ver que ni siquiera había oído su comentario y si lo había hecho, que lo hice, no le había dado importancia—. Aunque quizá sí lo estabas viendo...

—Por eso desapareciste durante unos minutos... —dije pausadamente haciendo cómplice a Daniel, mientras repasaba en mi cabeza la película de aquella mañana. De nuevo la imagen del tarro de cerezas saliendo de manera solidaria una tras otra, portando cada una de ellas un pensamiento, una explicación para cada recuerdo que permitiera entender el siguiente. Una cadena de discernimiento en toda regla—. Por eso no estabas cuando vino el alcalde de Tármino a darme el pésame y me preguntó por ti. Intenté buscarte con la mirada, pero no di contigo. Pensé que estaba tan empanada que ni siquiera podía verte... —Las imágenes de aquel día seguían sucediéndose en mi mente con total claridad—. Por eso no supe qué decirle a la señora del tanatorio que vino a preguntarme si estábamos todos y si podía empezar la ceremonia, por eso Roberto cerró la sala y me instó a que esperáramos un poco, y le dijo a la pesada de la señora que nos diera un minuto, que la viuda necesitaba un poco de tiempo, cuando yo estaba deseando terminar con todo aquello... —Roberto sonreía, mientras asentía con la cabeza—. Estábamos haciendo tiempo para que pudieras llegar... —Las piezas del enrevesado puzle iban encajando y cobrando sentido mientras Daniel guardaba silencio—. ¿En serio le pegaste o solo te encaraste con él? —pregunté con cierto deseo morboso. Necesitaba saberlo, quería conocer los detalles. Debía aprovechar aquel momento de fertilidad de mi memoria.

Todos aguardamos en silencio la respuesta de Daniel. Él era el único que había estado allí y que podía contar exactamente lo que ocurrió. Y lo hizo, intentando suplir la incomodidad que le provocaba ese relato con su facilidad para la oratoria. Durante unos instantes, sentí ponerle en ese aprieto pero, la verdad, creo que lo necesitaba.

Marco había llegado al tanatorio entre voces, exigiendo ver a su hermano, incluso pidió que abrieran el ataúd enarbolando un extraño derecho de consanguineidad. La estupidez humana se dispara en los momentos más inoportunos. Los empleados del establecimiento funerario intentaron aplacarle pero fue una tarea inútil. Llevaba un folio en la mano, arrugado y sucio, con restos de algún líquido, que exigía leer en la ceremonia. «Quiero hablar con el director, con el que más mande en este puto sitio.» La cara de los funcionarios reflejaba el desconcierto ante el esperpento que estaban presenciando. A pesar de las muchas situaciones incómodas y surrealistas que su puesto de trabajo les exigía vivir, les resultaba inconcebible que a las ocho de la mañana, un hombre desaliñado, con aspecto de haber pasado la noche a la intemperie —ahí erraron, la pasó en el calabozo de una comisaría—, con evidentes signos de una resaca mal gestionada como acreditaba su aliento, estuviera lanzando berridos a las puertas de un lugar que exigía silencio, compostura, integridad y respeto, cuatro conceptos ausentes de su vocabulario. «Señor, por favor, debe tranquilizarse», instaba la mujer con el traje de chaqueta negro que intentaba tomar los mandos de la situación, después de mirar a uno de sus compañeros para que requiriera la presencia de alguien con mayor autoridad. «Yo no debo nada a nadie —vociferaba como un animal—. Y no me llame "señor". Yo no soy señor de nada.» La primera y única frase con sentido que saldría de su boca en todo aquel aciago día. El director del tanatorio llegó acompañado de Daniel, que había imaginado quién estaba montando tan lamentable espectáculo.

Cuando Marco le vio, su expresión cambió. Lejos de apaciguarse, tuvo la intención de arremeter contra él. Se quedó en eso, en un conato. Ni siquiera tuvo opción. Daniel le agarró del brazo y literalmente le arrastró hasta una zona más recogida de las instalaciones, ubicada en la parte trasera, a escasos metros de donde había comenzado todo. Ninguno de los empleados los siguió. A indicación de director, regresaron al interior del edificio para continuar con sus obligaciones, aunque él permaneció a la entrada, aguardando por si su presencia como máximo responsable del centro era requerida de nuevo. No sabía lo que estaba sucediendo en la parte trasera pero los gritos habían remitido. Daniel no gritaba, nunca lo hacía. Como Jonas, sabía que las cosas realmente graves y serias exigían un tono pausado, suave, incompatible con las voces altas. Ésas quedaban para otros momentos menos importantes.

Daniel reclinó a Marco contra la pared y apenas dejó unos centímetros entre los dos rostros. «Ni siquiera tenías que estar aquí. No eres bienvenido. Da un solo problema más y te romperé esa cara de venado que tienes. Que no te engañe mi ropa, puedo acabar contigo con dos palabras, ¿me oyes? Dos únicas palabras y no vuelves a ver la luz del día. Mi sotana no me frenará como me ha frenado en otras ocasiones. Y ahora dime que lo has entendido.» Marco asintió con la docilidad del cobarde que era y aún tuvo que escuchar una última advertencia. «Y no te acerques a Lena. Ni necesita verte ni oír tu pésame, en caso de que vengas a darlo, algo que dudo bastante.» Se apartó de él lentamente, sin dejar de mirarle, insistiendo en mantener el tenso contacto visual. Hacía mucho tiempo que comprendió que hablar con él e intentar que entrase en razón resultaba inútil. Cuando ya le había dado la espalda e iniciado el camino de regreso, la voz de Marco le frenó. «Es una pena que no pueda acercarme a ella. Solo quería decirle que me alegro de la muerte de Jonas. Creo que es el momento más feliz de mi vida. Puedes decírselo tú, ya que os entendéis tan bien.»

Daniel no pensó. No le dio tiempo. Cuando quiso hacerlo, Marco ya estaba en el suelo, bramando alaridos al ver la sangre que le salía de la nariz y que intentaba recoger con las manos. Daniel miró su mano, aún apretada en un puño. Tenía los nudillos enrojecidos pero no sintió ningún dolor. No prolongó ni un segundo más su presencia allí. Desanduvo el camino recorrido hasta que encontró al director del centro. «¿Va todo bien?», le preguntó. «No podía ir mejor. Todo solucionado. Muchas gracias por avisarme.» A los tres minutos de asestar el primer puñetazo de su vida, Daniel entraba en la sala donde los más cercanos a Jonas esperábamos el momento de su incineración. Ahora recuerdo la mirada que cruzó con Roberto y la de éste hacia Hugo y Lola. Ni siquiera se sentó en el sofá negro en el que yo esperaba, al margen de todo lo que estaba sucediendo fuera de aquel recinto. Oí nítida su voz dejándome caer una pregunta: «¿Te parece que vayamos, Lena? Ya está todo preparado». No le había echado de menos, pero sabía que regresaba de algún lugar.

Agradecí que la ceremonia de la incineración fuera sencilla, no muy larga, aunque me quebró escuchar al cuarteto de cuerda tocando el aria de la Suite n.º 3 de Bach acompañando la película que proyectaron con las imágenes de un Jonas lleno de vida, sonriente, feliz, con sus amigos, sus compañeros del hospital, su gente de Tármino y conmigo, aunque no me reconocí en la mujer que aparecía riéndose en aquellas imágenes en movimiento. Ni siquiera me importó quién se había encargado de preparar todo aquello. Me dediqué a observarlo. Entre todas las imágenes, apareció la única foto que teníamos de la celebración posterior a nuestra boda, la única que nos hizo Daniel y que prometió no enseñar nunca, a no ser que se viera obligado a ello por fuerza mayor. Supongo que las despedidas son fuerza mayor.

Todo volvía a cobrar vida en mi cabeza, también las continuas miradas de Daniel hacia la parte trasera de la sala, como si estuviera esperando a alguien que se retrasaba, o intentara comprobar que nadie que no debía apareciera.

Todo volvió a mí. Todo regresó a mi cabeza. En Tármino.

12

Y eso es todo. Tampoco es para tanto. Por cómo se reían
    después Petra y él saludando a unos y a otros en el tanato-
rio, no es que el golpe le dejase demasiada huella —dijo Daniel
al finalizar la narración que hubiese preferido no contar nunca,
como hubiese preferido no mostrar la única foto de nuestra
boda en la película de despedida de Jonas.

El relato no me tranquilizó como yo pensé que lo haría. Me
embargó una vergüenza ajena que ni siquiera tuve opción de
convertir en una socorrida rabia. Más bien se trocó en una sensación de bochorno, en una angustia sorda que me punzaba el
pecho. Me invadió una pena áspera al pensar en Jonas, en cómo
su hermano no le había dejado descansar en paz ni el día en
el que su cuerpo desapareció para siempre de nuestras vidas.
Hasta el final tuvo que oír los ecos de la bestia herida con la
que había cargado desde la infancia. No se lo merecía. Me
pareció muy injusto que hubiese sido capaz de pegar a alguien,
aunque no a cualquiera. Cuando tu cabeza farfulla un sentimiento de odio hacia alguien, suele tener nombre propio.

Creo que mis pensamientos los oyeron todos los que compartían el silencio sobrevenido tras el relato de Daniel.

—Jonas hubiera hecho lo mismo —dijo al fin Roberto, arro-
jando al césped el café de mi taza para servirme uno nuevo,

aparentemente más caliente. Debió de presentir que necesitaba un abrigo interior. Ya se había aprendido las medidas: mitad café, mitad leche de soja.

—A él le hubiera divertido, le conozco como si le hubiera parido. Ahora estaría haciendo chistes y riéndose de lo que pasó —apuntó Lola, sabiendo de lo que hablaba—. Incluso le estaría echando en cara a su primo hermano haber sido tan nenaza y haberse conformado con un solo golpe. «Para una vez que bajas a la arena, haberte desquitado con más fuerza» —dijo intentando imitar la voz grave de Jonas—. «A ver si te va a despedir el de arriba...», algo así. Me juego el cuello.

Daniel parecía preocupado aunque no se despojaba de su media sonrisa. Pero entre personas que se quieren y se conocen, los disfraces no cubren la realidad, la descubren. Yo sabía el motivo de su pesadumbre. Se estaba arrepintiendo de haber reproducido de forma tan explícita la frase que provocó su airada reacción en el tanatorio. Sabía que podía haberme hecho daño y se dio cuenta tarde. Quizá no había sido necesario contarlo, siempre hay otra manera de decir las cosas. Me conocía bien. La frase martilleaba en mi cabeza como un coro de migrañas cantando al unísono, y alimentaba el odio hacia la persona que la vomitó. «Solo quería decirle que me alegro de la muerte de Jonas. Creo que es el momento más feliz de mi vida. Puedes decírselo tú, ya que os entendéis tan bien.» Lo que pasaba por su cabeza era la herida que esa náusea me estuviera haciendo por dentro. Por eso me miró, para comprobar que estaba bien y que no había provocado que algo más se rompiera dentro de mí. Fingí que no había sido así y le sonreí, dándole a entender que nada de lo que me contara del Zombi podría sorprenderme. De nuevo, el frustrado disfraz de la gente que se quiere. Me levanté y le abracé como abrazan las abuelas, perdiendo un beso en mitad del abrazo, sabiendo que en algún momento el nieto lo encontrará.

—Jonas hubiera hecho lo mismo —insistió Roberto—. Le hubiera divertido y, algo muy importante en él, lo hubiera explicado como si estuviese ante un tribunal médico, con el cuadro clínico del paciente. ¿Cómo lo habría llamado? —La pregunta se antojaba artificialmente retórica; conocía la respuesta a la perfección—: «Estado de fuga disociativa». Daniel se fuga y le disocia la tontería en la cara al Zombi. Y tira que ya llegas tarde. Pura psicología aplicada. Se estudia en primero de carrera.

—Él lo hubiera hecho mejor —matizó Daniel—. Sabía cómo proyectar la voz en los momentos de tensión para dejar KO al rival. Siempre fue mejor, yo me quedé en aprendiz..., por eso me hice cura —comentó intentando romper el pesado ambiente—. ¡Por Jonas! —Alzó su copa de vino, haciendo que el resto correspondiera al ademán.

Sonó a brindis festivo aunque entreví una cierta emoción contenida en sus ojos. A los hombres de Dios no les gusta que les vean llorar; les sucede como a los miembros de la realeza europea, sienten que es una muestra de debilidad ante su pueblo, un desliz demasiado humano para ser disculpado dentro de una institución regia, que se debe a una imagen de fortaleza y superioridad. Desde allí arriba no se llora, solo se ve llorar. También en esto tiene mucho que ver la perspectiva. Sobre todo cuando no compartes ni entiendes la decisión tomada por el estamento superior, e incluso la cuestionas. Me temo que eso era lo que le pasaba a Daniel, aunque disfrazara su disconformidad, su enfado y su cabreo ante el «jefe supremo» con su palabrería eclesiástica en la misa funeral. Me reconfortó intuir que nosotros nos queríamos más de lo que él quería a su jefe. Tampoco entonces me creí su disfraz.

Conocíamos esos silencios. Los que aparecen después de un momento de risas, de un recuerdo emocionado, tras un brindis que busca más ahuyentar fantasmas que aliviar la sed o celebrar un logro, y lo enmudecen todo. De pequeños nos dicen que esa mudez es porque ha pasado un ángel. Cuando cumples años y la vida te va dejando sin ángeles, comprendes que tus ausencias más importantes se manifiestan de esa manera, en mitad de los mejores momentos, como si se sentaran a tu lado y te dijeran: «Qué bien, así quiero que estés, recordándome como realmente soy». Y entonces, en vez de seguir sonriendo, aparece la congoja y te estrangula la garganta con un nudo que siempre sale de la nada, y te esfuerzas por mantener las lágrimas dentro de los ojos pero fracasas. Y te da rabia porque estabas bien, recordándole entre risas y anécdotas, aunque te has puesto mal cuando por un segundo pensaste que estaba a tu lado. Pero no puedes verlo por más que creas sentirlo. Y entonces recuerdas todas las cosas que te suceden a lo largo del día, buenas y malas, y que te gustaría contarle porque si no las compartes con él es como si no hubieran sucedido. Pero tampoco puedes. Tu vida se convierte en un homenaje a lo imposible. Incluso haces el ademán de llamarle por teléfono hasta que recuerdas que nadie contestará; le buscas con la mirada para hacerle partícipe de tu complicidad hasta que te giras y no le ves, porque no está. E imploras a un dios que no conoces ni reconoces —y de hacerlo estarías en guerra con él por lo injusto de sus decisiones—, para que alguien diga algo que deshaga el silencio, para que suene el teléfono que normalmente no quieres contestar. Y rezas para que nadie, empujado por la pena o la necesidad de hacerlo, te ofrezca un abrazo que logre desarmarte y hundirte aún más. Y suplicas para que aparezca un alma misericordiosa preguntando la hora, una dirección o si alguien más quiere una copa.

—Creo que me voy a pasar al vino —dijo Roberto—. He leído en algún sitio que si mezclas alcohol duro con el vino, la mezcla no es tan explosiva.

—Espero que no lo hayas leído en el vademécum —le contestó Hugo—. Sé de alguien que te mataría —dijo refiriéndose al homenajeado de la noche.

—Quizá deberíamos pasarnos todos al café. Esta mujer sabe lo que hace. —Lola me señaló con un dedo—. Siempre que te veo con esos cafés con leche que te tomas, me dan ganas de traerte unas rosquillas o unas magdalenas.

—¿Sabéis que en México se hace el mejor café y el mejor tequila, y los que son *purititos machos* se lo toman juntos? Mi padre lo hacía. Mi madre siempre prefirió ponerle picante, y no solo al café..., pero eso es otra historia. ¡Quién no tiene un drama, un tonto o una buena traición amorosa en la familia! Desde entonces no pruebo el café, prefiero el té. El té con unos buenos chilaquiles con bien de salsa de chile verde, el mejor desayuno. Y el tequila, claro. —La lengua de Carla no daba para mucho más y su estado de embriaguez estaba llegando a ese punto en el que decidía acurrucarse sobre la silla y echarse un buen sueño—. ¿Habéis probado el café con tabasco? Pero tabasco de verdad, no la mierda que se vende aquí. Yo he llegado a ponerla incluso a la crema de cacao y tiene un punto exquisito. ¿Queréis que lo probemos? No sé para qué pregunto, estas cosas hay que hacerlas sobre la marcha, sin pedir permiso, como las revoluciones.

—¡Claro que sí! —dijo entusiasmada Lola, sin saber muy bien de dónde le salía tanto arrebato. Supongo que todo valía para no alargar los silencios—. Vamos a probar ese manjar, total, al ritmo que llevamos...

—¿Y a quién dices que enseñas literatura infantil? —preguntó Hugo mientras Carla se dirigía al interior de la casa para encontrar todo lo necesario para preparar el combinado más explosivo de la noche. Por supuesto, obvió su pregunta. Era especialista en ignorar las cosas que le resbalaban. Si en algo era buena, era en captar un tono, y no quiso entrar en esa baladronada por muy amigable que fuera.

Me encargué de romper el hilo de aquella conversación que no conduciría a ningún sitio, excepto a la cocina. Tenía otro mejor, uno que durante años se había quedado enredado en amagos de confesiones, diálogos y charlas.

—¿Por qué os odia tanto? —pregunté, y aquello cortó en seco la caminata de Carla, que se volvió sin el tabasco a la mesa—. No lo entiendo. La envidia no da para llegar tan lejos.

Un hornazo y una cátedra de cardiología no pueden envenenar hasta ese extremo a una persona, por mucha rabia que guarde dentro.

—¿Serán líos de herencia? —dijo Carla al ver que nadie se animaba. Su pregunta me trajo a la mente una frase que siempre decía Jonas: «*Si quieres conocer a alguien, haz una guerra, abre una herencia o siéntale a la mesa de un casino. No falla. Todo un máster en el comportamiento humano*»—. Sacan lo peor de la gente —seguía ella, lanzada—. Un primo mío acabó entre rejas después de que el notario abriera el testamento del padre y leyera que todo lo que poseía se lo había dejado al hijo listo, que no era precisamente él. Pues no aceptó de buen grado las últimas voluntades: sacó la pistola, le descerrajó a su hermano un tiro en la cabeza y, con el mismo revólver, le partió los dientes al notario. Y esta casa tiene mucha mejor pinta que un puesto de tamales.

—Esta casa la compró Jonas hasta la última peseta, por sus padres, ni siquiera por él. Y al Zombi le salió el negocio redondo, que sin eso no habría vivido tantos años a la sopa boba —intervino Roberto, para despejar dudas—. Y encima, le compró una casa que es en la que vive y, que yo recuerde, nunca le dio las gracias.

—Tiene que haber algo —insistí—. Nadie puede odiar tanto a un hermano para alegrarse de su muerte cuando su cuerpo aún espera en un ataúd a ser incinerado. —Con mi contestación, Daniel comprendió que la herida sangraba.

—Hay quien no necesita un motivo. —Siempre fue un experto en comprender el funcionamiento de los bajos instintos—. Alguna gente odia lo que no tiene, lo que desea y sabe que no puede conseguir. Y en el caso de que lo alcance, odia a quien le ha dado la oportunidad de conseguirlo. Es como ese amigo que termina despreciándote porque un día le prestaste dinero y sabe que tiene que devolvértelo, y si te atreves a recordárselo, se enfada, te deja de hablar, te difama ante los demás y el resto de su vida se dedica a odiarte. Así funciona esto. Hay quien nace con esa habilidad y hay quien la desarrolla a lo largo de su vida. Es como la maldad. Jonas era de la opinión de que nadie nace malo. Yo tengo mis dudas.

—No me ha convencido nada de lo que me has dicho —le respondí, rompiendo su esperanza de que aquella conversación acabara allí, negándole un futuro más fructífero. Sabía que podía ser terreno pantanoso, y Daniel siempre prefería ahorrar riesgos. Yo no—. Tiene que haber algo. Nadie desea la muerte de su hermano porque le deba dinero, porque ligue más que él o porque un hospital lleve su nombre. Todos lo sabéis, y si no me lo contáis, es porque algo ocultáis. Y eso no os hace mejores que él.

De nuevo, el silencio. Pero éste fue diferente. No era escenario de ausencias, sino de una espera vigilante en la que te instalas hasta ver quién es el primero que se atreve a contarlo y le ahorra al prójimo el placer o el disgusto de hacerlo.

—Tampoco hay que esperar motivos inteligentes de un gilipollas —dijo al fin Roberto, afinando la mirada—. Porque reconoce que trabajar en una funeraria y perder tres cadáveres no es de torpes. Es de gilipollas.

Conocía la historia. Jonas me la había contado, como de costumbre, cuidando los detalles y recreándose en sucintas interpretaciones que enriquecían la anécdota. Pero me divertía el tema: era tarde, había sido un día de muchas emociones y nada une más que un enemigo en común, así que se abría la veda.

—¿Los perdió? —preguntó Carla—. ¿Dónde?

—Menudo bochorno para la funeraria —recordó Roberto sin poder disimular la risa—. La polémica fue tal que tuvieron que cambiar la publicidad de su negocio. «Confíe en nosotros, sabemos lo que es perder a un ser querido.» ¡Joder que si lo sabían! Y además, cumplían lo que prometían. Los traicionó el matiz, no debieron de explicárselo bien al Zombi.

—No los perdió, él dijo que se le «despistaron» —concretó

Aimo. Seguía sorprendiéndome el correcto español en el que hablaba aunque no podía desprenderse de ese deje finés, especialmente al final de sus frases—. Se le vino abajo el negocio antes de ponerlo en marcha.

—¿Has dicho negocio? —fingió escandalizarse Hugo.

—Ya he bebido de más. Quería decir el trapicheo que él solito enramó en su cabeza. Y así salió. Es que hay que ser imbécil. No olvidaré nunca el día que le propuso el chanchullo a Jonas. ¡A Jo-nas! —dijo remarcando cada sílaba por si no nos había quedado claro de quién hablaba.

—Pretendía que cada vez que muriera una persona en mi hospital, la primera llamada que se realizara desde la administración del centro fuera a él —retomó Hugo la anécdota, testigo accidental de aquel momento vivido hacía años, antes de que Jonas aceptase el puesto de jefe de cardiología en el hospital de Madrid donde nos conocimos—. El infeliz decía que si su hermano le daba la «exclusiva», por cada muerto le daría el diez por ciento de las ganancias. Al verle la cara a Jonas, creyó que se había pasado de generoso, y en vez del porcentaje, decidió cambiar la oferta sobre la marcha, proponiéndole que por cada diez muertos, le invitaría a comer en un restaurante de Tármino o alrededores, porque sin duda pensaba que le saldría más barato un lugar en las afueras.

»No recuerdo si Jonas le dio una hostia. Yo creo que no porque llevaba la bata blanca y estaba en la cafetería del hospital. Pero no le hizo falta porque, tal y como le miró, aquel imbécil con sueños de emprendedor se dio la vuelta y no volvió a hablar del tema. Por entonces, todavía se hablaban, aunque el único que hablaba era el Zombi. Jonas se limitaba a observarle como si fuera un extraterrestre. Era una de esas conversaciones unidireccionales y con el verbo fácil del figura, ya os podéis imaginar lo que duraba aquello.

—¿Sabéis dónde estoy convencido de que nos cogió ojeriza a los todos? —El tono de Roberto sembró expectativas en el auditorio—. ¿Os acordáis de la fiesta que dimos en el restaurante que entonces tenía mi hermano Rafael en las afueras del pueblo, El Tarambuco? Ahí fue, en los aseos. Lo recuerdo como si fuera hoy. Era el cumpleaños de Jonas, tú no existías, por supuesto —dijo refiriéndose a mí.

El «*tú no existías*» era la coletilla que empleaba Jonas cuando él o sus amigos se disponían a contar algo que podía entrar en el terreno de lo delicado. Había una regla no escrita: nada de lo que sucedió antes de mi aparición —de mi «no existir»— se podía utilizar como arma arrojadiza. Y era una pérdida de munición escandalosa para pasarla por alto.

—Era la época en la que la coca estaba en cualquier evento que se preciase, y Marco no la había probado nunca. Y no sé por qué estaba convencido de que nosotros nos poníamos hasta arriba, debía de pensar que teníamos una laboratorio en el garaje de casa, o yo qué sé lo que pensaba, si es que alguna vez ha pensado algo. ¡Lena!, mírame. —Roberto volvió a llamar mi atención, a lo que yo respondí soplando una sonrisa—. En la vida, te lo digo en serio, en la vida le vi meterse nada. —Hubiese sido un buen momento para decirle que tanta sobreactuación mermaba su credibilidad pero estaba demasiado entretenido con la narración y no quise distraerle—. Bien, pues Jonas estaba tan harto de negarlo y de decirle que era mentira, que solo por que se callara me convenció para hacerlo.

—¿Para hacer el qué? —pregunté tontamente.

—No te puedo creer —exclamó Carla que ya estaba viendo a Marco con la cara espolvoreada en blanco—. ¿Lo hicisteis?

—¿Estás loca? ¿Sabes a cuánto estaba el gramo de coca por aquel entonces? —bromeó Roberto, y en esta ocasión sí resultó de lo más creíble—. Tu marido, que era un genio, sacó unos caramelos de menta que tenía en el bolsillo, para cuando le daba la tos porque justo en esa época estaba dejando de fumar. Los machacó y lo mezcló con una aspirina efervescente a la que sometió a idéntica tortura. Lo envolvimos todo a modo de papelina en un papel de fumar de los porros de Aimo —explicó Roberto dejando al aludido intentando expresar su queja por la indiscreción, aunque no le sirvió de nada— y nos llevamos a Marco al baño. Allí, los tres, como si nos estuviéramos jugando el mundo a los chinos..., ya conocíais lo teatrero que podía llegar a ser Jonas, y yo que con nada me animo... Allí, el Rat Pack, pero *the original Rat Pack of Sinatra, Martin and Sammy*. Os juro que nunca pensamos que fuera tan memo como para hacerlo. Era imposible que alguien pudiera creérselo con la peste a farmacia y a caramelos de menta que desprendía aquello. —Hizo una pausa, mientras asentía con la cabeza dando por bueno lo que imaginó que, a esas alturas de la narración, todos pensaban—. Pues lo hizo, lo esnifó como si no hubiera un mañana, como si se aspirase la vida por la nariz, ante el estupor de Jonas, que me miraba como diciendo: «Lo ha hecho, este alelado lo ha hecho». Creímos que se nos moría allí mismo. —Roberto se llevó su copa a la comisura de los labios, más para ahogar la carcajada que ya todos compartían que porque necesitara beber—. Desde ese día, nos odia. Me apuesto la vida. Alguien se lo debió de contar. Ya veis, en vez de agradecernos lo que hicimos por él, lograr que nunca más se planteara probar la coca, nos lo paga con rencor. Le mantuvimos alejado del vicio. Claro, que quizá hubiera sido mejor...

Las risas habían regresado al jardín. Era tarde, aunque nadie estaba preocupado por la hora. Tampoco por los vecinos: la mayoría de las casas estaban alejadas y las más cercanas, vacías, con todo el mundo conmemorando ya el Festival de la Lavanda, aunque la celebración oficial, el día grande, fuese el siguiente. Nadie se atrevió a acallar nuestras risas. Las de ellos eran carcajadas, de esas que nacen del estómago, no de la garganta. Yo todavía era comedida en ese rictus de alegría, no me salía de la misma manera que solía hacerlo. Muchas veces me pregunté si algún día lo haría, si volvería a reír como antes, o simplemente, a reír. Supongo que era demasiado pronto. Dos meses, una semana y cuatro días no era tiempo suficiente para nada. Al menos, para nada bueno y positivo. Pero me sentía bien, uno siempre está a gusto entre risas, sobre todo si son de amigos y de gente a la que quiere. Acabábamos de dar nuestro último adiós a Jonas, nuestro último homenaje —me refiero al oficial; el de las ofrendas personales nos quedaba toda una vida para celebrarlo— y nadie tenía pensado dormir esa noche que nos prometíamos en vela. Por lo menos, yo.

—Os equivocáis. Y mira que me duele decíroslo, pero no lleváis razón. Ninguno. Tú sí, Lena, tú siempre la llevarás aunque no la tengas porque así se lo prometimos a Jonas y somos hombres de palabra, aquí mi señora también —dijo Hugo guiñándole un ojo a Lola—. Yo os diré cuándo empezó todo, cuándo el Zombi decidió odiarnos a los aquí presentes. La culpa la tuvo la moto.

Silencio. Todos se miraron. Ninguno encontraba en su memoria a qué moto se refería. Hugo insistió, señalando a Roberto con la ramita de canela con la que llevaba jugueteando desde que nos habíamos sentado a la mesa.

—Sí, hombre, la moto que el padre de Roberto le regaló al suyo, a don Javier. Una moto naranja, o quizá era roja pero estaba bastante oxidada, qué sé yo. Pero he visto fotos, y la moto existe y era naranja. Y la moto la utilizó el Sabio todo lo que pudo y más, pueblo arriba, pueblo abajo, campo arriba, campo abajo, la aparcaba ahí, en el olivo —dijo señalando ahora al Viejo Amigo, al que hizo una reverencia en señal de respeto porque sabía que allí fue donde don Javier eligió descansar—. Jamás se la dejó a Marco por mucho que se lo pidió. Su propio padre no se fiaba de él, no porque pudiera tener un accidente sino porque, conociéndole como por desgracia le conocía, provocaría más de uno y le llevarían a la cárcel, y a él también por haber sido tan irresponsable de dejar en manos de un zombi una máquina de matar, aunque fuera de color naranja. Nunca se lo perdonó. Sobre todo cuando vio que Jonas la cogió todas las veces que quiso, no muchas, porque siempre fue muy señorito y prefería el coche, pero si quería, la utilizaba. Y cuando el Sabio se cansó de la moto, ¿sabéis qué hizo? —preguntó, cediéndole la contestación a Roberto, que no dudó en recoger el testigo de la narración.

—Se la regaló al hijo de mi padre, es decir, a mí. Desde ese día, Marco no volvió a mirarme igual, cosa que le agradecí bastante, dicho sea de paso. Puede que tengas razón, Hugo, la culpa es de la moto de color naranja. Y entre todos le creamos un trauma adolescente, porque de aquellos polvos naranjas, vino la tontería de la Harley Davidson que quería comprarse. La Olive Gold, iba diciendo el infeliz, como si supiera de lo que hablaba.

—«Estilo agresivo retro con comodidades modernas. No hay que pulir esta máquina. Solo súbete y sal a rodar» —Aimo y Lola recitaron a una el eslogan que esa misma mañana yo había oído de labios de Daniel.

—¿Vosotros también sabíais lo de la Harley? —pregunté con un tono de enfado fingido—. ¿Y por qué no me lo contasteis? Lola, me llamas todas las noches, ¿por qué no me cuentas todo esto? Siento una sobreprotección que no sé si me gusta, la verdad —protesté haciéndome la ofendida. Por supuesto, no convencí a nadie. Siempre fui mejor con las imágenes que con las palabras.

—Nosotros lo sabemos todo, Lena. Pero más que nada sabemos lo mucho que te quería nuestro amigo y lo mucho que todos te querremos siempre por eso, y no nos cansaremos de darte las gracias. —Fue Lola quien se desmarcó con la confesión. Mamma Lola, como la llamaban todos—. Y dinero no tendremos, pero palabra sí. Le prometimos que cuidaríamos de ti para siempre. Y mientras la vida nos respete, te ha caído el cuarteto, el quinteto con Daniel, para siempre. Hay Rat Pack para largo. Y ya sabes que las herencias se aceptan con lo bueno y lo malo de ellas. Así que, te hemos tocado.

—¡Por el Rat Pack! —dijo Aimo, resbalando un poco en la erre. Siempre resbalaba con las erres y las eses. Era su talón de Aquiles—. ¡Por Jonas!

Temí que, de seguir así, tendría que recogerlos uno a uno para meterlos en casa y que durmieran la mona, algo que Carla venía haciendo de forma intermitente a juzgar por las cabezadas incontroladas que hacían peligrar su cuello. Tan solo recobraba la conciencia, y no en su totalidad, cuando oía alguna risa más alta que otra, y con una facilidad de corista, se unía al grupo siguiendo el paso marcado y haciéndolo con cierta destreza. El único que parecía tan sobrio como yo era Daniel, al que nunca se le notaba nada. O casi nunca. Quizá por eso, decidió poner sobre la mesa la mejor respuesta a mi pregunta que pudo oírse en toda la noche.

—No es que quiera abusar de mi condición de fiel portador de la palabra sagrada —dijo muy consciente de su falsa pedantería. Faltaba su consideración y pude ver cómo todos se acomodaban en sus asientos. Hasta Carla se quitó de encima el muermo que tenía.

—Ilumínanos, páter —dijo Aimo, quien a esas alturas de la velada ya lucía un tono bermellón en el rostro y sin necesidad de pisar una sauna, como él mismo solía bromear.

—Tiene que ver con aquello que decía el Sabio. —Todos se miraron, alguno preguntándose si realmente lo iba a contar o si solo estaba poniendo el anzuelo para que fuera otro quien lo hiciese, y el resto mostrando cierta confusión ante el anuncio. Por primera vez, noté que la hermética complicidad que caracterizaba al grupo se resquebrajaba. No todos sabían a qué se refería Daniel—. Ya sabéis, por lo de mezclar la uva viera con verdejo y no con manzanilla, como se supone que se viene haciendo toda la vida.

—¿Estás seguro, Daniel? —le inquirió Roberto.

Sabía muy bien por qué lo preguntaba. Solo ellos dos conocían lo que estaba a punto de contar. El resto pudo intuirlo alguna vez pero siempre fue en tono de broma, jamás pensaron en dar verosimilitud a unos socorridos chismes.

—Más seguro que de cualquier otra cosa. Así lo querría Jonas. De hecho, no creo que te sorprenda, Lena. Alguna vez comenzó a contártelo pero siempre decidió dejar el final de la historia para otra ocasión. Y qué mejor ocasión que ésta.

—¡Decidlo ya, que siempre estáis igual! Anunciáis las cosas en vez de decirlas, como los charlatanes de feria. —Mi voz sonó más a una orden que a una súplica.

—¿Recuerdas que al llegar del funeral te he preguntado si te importaba que hubiéramos tomado al asalto tu casa, antes de que tu cuñado la quemara? —Asentí ante la pregunta de Roberto, sin terminar de entender a dónde conducía su interpelación, aunque el regusto a bilis que la palabra «cuñado» me dejaba en la boca no presagiaba nada bueno—. Pues te he mentido.

—¡Hombre!, ya supongo que no me va a quemar la casa...

—Eso es mucho suponer, no está tan claro que no vaya a hacerlo —apuntó Roberto recurriendo al sarcasmo, o así lo quise entender—. Lo que sí es seguro es que no es tu cuñado, al menos, no es tan cuñado como él se cree.

Me llevó unos segundos darle forma a la revelación. Y creo que me resultó más complicado al ver aparecer el gesto de sorpresa en la cara de los demás antes que presentirlo en el mío. Me dio la impresión de que me estaba perdiendo algo, de hecho, llevaba años haciéndolo y sin albergar la mínima sospecha. Por fin, la lucidez apareció, no sin cierta cautela.

—¿Estás diciendo que Marco y Jonas no son hermanos? —pregunté sin creer lo que estaba oyendo—. No es posible. Me lo hubiera contado.

—No pudo. Y cuando pudo, no quiso para no hacerte daño. —Desde hacía unos segundos, Daniel parecía hablar en clave—. Sabía que Marco no era de tu agrado, que se lo podrías soltar en cualquier momento, y Jonas se lo prometió a su padre cuando decidió confiárselo hace años, después de un altercado que tuvo Marco con el propietario de unas tierras, que casi le cuesta la amistad con don Javier. Su madre ya había sufrido demasiado teniéndole que ocultar el secreto que creía a salvo, aunque no era así. El Sabio le hizo prometer que se lo callaría al menos hasta que su madre falleciese. Ni siquiera ella supo nunca que su marido lo sabía, y muchos menos Jonas.

—¿Y el Zombi lo sabe? —pregunté, como si realmente me importara. Quise pensar que la curiosidad que mostré no buscaba confirmar el daño que esa información podía haberle hecho, sino disculpar su actitud cruel y vengativa. Pero me costó creer mi propio engaño. Nunca supe mentir.

—Supongo que no —dijo Roberto.

—Y... —titubeé, algo extraño en mí. En caso de duda o de inseguridad, siempre prefería el silencio. Suele ahorrarte el ridículo y los malentendidos a partes iguales. Me costaba hacer la pregunta pero no pude evitarlo. Si era noche de confidencias, había que honrar aquella condición aunque, a esas alturas de la velada, estaba más próxima al aquelarre que a una simple reunión de viejos amigos—, y ¿se sabe quién era el padre?

—Se sabe, se sabe —respondió Roberto moviendo afirmativamente la cabeza y enterrando la mirada en el interior de la copa, en la que solo quedaban unas ridículas bolas de pimienta flotando en el fondo y una rama de canela algo perdida en medio del vacío. Me dio la impresión de que mi curiosidad había tocado un interruptor peligroso, pero ya no había remedio—. Era mi tío, el hermano de mi padre, el hijo de puta que le traicionó y le delató para que fueran a buscarle y matarle en la tapia del cementerio o en las afueras del pueblo, precisamente donde mi hermano decidió abrir su restaurante. ¿No es curiosa la vida?

El impacto de la noticia nos dejó sin respiración, a todos, y así seguimos hasta que Roberto retomó la revelación que parecía más un desahogo.

—El Sabio se enteró y fue corriendo a recoger a mi padre para sacarle del pueblo y llevarle hasta la frontera con Francia, donde conocía gente que podría ayudarle. El tiempo que tardó en hacerlo, mi tío decidió urdir su particular venganza; se presentó en casa de don Javier con un grupo de hombres que se dedicaron a lanzar antorchas encendidas y no pararon hasta quemar la casa. Mientras ellos terminaban el trabajo, mi tío se entretenía violando a la madre de Jonas, diciéndole que no se olvidara de contárselo a su marido cuando volviera, para que la próxima vez que se interpusiera en su camino, se lo pensara dos veces. El fuego se lo tragó todo. Solo quedaron ese olivo y la cuna de madera que algunos de los hombres, ante el mohín disconforme de mi tío, decidieron sacar y colocar a una distancia prudencial para evitar que las llamas la devoraran. En ella había dos niños pequeños, con apenas un año de diferencia, que no dejaban de llorar. Sobre todo el mayor, Jonas; el otro, Manuel, se conformaba con mirar el reflejo anaranjado de la lengua de fuego que se levantaba ante ellos. Jonas siempre creyó que el autismo de su hermano se manifestó ese día, aunque ninguno de los dos lo recordase.

Durante los siguientes minutos, Roberto continuó hablando, contando su historia como si fuera la de un extraño, sin que el odio o el rencor rompieran su relato, sin vaivenes en la voz, con la frialdad del témpano. Alrededor del aquel olivo centenario, el Sabio construyó de nuevo su mundo. «A mí no me echa nadie de mi casa ni me dice dónde está mi hogar», decía a todo el que intentaba convencerle de que eligiera otro terreno, uno que no tuviera el recuerdo de un pasado en llamas. Y eso que nadie en el pueblo sabía de la atrocidad cometida contra su mujer. Al final, don Javier cedió en su orgullo y lo hizo empujado por los acontecimientos; no solo por los políticos —muy poco después el hermano de Tasio fue nombrado alcalde—, sino por la noticia de que su esposa estaba embarazada de su tercer hijo. Abandonaron el pueblo, pero unos años más tarde le pudo el amor propio, del que tuvo que desprenderse cuando se vio obligado a marcharse, y el Sabio regresó a Tármino con su familia y con la idea de construir su casa en el mismo lugar que un día acogió la infamia. Tuvo la ayuda del amigo al que salvó la vida, del único con el que compartió sus sospechas: Tasio. Aunque su mujer jamás le dijo nada, don Javier solo necesitó atar cabos, calcular los meses de gestación del último embarazo de su esposa y oír los ecos con olor a pólvora que de vez en cuando llegaban de algún sumidero vecino. Ni siquiera necesitó ver el pelo rojizo del chaval, ni su cuello hundido en la espalda, ni sus manos palmípedas. Nunca pudo pedir perdón a su mujer porque la vergüenza acabaría con ella y ya había pagado bastante por la acción de su marido, por muy honrosa que hubiera sido.

El Sabio tuvo que aprender a vivir con ese arrepentimiento y trabajó para conseguir que sus hijos, en realidad los tres, no experimentaran lo que era vivir con odio, rencor y con una venganza mal digerida. Murió con la idea de haber fracasado en su intento, al menos en parte, con el último de sus vástagos, Marco, aunque no fuera suyo. A pesar de los esfuerzos, nunca pudo sentirlo como propio. Sabía que el niño no tenía culpa, pero tampoco la tenía su mujer y pagó durante toda su vida una decisión de su marido. Hay errores humanos que ni el vientre de una madre ni el amor de un padre pueden subsanar, ni siquiera toda una vida dedicada a ello lo logra.

Era imposible procesar lo que Roberto acababa de contarnos. Su bola de nieve provocó un alud que nos sorprendió a todos sentados en el jardín, ante el que nos vimos incapaces de levantarnos y salir corriendo porque sabíamos con seguridad que no había nada que hacer, que nos alcanzaría y nos arrastraría. No mostramos ninguna resistencia porque habría resultado un esfuerzo inútil. Tampoco habríamos podido. Imaginé que eso es lo que sentirían los alpinistas que aspiran a alcanzar la cima de un ochomil cuando ven que la realidad blanca y helada se les echa encima y los devora. Deben de ser conscientes de cómo terminará todo, y en algún punto de su cálculo de probabilidades, deciden abandonarse al criterio de la montaña en la que más de una vez han soñado morir. Nuestro jardín se convirtió en la cordillera del Himalaya sobre la que el relato de Roberto levantó los 8.848 metros de altura del Everest. Su historia era la Madre del universo, la Chomolungma de todas las historias que podíamos haber soñado con alcanzar. Pero en nuestro caso, la mejor vista no estaba en la cima.

La historia nos dejó sin capacidad de reacción, de habla, incluso sentimos el pensamiento entumecido. Suele suceder con los secretos familiares, dos términos siameses que hurtan las palabras de quien los conoce.

—Roberto, yo... —intenté decir algo coherente pero me resultaba imposible.

—Tú nada, ¡solo faltaba! Ni tú, ni tu suegra, ni el Sabio, ni Jonas, ni mi padre. Fíjate, te diría que ni Marco. Aquí el único «yo» es el hijoputa de mi tío, que gracias al cielo descansa en algún lugar del cementerio municipal, o sabe Dios dónde. Donde esté, bien enterrado está.

—Entonces ¿Jonas lo sabía todo? —Agradecí que Lola se me adelantara porque era la siguiente pregunta que guardaba en la recámara y no entraba en mis planes levantarme de allí sin conocer la respuesta.

—Lo supo cuando su padre lo consideró oportuno —confirmó Daniel—. Que fue exactamente dos horas antes de que Roberto se enterase, cuando su padre lo consideró igual de oportuno. Ambos estaban en la universidad, compartían residencia de estudiantes, círculo de amigos y una amistad a prueba de bombas y de absurdos sentimientos de culpa. Lo supieron un año, cuando regresaron a Tármino para las fiestas navideñas.

—En vez de ir a la Misa del Gallo, nuestros padres nos llevaron a emborracharnos, digamos que para conseguir un mejor contexto acorde con lo que nos tenían que contar. Antes las cosas se hacían así.

—Por lo que veo, ahora siguen haciéndose igual —comentó Aimo en vista del momento que había elegido Daniel para semejante revelación, aunque Roberto hubiera sido el encargado de coronar el ochomil.

—Y tú, ¿cuándo lo supiste? —pregunté a Daniel, sin poder refrenar el ansia por saber más de aquella historia que acababan de desenterrar y que aún necesitaba oxigenarse.

—Más tarde —reconoció Daniel sin ganas de excederse en mayores detalles, como si a esas alturas la discreción pudiera considerarse una opción—. Fue un poco más tarde.

—¿Y quién te lo contó? ¿Jonas? —insistí.

—Es complicado hablar de los secretos de confesión —dijo a modo de disculpa pero sabiéndose portador de la mejor coartada—. Mucho más que de los secretos de familia. Si rompes los primeros, te expones a la excomunión automática, de por vida. Y si rompes los segundos, puede que te excomulguen de la familia por el mismo tiempo.

—Pero acabas de hacerlo —le insté, más preocupada por su posible falta que por el acierto del secreto revelado.

—Yo no he dicho nada. No he abierto la boca. Todo lo ha contado Roberto.

—A mí no me afecta el sigilo sacramental —añadió Roberto, que no parecía haber terminado de deshacerse de sus fantasmas. Y así era—. El pobre Daniel tuvo que escucharlo de boca del hijoputa en su lecho de muerte. Se ve que al muy perro le costaba irse con el peso de la infamia. Aunque conociendo su mala calaña, seguro que su confesión perseguía seguir haciendo daño a la familia del Sabio, más que la contrición de los pecados. Y por si quedaba algún detalle para hacer la historia aún más tenebrosa, fue la primera confesión que le tocó escuchar a Daniel. Sabía que el Sabio le quería como a un hijo, incluso más que a algunos de sus «hijos». Hasta pensó en adoptarle cuando sus padres murieron, pero al ser ya adolescente, no lo consideró tan necesario, ¿o estoy mintiendo, Daniel?

Daniel asintió con la cabeza, confirmando la relación paternofilial que siempre le unió a su tío. No hacía falta ningún papel de acogimiento para dar fe del amor y la protección que siempre encontró en él, así como en su tía y en su primo hermano Jonas, que incidía más en el último matiz de parentesco que en el primero. Daniel era el hermano que él nunca pudo tener, porque la enfermedad de Manuel se lo imposibilitó y porque la relación con Marco era insostenible.

Por unos instantes, la imagen de Daniel confesando al tío de Roberto en su lecho de muerte se asentó en mi cabeza. La simple recreación mental me resultó repulsiva. Si me sentía incómoda con un mero producto de mi imaginación, no quise ni pensar en cómo se habría sentido él, por muy asumida que tuviera su condición de hombre de Iglesia y toda la maquinaria del perdón. Me pregunté de dónde sacaría esa capacidad de sufrimiento, su disposición para aceptar las cargas de los demás y cómo con semejante equipaje podía seguir sonriendo como si nada hubiera pasado, como si nada hubiera oído. Pensé si esa habilidad, como el odio o la maldad, venía desde la cuna o era fruto de la experiencia. Quizá la monja que nos daba religión en el colegio estaba en lo cierto. No sé por qué últimamente me acordaba tan a menudo del colegio de monjas donde estudié, aunque casi terminan excomulgándome, y eso que no rompí ningún sacramento, al menos de manera consciente. Debía de ser algún tipo de recesión a contramano, de esas que aparecen cuando el espíritu está en sus horas más bajas. Sor Ana tenía razón el día que nos explicó que cuando una persona acude a un confesor no está hablando con el sacerdote, con un simple hombre, sino que su verdadero interlocutor es Dios, que la confesión de los pecados y de los secretos era una comunicación íntima, una conversación privada con el Creador, y que el sacerdote, como hombre, debe olvidar de inmediato todo lo que le ha dicho cuando le da la absolución. Eso sí que lo vi como un ochomil imposible de coronar. Si de pequeña me parecía realmente complicado olvidar un secreto, que a esa edad no solía superar la categoría de anécdota, ahora me resultaba un milagro, sabiendo la carga que traía la confesión clandestina.

Creo que admiré más a Daniel como hombre que como sacerdote. Esa capacidad para el olvido, para borrar lo malo y lo indebido, podría incluso resultar positiva. Implantar en tu cabeza el derecho de admisión a la memoria. En cierta manera, le envidié. Puede que en el fondo borrar de la memoria parte de lo que has visto u oído no sea tan mala idea. Sobre todo si puedes elegir qué parte desdeñar. Nunca me lo había planteado. No dedicamos el tiempo suficiente a pensar en las cosas importantes. Ponderándolo bien, era como el secreto profesional de los abogados o de los propios médicos. Según me contó Jonas, a los profesionales médicos les queman las malas noticias en la boca y se sienten en la necesidad de soltarlas, unas veces por evitar enfados posteriores de los pacientes —algunos incluso terminaban en denuncia por haberles negado el derecho a saber la verdad sobre su estado—, y otras por presión de la propia familia. Pero el secreto confesional encerraba un dramatismo propio de una tragedia griega difícil de superar.

Busqué a Carla. Era la única a la que me atreví a mirar dentro de aquel círculo de amigos, que pudiera estar tan perdida como yo. Solo fue capaz de negar con la cabeza, como si tuviera uno de esos tics incontrolables. Me hacía gracia su expresión cuando algo le ponía nerviosa, parecía un dibujo animado. No sé cómo conseguía dibujar el mismo gesto en su rostro; los ojos se le agrandaban, los pómulos se le elevaban, se le formaban unos hoyuelos redondos en las mejillas y el flequillo moreno era presa de movimientos mecánicos. Atesoraba en su cara media factoría de animación japonesa. Y ahora estaba tan desconcertada como yo, y eso que su cabeza solía estar en constante ebullición. Pero un secreto familiar, y más de esas dimensiones, ridiculiza cualquier melodrama.

—Creo que necesito una copa —dijo mientras se encaminaba hacia la mesa para probar algo con vodka. Había pasado del tequila. Me miró con una carga de pena que parecía real—. Y tú sin poder beber. A quién se le ocurre pertenecer a esta familia y ser intolerante al alcohol. Hay cosas que no casan bien. La vida a veces es muy injusta. La verdad, no sé cómo puedes tragarlo a palo seco. Y encima sin tus pastillas rojas para el corazón. Mal momento para olvidártelas en casa, Lena.

De nuevo, tenía razón. Era mal momento para olvidar.

La misma precaución y cautela que mostraba Daniel para no incumplir el canon 983 del Código de Derecho Canónico sobre la inviolabilidad del secreto de confesión alegábamos nosotros para insistir en el silencio. Pesaba demasiado para ser levantado por un comentario vacío y frívolo, un simple «quién quiere una copa», por mucho que todos la necesitaran, incluso yo, que por unos instantes calibré que si mi cabeza había tolerado tantas cosas, mi cuerpo podría con mi intolerancia. Carla casi me convence. Todos esperábamos oír una voz redentora que nos devolviera el pulso, como un buen masaje cardiaco te regresa a la vida. Pero no siempre la vida aparece como uno ha imaginado, ni en forma ni en fondo ni en oportunidad, y cuando haces algo sin analizar previamente las consecuencias, terminas pagándolo. Las decepciones han arrebatado muchas vidas.

Y entonces, oímos su voz:

—¡Hija de puta!

13

No entiendo por qué el insulto paraliza tanto a las personas. Es como el miedo que te inmoviliza en el momento más inoportuno, cuando se supone que debes defender tu integridad, y aunque tengas un león delante y con las fauces abiertas, no eres capaz de moverte, te quedas ahí, inerte, esperando lo inevitable, como si la sorpresa hubiera dañado tu médula espinal. Ni siquiera te planteas salir corriendo para salvar la vida, ni te atreves a levantar tu arma y disparar, como si temieras hacerle daño a quien está amenazándote. En la selva lo entienden mejor: si te atacan, atacas; o matas, o te matan. Jonas siempre decía que las cosas sencillas suelen ser las más difíciles de entender.

Cuando Marco entró como un basilisco en el jardín de la casa gritando «¡Hija de puta!», con la voz de caverna, envuelto en un penetrante olor a cazalla y señalándome con el dedo —mejor dicho, con los cinco a la vez, por su condición palmípeda—, fui la única que no se alteró, y eso que llevaba más de media cafetera encima y que, como bien me había recordado Carla hacía unos segundos, me había olvidado mis pastillas rojas. Los demás saltaron de su asientos como si un muelle encubierto los impulsara a ello. Mi cardiopatía me tenía bien aleccionada: pasara lo que pasara, calma, no convenía cargarla de razones para que se disparara y tampoco ayudaría en nada. Además, «hija de puta» no deja de ser una sucesión de simples letras, tres palabras unidas por capricho, algunas veces por ignorancia, otras por venganza y otras muchas intentando complacer la inferioridad ajena.

Cuando sucede algo que no esperas, tiendes a buscar una explicación, intentas encontrar el porqué, como si el entender las causas fuera a hacerlo desaparecer. Me pregunté si Marco habría llegado a tiempo para escuchar nuestra conversación sobre su ascendencia y fue eso lo que le hizo salir del escondite desde el que nos espiaba. Era propenso a hacerlo, ya de pequeño, cuando se escondía en los lugares más inverosímiles para observar a los demás. Un día se ocultó bajo la mesa camilla con la intención de escuchar lo que sus padres hablaban cuando creían a sus hijos dormidos. Ni siquiera el encendido del brasero hizo que saliera del escondite hasta una hora más tarde, con las piernas abrasadas y su ropa chamuscada. El olor a quemado le delató. Curioso, de nuevo el fuego. Otro día, el miedo a ser descubierto le llevó a esconderse en el coche de un invitado y cuando quiso salir, ya no pudo. Acabó en el maletero del vehículo, donde se hartó de vomitar hasta que el conductor paró en una gasolinera de camino a su Cáceres natal y se dio cuenta de que algo golpeaba dentro del portaequipajes. El hombre no daba crédito cuando encontró al chaval en el lugar que no le correspondía, ni lo hicieron sus padres cuando vieron al invitado regresar a la casa enfurruñado por haber perdido más de una hora de viaje.

El Zombi espiaba a los demás porque le resultaba más fácil la clandestinidad y eso le hacía sentirse importante. Sabía que las personas le ignoraban y por eso tenía que buscar la manera de hacer visible su invisibilidad. Complicado, como era él. Absurdo, también, en la misma proporción.

Cuando volvió a insistir en el insulto, me convencí de que el Zombi no había oído nada. El motivo de su ira era otro.

—¡Hija de puta! ¿Qué has hecho con las cenizas de mi hermano?

Me llamó «hija de puta» con una claridad y una dicción que no consiguió nunca con el resto de su mermado vocabulario. Lo hizo delante de todos, elevando la voz sin temor a romperse las cuerdas vocales, escupiendo perdigones de saliva y haciendo que su color de piel subiera unos tonos, del ambarino verdoso al encarnado más avergonzado. La imagen del semáforo volvió a mi vida, pero sin ninguna fuerza ni potestad sobre mis actos. En Tármino, los semáforos no parecían tales.

No me incomodó el insulto, más bien me agradó. Solo sonó de esa manera en mi cabeza, donde el exabrupto se tornó en lisonja. Quizá porque oí la voz de Jonas: «*Cuando algunas personas te llaman "hijo de puta", es que vas en la dirección correcta*». No sé si siempre iba a ser así. Si en cada momento especialmente tenso o extrañamente feliz que viviera, su voz aparecería en mi cabeza como guía, como consuelo o como refuerzo moral. Pero si era lo que iba a suceder, me reconfortaba. No lo entendía como una molestia, al contrario, hacía que me sintiera más unida a él, bajo una extraña protección que recé para que jamás desapareciese.

—¡Zorra mentirosa! ¡Dime qué has hecho con las cenizas de mi hermano! —dijo aumentando su catálogo de insultos que, por supuesto, seguían sin alcanzarme. Al ver que al resto sí los incomodaba, decidí responderle.

—¿Ahora te preocupas por las cenizas de *tu hermano*? —No sé si enfaticé lo suficiente su dudosa relación familiar, pero lo intenté—. ¿Como te preocupaste de las de tu padre, o de las de tu madre?

La mención de las cenizas de su madre le enmudeció. Fue uno de los episodios más rocambolescos que había vivido con su familia, porque cuando su madre falleció, yo «ya existía». Su forma de reaccionar ante cada decisión sobre las exequias de su madre daría para un análisis psiquiátrico concienzudo. Cuando Jonas le dijo que no enterrarían a mamá, Marco se sintió aliviado, no porque fuera a hacerse cargo de los gastos, sino porque así no estaría en la obligación de acudir periódicamente al cementerio de Tármino para visitar la tumba. «Tú te vas a Madrid y yo me quedo aquí. Para ti es fácil. A mí me tocaría ir a verla cada Día de Difuntos, que es cuando más trabajo tengo.» Aún fue mejor su contestación cuando su hermano le pidió que recogiera las cenizas de su madre en el tanatorio, que luego él se haría cargo de todo, como hasta ese momento, como siempre. Marco le miró extrañado por la petición. Una urgencia médica de su hermano no le parecía motivo suficiente para cambiar sus planes. «No voy a poder. Tengo que ir a hacer la compra. Mi mujer está con un muerto y me ha dicho que vaya yo.» Fue la primera vez que una verdad salió de su boca: su mujer estaba con un muerto. De eso nadie tendría nunca ninguna duda, al menos, olía igual. Siempre había tenido problemas para estar donde debía. El tiempo que su madre estuvo ingresada en una residencia porque el Alzheimer ya no permitía tenerla en casa —en la nuestra, no en la de nadie más—, apenas iba a visitarla. Y cuando lo hacía, se quedaba junto a ella cinco minutos —las enfermeras y cuidadoras del centro se tomaron la molestia de cronometrar el tiempo de sus visitas—, lapso suficiente para dejarle un paquete de pañuelos y que nadie pudiera echarle en cara que iba a ver a su madre con las manos vacías.

En su esperpéntica aparición en el jardín, tampoco se presentó con las manos vacías; al menos la izquierda, en la que sujetaba una botella.

—Te podías haber interesado un poco más por los cuerpos de los tuyos y menos por sus cenizas. —Mi voz parecía tranquila pero por dentro me notaba algo más convulsa que cuando me encaré con él en la iglesia, apenas unas horas antes. Me sentía en la obligación de decirle todo lo que Jonas no tuvo tiempo ni ganas de exponerle—. No creo que te preocupara tanto tu madre cuando decidiste echarla a la calle en plena noche porque aquí tu señora decía que le había cogido dinero del bolso —dije mientras mi cabeza señalaba a Petra, a quien acababa de descubrir en la misma posición que ocupaba en la iglesia, y en general, en la vida: agazapada tras la espalda del Zombi.

Recuerdo la noche en la que el teléfono sonó de madrugada en nuestra casa de Madrid. Jonas pensó que era una urgencia médica, las prefería a las familiares. Pero en aquella ocasión no había tenido suerte. Cuando oyó la voz de Roberto supo que algo ocurría, de lo contrario, no llamaría a esas horas. Su amigo le contó la versión edulcorada de lo sucedido: que su madre había aparecido en su casa y que estaba bien. «*Roberto, mi madre no es el hombre del gas que aparece de pronto a cobrar en la casa de la gente. Dime qué ocurre.*» Le tuvo que explicar que andaba un poco alterada y, aunque se encontraba bien porque estaba con ellos, quizá convendría que fuera al pueblo. «Ya sabes que solo contigo se tranquiliza.» Jonas tenía un radar para detectar las barrabasadas de su hermano. «*¿Qué ha hecho el Zombi esta vez?*», preguntó. Solo obtuvo la misma contestación. «Ven cuando puedas, y tranquilo.» La forma más rápida y segura de ponerle nervioso era diciéndole «tranquilo». Ni siquiera se molestó en quitarse el pijama. Se puso un pantalón, un jersey y un abrigo encima. Era febrero, y si hacía frío en Madrid, no podía imaginar la que estaría cayendo en Tármino. «*¿Y qué coño hace mi madre en la calle, sola, a estas horas?*» Eran las cuatro de la madrugada cuando salimos de Madrid y treinta y cinco minutos más tarde entrábamos en casa de Roberto. Estaba convencida de que si no nos matábamos en ese trayecto, nunca moriríamos en la carretera a causa de un accidente de tráfico. Nos salvó el horario que mantenía desierta la autopista. Durante el trayecto, llamó quince veces al teléfono de su hermano. No contestó ninguna. Y ésa era la peor confirmación de sus sospechas. Cuando Roberto abrió la puerta, le dio el titular que por teléfono y por precaución le había negado. «Tu hermano ha echado a tu madre a la calle. En bata y en zapatillas. Petra le dijo que le estaba mirando el bolso y que había dicho no sé qué de ti. Vino andando hasta mi casa. Está algo desubicada.» Creí que la cabeza de Jonas le iba a explotar. *«Le mato, Roberto, te juro que esta vez sí que le mato...* —dijo entrando en el interior de la casa en busca de su madre—, *aunque tenga que pasarme media vida en la cárcel, te juro que mato a ese desgraciado bastardo.»* Me dio la impresión de que hubiese sido capaz y no creo que nadie de los allí presentes nos hubiéramos opuesto.

Pude notar que la mención a su madre le irritó especialmente. No por cuestiones sentimentales o porque a ningún hijo le gusta que le recuerden que ha dejado a su madre en la calle en plena noche, a medio vestir y con una temperatura de varios grados bajo cero. Lo que realmente le solivantó es que yo se lo recordara, aunque era algo que conocía todo el pueblo, también los allí presentes, excepto Carla, que parecía incapaz de procesar todo lo que oía. Pero como hacía siempre que se sabía acorralado, Marco esquivó la respuesta y huyó en otra dirección.

—Sé que el funeral de esta tarde no ha sido una misa exequial, sino de difuntos. ¿Os habéis creído que soy idiota? No estaba el cuerpo de mi hermano, pero tampoco las cenizas. Con lo que no puede ser, algo no cuadra. Lo habéis hecho mal. Llegaste al pueblo con la urna de las cenizas, mi mujer te vio esta mañana —dijo señalando a Petra, que mantenía su condición de perfil negruzco y a quien la mención pareció sorprender.

Logró callarnos a todos. ¿Misa exequial? ¿Misa de difuntos? Ninguno sentimos estar a la altura de aquella conversación. Tuvimos que conformarnos con mirarnos de reojo, como si no diéramos crédito a lo que acabábamos de oír, preocupados por si no habíamos entendido el verdadero sentido del reproche.

—Madre del amor hermoso —acertó a comentar Lola—. Santa María del Santo Sepulcro. San Alejo mendigo. San Emeterio de Calahorra. —Podría haber recitado todo el santoral, como tenía por costumbre cuando algo le sorprendía. Siempre antepuso los santos a los insultos, y no le había ido mal en la vida—. Santa Bárbara de Nicomedia. Santa Bartolomea Capitanio. San Bartolomé el Joven de Rossano...

—Para, Lola... —le pidió su marido—, que entras en bucle.

—¿En serio? ¿Misa exequial? —ironizó Roberto; incluso él se esperaba un mayor nivel de insulto, o al menos, una argumentación más elaborada.

—Lo que me faltaba por oír —dijo Daniel, que había desterrado la tensión de su cara, a la que había devuelto una mueca de sorna—. ¿Lo estás diciendo de verdad? ¿Has venido para debatir si era una misa exequial o de difuntos, cuando ni siquiera sabes de lo que hablas? Era el funeral de tu hermano, organizado por sus amigos, por su gente y en el que solo sobraban dos personas. Adivina quiénes.

—Te queda mucho por oír, maldito Satanás —dijo Marco mientras hacía esfuerzos por controlar el balanceo al que se había abandonado su cuerpo, gracias al contenido de la botella que portaba en la mano izquierda.

Por fin supimos para qué le servía y el uso que hacía de ella. Me fijé en que era una botella de vidrio amarilla, sin etiqueta alguna. Podía contener cualquier cosa, lo más seguro es que fuera algún tipo de aguardiente casero, en los que la graduación era desproporcionada. Creo que fue culpa de Roberto que me viniera la imagen del Zombi sacando un trapo blanco del bolsillo de su pantalón para introducirlo en la botella, prenderle fuego y arrojarlo contra la casa. Dejé mi imaginación incendiaria aparcada para centrarme en la realidad que, por lo que la boca del invitado indeseable empezaba a expulsar, prometía ser más interesante. Por un momento, había decidido cambiar el blanco de su ira. Ahora le tocaba a Daniel.

—Tú pusiste a mi mujer en mi contra, tú y ese majadero y malnacido de Jonas se lo contasteis todo y por eso no pude despedirme de ella. Se murió y no pude estar con ella. ¡Era la mujer de mi vida y no pude decirle adiós!

La cara de Petra, que ocupaba su lugar en el mundo tras la oronda figura de su marido, era todo un poema. Tanta era la poesía, que se marchó. Le sobrevino de golpe todo el orgullo y la dignidad que no había olido en su vida. Aquella familia era un saco sin fondo para las sorpresas y cuando engrasaba motores, no había dique capaz de frenarla. Creo que Marco ni siquiera advirtió que su sombra había desertado de acompañarle, y si lo hizo, no pareció importarle. Todavía le quedaban cosas por decir y algo de alcohol en la botella con el que alimentar su torpe palabrería.

—Lo mismo que hizo esta hija de puta con mi hermano. Le puso en mi contra, ¿o te crees que no lo sé? Te calé el primer día que te vi. Sabía a lo que venías y, mírate, lo has conseguido.

—Ni que necesitaras ayuda de nadie para poner a las personas en tu contra. Tú solo te bastas. Es en lo único en lo que eres autosuficiente. Y sobre lo de malnacido, déjame aclararte algo...

Creo que Daniel me frenó porque sabía que iba a terminar diciéndole lo que Jonas temió que algún día le diría. No se equivocaba, estaba a punto de confesarle su verdadero linaje. Sentí cómo sus brazos me sacaban de la primera fila. Tenía una extraña obsesión por colocarme en la retaguardia, como si temiera que empezase una pelea entre bandas y me cogiera en medio. Pero me daba igual. Una vez recuperada de mi afonía, podía elevar la voz todo lo que considerase oportuno. Además, no entendía aquella obsesión por mantenerme alejada de la bestia, si yo era la única que conservaba la cabeza lúcida, sin una gota de alcohol en mis venas ni en mi cerebro, lo que me hacía mejor candidata para dar una respuesta clara y directa, y por descontado, mejor articulada. Pero nadie parecía compartir mi criterio.

—Impediste que le viera en el hospital —siguió Marco—. No pude ir a verle cuando se estaba muriendo, ni siquiera sabía que estaba ingresado.

—Yo no impedí nada. Solo hice lo que él me pidió.

En los últimos días, ya ingresado en el hospital, Jonas me había dicho que no quería ver a nadie. A nadie que él no considerase lo suficientemente próximo e importante en su vida para compartir los últimos momentos de ella. No era hombre de despedidas, siempre prefirió las bienvenidas. No quería despedirse de nadie, no por negar la evidencia de la muerte, ni siquiera por quitarle importancia como hacía siempre con los problemas, sino porque nunca le gustó dar malas noticias a sus amigos. «*Los amigos están para quererlos, cuidarlos y posibilitarles una buena vida, como ellos a ti, no para abastecerles de motivos para llorar*», decía. Si él quería que le recordaran con la sonrisa de siempre, era justo que él los recordara también a ellos con la misma expresión, y no envueltos en lágrimas y diezmados anímicamente por el dolor. Lo había visto demasiadas veces, y eso era lo que siempre ocurría, por mucho que se preparasen para evitarlo. Alrededor de su cama estuvieron las personas que él eligió: el cuarteto, su Rat Pack particular, Daniel y yo. Nadie más. «*El resto lo entenderá y, si no lo hace, es que no merecían ni ser rechazados. Tú no tienes que dar más explicaciones. Si alguien se molesta, las reclamaciones que me las hagan a mí, a ver si tienen huevos de encontrarme.*» En ese momento, su mirada buscaba la complicidad de Daniel, de Roberto, de Hugo o de Lola —quien tenía más dificultades para guardar la compostura, algo que aún me hizo quererla más—, dejándoles claro lo que tenían que hacer en caso de que alguien me diera algún problema, algo que ellos, y el propio Jonas, ya sabían que ocurriría.

Cada uno elige a sus compañeros de viaje, tanto en la vida

como en la muerte. Junto a él estuvieron las personas que Jonas quiso que estuvieran y durante el tiempo que él consideró oportuno, que fue prácticamente hasta el final. Nunca nadie había organizado su vida, y mucho menos iba a permitir que le organizaran la muerte. Los dos últimos días, solo quiso que Daniel y yo estuviéramos con él. El último día solo admitió mi compañía. Dentro de la crueldad de la situación, aquél fue el mejor regalo que alguien me había hecho nunca. Y los regalos, como los desplantes, no admiten reclamaciones. O se aceptan, o no se aceptan. El resto entra en el territorio del mal gusto.

—Ya está bien. Lena, no le debes ninguna explicación a nadie. Y menos, a él —volvió a terciar Roberto, que de repente decidió que su mano izquierda también agarrara una botella, cualquiera, la primera que pudo empuñar, que casualmente fue la de tequila. Me miró, con un mensaje escrito en el rostro: a la guerra hay que ir igual de equipado que el enemigo. Me pareció absurdo, un punto sobreactuado, pero no sería yo quien saliera a defender al enemigo, al que tampoco pareció importarle mucho que el otro bando comenzara a armarse.

—Como no salgas inmediatamente de aquí, pedazo de pendejo, puto pinche cabrón, voy a llamar a la policía. —La voz de Carla nos apartó a todos. Su entrada fue un poco teatrera, como empezaba a serlo la situación desde hacía unos segundos, pero todos nos sentimos atrapados por ella. Creo que la presencia masculina empezó a tomarla más en serio después del repertorio semántico que soltó. Todos excepto Roberto, que pareció quedarse con otro detalle.

—Guardia Civil —dijo ante la incomprensión de Carla, que no entendía la puntualización. Su mirada encontró la explicación que buscaba—: Aquí tenemos Guardia Civil, no policía.

—Qué bueno saberlo, sobre todo en este momento, en el que seguro que a todos nos importa entre mucho y una mierda las competencias de cada Cuerpo de Seguridad del Estado —le respondió sin dejar de mirarle. Roberto entendió la aclaración y regresó a un segundo plano. Luego Carla se volvió hacia Marco—. Muy bien, pues entonces llamaremos a la Guardia Civil.

Empezaba a tener la sensación de que, en algún instante, habíamos dejado de considerar seria aquella situación. El único que seguía allí dispuesto a insultar, a mancillar nuestro nombre y honor, a seguir sacando mierda para poder lanzarla y liarse a palos si hiciera falta, era Marco, que al igual que yo, comenzó a notar que no le tomaban en serio. Era algo que solía pasarle a menudo, así que no tuvo duda.

—¿No me oíste, cabrón? —dijo Carla rompiendo una botella contra el canto de la mesa y alzando lo que quedaba de ella en la mano. Demasiado tequila. Definitivamente, la sobreactuación se cargó la venganza que el Zombi traía preparada.

—¿A niños? ¿Enseñas literatura a niños? —insistió en su pregunta Hugo, que no podía dejar de mirar a Carla.

—Sí, ¿por qué?, ¿te molesta? —repuso ella.

—No, al contrario. Lo único que siento es no tener hijos a los que pueda matricular en tu escuela.

No sabía si aquello era una técnica de disuasión orquestada para minar la moral del enemigo, pero estaba funcionando. O eran muy buenos en este tipo de estrategias o el alcohol que llevaban todos encima me estaba dejando fuera de juego.

—Lárgate, Marco —le pidió Daniel, el único que parecía mantener un poco de cordura para entender que una situación de tensión puede descontrolarse en cualquier momento, aunque algunos no quisieran verlo—. Ya has hecho demasiado el ridículo. Vete a buscar a tu mujer, a la que tienes que explicarle muchas cosas.

—No tanto como tú a la mujer de tu querido Jonas. —Ahí estaba el contraataque de la bestia herida, y ahora encima, humillada por las personas que más odiaba en el mundo, que no eran capaces de tomarle en serio—. ¿Acaso crees que no sé que estáis liados? ¿Y tú te atreves a condenar lo que le hice yo a mi mujer enferma?

Sus acusaciones siempre fueron un despropósito, e inundadas en alcohol, alcanzaban la categoría de bufonada. Seguían el mismo camino y final que sus grandes ideas, sus insultos, sus promesas y sus conatos de arrojo y valor, en el fondo de su boca. Difícilmente admitían un mayor recorrido. Todo en él nacía muerto. Lo peor que puede tener una difamación nacida de la maldad y con la única intención de hacer daño es que nadie la crea, que de tan absurda ni siquiera merezca un comentario sarcástico. Por eso su vida le resultaba tan frustrante, por eso la rabia permanente que le dominaba, por eso debía conformarse con espiar a distancia, porque su existencia no merecía ni un comentario.

No fui yo quien pensó que Daniel iba a partirle la cara una segunda vez. Roberto lo intuyó con el tiempo suficiente de detenerle porque sabía que lo haría. Tampoco le había gustado el comentario, por muy falaz que fuera. Hay mentiras tan flagrantes que ni siquiera merecen ser verbalizadas porque suelen explotar en la boca que las escupe. Pero Marco no lo entendía. Nunca entendió nada.

—Si no fuese verdad no te ofendería tanto —dijo mostrando sus dientes amarillos mientras Hugo le agarraba del pescuezo y le empujaba fuera de la propiedad. Eso no le impidió seguir bramando—: ¡No te ofenderías tanto! Voy a por ti, curilla de medio pelo, que lo sepas. Algún día lo contaré todo. Te van a echar de aquí como echaron a tu padre, Roberto, como echaron al mío, como echaron a todos los bastardos. ¡Te tengo cogido por los huevos, padre!

Por un momento pensé que había errado en mi apreciación inicial, que Marco sí había llegado a tiempo de oír la conversación que nos entretenía cuando apareció en el jardín. Que había escuchado cómo descubrimos quién era su padre, cómo vino al mundo y por qué su existencia estaba llena de encono, porque el odio engendra odio.

—No tienes vergüenza. Nunca la has tenido. Lo llevas en la

sangre —dijo Daniel, a quien cada vez le costaba más contenerse.

Hugo estaba teniendo dificultades para sacar aquel saco de boxeo viejo y maleado, pero también grueso y corpulento. Y su evidente estado de embriaguez no facilitaba las cosas, ya que a cada empujón que le propinaba, el cuerpo del Zombi terminaba tropezando y cayendo al suelo, lo que implicaba el esfuerzo de tener que levantarle de nuevo.

—O te largas, o te largo yo personalmente —le dijo Roberto, que había abandonado a Daniel y acudido para ayudar a Hugo en su intento de sacarle de allí. La mención que Marco hizo de Tasio no le pasó inadvertida—. Tú eliges.

—Sí, me voy. Pero pienso volver. —Y de nuevo elevó la voz para asegurarse de que le oía—: ¿Me oyes, hija de puta? Esto me pertenece. ¡Es mío! Y no pienso morirme sin hacer mía esta tierra.

—Te vas a hartar a tierra como no te largues, maldito cabrón —le susurró Roberto al oído, asegurándose de que nadie más le oyera, excepto Hugo, a quien no pareció importarle. Para cuando Marco quiso reaccionar al comentario que a él le sonó a pura amenaza, ya había sido introducido en el interior de su coche. Hugo se ocupó de arrebatarle la llave y encender el motor para asegurarse de que se marchaba, y no regresaron a la casa hasta que vieron cómo el viejo trasto que conducía se perdía en el horizonte, envuelto en una espesa nube de polvo formada por la tierra del camino y las luces el coche.

—Le tenía que haber matado —comentó Roberto viendo cómo se alejaba el coche.

—¿Quién? —preguntó Hugo.

—Jonas, le tenía que haber matado como dijo la noche que ese miserable echó a su madre a la calle. Vi que lo decía en serio.

—A él, como a ti, se le iba la fuerza por la boca. Él salvaba vidas, no las quitaba —replicó Hugo mientras le echaba la mano por encima del hombro a su amigo. Tampoco para él estaba siendo una noche fácil, por mucho hierro que intentara quitar a las confesiones recurriendo a las bromas.

—También Daniel salva almas, y a ver qué hace con ésta. ¿Le has visto? Si no le sujeto, se lo come.

—Normal. Será todo lo hombre de Dios que quiera, pero no deja de ser un hombre. Y eso no se borra con unos votos por muy sagrados que sean.

Cuando regresaron al jardín, nos encontraron en otra guerra.

—¿Por qué entras en su juego? —le estaba preguntando yo a Daniel. No entendía que solo perdiera los nervios con Marco.

—¿Su juego? Esto es un pueblo, Lena, mañana puede estar en boca de todos.

—¡Y qué! ¿Qué más nos da? Es mentira.

—Como si eso importara mucho.

Le miré sin entender su preocupación. Nadie podría tomar en serio la calumnia que había escupido el Zombi, ni él mismo. Tan solo se divertía si veía que podía hacer daño, y por eso nunca se divertía. Jamás le concedimos esa credibilidad y así le negamos la capacidad de seguir haciendo el mal. Por eso no entendía que a Daniel le afectara lo que nadie había ni siquiera procesado. A él siempre le daba igual todo. Tuve que esperar unas horas más para entenderlo y para comprender que ni siquiera tenía que ver conmigo. Lo que ninguno concebimos fue su propuesta posterior.

—Tengo que ir a buscarle. Está borracho y le habéis subido a un coche. A saber lo que puede pasar. Es fiesta en el pueblo, hay mucha gente, puede provocar un accidente.

—No creo que estés hablando en serio. Irá a dormirla. Además, supongo que en algún punto del camino se cruzará con Petra, si es que no ha decidido dejarle, que sería lo más lógico después de lo que ha escuchado. Que se las apañen los dos juntos, y si no, que no se hubieran casado. Cada uno que gestione sus propios errores. —Hugo se dio cuenta de que sus argumentos no le habían convencido e insistió—: Daniel, es un imbécil, es un simple tonto. ¿Qué va a hacer?

—Un tonto jode un pueblo, Hugo. Recuerda lo que decía el Sabio.

—Y dos hacen comuna —añadió Lola.

—Es un loco —aportó Roberto.

—Un loco quema un pueblo. Precisamente tú, Roberto, deberías saberlo —le espetó Daniel arrepintiéndose de la rapidez con la que el concepto había bajado de su cabeza a su boca—. Discúlpame, no quería decir eso.

—Sí querías, y no pasa nada. Cuando tienes razón, la tienes y hay que dártela. No hay perdones que valgan.

—Tengo que ir —insistió Daniel de manera enfermiza, como si se hubiera convertido en una obsesión.

—¿Ves?, ahora no tienes razón, ninguna —replicó Roberto—. Así que no vamos a dártela.

—No vayas —le dije sin comprender tanto empeño. Ahora era yo quien detenía su amago—. Eso es lo que más podría gustarle. Déjale. Olvídale. No es problema tuyo. ¿Por qué te sigue preocupando? ¿De qué le sirvió a Jonas preocuparse tanto por él?

—Para tener la conciencia tranquila. Eso ayuda a dormir, Lena.

—Deber ser por eso por lo que no consigo conciliar el sueño —le contesté. Sin entender por qué, lo había interpretado como algo personal contra mí.

—Sabes que no lo he dicho por eso.

Claro que lo sabía. Era imposible que de la boca de Daniel saliera algo que pudiera ofenderme, ni entonces ni nunca. Yo era la única persona en el mundo que echaría de menos a Jonas más que él. La única. Le había visto llorar por él, callar por él, gritar por él, romper sus más firmes creencias por defenderle o por defender a quien le pidió que protegiera cuando él ya no estuviese. Si Daniel se preocupaba tanto por mí, era por él. Si yo le quería por eso, también era por él. Todo giraba en torno a Jonas. Entre ellos existía una de las mayores complicidades que pueden existir entre dos personas. Su complicidad era como mi amor por Jonas, sobrevivía incluso a la muerte, eso no representaba ningún impedimento.

—Vale, ya está bien. Todos quietos y callados.

Mamma Lola apareció para poner calma y orden en el alboroto que la visita inesperada había sembrado en el jardín. Me hubiera gustado tener una madre así, que impusiera la calma en mitad de la tempestad, que acompañara en mitad del duelo, que consolara cuando no puedes dejar de llorar, que te protegiera cuando todo se derrumbara y que supieras que siempre estará ahí, pase lo que pase, hagas lo que hagas, sin una mala palabra ni un mal gesto. Ni Jonas ni yo habíamos tenido suerte con la familia. Me parecía injusto pensar eso. Sería mejor decir con *cierta* familia. La de verdad estaba allí, donde estaría siempre.

Lola nos puso a todos en órbita. A Carla la mandó a la cocina a calentar el agua para el café; a Hugo le pidió que despejara la mesa de botellas y vasos; a Roberto le ordenó que volviera a encender algunas de las velas que se habían apagado; a Aimo le dijo que fuera a por unas rosquillas de lavanda que ella misma había traído para endulzar la velada y que había dejado olvidadas en el coche. Ninguno teníamos hambre pero, como dijo Lola: «A ver si algo se nos hace bola y nos asienta el estómago». También para mí tenía una tarea: ir a recoger el juego de café que Daniel nos había regalado en Sintra. Me gustó la idea. Sonreí para demostrárselo aunque encontré un problema.

—Solo son seis tazas —le dije.

—Las suficientes. Hugo bebe de la mía. Para estas cosas sirve el amor, para ahorrar loza. —Nunca tuvo que haber dejado la enfermería, tenía un don especial para tratar a las personas en los momentos más delicados.

Después de ponernos a todos en funcionamiento, se sentó junto a Daniel, que quizá era el que más lo necesitaba.

—Aquí nadie se va a ir a ningún sitio. Ni nos esperan ni ganas de que lo hagan. Ahora todos nos vamos a tomar un café. Un café nos vendrá bien. Tomar algo caliente siempre relaja la atmósfera y el carácter, además de abrigar el interior, me atrevería a decir que incluso el espíritu, y tú deberías saberlo mejor que nadie. Aquí todos necesitamos relajarnos y abrigarnos. Y tú —dijo a Daniel bajando la voz— tienes que dejar de protegerla tanto, dale aire, déjala que empiece a respirar, es más fuerte que muchos de los que estamos aquí. Ya lo sé... —le cortó cuando él hizo ademán de justificarse—, lo sé y lo entiendo. Pero sabes que tengo razón y no hay nada más que hablar. Tú mandarás mucho en tu iglesia pero aquí mando yo. Y lo máximo que voy a permitir que hagas es llamar la Guardia Civil si realmente te preocupaba que el Zombi provoque algún accidente. Que se encarguen ellos, que para eso están. Nosotros tenemos cosas más importantes que hacer. Roberto, ¿llamas tú? —preguntó sin mirarle.

—¡Voy! —contestó él marcando un número en su teléfono—. Los tengo en casa. Mi hermano, el pequeño, ha pasado del violeta de los campos de lavanda y se ha ido al verde, es guardia civil —le dijo a Carla, a modo de explicación—. ¿Lo veis? En todas las familias hay folclores —dijo con el propósito de rebajar la tensión.

—Cuelga —le ordenó tajante Daniel—. No va a hacer nada. No tiene valor para hacerlo. Que le den.

Fue una de las frases más celebradas de la noche, y eso que hubo donde elegir.

14

No recuerdo a quién oí decir que la infancia nos manda postales del pasado para ayudarnos a entender el presente, o para recordarnos cómo éramos en realidad, antes del maquillaje y los disfraces que nos va poniendo la vida.

Las personas cambian. Pueden negarlo todo lo que quieran, pero se transforman aunque la mayoría no sea consciente o prefiera no serlo.

Cuando era pequeña quería ser piloto de acrobacias, o de carreras. Mi padre sonreía al oír el disparate que decía su hija de cinco años cada vez que alguien le preguntaba qué quería ser de mayor, y esa reacción me daba a entender que le gustaba. Y si le agradaba a mi padre, es que íbamos bien, como cuando el enemigo te llama «hija de puta». A mi padre le hubiera gustado Jonas. Todo lo que no le gustó a mi madre le hubiese gustado a él. Lo de mi madre no creo que fuera nada personal contra Jonas —era del todo imposible, su capacidad de seducción y su habilidad para empatizar con la gente eran innegables—, ni siquiera la diferencia de edad entre Jonas y yo le inquietaba realmente. Me inclino a pensar que fue la envidia, la rabia, eso que algunos llaman la «tristeza ajena», la imposibilidad de vivir una vida sin mirar con desprecio la de los demás solo porque fueran mejores, o eso creyera ella. Aunque me asustó la comparación y enseguida me avergoncé de haberlo pensado, mi madre era un poco como Marco, incapaz de alegrarse por lo que tenían los demás solo porque la vida le arrebató algo que no le quitó al resto. Me juré que si algún día me ocurría lo mismo que a mi madre, si me quedaba viuda, no haría pagar al mundo por mi pérdida. Perder a la persona que más amas es una putada, es injusto, pero su ausencia no es culpa de nadie, al menos no de los demás. Una cosa es preferir que hubiera muerto cualquiera antes que Jonas —y eso también me incluía a mí— y otra muy distinta desearle la muerte a los demás por el hecho de estar vivos.

Mi padre también tenía buen olfato para las personas y supongo que eso le convirtió en un buen inspector de policía. Distinguía a la mala gente nada más verla —como también a la buena— porque solía fijarse en los detalles más nimios, que son suficientemente indiscretos para definir a una persona. Fue el primero que intentó explicarme en qué consistía una pérdida y cómo se vivía en ella. Al parecer, todo tenía que ver con el amor y con la manera de enamorarse. Lo hizo cuando perdimos a mi hermana cuando solo tenía once años. Un conductor se saltó un paso de peatones y no vio a Lucía, que cruzaba la carretera con los bombones helados que mi madre le había dejado bajar a comprar con la condición de que no se entretuviera y volviese directa a casa. Tuvo cuidado en el paso de cebra, miró a ambos lados de la calle como nos habían enseñado nuestros padres, pero el vehículo salió de la nada; de la nada no, de una calle perpendicular donde una señal de tráfico avisaba que se incorporaba a una vía de velocidad reducida. El conductor tampoco la vio. Ese día mi padre decidió llegar antes a casa para celebrar su ascenso. Siempre pensó que había cosas que conviene contar en persona para no perder detalle en la cara del interlocutor. Cuando un vehículo policial le dejaba en la puerta de casa, lo presenció todo. No es fácil ver morir a tu hija a diez metros de ti sin poder hacer nada para evitarlo, da igual que seas policía, jardinero o alquimista. Y también es duro tener que subir a tu casa para contar lo sucedido, como había entrado en otras casas ajenas con el mismo propósito, aunque se tratara de la hija de otros. Tampoco es sencillo explicarle a la única hija que te queda por qué no volverá a ver a su hermana mayor, que prometió estar siempre cerca de ella para cuidarla, amparándose en la responsabilidad que otorga el tener seis años más.

«¿Recuerdas el otro día cuando me preguntaste qué hacía papá con las personas que se perdían y que no regresaban a su casa aunque sus familias estuvieran esperándolas? Y te dije que papá lo intentaba pero que algunas veces esas personas no volvían porque pasaban cosas, ¿lo recuerdas?» Supongo que debí de decirle que sí porque siguió con la explicación. «¿Sabes qué es lo que pasa, Lena? Que cuando el tiempo se enamora de una persona, se la lleva a un lugar precioso donde está tan feliz que decide quedarse, esperando a su familia, hasta que el tiempo se enamore de ellos y entonces todos se reencuentren en ese lugar.» Le dije que yo no quería enamorarme porque no quería irme a ningún lugar ni dejar de verlos. Mi padre sonrió. «Ya verás como cambias de idea cuando seas mayor, conozcas a alguien y te enamores. Ya hablaremos entonces.» No pudimos hablarlo nunca, al menos como le gustaba a mi padre hablar de las cosas importantes, en persona, cara a cara, mirando a los ojos.

Treinta años después de aquella conversación, acababa de recibir una de esas postales que envía la infancia desde el pasado.

Cuando eres pequeña las postales traen buenas noticias, noticias de amigos, de vacaciones, de playas, de montañas, de ciudades exóticas. Pero cuando devoras a dentelladas el calendario, se cierran en banda. Las postales, como las personas, también cambian. Yo también había cambiado. Recién estrenada la libertad, y yo creí que la vida, me gustaba la velocidad. No quería estar quieta, necesitaba moverme, subir, bajar, ir de un lado a otro, como los fotógrafos de guerra, pero solo por las fotos y por correr de aquí para allá, no por los escenarios bélicos. Todo eso cambió el día que conocí a Jonas. Dejó de interesarme la celeridad y el riesgo. No quería prisas, quería eternizarlo todo, inmortalizar cada momento que compartimos, cada pequeño o gran instante de nuestra vida juntos, como si tuviera miedo a que se me escapara demasiado pronto.

Quizá por eso me gustaba hacer fotos, para no olvidar cómo eran las personas antes de que empezaran a cambiar. El sentido de los retratos es eternizar la memoria de la persona fotografiada, hacerla permanecer en el tiempo, sobrevivir, perdurar para siempre. Ésa es el alma de todo retrato fotográfico.

Prefería mis propias tarjetas. Ya no quería recibir más postales. Habían dejado de gustarme. Todo lo que lastraba mi vida venía por el mismo conducto que las postales: el parte de defunción de Jonas, sus últimas voluntades, su historial médico, las misivas de los abogados, las cartas de la Administración exigiendo los impuestos de sucesión, los pésames... Todo insistía en recordarme que ya no estaba, todo era una postal del pasado empeñada en entregarse a la escritura sin descanso. No quería más postales. Solo me recordaban lo que había perdido y los recuerdos innecesarios lastran la vida.

Eran las cuatro de la madrugada cuando se fueron todos. No quisieron quedarse en la casa porque decían que eran muchos. Me pareció una tontería, aunque no estábamos preparados para abrir un debate sobre el tema. La casa de Jonas fue siempre la de ellos pero hay veces que como en la propia no se está en ningún sitio, uno no se resetea lo suficiente para poder iniciarse a la mañana siguiente. Lo comprendí, a mí me pasaba igual. De hecho, me pasaba continuamente. Lo que sí conseguí fue que ninguno cogiera el coche. Vivían cerca, en diez minutos podrían estar en casa, e intenté convencerlos de que el fresco nocturno de Tármino les vendría muy bien para despejar la cabeza y el cuerpo. Me miraron como si Marco hubiera vuelto a aparecer en el jardín, así que me ofrecí a llevarlos, entre otras cosas, porque era la única que podía conducir un coche sin la tasa de alcohol por las nubes. Daniel tampoco estaba en condiciones de ponerse al volante, y Carla seguía entretenida con «la chinga de tu madre» y otras variantes lingüísticas que tanto le divertían a Hugo. En menos de cinco minutos estaría de vuelta. A Daniel no le hizo mucha gracia, pero la noche terminó sin que casi nada le hiciera ninguna gracia.

Cuando regresé, Carla estaba duchándose en el piso de arriba, como si el agua que le caía sobre el cuerpo fuera a arrastrar el nivel de alcohol que guardaba en sus venas. Aproveché el silencio en el que se había quedado la casa para acercarme a Daniel. No fue algo casual. Iba buscando el encuentro desde antes incluso de salir con el cuarteto. Demasiada cafeína, poco sueño y algunas cosas pendientes.

Me alegré de encontrarle con la sonrisa regresada al rostro. Me senté junto a él en el enorme sofá donde solíamos sentarnos Jonas y yo, y me recosté a su lado.

—Me voy mañana de Tármino. No puedo irme con más secretos que afecten de alguna manera a la gente a la que quiero, ¿lo entiendes? —Su silencio me confirmó que lo comprendía. Demasiado bien.

—No sé si tengo fuerzas para esto ahora mismo. —Me miró como pidiendo clemencia. La verdad es que parecía cansado, más por la vida que por la falta de sueño y el exceso de alcohol—. ¿Y si lo dejamos para mañana?

—Yo nunca dejo nada para mañana —dije recordando el carpe diem que mi cardiopatía me dictaba siempre. Cuando tu carencia es el tiempo, no lo pierdes, intentas vivirlo todo sin retrasos, sin aplazamientos, sin demoras. El tiempo era un lujo que no estaba a mi alcance. No era un queja, era un recordatorio permanente que procuraba no olvidar—. Y tú siempre tienes fuerza. Y ahora estamos solos. —Me incorporé para ver la reacción en su rostro—. ¿A qué se refería el Zombi cuando dijo que iría a por ti, que algún día lo contaría todo?

Le conocía y conocía sus gestos. A veces la gente olvida que me dedico a leer los rostros, que soy buena interpretando cada pequeña línea de expresión dibujada en ellos, cada sombra, cada hueco, cada luz que entra o sale de su fisonomía. Hago visible lo invisible, por malo o bueno que eso sea. Jonas siempre me lo decía cuando veía mis fotografías. «*Ves cosas que nadie más ve, que los demás ni imaginamos que están ahí.*» Según él, eran mis ojos, más allá del objetivo o la lente que llevara mi cámara, pero eso era la interpretación parcial de quien te mira siempre con buenos ojos, con ojos de enamorado. Daniel mostraba esa reacción infantil de negar la realidad cuando ésta no conviene. Desde que Marco lo había escupido, esperaba mi pregunta aunque ahora intentara fingir cierta sorpresa.

—No puedes hablar en serio, Lena. ¿No decías tú que no me preocupase por lo que diga un borracho, especialmente, *ese* borracho?

—Daniel, no quiero sentirme una extraña cada vez que vengo aquí. No quiero sentirme lejos de ti porque eres lo único que me queda de Jonas, y si me alejas porque no me permites entrar, porque quieres mantenerme a salvo de no sé qué, me muero. Mejor dicho, me matas. Y muerta ya no voy a ser muy útil. Jonas puede que sí. Yo no. Tengo mucho menos recorrido que él.

—Eso no va a pasar nunca. Ni voy a alejarte ni tú te vas a sentir extraña.

—Entonces, dímelo —insistí con vehemencia. No estaba dispuesta a marcharme del mundo azul sin saber qué pasaba—. ¿Por qué dice que te tiene cogido por los huevos y que conseguirá echarte de aquí? ¿De qué habla? Eres tú el que podría hundirle, por lo de su padre, el tío de Roberto, en fin... no sé, no entiendo nada.

—No tiene nada que ver con eso.

—Entonces, ¿con qué tiene que ver?

—Lena, es complicado. Y no creo que sea el momento.

—Hazlo sencillo. Y crea el momento. No me voy a ir de aquí hasta que me lo cuentes.

Daniel me miró como si se sintiera acorralado. Su rostro se llenó de sombras. Cuando la noche cae sobre los rostros, algo malo pasa. Mi padre tenía razón, los pequeños detalles describen a la perfección y sin errores lo que le sucede por dentro a una persona. Se sintió vencido. Me contempló un instante, como si estuviera despidiéndose, como si sintiera que aquel Daniel que mis ojos observaban con la delicadeza de quien admira un mosaico bizantino —ambos compartían el hieratismo de los rostros inexpresivos— no volvería más. Me imagino que así mira el animal cuando se encuentra con el cazador que le tiene en la mirilla del rifle y comprende que ya no hay escapatoria. Esos segundos en los que tiene que asumir que va a suceder, y lo admite sin apartar la mirada de quien le obliga a terminar con todo. Ésa fue la sensación que tuve.

Sin mediar palabra, se levantó y se dirigió a la chimenea que había frente al sofá que ocupábamos. Por un momento creí que pensaba encenderla —tenía que dejar de visualizar casas envueltas en llamas, aunque en esa familia era complicado—, pero en vez de eso introdujo el brazo por el hogar, alargándolo hacia la garganta interior. Durante unos segundos, su mano tanteó en el vacío hasta que dio con algo. Lo extrajo con cuidado. Era una caja de latón, de esas antiguas en cuyo interior las abuelas solían guardar las galletas, el café, el cacao en polvo, aunque también algún rulo de billetes fruto de un ahorro clandestino o los vestigios de un pretérito furtivo al que necesitaban acudir de vez en cuando para asegurarse de que fue verdad, que no lo soñaron, que realmente ocurrió. Me extrañó que no estuviera llena de polvo o cubierta por una capa de hollín negro. Del vientre oscuro del que salía, sería lo normal. Lucía demasiado limpia. Creo que me leyó el pensamiento.

—La escondí ahí antes de que vinieras. Me refiero a cuando murió Jonas. Él se encargaba de sacarla en invierno, cuando veníais y utilizabais la chimenea, y yo volvía a meterla en el mismo sitio en verano, antes de que llegarais.

—¿Jonas tiene que ver con esto? —pregunté mirando la pequeña caja de latón que Daniel portaba en las manos.

—Lo sabía —dijo colocándola sobre la mesa—. Ábrela. ¿No querías saberlo?

Dudé si realmente quería hacerlo. Con las sorpresas me pasaba como con las postales, habían dejado de gustarme. El sonido de la ducha abierta que venía desde la planta de arriba me tranquilizaba. Sabía que Carla no bajaría de momento y eso me daba un tiempo de reacción, en caso de que hubiera algo dentro de la caja metálica ante lo que tuviera que reaccionar. Como vio que tardaba, Daniel lo hizo por mí. Estuve a punto de detenerle cuando sus manos abrieron la caja. Pero reaccioné tarde.

Del interior sacó unas fotografías raídas por el tiempo, aunque se distinguían perfectamente a las personas que aparecían en ellas. Allí estaba Jonas —siempre me sorprendía verle de joven, con la apariencia física que no reconocía como algo propio porque, por entonces, «yo no existía»—; y Daniel, con su sonrisa ladeada a la izquierda confirmando que hay personas que nacen con el gesto impreso. Pude ver el asombroso parecido físico de Lola con Anna Magnani del que todos hablaban, Hugo lucía con cuarenta kilos menos y Roberto empezaba a trabajar el aire de rebeldía gamberra que confiere ser el benjamín del grupo. Faltaba Aimo, que estaría a punto de llegar al pueblo, pero su ausencia la ocupaba una mujer con el pelo rubio, alborotado en una melena corta repleta de rizos, unos vaqueros de campana y un jersey de lana blanco. Eran las típicas fotografías de amigos que se guardan para recordar que un día estuvieron juntos en algún lugar. No siempre aparecían todos, pero había tres personas que nunca faltaban: Jonas, Daniel y la mujer del pelo rubio alborotado. Era guapa, una de esas bellezas serenas y limpias cuyos rasgos huyen de lo exótico y lo salvaje, más entretenidas en cincelar la perfección en sus facciones. Aunque su gesto guardaba una bruma de melancolía.

—¿Quién es ella?

—Se llamaba Celia. Su hermana es la dueña de la pastelería donde hacen esas rosquillas de lavanda que ha traído Lola.

Daniel se tomó unos segundos antes de seguir. Lo hizo cuando sus dedos atraparon otra fotografía en la que aparecía una niña de unos nueve o diez años. No pude evitar sentir una punzada en el estómago. La imagen de esa niña me recordó a mi hermana Lucía. Tendría más o menos su misma edad cuando murió, las mismas largas trenzas rubias cayéndole a cada lado de la cabeza y sonriendo a la cámara como si hubiera nacido para ello, mostrando con orgullo sus dos infantiles hoyuelos que nacían de la impertinencia de la mueca. Intenté deshacerme de esa imagen. Empezaba a concentrarse demasiada gente en aquella postal del pasado.

—Y ésta es Eva —dijo finalmente Daniel—. Era hija de Celia.

—¿Por qué hablas en pasado?

—Las dos están muertas.

—¿La niña también?

—La niña fue la primera en morir.

No sé por qué cuando nos dicen que alguien a quien no conocimos está muerto, nos impresiona tanto. Debe de ser la sonoridad de la palabra «muerte» y toda la carga que arrastra su trazo, que se prolonga como la estela de condensación que deja un avión en el cielo. Es como si lamentáramos que el tiempo se hubiera vuelto a enamorar de alguien con quien, quizá, hubiésemos hecho buenas migas de haber tenido la ocasión de conocernos. Y entonces aparece esa sensación de impotencia al saber que nos han robado; el tiempo recupera su condición de ladrón y nos parece injusto. Dos mujeres a las que acababa de conocer gracias a una postal del pasado estaban muertas. Pero aún quedaba alguna opción en el recuerdo de Daniel.

Eva desapareció una tarde de mayo. Otra vez mayo. Todo el mundo parecía tener un mes de mayo en su calendario más negro. Había terminado los deberes y su madre le había dado permiso para ir a jugar con las amigas. Mientras Daniel me contaba la historia, no podía quitarme de la cabeza la imagen de mi hermana Lucía. Pero tenía que hacerlo. Ella no pintaba nada ahí. No le correspondía estar en esa historia ni era ése su lugar. Dudé incluso que me correspondiera a mí.

Se llevó la merienda, su favorita, un bocadillo de foie gras La Mina y en su interior tres onzas de chocolate La Campana. Celia la esperaba un poco antes de la cena y siempre cenaban pronto porque, mientras hubiera colegio, las nueve seguía siendo la hora de acostarse. Pero a las ocho y media de la tarde, la niña no había regresado. A su madre le extrañó porque Eva era muy puntual y extrañamente obediente para su edad. Sus amigas le contaron a sus padres que se había ido a casa mucho antes, o al menos, eso les dijo. El pueblo se volcó en su búsqueda. Organizaron batidas y estuvieron toda la noche recorriendo los campos de espliego —la tierra no había acuñado todavía el término «lavanda»—, gritando su nombre.

«¡Eva, Eva, Eva!»

A la mañana siguiente la encontraron muerta, medio enterrada bajo una encina a escasos metros de los campos de espliego. El agua caída durante toda la noche y los manantiales subterráneos que recorrían el pueblo hicieron que la tierra empantanada devolviera a la superficie el cuerpo de Eva, que, por lo que contaron los investigadores, parecía que había sido escondido torpemente y con prisas. Fue Daniel el encargado de comunicarle a Celia que habían hallado el cadáver de su hija. Pensaron que sería mejor que la noticia se la diera una persona conocida, de confianza, como si eso fuera a empequeñecer el dolor. La cabellera platina de rizos alborotados de Celia se tiñó de gris en unos días, así como lo hizo su vida. También la encontraron muerta una mañana, en la misma encina bajo la que apareció Eva, colgada de una de sus ramas. Según Daniel, Celia no hubiese tenido paciencia para morir lentamente.

Los detalles que conforman la historia de una persona te hacen sentir más próxima a ella, como si realmente la conocieras. En especial si se refieren al momento de su muerte, porque te acercan a lo que fue su vida. Eso me pasó con Celia.

—¿Y por qué sus fotos están en la caja? ¿Qué tenéis que ver vosotros?

—Celia era una amiga con demasiados problemas y poca gente a la que contárselos. Era madre soltera y una excelente pintora. ¿Recuerdas el cuadro que viste en la habitación que hay detrás de la sacristía, ese que te llamó la atención por la riqueza de luz que mostraban los colores? —Asentí mientras imaginaba la respuesta—. Lo pintó ella. Hubiese sido una gran artista de no haber sucedido todo. —Daniel se guardaba algo. Me miró y debió de ver alguna señal en mi cara que le hizo soltarlo—. La verdad es que durante un tiempo tuvimos una relación más estrecha. Jonas era el único que lo sabía, y por supuesto, el cuarteto. Ni siquiera ellos consideraron la posibilidad de que Celia y yo llegáramos a algo más serio. Nunca nos vieron solos, siempre íbamos en grupo. Fue algo sin importancia —dijo sin conseguir que yo le creyera. Demasiada insistencia en negar lo inexistente. Ocurre lo mismo en las fotos con exceso de maquillaje para disimular un defecto en el rostro: al final, solo consigues hacerlo más notorio y que se fijen más en él. La demasía de detalles hacia una dirección solo hacía que se mirase en la contraria—. Luego ella se fue a Barcelona, yo opté por una vocación sacerdotal algo tardía y aquello acabó así. Volvió pasados unos años, nueve para ser exactos. Ya venía con Eva. Puede que alguno pensara que esa niña era hija mía, pero Celia siempre lo negó. Nos dijo que no nos preocupáramos, que al final todo el mundo vería que las fechas no cuadraban y que la niña tenía siete años y se había ido hacía nueve. La creí. La creímos.

—¿Sin más?

—¿Y qué querías que hiciéramos? Entonces esas cosas funcionaban así. Creías en la palabra de la madre. No quedaba otra. —Me miró y sonrió al ver mi expresión escéptica—. Créeme, es imposible que yo sea el padre. Sería muy largo de contar. Además, la niña era igual a la madre, no había manera de encontrar en ese rostro un rasgo paterno, por pequeño que fuera. Era una copia idéntica de Celia, pero en pequeño —dijo olvidando que mis ojos siempre veían lo que los demás no podían. Al verme con la fotografía de Eva en la mano, me la quitó con suavidad y volvió a meterla en la caja, como si tuviera miedo de que descubriera en ella uno de esos rasgos invisibles—. Para. No vas a encontrar nada de lo que buscas en esta foto.

Quizá era cierto y nos habíamos desviado del tema principal. Por eso volví a las verdaderas protagonistas de la historia.

—¿Quién mató a Eva? —pregunté dando por hecho que había terciado algún tipo de violencia. Me di cuenta de que me había referido a ella por su nombre, como solemos hacer cuando alguien nos importa.

—¿Quién te ha dicho que la mataran? —dijo Daniel, intentando cambiar, al menos en su mente, las verdaderas causas de su muerte. Pero que fuera un hombre guiado por la fe no implicaba que se creyera sus propias mentiras y obviara las pruebas—. Sí, la mataron. La autopsia reveló que murió de un fuerte golpe en la cabeza causado por algo contundente, creo que hablaron de una piedra. Y también comprobaron que había sufrido abusos.

Volvía a jugar con las palabras para intentar cambiar la realidad, como si retorcer la semántica para describir un suceso fuera a variar su resultado final. A Eva la violaron, no sufrió abusos. Igual que Jonas murió, no se fue a ninguna parte. De la misma manera que Daniel lloró aquel día en la habitación del hospital, no se desahogó. Como mi vida se rompió, no se deshizo para poder rehacerla. Pero hay realidades que las palabras y las imágenes no digieren bien y hay que engañarlas con subterfugios para que puedan aceptarse, como hacen las madres con las verduras cuando sus hijos se niegan a comérselas.

—¿Y no se supo quién fue el responsable? —pregunté, contagiada del recurso de mentir la verdad. No era el responsable, era el asesino.

—La investigación se estancó y terminó archivándose. La única que podría haber presionado para que no fuera así había decidido quitarse la vida. Supongo que los investigadores se vieron en un callejón sin salida y optaron por dejarlo y olvidar aquello lo antes posible. —Tuve la impresión de que no había terminado, de que su relato aún escondía más detalles—. Pero hubo alguien que desapareció la misma noche que lo hizo Eva. Nadie le vio, ni la noche de la batida ni en los dos días posteriores. —Daniel no pronunció su nombre. Aunque tampoco necesité que vistiera la frase con un sujeto. Esa vez, lo hice yo.

—¡Marco! —exclamé con la misma dicción atónita que utiliza una víctima cuando ve el rostro de su agresor.

—Cuando apareció a las cuarenta y ocho horas dijo que había estado bebiendo con un amigo en un pueblo cercano. El amigo apareció y corroboró su versión. Nadie le acusó de nada, ni siquiera los investigadores le consideraron sospechoso, y si lo hicieron, fue por poco tiempo, hasta que apareció el oportuno amigo, que por cierto, ni nadie había visto antes ni nadie volvió a ver más. Sin embargo, que en un pueblo pequeño desaparezcan dos personas al mismo tiempo y que una apareciera muerta siempre da que pensar. Pero ya da igual. El caso se cerró. Nadie sabrá nunca lo que pasó.

—No, no da igual. Porque tú pareces saber algo más.

—Yo lo sé todo, Lena. Algunas veces, para mi desgracia.

Solía divertirme que Daniel utilizara ese lenguaje bíblico, pero esa vez no me pareció así. La historia seguía sin cuadrar en mi cabeza. No entendía qué tenía que ver todo aquello con las amenazas vertidas por Marco.

—El Zombi heredó la misma habilidad de su padre, el verdadero, el tío de Roberto. Recurrió al secreto de confesión como refugio seguro. Al final no es tan tonto como todos creemos. Pensó bien lo que hacía cuando vino a contármelo. Insistió en hacerlo en la iglesia, dentro de un confesionario, como hacía todo el mundo, para que nadie más pudiera oírlo, para que nadie, en este caso yo, pudiera contarlo. Y allí me lo confesó. Que había bebido demasiado, que no era consciente de lo que hacía, que lo recordaba todo en una nebulosa confusa, que de repente apareció Eva, que se ofreció a acompañarla a casa y que no supo por qué lo hizo, pero simplemente lo hizo. Sabía que yo no podría contarlo, no sin violar el secreto de confesión.

—¡Había violado a Eva! ¡La había matado! —dije haciendo notar mi disconformidad ante su capacidad de utilizar el término «violar» si se refería al secreto de confesión, y sin embargo no podía utilizarlo al hablar de los abusos que sufrió la niña, como si le pareciera más grave lo primero que lo segundo. Me pareció injusto, eso y todo en general.

—Lo sé, Lena. Yo fui el primero en oírlo —remarcó cada palabra, dejando claro por su tono que tampoco le gustaba, que no estaba orgulloso, pero que las cosas eran de esa manera y no porque él lo hubiese decidido así.

—Perdona —le dije cogiéndole de la mano. No le resultaba fácil. Yo acababa de enterarme de una infamia, pero él llevaba viviendo con ella varias décadas.

—No sé por qué vino a confesarlo. No creo que fuera el sentimiento de culpa o que buscara el perdón. Quizá era un modo de poder dormir por la noche, aunque yo siempre he creído que pensaba que, al contármelo, me hacía daño. Siempre pensó que aquella niña era mi hija.

—Pero ¿por qué no lo contaste? Los curas podéis hacerlo.

Si os confiesan la autoría de un asesinato, podéis acogeros a algo, no sé, la Iglesia debe contemplar esos supuestos. ¿Por qué no fuiste a denunciarlo? ¿Por qué no lo hiciste?

—No. No podemos. Por eso la legislación española tiene una dispensa por la que exonera a los curas de la obligación a declarar sobre delitos que hayan sido revelados en una confesión, algo que no tiene el resto de los testigos, que están obligados a decir la verdad. Y Marco lo sabía. ¿Por qué crees que me lo contó a mí y no se presentó en el cuartel de la Guardia Civil para confesarlo?

—¿Y por eso dice que te tiene cogido por los huevos? ¿Que te va a echar de este pueblo?

—Algo de razón tiene. Si alguna vez se sabe que yo era conocedor de todo y que no dije nada, las cosas se me complicarían en Tármino. ¿Cómo crees que me mirarían, Lena? Concluirían que con mi silencio puse en peligro a otras niñas, cada uno pensaría en sus propias familias... —Daniel frotó sus manos, como si la suposición de lo que podría ser le destemplara—. No todo el mundo entiende lo del secreto de confesión cuando se encubre la muerte de una niña de nueve años. Para la justicia ha prescrito, pero en la memoria del pueblo no lo hará nunca.

—Precisamente por eso. Aunque haya prescrito, ¿Marco iba a decir que él mató a Eva? ¿Lo confesaría así sin más, solo para desprestigiarte? Acabarían linchándolo, la justicia de la calle no prescribe, él también tendría que irse. No puede ser tan tonto.

—Sí puede. Y lo es. Y además de tonto, la maldad le hace peligroso, y le ciega. Y antepondrá mi condena a su salvación, mi mal a su bien. Así rige el odio, no le pidas lógica. —Daniel calló durante unos segundos—. Además, conociendo al personaje, quién te dice que no pueda contarlo, pero a la inversa.

—¿Acusarte a ti del asesinato de Eva? Eso es demasiado retorcido, incluso para él.

—Bueno, a Montgomery Clift le pasó en aquella película. Y yo tampoco tengo coartada para esa noche. Conocer los detalles exactos de la muerte de Eva, mientras aseguro haber estado solo en mi habitación, tampoco tiene mucha explicación, sobre todo si él quiere negar que me lo confesó.

—¿Y ya está? ¿No va a pasar nada, se va a quedar así? —Pensé durante unos instantes como si intentara encontrar alguna salida—. ¿Y si lo digo yo?

—¿Con qué pruebas? Me dejarías en la misma situación en la que me tiene él. Por no hablar de que han pasado casi cuatro décadas. Como te digo, legalmente ha prescrito. —Habló con la seguridad de quien lleva mucho tiempo estudiando algo y sabe que no hay solución posible. Sonrió al ver que me mostraba impotente. Llevaba unos segundos con la condena de conocer un secreto atroz, y ya me pesaba. Él llevaba décadas—. Yo confío en Dios, en su justicia. Sé que algún día él remediará esta situación.

—Joder, Daniel, algunas veces dices unas cosas que me dan ganas de... —No terminé la frase. Pero él sí, en su cabeza. «Matarte.» Sonrió, y lo hizo de aquella manera del que se sabe conocedor de una información que los demás no tienen.

—No desprecies algo por el simple hecho de no creer en ello, Lena. Porque si lo haces, la vida hará que pase algo para que entiendas el error de tu menosprecio, y dará al traste con tu incredulidad. Y eso es ley de vida, Dios no tiene nada que ver en eso, de modo que no me mires así. —Se quedó observándome con detenimiento, escuchando las dudas que asaltaban mi cabeza. Y también pudo oír cuál iba a ser mi próxima pregunta—. Sí, lo sabía. Jonas lo sabía. Pero no porque yo se lo dijera. Sucedió sin más. Empezó como una broma y fue hilando silencios, gestos, miradas, en fin..., ya sabes que era muy bueno en eso. Era tan bueno con las palabras como tú con los gestos. No tuve que contarle nada, si acaso confirmarlo de aquella manera.

—Nunca me dijo una palabra.

—¿Para qué? ¿Para condenarte a vivir con ello como lo hago yo, y como luego lo hizo él? ¿De qué serviría?

—Para reducir la condena, la carga..., ¡por Dios! —Pensé en mis palabras nada más pronunciarlas. Había algo que no me encajaba—. ¿Y por qué me lo has contado a mí? Acabas de exponerte a la excomunión. ¿Por qué conmigo sí?

—Por dos razones. Una, por respirar. A veces la fe también necesita oxigenarse, como el vino. Y dos... —Pensó unos segundos lo que iba a decir hasta que, al final, se decidió—: Porque eres muy insistente, realmente pesada. Casi prefiero la excomunión a seguir oyéndote decir que te alejo de mí porque no te cuento la verdad. Ahí la tienes. Pesada, que eres muy pesada —dijo envolviendo su respuesta en un tono cálido y cariñoso.

Jonas decía que yo era su pesadilla. Pero no en un sentido desdeñoso, sino como diminutivo de pesada. Me gustaba esa expresión porque implicaba una pequeña victoria en mi marcador: él cedía y yo me salía con la mía. Y en alguien que tenía las cosas claras porque solía acompañarle la razón, una cesión de esas características era prácticamente un milagro. Cuando Daniel me llamó «pesada», también me agradó. De tanto repetir una idea, tu cabeza termina convirtiéndola en verdad, algo parecido a que el pensamiento crea realidades, que en definitiva es lo que siempre decía Carla cuando insistía en visualizar aquello que queríamos que se hiciera realidad.

Cuando vi a Carla bajar las escaleras desde el piso de arriba, me di cuenta de que ni siquiera había advertido que el sonido del agua había cesado. Era la señal para saber que nuestras confidencias estaban a salvo, que ningún oído indiscreto las pondría en riesgo de ser reveladas. Mis centinelas habían errado la guardia. Demasiado ruido en mi cabeza.

La ducha le había sentado estupendamente a juzgar por la buena cara que traía. La envidié. A mí también me vendría bien que la fuerza del agua arrastrara todo lo que llevaba encima que, después de la conversación con Daniel, era mucho. Es cierto que los secretos, como las condenas, pesan.

Miré al confesor confesado. Su rostro parecía menos cansado, como si realmente su memoria hubiese soltado algún lastre, pero también vislumbré en él un cierto temor a que lo que acababa de revelarme provocara que algo se rompiera entre nosotros. Eso nunca pasaría. Agradecí a Jonas su silencio, y lamenté que Daniel hubiese tenido que cargarlo durante tanto tiempo y lo que aún le restaba. Marco siempre tenía la facilidad de endosar a los demás sus culpas, sus cargas. Jamás podría volver a mirarle de la misma manera, y teniendo en cuenta que hasta entonces tampoco contaba con mi aprecio, no sabía cómo iba a reaccionar yo la próxima vez que le viera. No solo cambian las personas. También la percepción que de ellas tenemos.

En los segundos que Carla tardó en bajar las escaleras comprendí lo que no había entendido hasta entonces. A veces, unos segundos son suficientes para entenderlo todo. No siempre las decisiones son fruto del azar, igual que no siempre las reacciones son fruto de un pronto mal gestionado.

La voz cantarina de mi amiga, lejos de espabilarnos como a ella la ducha, nos dejó inmóviles y mudos.

—¿No me habré perdido nada? —dijo buscando algo de comer en el frigorífico—. Porque en esta familia, os dejan a solas unos minutos y organizáis un cisma.

Es verdad. El silencio confirma muchas cosas, tantas como las que esconde.

15

Los franceses dicen que el destino del cristal es romperse. Los galos siempre han mantenido un sentido práctico de la vida, quizá por eso han tenido siempre un destino tan convulso y, al mismo tiempo, visionario. Es bueno conocer nuestras limitaciones y saber dónde están, para no extrañarnos de desenlaces futuros. No hay que ser un genio para saber que el cristal, como todas las cosas delicadas que nos importan en este mundo —la familia, la amistad, el amor...—, terminará rompiéndose, pero hay que tener valor para aceptarlo. De hecho, su estudiada fragilidad le confiere esa vocación desde su creación: la de romperse, la misma propensión de la que presumen los secretos y, en consecuencia, las confesiones. Un secreto siempre nace con la inconsciente convicción de que algún día se terminará sabiendo. Ésa es su verdadera razón de ser. Si no quieres que el cristal se rompa, la única opción es no usarlo. Si no quieres que un secreto se sepa, lo mejor es no contarlo. Pero entonces dejaría de tener sentido.

—¿Es malo desear la muerte de una persona cuando sabes que el mundo estaría mejor sin él? —preguntó Carla, que siempre tuvo el don de la oportunidad.

—¿De verdad eso que estás bebiendo es solo café? —preguntó a su vez Daniel, que no se sentía con ánimo de hacer frente a esa nueva conversación, después de la noche que había tenido.

—¿De verdad bebéis vino en todas las misas que dais? —La segunda pregunta de Carla le salvó de tener que responder a la primera. Es lo bueno de las personas con incontinencia verbal: el interés les dura poco.

—No *damos* misas, las oficiamos o las celebramos.

—¿Puedo hablar con total libertad, sin miedo a que me consideréis una loca psicópata con instintos asesinos? Total, estamos en familia. —Cada palabra de Carla conseguía que nos sintiéramos más incómodos, en cada consideración que hacía escuchábamos romperse un cristal, pero era más culpa nuestra que suya. El problema estaba en nosotros, no en ella—. Esta tarde, durante la misa, cuando has dicho lo de «podéis ir en paz» y «demos gracias al Señor» y toda esa vaina, te juro que me hubiera ido directa a matar a Marco. En ese momento, creí que eso me daría paz. Y creo que Lena ha pensado lo mismo, se lo he notado en los ojos. ¿Eso es malo? —Algunas veces me preocupaba que me conociera tan bien. Por eso sería imposible mantener un secreto alejado de ella.

—No deberías pensar esas cosas. Hay pensamientos que de la cabeza pasan a las manos y... —Daniel no pudo terminar de contestar. Ella no le dejó.

—Lo he estado pensando y me parece injusto. Si todos somos hijos de Dios, ¿por qué no pasa nada cuando matamos a una mosca o a una avispa, y nos pasa de todo si matamos a una persona? Tu Dios es muy poco ecuánime, Daniel, te lo digo con todo el cariño del mundo que lamentablemente nunca me dejarás mostrarte. Ese Dios tuyo no trata por igual a todas sus criaturas. ¿No lo habéis pensado nunca? —La lengua de Carla ya no se enredaba en su paladar, pero sus pensamientos aún se resistían.

Daniel miró su reloj. Ni siquiera creo que quisiera saber la hora. Buscaba una excusa para salir corriendo de allí, huir de Carla, de sus preguntas, de sus insinuaciones nada peligrosas pero algo intimidatorias y de todo lo que se había quedado flotando en el ambiente. Al final, la encontró.

—Pensé que esta noche te quedarías aquí. Sinceramente, te lo agradecería. No sé si me siento muy segura con Carla y sus teorías de las ecuanimidades existenciales —dije mintiendo para ver su gesto de mujer ofendida, que no tardó en mostrarme.

—No tardaré. Tengo que acercarme a la iglesia. No me llevará más de una hora. Ni siquiera me vais a echar de menos. El tiempo suficiente para dejaros hablar de vuestras cosas, que después de la noche que hemos tenido, seguro que lo estáis deseando.

—¿A la iglesia? ¿A estas horas?

—¿No me crees? —preguntó Daniel sonriendo, como si le divirtiera la desconfianza—. Vente conmigo. Solo necesito rezar. Y rezo mejor solo, en la iglesia. No tardaré. Pero si quieres acompañarme... —lo dijo porque sabía que le diría que no.

—Te llevo.

—No. Estoy perfectamente sobrio. De hecho, voy a ir andando. Me vendrá bien.

—Como si coge el coche —apuntó Carla desde la cocina, de la que temí que saliera con un cuchillo o con cualquier otra arma, teniendo en cuenta los instintos que acababa de confesarnos—. A los curas no les hacen controles de alcoholemia. Ya saben que beben en las misas. La Guardia Civil no daría abasto. Además, eso iría contra la voluntad de Dios... ¿o en esas cosas terrenales no se mete tu jefe? Lena, ¿no tienes nada de picar en esta casa? —preguntó mientras abría y cerraba los armarios de la cocina—. Es que me ha entrado un hambre...

Lo bueno de Carla es que no le importaba que la dejáramos hablando sola. La fuerza de la costumbre ayuda a asumir algunas cosas y admitir ciertos comportamientos. Abracé a Daniel antes de irse. Uno de esos abrazos que se dan de verdad porque se necesitan de verdad. Me miró como si precisara saber que no me había decepcionado, que el secreto revelado no me había alejado de él. Hacía años que no pisaba un confesionario —si no me fallaba la memoria, algo improbable porque últimamente estaba demasiado ejercitada para olvidar, no me confesaba desde que iba al colegio de monjas—, pero creo que el semblante de Daniel se asemejaría bastante al de los feligreses que acuden a él en busca del perdón, después de una confesión delicada. Parecía pedirme que le perdonara cuando yo sentía que tenía que darle las gracias por tanta generosidad. Él no podía tener mi capacidad para encontrar respuestas en los rostros, pero me esforcé para que se fuera tranquilo. Y creo que lo conseguí.

—Haz el favor de rezar rápido, que Carla con media reserva de tequila José Cuervo en el cuerpo puede volverse más loca que de costumbre —le pedí.

—Tu amiga está más cuerda que todos nosotros juntos. Y tú lo sabes mejor que nadie.

Desde la muerte de Jonas, los abrazos se habían convertido en un problema. Huía de ellos porque absorbían mi fuerza, mi entereza. Las muestras de cariño me desarmaban y yo necesitaba ir a la guerra preparada; si caía de nuevo, aunque fuera en pequeñas batallas, me costaría un mundo levantarme. Sin embargo, cada vez que abrazaba a alguien realmente querido, me invadía el miedo de que podría perderle y entonces procuraba alargar la vida de ese encuentro fugaz. No era algo que surgiera a raíz de la pérdida de Jonas, no se trataba de que estuviera falta de cariño como algunos podrían pensar. Era algo que me ocurría siempre que las cosas iban bien, cuando todo parecía perfecto. Cuando la armonía reinaba en mi vida, surgía ese vértigo incontrolable de quien se asoma a un precipicio y empieza a verse obligado a caer, como si se sintiera atraído por el vacío, sin poder aferrarse a nada ni evitar la caída; un miedo palpable a que las cosas se torcieran, a que pasara algo que lo estropeara todo.

Me pasó unas semanas antes de que nos dijeran que Jonas

tenía cáncer. Incluso cuando supe que estaba embarazada, me asfixió ese sentimiento de terror sobrevenido que me oprimía por igual el corazón y las sienes. Todo iba demasiado bien, todo parecía perfecto, y así no funcionan las cosas; la felicidad nace con los días contados, con la fecha de defunción grabada en la frente. Todo iba a romperse en cualquier momento, como el cristal. De nuevo, la sabiduría francesa. Era miedo en estado puro, el miedo que da el tenerlo todo y poder quedarte sin nada, la esencia del pánico que hueles cuando intuyes que el destino aparecerá por uno de los ángulos muertos de tu existencia, esos que no controlas porque no dependen de ti. Cuando se lo comentaba a Carla siempre me decía que dejara de llamar a las desgracias, como si éstas necesitaran ser citadas para hacer acto de presencia. No le hice caso, no podía evitarlo, era superior a mí. No sé si esos pensamientos fueron gasolina para acelerar los planes del destino. Pero, al final, yo tenía razón.

Carla necesitó una ducha, a Daniel le urgía rezar —sería mi agnosticismo galopante, pero creo que nunca oí una excusa peor—, y mi cuerpo me pedía dar un paseo, salir fuera y respirar. Otra costumbre heredada de Jonas: los lugares, como las viviendas y las personas, se conocen mejor de noche. Siempre que llegábamos a una ciudad nueva, salíamos por la noche a pasear por sus calles y descubríamos su lado más íntimo y real.

Eran las primeras horas del 15 de julio y la madrugada en el campo, y más en el de Tármino, es engañosa y siempre te pilla a traición. Aun así no me molesté en coger una chaqueta o algo ligero con lo que cubrirme por si sentía frío. No pensaba alejarme mucho. Solo quería estirar las piernas, despejar la cabeza y poner en orden mis ideas. Ni siquiera salí al camino de tierra, más allá de la verja de entrada, por donde habían desaparecido todos: primero Petra, luego Marco, más tarde el resto del cuarteto, y por último Daniel. Preferí un agradable paseo adentrándome en la vasta extensión de campo que se abría más allá del jardín, donde aún quedaban algunas luces encendidas y algunas velas que se resistían a consumirse. Necesitaba soledad, silencio, y aquel paraje en la naturaleza era un buen lugar. Supongo que eso mismo necesitaba Daniel, aislarse del mundo, del ruido, y un poco también del resto, de sus preguntas, de sus secretos y de sus respuestas.

Solo me preocupé de no olvidar el móvil y los auriculares. Era muy tarde para hacer llamadas y más aún para recibirlas. Ni siquiera me molesté en mirar los mensajes. En un primer vistazo, ningún nombre de los que encabezaban esas misivas me motivaba lo suficiente para leer lo que hubieran escrito. Sonreí al darme cuenta de cómo cambian las preferencias en la vida. Antes, cuando recibía un mensaje, un correo o una llamada, solía contestarlo al instante, o porque me interesaba mucho o porque sabía que si lo dejaba para más tarde, lo olvidaría y me haría quedar mal. La muerte de Jonas mató la curiosidad que tenía por las cosas, como si quisiera hacerme el vacío e instalarme en el silencio, como si supiera que estaría más a gusto en esa compañía, en una zona de confort a la medida de mi estado anímico. Si cogía el móvil era porque en él guardaba la voz de Jonas, además de la música que le gustaba, pero esto era lo de menos. Me sentía incapaz de escuchar sus óperas favoritas, que tenía grabadas en el inconsciente, donde de momento se quedarían. Cuando murió, volqué en mi móvil los registros con las grabaciones que guardaba de sus consultas, de sus conferencias, de su intervenciones, de los historiales médicos de pacientes, de sus próximas intervenciones quirúrgicas. Me daba igual de lo que hablara, tan solo necesitaba escuchar su voz, su dicción, su tono, su timbre, tener su sonido en mi oído, cerrar los ojos e imaginarle a mi lado. Es una clara muestra de la facilidad con la que nos engañamos a nosotros mismos, de lo simple que resulta adulterar nuestros sentidos y nuestras emociones, de lo frágiles que somos; por eso es tan sencillo rompernos. Cierras los ojos y crees que no ha pasado nada porque lo oyes. Te conviertes en una kamikaze sensorial. Es el resto del mundo el que no va bien, el que se equivoca al pensar que está muerto.

Me hice una experta en cirugía cardiovascular, incluí en mi vocabulario términos como endarterectomía de la carótida, reparación de aneurisma, cirugía antiarrítmica, revascularización transmiocárdica con láser o bypass coronario; me decía que yo misma podría coser una sección de una vena de la pierna o una arteria del pecho u otra parte del cuerpo para sustituir la sección de la arteria coronaria dañada; o que no hubiera tenido ningún problema en abrir una ruta para trasladar la sangre que hiciera que el corazón se regara de plasma rico en oxígeno. Yo sola podría hacer funcionar una máquina de derivación cardiopulmonar. Conocía de memoria el cuadro clínico de personas que ni siquiera sabía quiénes eran, ni me incumbía. Su voz era lo importante, lo que necesitaba seguir escuchando. El resto me daba igual.

Todavía guardaba los últimos mensajes de voz que me dejó en el buzón del teléfono móvil. Me los aprendí de memoria de tanto escucharlos. En cada audición encontraba un matiz nuevo, una modulación diferente, una inflexión distinta. Esa voz resucitada resultaba muy difícil de escuchar porque dolía más; era Jonas hablándome a mí, diciéndome lo que ya nunca más me diría, pero en ese momento lo hizo y pensaba en mí. Por absurdo y frívolo que resultara de lo que hablaba en el mensaje, me daba la vida. No importaba si me llamaba para saber cómo estaba, qué planes teníamos para el fin de semana, para contarme a quién se había encontrado aparcando el coche en el estacionamiento del hospital o decirme que no me olvidara de llamar al cerrajero porque la puerta no terminaba de cerrar bien. Lo interiorizaba con tanto realismo que aparecí en la tintorería dos veces para recoger unos pantalones que ya había retirado con anterioridad solo porque lo había escuchado en uno de los mensajes guardados. Suena enfermizo, lo más seguro es que lo sea. Ésas son las cosas que te pasan en mitad de una pérdida, ésas y muchas más que podrían alimentar tres siglos de psicología aplicada. Por eso te dicen que tienes la mirada perdida, por eso creen que estás ensimismada en el dolor o que quizá el médico se ha pasado con la medicación, cuando lo que verdaderamente estás haciendo es habitar en tu vida anterior, la que se rompió, la que se empeñan una y otra vez en decirte que rehagas.

La voz de Jonas tenía la capacidad de tranquilizarme. Las noches que conseguía dormir era gracias a que me dejaba caer en la cama con su voz saliendo por mis auriculares y resbalando en mis oídos, como un colirio sanador en un ojo herido. Si alguna vez en el sopor del duermevela escuchaba su voz, necesitaba unos segundos para recapitular y ser consciente de que todo era fruto de la tecnología, de una ilusión. Muchas veces cuesta más asumir una mentira que una verdad. Cuesta más porque duele más.

Su voz se me hizo indispensable. Necesitaba escucharle. Aunque guardaba palabras que no necesitaban de una grabación para volver a escucharlas. No sé si sería capaz de recordar sus primeras palabras, al menos, las primeras que me dirigió a mí. Lo he intentado, pero creo que no doy con ellas. Mi memoria no hace viajes tan largos. Sin embargo, las últimas que pronunció no podría olvidarlas nunca. *«Mañana estaré mejor, ya lo verás. Te quiero.»* Mi inconsciente las repetía una y otra vez, como si quisiera encontrar algo más, un mensaje cifrado, un guiño que escondiera algún tipo de clave, algo que me permitiera saber si era consciente de que serían sus últimas palabras, o si solo fueron ocho palabras elegidas sin más sentido que el pronunciado y destinado a que me sintiera mejor, como era habitual en él. Había noches que me obsesionaba con su análisis, como cuando mis ojos buscaban alguna información oculta en los rostros fotografiados. Esas palabras me arañaban por dentro, me quemaban, y no lo entendía. La persona a la que más amé en mi vida, la que más me amó en toda mi existencia, se fue diciéndome que me quería, preocupándose de hacerme sentir bien, por que no sufriera ni me preocupara más de lo necesario, y ni siquiera eso me tranquilizaba. No sé si todo el mundo que muere tiene la oportunidad de decirle «Te quiero» a quien ama. Sería interesante pensar qué palabras querríamos pronunciar antes de fallecer y a quién querríamos decírselas. Nos pasamos la vida eligiendo las frases y buscando los mensajes correctos para decir en cada momento y, sin embargo, no dedicamos un segundo a pensar cuáles serán las últimas palabras que diremos antes de morir.

La grabación con la voz de Jonas se interrumpió un segundo cuando llegó un mensaje escrito. Miré la pantalla y vi que era de Daniel: «Pasaré un poco más tarde. Duerme. No pienses demasiado. Dile a Carla que no beba más». Extrañaba tener a alguien que se preocupara de que hiciera las cosas que debía; si había comido, si tenía frío, si estaba cómoda, si había tomado las pastillas rojas, si había dormido lo suficiente, si me dolía el pecho, si el café estaba lo bastante caliente para abrasarme la lengua, si subía o bajaba la calefacción del coche; alguien que supiera cómo terminar mis frases, cómo remediar mi torpeza a la hora de contar un chiste, alguien que se adelantara a la verbalización de mis necesidades y me pasara el aceite en la mesa, el paraguas antes de la lluvia, que me limpiara las gafas antes incluso de saber que me hacía falta, alguien que por la complicidad adquirida no necesitara más que una mirada para entender un pensamiento. De repente, te quedas sin cómplice, sin interlocutor de vida. Tener a una persona así a tu lado te hace sentir bien, te convence de ser importante, de tener sentido para alguien, de estar en el mundo por él. Jonas era mi mejor centinela, el más fiel y leal guardián de una vida demasiado acostumbrada a él.

Había gestos que extrañaba y que me hundían más en la orfandad: el modo como me tapaba con la sábana cuando mi cuerpo la había desterrado en alguna noche de sueño inquieto, cómo sus pies calentaban los míos —desde que murió, no había forma de que entraran en calor—, o cómo se preocupaba de virar mi cuerpo si una respiración demasiado acelerada alertaba de que el corazón se estaba oprimiendo y convenía abandonar la postura de costado. Los primeros días estaba convencida de que moriría de noche sin que nadie se diera cuenta, porque nadie me giraría sobre mi cuerpo. Tampoco es que me pareciera un mal plan. Aquellos primeros días, despertar se convertía en un martirio, en un nuevo fracaso. Estar viva me parecía una manera de desertar de él. Si no podía vivir sin Jonas, qué demonios hacía respirando. Cada mañana despertaba con una decepción: estaba viva. Me había hecho ilusiones, confiaba en la crueldad de la vida, en los lances del destino, esos que no tienen problema en aparecer cuando no deben, pero se olvidan de hacerlo cuando más los necesitas. Nada. De nuevo abría los ojos y de nuevo la luz, las fotos, el móvil, las voces, el vacío, la vida... Supongo que a todos lo que tienen que aprender a vivir en mitad de una pérdida les sucede lo mismo. Es como el sentimiento de culpa del superviviente de un accidente aéreo o de un desastre natural en el que la gran mayoría murió pero él sigue con vida. No hay respuesta convincente para la única pregunta que es capaz de formular: ¿por qué yo sí, y ellos no? Las mejores preguntas son las que no tienen una fácil respuesta. La verdadera vocación de una pregunta no es encontrar una respuesta, sino hacerte pensar en ella.

La pantalla del móvil volvió a parpadear. Nuevo mensaje. «Pasaré un poco más tarde. Duerme. No pienses demasiado. Dile a Carla que no beba más». Era el mismo mensaje recibido hacía unos minutos. Al no abrirlo, volvía a solicitar que le prestara atención. «Duerme. No pienses.» Eran las dos cosas más difíciles que me podían pedir. Cuando alguien quiere estar solo es porque necesita pensar, y el dormir no ayuda. Daniel debería saberlo. Acababa de huir de la casa, de su confesión, y quién sabe si de mí y de él mismo. Exceptuando el cristal, cada uno es dueño de su destino, y eso incluye decisiones como huir, marcharse, dejarlo todo y desaparecer.

La imagen de Celia volvió a ocupar mi pensamiento. Aquella mujer se convirtió en todo un enigma. Quizá fuera por deformación profesional, pero la imagen de una persona en una fotografía, especialmente si no la conoces de nada, te invita a crear un mundo en el que poder ubicarla. Ella era pintora, me habría entendido bien. Es como cuando tienes un lienzo en blanco y debes empezar a dibujar en él para dotarle de vida, pero no le preguntas cómo lo quiere o cómo es en realidad porque es tu imaginación la que marca el trazo. Celia era un lienzo en blanco, una gran desconocida y, sin embargo, su fotografía —y con ella su historia— estaba dentro de una caja de latón que Daniel y Jonas escondían en el interior de la chimenea de casa. Podría entenderse como un juego de niños, pero la muerte es un tema demasiado serio para dejarlo en manos infantiles. No sabía si me caía bien o mal, y cuando tienes dudas es porque guardas cierta esperanza de cambiar tu criterio. No sé si admiraba su decisión de huir después de la pérdida de su hija o si la consideraba una cobarde por hacerlo. Tampoco sé si suicidarte cuando lo que más quieres desaparece es un acto de valentía o una solución rápida a tus problemas que no requiere de mucho análisis.

Nunca había pensado en el suicidio hasta la muerte de Jonas. Para ser sincera, lo hice un poco antes, cuando veía que todo se acababa y era incapaz de plantearme mi vida sin él. Creo que más que un plan a corto plazo, era un consuelo lenitivo: si sucede, es una opción, te dices. Es solo una indicación, una premisa, como el croquis que cuelgan en la puerta de los hoteles y que muestra la salida de emergencia en caso de incendio. Si el desastre sucede, existe ese mapa con una salida de emergencia. Luego puedes optar por otras puertas, considerar otros caminos, plantearte distintas vías de escape, pero sabes que esa salida siempre está ahí. Es simplemente un alivio; te van a soltar en mitad del desierto, al menos te dan una opción.

Creo que no es muy original. Todos sin excepción, aunque sea en nuestro yo más profundo, ese que ni siquiera sabemos que existe, sentimos la tentación de hacerlo cuando el mundo se nos viene encima. Me refiero a pensar en ello; materializarlo es muy distinto, requiere otra preparación. Las personas solemos ver el suicidio como los accidentes de tráfico, en la distancia, siempre les sucede a otros. Hasta que la idea nos ronda a nosotros y la perspectiva empieza a cambiar porque adquiere otras dimensiones. Nunca piensas más en la vida que cuando la idea del suicidio se asienta en tu mente, como cuando abres un grifo y el agua empieza a salir sin miedo, con fuerza, sin contención, a borbotones. Me atreví a pensar que quien no lo hace, quien no dedica un segundo a pensar en ello, es porque no amaba tanto a quien ha perdido. Es una barbaridad, algo extremo, pero un día un colega de Jonas —sus amigos siempre decían cosas que me hacían pensar— me explicó que en los momentos de esquizofrenia es cuando una persona piensa con mayor lucidez. Quizá por eso dicen que los suicidas se arrepienten de su decisión segundos antes de morir, cuando ya no hay remedio. Es un pensamiento recurrente y casi obligado. Es como si alguien que lleva cinco días sin beber en mitad de un hipotético desierto jura y perjura que no tiene sed, que en esos cinco largos días nunca ha pensado, ni por un segundo, en una botella de agua fría, en abrirla y en beberla de un trago, sin pausa, sin detenerse a ingerir la dosis adecuada, sin saborearla, sin pensar en el impacto que esa reacción descontrolada tendría en su organismo. Con el suicidio pasaba igual, no deja de ser una sed de vida.

Cuando Jonas murió, supe que nunca volvería a estar viva de la misma manera. Era imposible. Es otra vida, igual que si te quedas ciega, te cercenan un brazo, te cortan una pierna o pierdes la capacidad del habla; puedes seguir viviendo, y lo haces, pero no es la vida de antes tal y como la entendías. La vida no podría ser igual porque había muerto con él. La vida en mayúsculas, la vida real, no la meramente médica, la clínica, la que te habla de ritmo cardiaco, de presión arterial, de indicadores tumorales, de valores de enzimas, de signos carenciales de ferritina, de índices de glucosa o de creatinina, del metabolismo hidrosalino o la actividad de protrombina. La vida real, la de verdad, la que no entiende de números ni de porcentajes, ya no existe. Podía seguir viviendo, pero ya no estaba viva. Pierdes el norte, el punto de referencia, y aunque sabes que tienes que seguir, es complicado. Tienes la vida demasiado bien aprendida como para que, a la mitad, te cambien el temario. Es similar a cuando te dispones a escribir algo sobre un papel y tienes que mirar la cuartilla; aunque sepas el camino que seguirá tu caligrafía, necesitas mirarlo, ver el trazo negro sobre la superficie blanca, ver las letras cogidas unas a las otras para formar la palabra, para escribir correctamente y entender lo escrito. Yo también necesitaba mirarle a él para ver que mi vida seguía escribiéndose. Pero no estaba. Y en esos casos, la espiritualidad no tiene nada que hacer frente a la materialidad, por mucho que Carla insistiera en lo contrario.

Después de lo peor siempre viene lo malo. Lo peor de una pérdida no es que la persona amada se vaya, el verdadero problema es que no te permita acompañarla y te obligue a quedarte, viviendo en una ausencia continua, gris, que rezuma anormalidad, que te hiere y que se venga por ofensas pasadas que ni siquiera recuerdas. Todo el mundo quiere vivir. Nadie nace deseando la muerte. La vida es una puerta abierta hasta que te la cierran con la misma delicadeza con que cierran los portones de la cárcel, y tú te quedas al otro lado de los barrotes, dentro de la celda. La vida se convierte en una sombra que cada día se vuelve más grande y acaba cerniéndose sobre ti, sin dejar que respires, que te muevas con libertad, que pienses. Leí en algún lugar que un militar estadounidense tiene más probabilidades de suicidarse que de morir en combate. La vida suele ser cruel. La muerte es más compasiva. Por eso se piensa en ella como única salida, o como salida más fácil, más rápida o más conveniente. Nadie sabe mejor que uno mismo lo que le conviene; y si hay alguien, da igual porque la decisión es siempre unipersonal. Por eso Celia decidió suicidarse en el mismo lugar en el que habían matado a su hija. Era un modo de cerrar el círculo de la vida, de decirle que aquello se terminaba, que su parada era ésa y que el viaje llegaba al final que ella eligió. En último término, el destino, aunque esté escrito, lo escribe la mano de cada uno. Solo cambia el tiempo que inviertes en redactarlo, como en romper el cristal. Sabes que su destino es romperse, pero tú decides cuándo.

Recordé la frase de Daniel sobre la muerte que Celia eligió como salida de emergencia: «No hubiese tenido paciencia para morir lentamente». Cuando solo tienes tiempo, la espera se te hace eterna. No sé si la comprendía o la disculpaba, si la consideraba una valiente o una cobarde. Pero no era yo quien debía juzgarla y eso me tranquilizó, me libré de esa carga. Una madre, como un padre, jamás debería sobrevivir a su hijo. Es algo antinatural, injusto, inhumano. Va contra toda lógica, aunque la razón tampoco es muy fiable, no suele ser garantía de nada. Con mi cardiopatía congénita nunca debí sobrevivir a Jonas, a pesar de la diferencia de edad que existía entre nosotros. Confiaba en ella y pensar que no tendría que vivir sin él me tranquilizaba frente a un supuesto miedo a la muerte. Y sin embargo, la lógica falló. Y cuando lo racional se quiebra, tampoco se le puede pedir mucho más a una persona a la que la vida ha convertido en un campo de pruebas donde perfeccionar venganzas.

No podía juzgar a Celia. Nadie podía. Mi coqueteo especulativo con el suicidio solo podría considerarse como un amor platónico, ridículo, transitorio, fruto de la imaginación o, lo que es peor, de la frustración y del egoísmo. Una chorrada pasajera, un consuelo momentáneo para coger aire mientras te preparas para la inmersión final. No sé si Celia era mujer de fuertes convicciones pero en cuanto al suicidio, lo fue. Yo no podía decir lo mismo. Creo que nunca deseé morir a raíz de la muerte de Jonas; como mucho, pequeñas decepciones por seguir respirando al despertar, pero no iban a más. No quería morir, lo que no quería era vivir sin él. Pero como dice Carla: «Yo también quiero una granja en África, y aquí me tienes». Como medida coercitiva, podía valer. Induce poco al debate.

De nuevo mi móvil se encendió. El aviso de una nueva actualización aparecía en mi pantalla. No sé si era el mejor momento para actualizar nada. Junto al aviso, otro mensaje más que personal que continuaba sintiéndose ignorado.

«Duerme. No pienses demasiado.»

Quizá sí eran unas buenas indicaciones para el camino.

Decidí volver a la casa. Allí fuera se estaba bien, pero hay veces que el cuerpo pide casa, como pide cama, alimento y cariño. Las noches en Tármino siempre fueron especiales por sus firmamentos, igual que los días lo eran por el festival de color que ofrecía su tierra. Miré al cielo. Lamenté no haber cogido mi cámara. Hacía una noche perfecta para hacer fotos gracias a la luna llena. La luz también era redentora. El encuadre se me antojaba perfecto. Para mi gusto, solo faltaba que empezara a llover, pero para conseguir ese momento sobraban estrellas y faltaban nubes. Me resultaba reconfortante ver llover, cuanto más densa fuera la cortina de agua, mejor. El olor de la lavanda está muy bien, aunque no entendía por qué nadie había logrado convertir en esencia el olor a lluvia. La lavanda olía a ropa limpia, pero la lluvia, el agua en comunión con la tierra, olía a renacimiento, a ganas de renovarse, de resurgir. Era el olor de cuando empiezas algo nuevo. El agua dando vida a la tierra, removiéndola, preñándola, haciendo que saliera de ella lo que guardaba dentro, bueno o malo. La naturaleza siempre ha dominado cómo reconstruirse y volver a empezar. El problema del hombre es que no ha sabido entenderla, y por un exceso de soberbia se ha comido plagas, tempestades, diluvios universales, sequías, epidemias, inundaciones. Todo ocurre por algo aunque nos cueste varios siglos entenderlo.

Miré al cielo pero nada me invitaba a pensar que alguien cumpliría mis deseos, que últimamente se conformaban con llegar a la condición de caprichos. Si llovía, a lo mejor todo mejoraba, como cuando estás cansada y te das una ducha. Me acordé de Carla. La había dejado sola y todavía no había quemado la casa. Eso es que estaba entretenida con algo. No sé si era buena señal, a mi amiga le pasaba como a los niños: si no los oyes, es que algo están tramando, y no precisamente bueno. Me extrañó que ni siquiera me hubiera mandado un mensaje, uno de esos largos e inacabables que tanto le gustaban. Pensé si tantas emociones juntas habrían resultado excesivas incluso para ella, que era un monumento al exceso. Comprobé el móvil buscando algún rastro de mi despiste o de su olvido. Confirmé mi despiste. Allí estaban. Los diez mensajes de Carla, uno tras otro, que el de Daniel había logrado esconder por ser el último en llegar o por capricho del móvil, en venganza por no acceder a su última actualización. Por un día que a Carla le da por enviar mensajes cortos, se ve anulada por otro de mayor extensión. Los leí deprisa.

Pero, dónde estás?

No habrás salido sola a pasear?

Estás loca?

Y si te pilla el Zombi?

Me vas a matar de un disgusto.

Contesta.

Como no contestes, llamo a la Guardia Civil... ahora que sé que son ellos y no la policía a los que hay que llamar.

Sabes cómo va el cable de la tele?

Es el mando rojo o el negro?

Lo encontré. No te preocupes.

Carla podría gobernar el mundo, ella sola, sin ayuda de nadie. No lo necesitaba, igual que no precisaba que nadie respondiera a sus preguntas. Ya estaba ella para hacerlo.

Era tiempo de regresar a casa. Me giré para echar un último vistazo a lo que había sido mi horizonte en la última media hora larga, casi tres cuartos. Es una manía que atesoramos muchos, mirar hacia atrás para ver lo que dejamos, haciendo una fotografía mental que guardaremos en nuestra memoria para recuperarla en caso de que el regreso se nos niegue. Es como si al mirarlo por última vez nos asegurásemos de conservarlo eternamente tal y como lo vemos, sin pensar que las cosas cambian, como las personas, las prioridades y los paisajes. Al hacerlo, vi un pequeño resplandor lumínico sobre la línea que separaba el cielo y la tierra. Imaginé que serían las luces de la fiesta en la que seguía volcado el pueblo y la gente que venía de fuera para participar del espectáculo. La imagen era bonita, de esas que conviertes en una postal, sobre todo por la incandescencia cobriza azafranada propia de las últimas horas de la tarde, especialmente las de otoño, las que se resisten a irse, a ceder a la puesta de sol. Era de madrugada, y sin embargo, ahí estaba ese brillo, ese resplandor tan característico. Creo que es la mejor luz de todo el año, al menos para mí. Las tardes del otoño se habían superpuesto a la noche en Tármino, una hermandad extraña pero real.

Saqué el móvil para hacer una fotografía. Pensé en el sacrilegio que estaba a punto de cometer, teniendo mi cámara en el coche, pero no había tiempo ni ganas de ir buscarla. Le hice una foto que, por supuesto, no recogió la belleza que contemplaban mis ojos. Probé de nuevo, ampliando el objetivo de la manera que me permitía la aplicación. Disparé otras dos veces más. Comprobé el resultado sin mucho interés. Estaba cansada, ya había hecho la foto; cinco, para ser exactos. Tampoco aspiraba a que ninguna de ellas se convirtiera en la foto de mi vida, ni siquiera en una foto importante.

Antes de bloquear mi teléfono móvil volvió a aparecer el mensaje en la pantalla. «Duerme. No pienses mucho.»

Creo que al final Daniel me había convencido.

16

Carla me miró como si viniera de jugar al tenis, como si regresara de la peluquería, como si llegara a casa después de haber estado limpiando el garaje: con una indiferencia absoluta. Había levantado la cabeza por encima del sofá al oír abrirse la puerta de entrada. Una amplia sonrisa, seguida de un beso al aire. Ningún rastro de preocupación en su rostro ante la posibilidad de que me hubiera encontrado con el Zombi o me hubiese secuestrado una banda de exmilitares serbios. Había descubierto dónde estaba el mando de la televisión por cable, no había razón para preocuparse, y esa despreocupación me alegró, me dio cierto aire. Quizá la vida comenzaba a normalizarse. Un poco de tranquilidad para terminar el día o para empezarlo, a juzgar por la hora que marcaba el reloj de salón, me vendría bien.

El televisor emitía imágenes en blanco y negro. Me encantan las películas antiguas, invitan a quedarse todo el día en el sofá y verlas en sesión continua, sin hacer nada más, sin pensar en nada. Una cura de reposo mental.

—Te estás perdiendo un peliculón y a un pedazo de actor: *Yo confieso*, con Montgomery Clift. Ven, que todavía llegas al final. Este Alfred Hitchcock se montaba unas historias...

No podía ser. Miré a Carla como si hubiera hablado en arameo y luego fijé los ojos en la pantalla del televisor. Para alguien que no cree en las casualidades ni en señales enviadas desde el más allá, aquella coincidencia resultó ser una bofetada con la mano abierta. Me quedé clavada en el centro del salón, como si dudara entre enfrentarme al hipotético león que aparece y te paraliza o dar media vuelta y salir corriendo.

—¿Estás bien? —preguntó al ver mi expresión. Tampoco me dedicó mucha atención porque todo su interés estaba centrado en el actor protagonista. Ella era la única persona a la que le permitía esa pregunta sin mostrar una gesto de hartazgo, porque sabía que no llevaba la carga implícita de la pena. Tan solo quería saber si estaba bien, aunque fuera para continuar hablando o viendo una película—. Lena, que si estás bien...

—Estupendamente. Muy bien. Genial. Todo perfecto.

—Vale, vale, te creo. Y luego yo soy la que tiene problemas de síntesis —dijo extrañada por tanta palabrería ajena, mientras señalaba con la mano la plaza del sofá contigua a la suya—. Ven, siéntate, que vas a coger el hilo enseguida —me aseguró retirando el bol de palomitas que se había hecho para completar la noche de cine—. Te pongo en antecedentes. —Jamás podría imaginarse Carla lo puesta en antecedentes que estaba—. Resulta que un hombre que trabaja como sacristán en una iglesia entra en la casa de un abogado para robar y cuándo éste le sorprende, el sacristán le mata y decide confesárselo al padre Logan, a Montgomery Clift, para descargarse de la culpa y buscar el perdón, y toda esa mierda. Pero todo se complica con el tema de la sotana, que no te cuento porque sería muy largo, y al final acusan al padre Logan de haber matado al abogado. Y como es cura y se tiene que acoger al secreto de confesión, no puede contar quién es realmente el asesino, se tiene que callar, y apechugar, y vamos, que me lo van a condenar y a matar al pobrecito mío. Porque además no tiene coartada para esa noche. Y encima descubren que antes de ser cura, tuvo una relación con la mujer del abogado, y donde hubo fuego..., ya sabes, fuego y creo que hasta un hijo, y claro, la gente empieza a atar cabos, porque la gente no es tonta, y menos en los pueblos, y están en un pueblo. Total, que de ésta no lo libra nadie —dijo recuperando el bol de palomitas—. Es como lo que nos ha contado Daniel, que, por cierto, se debe estar hinchando a rezar porque hace más de una hora que se fue y no ha vuelto.

—¿Cómo? —pregunté confusa, entendiendo algo muy distinto a lo que me estaba diciendo—. ¿Qué es lo que nos ha contado Daniel?

—Mujer, pues no es para olvidarlo... Lo del secreto de confesión del tío de Roberto en su lecho de muerte. El hijo de puta que violó a la madre de Jonas... —Me miró como si no me reconociera—. Lena, estás muy perdida, ¿te pasa algo?

—Voy a hacerme una infusión para dormir. A ver si hay suerte y descanso.

—Mírale, qué guapo es mi Monty... Cómo me gusta este hombre... y encima con sotana... Es que se le ve que sufre mucho y eso me despierta mucha ternura. Mira que me gustan los hombres con sotana, no sé por qué siempre resultan tan atractivos, supongo que por lo vedado del asunto. Con sotana o con un uniforme militar. Y no soy la única... —Me miró en espera de una confirmación.

—No sé, Carla, es que dices unas cosas... —dije intentando entretenerme en la cocina. Había encontrado la lata con la infusión de lavanda. Confié en que realmente me relajara y que la película acabara cuanto antes.

—La he visto tres veces con ésta. Y cada vez me gusta más. En México la titularon *Mi pecado es mi condena*: estos compatriotas míos siempre tan melodramáticos. Tienes que ver esta película, te va a encantar. Son todo primeros planos de los rostros de los actores, todo miradas, gestos... Seguro que tú pillas mucho más que cualquiera.

—Otro día. —Estaba deseando cambiar de tema.

—Yo sé lo que te pasa. —Cada vez que Carla veía películas

de suspense, hablaba como si la hubiera abducido alguno de sus personajes—. Tú sigues preocupada por lo que dijo el Zombi.

—¿A qué te refieres? Dijo muchas cosas, para desgracia de todos.

—Y todas eran sandeces —dijo llenándose la boca con un buen puñado de palomitas—. No te preocupes por Daniel, se puso algo nervioso. Se me hace raro verle así, tenso, enfadado, un poco fuera de sí. Pero también es normal. Y tampoco hay que exagerar. Que le pegara en el tanatorio no quiere decir que vaya a liarse a chingazos cada vez que le vea, aunque mira que lo va pidiendo a gritos el desgraciado de Marco. Daniel es un hombre bueno y tranquilo, sabe contenerse, no como yo, que te juro que cuando le vi sentado con la pavisosa de su mujer en el primer banco de la iglesia, le hubiera metido allí mismo. Y tú también, que te lo vi en la cara, y yo no seré fotógrafa retratista, pero no se me escapa una. —Seguía devorando palomitas—. Lo que te quiero decir es que no te preocupes. Él te adora. Te quiere mucho pero de la manera que ha insinuado el Zombi, me da que no.

—Toma, bebe —le dije mientras le daba una taza de infusión de lavanda y colocaba la mía sobre la mesa. Creí que la calumnia lanzada por Marco había pasado inadvertida, pero me di cuenta de que no. Una cosa es que nadie la creyera y otra muy distinta que ni siquiera la oyeran. Debí suponerlo porque Carla podía jugar a mostrarse despistada y alocada, pero no se le solía despistar ningún detalle—. Dices muchas tonterías y es muy tarde.

—Pues a mí Daniel me parece un hombre muy atractivo. Puede que sea por la sotana, pero es que cuando va de calle, también me lo parece. Ya sabes que yo siempre estuve medio enamorada, en el buen sentido, de Jonas. Y su primo es de ese mismo perfil. Se parecen mucho, no solo físicamente, sino en la manera de ser, de entender la vida. Y eso es lo que no me cuadra. Los guapos no se meten a cura si no es para esconder algo. Siempre hay algo detrás, una historia de amor no correspondido, dudas sobre su sexualidad... no sé, algo, ¿no te parece?

—¡Carla, yo qué sé! ¿Tú crees que yo estoy para hablar de guapos y de dudas sobre la sexualidad de nadie? Dame eso. —Le quité el mando a distancia—. Voy a ver si encuentro una película lo suficientemente aburrida para que nos durmamos y no este bodrio que no se cree ni Dios. A ver si dejando de ver hábitos te vuelve la clarividencia a esa cabeza.

—¿La clarividencia? ¿Y desde cuándo he tenido yo de eso? ¿Y desde cuándo no hablas tú de guapos? Te has quedado viuda, no ciega. Jonas era muy guapo. Y ni hablas ni piensas en nadie más que no sea él. Así que, como ves, piensas y hablas de guapos. —Carla seguía comiendo palomitas a dos carrillos. Era un espectáculo verla porque ni siquiera eso le impedía articular palabra—. Tú estás muy rara. A ti te ha pasado algo en ese paseo que dices que has dado. A saber qué has hecho. Tenía que haber ido contigo. ¿O ha sido antes? Tú sabes algo que no me cuentas.

Temía que desplegara sus dotes de fiscalizadora nata. Cuando empezaba así, terminaba descubriéndolo todo, no porque utilizara buenas tácticas intimidatorias con las que conseguía que confesaras hasta lo que no sabías. No era eso. Cedías por puro aburrimiento, cualquier cosa antes que seguir oyéndola. Así lo hizo cuando tuve que contarle que me casaba con Jonas antes que a mi propia madre, un detalle que tampoco aporta nada a su favor porque mi madre fue la última persona a la que se lo dije y porque Jonas me obligó a hacerlo. Conocía tan bien sus dotes adivinatorias que en Sintra no quise contestar a su llamada minutos después de que el Predictor me confirmara que estaba embarazada. Sabía que notaría algo en mi voz, que percibiría algo distinto en mis silencios, en mis respuestas evasivas y onomatopéyicas, y no quise arriesgarme. No podía contárselo a nadie antes que a Jonas. Al final, me quedé con las ganas de poder contárselo a alguien. Eso ni siquiera lo había intuido Carla. Todavía.

—Tú sabes algo que no me cuentas. Te conozco. Y tú a mí también, y al final, me lo vas a decir.

—No puedo contártelo. Es... delicado.

—¡A estas alturas me sales con eso! Lena, tu familia política hace que los hermanos Karamázov parezcan inquilinos de Downton Abbey.

Fue el primer amago de carcajada —muda, eso sí, y amortizada por las dos manos— que tuve desde que murió Jonas. Y tuvo que provocarla Carla, no podía haber sido otra persona. La misma facilidad que tenía yo para captar las expresiones de un rostro con mi cámara, la tenía ella para definir a las personas. Formábamos un buen equipo. Aunque, para ser honestos, creo que mi reacción fue una liberación rápida y espontánea de toda la tensión acumulada durante el día, desde que salí de mi casa de Madrid, obligada a parar ante aquel semáforo en rojo que me devolvió de golpe todos los fantasmas de mi memoria, hasta la última conversación que había tenido con Daniel en aquel mismo sofá que ahora ocupábamos.

—¡Ésta! —exclamé mientras tiraba el mando al otro extremo del sofá y me acurrucaba en él—. Ésta es muy buena y nos va a gustar mucho. *Dos extraños en un tren*.

Carla guardó silencio durante unos instantes, justo lo que duró la presentación de los títulos de crédito iniciales. Solo estaba cogiendo carrerilla.

—Amiga, no hemos hablado de todo lo que ha pasado hoy. Y yo estoy aquí para hablar y, sinceramente, me está quemando en la boca.

—Amiga, son las cinco y media de la mañana. He esparcido las cenizas de la persona a la que más he amado en mi vida, he ido a su funeral oficiado por la segunda persona de *sexo masculino* —remarqué para obviar su ofensa sobreactuada— que más quiero, he visto cómo la persona a la que más odio ha usurpado nuestro lugar en la iglesia, y no contento con eso, ha venido a mi casa para llamarme hija de puta y amenazarme no sé muy bien con qué. Y obvio la parte en la que he descubierto que no es tan hermano de Jonas como creía y que su llegada a este mundo explica su asquerosa estancia en él. Y todo esto sin probar una gota de alcohol, al contrario que vosotros, que no habéis parado en toda la noche y quizá por eso lo habéis podido asimilar mucho mejor que yo. Y, sí, hay algo que no te he contado. Esta mañana se me ha cruzado un perro en la carretera y he terminado con el coche en la cuneta y con un chichón. Y además me ha picado una abeja, ¿ves? —le dije enseñándole mi brazo con la zona enrojecida que había dejado la picadura—, y ya sabes la fobia que le tengo yo a las abejas. ¿Todavía quieres hablar más? —Paré durante un segundo. Carla sabía que no había terminado—. Y además cada vez llevo peor lo de Jonas. No es que no avance, es que me hundo más por momentos. Cada día le echo más de menos y no paro de llorar, y odio a todo el mundo, y me sobra la gente, y solo quiero irme a mi casa. Quiero que dejen de preguntarme cómo estoy, quiero que dejen de mirarme como si supieran que soy la persona más desgraciada del mundo, quiero que dejen de llamar, de escribir mensajes con frases supuestamente poéticas, y sobre todo quiero que dejen de decirme que me tengo que animar, como si eso se consiguiera apretando un interruptor, que no sé si ellos lo tendrán pero yo, desde luego, no me lo he encontrado. Quiero que paren. Quiero que se callen. Quiero que la gente deje de suponer que soy más fuerte de lo que soy. Y por querer todo eso, me siento horrible, creo que soy una mala persona, una egoísta, una maleducada que no sabe agradecer las muestras de cariño. —Me detuve para coger fuerzas y eso no permitía ninguna interpelación por parte de mi amiga—. No sé por qué he tenido que venir a este pueblo ni por qué siempre que vengo pasa algo y terminamos removiendo la mierda. Estoy harta, cansada, enfadada y triste. No he estado más triste en toda mi vida. De hecho, no sabía que se podía estar tan triste. Cuando murió mi padre sentí un dolor inmenso, pero esto es distinto. Es incluso peor. Y eso me hace sentir mal.

Me dolía recordar a mi padre. Dieciocho años después de su muerte aún me dolía recordar que ya no estaba. Murió del mismo cáncer de pulmón que se llevó a Jonas. Murió a los cincuenta y cinco años, cuando me quedaban unos meses para alcanzar la mayoría de edad. Solo hay una cosa peor que perder a un padre a los diecisiete años: perderlo antes. A esas alturas ya había vivido más tiempo sin él que con él, y eso te hace plantearte cómo es posible que el dolor sobreviva al tiempo y a las personas. Dieciocho años sin mi padre y todavía laceraba la pérdida. Aún había momentos que al recordarle o encontrarle de manera inesperada en una fotografía o en un recuerdo, las lágrimas lo nublaban todo. Y con Jonas, no parecía que la cosa fuera a ir por mejor camino, al contrario, amenazaba con agravarse. Cuando las pérdidas se acumulan, sobre todo siendo tan intensas, aparece esa tristeza seca y amarga que no te da tregua.

—Todo es una mierda, Carla. Algo estoy haciendo mal. Algo no está funcionando como debería. Se supone que con el tiempo esto mejora, pero voy hacia atrás. —Al final cogí la caja de clínex que me ofrecía. Había estado todo el día sin llorar, aguantando las lágrimas, tragándomelas para que no me vieran. Y ya no podía más. Lo que no entendí fue la sonrisa de mi interlocutora.

—Cariño, no es que estés haciendo algo mal. Estás haciendo lo que debes y de la mejor forma que sabes. El problema es que os queríais demasiado, y eso se paga. No se llora igual cuando pierdes al amor de tu vida que cuando pierdes a cualquier otra persona. No digo que sea ni mejor ni peor, simplemente es distinto. No se llora igual, ni se siente igual, ni te recuperas de la misma forma. Estás pagando el peaje por haber estado en el paraíso mientras el resto simplemente estábamos en el mundo. ¿No pensarías que iba a salirte gratis?

Por un momento, sus palabras me parecieron crueles. Me sonaron a reproche, como si yo fuese culpable de haber tenido la inmensa fortuna de encontrar a Jonas, al amor de mi vida, y al tiempo responsable de que el resto no hubiera encontrado a su persona favorita en el mundo. Me parecía injusta su explicación, por mucha lógica que destilara. Con ese mismo criterio, yo podría estar culpándolos a ellos de mi pérdida, y no lo hacía. Ellos no tenían derecho a creer que debía sufrir más por haber amado más. Era una carga que no me correspondía. Y tampoco iba a responsabilizarme de la penitencia por un pecado que no había cometido.

—No sé si me consuela mucho lo que dices. Si lo que querías era animarme, no lo estás consiguiendo. De hecho, se te está dando fatal.

—No has entendido nada. Es como en la película que estaba viendo pero con el título mexicano, *Mi pecado es mi condena.*

—Yo no hice nada malo, deja de decir tonterías. Y vaya perra te ha entrado con la película de marras...

—No digo que hicieras algo mal. Te enamoraste como una burra de Jonas y él de ti. Y frente a lo bien que gestionasteis vuestra vida, estás gestionando muy mal su muerte. Y tienes que hacerlo, Lena, porque de ahí no va a sacarte nadie excepto tú. El resto somos simple atrezo. Que tu mente no ceda o será tu tumba. Crees que estás más calentita escondida bajo las sábanas de tu cama, en tu mundo, pero es mentira. Solo te estás aislando, y no de los miedos o de las tristezas, sino de lo que hay ahí fuera. En vez de pensar en negativo y regodearte en tu propio dolor, comienza a pensar en todo lo bueno que viviste con él y que el resto no hemos ni olido, y a saber si algún día lo haremos. Eso ya no te lo quita nadie, eso queda ahí dentro y es lo que te hará salir de ésta y seguir respirando. Lo pasarás peor que el resto porque has perdido más, has perdido algo mucho más importante, pero tienes mejor gasolina que los demás para seguir adelante. Y entonces ese «pecado» tuyo será tu salvación, no tu condena. Así que empieza a reaccionar pero en la dirección correcta, que no es la que llevas. —Carla se quedó observándome y yo a ella. Su rostro había cambiado. Una luz invisible pero palpable lo salpicó, mudando su expresión alocada en un gesto más sereno, claro, suavizado. Fue algo pasajero, enseguida volvió la de siempre—. ¿Has visto cómo hablo de seguido y con sentido cuando me pongo? Y no he dicho ni una sola palabrota de esas que no le gustan nada a Daniel. Anda, trae —dijo alcanzando el mando a distancia—. Esta película nos puede dar muy malas ideas. Mejor buscamos otra.

Dejé que buscara una mejor opción, hasta que la encontró. Mientras lo hacía, pensé que Carla se vestía de un personaje todos los días y salía a la calle mostrándolo al mundo. Pero bajo ese disfraz alocado y divertido había una mujer inteligente, sensible y con las cosas más claras de lo que su precipitada verborrea invitaba a pensar. Daniel tenía razón, Carla estaba más cuerda que todos nosotros juntos. Y yo tampoco me equivoqué durante mi paseo nocturno al pensar que ella sola podría gobernar el mundo. Y lo haría con buenas ideas y pocas palabras.

Aquélla no sería mi noche preferida de cine. Su opción había sido *Crimen perfecto*, pero ni siquiera me molesté en protestar. No merecía la pena el esfuerzo, solo pensaba utilizarla como un inductor del sueño, como la infusión de lavanda. Debía dejar de ver fantasmas en cualquier rincón, sobre todo teniendo en cuenta que aquel lugar estaba plagado de ellos. Mientras yo intentaba decirle mentalmente a Grace Kelly que no le diera la espalda al ventanal de su apartamento cuando hablaba por teléfono, porque alguien saldría de detrás de la cortina para intentar matarla con una de sus medias, y ella insistía en preguntar quién era el que llamaba a esas horas, Carla se desmarcó con otra pregunta.

—¿Y eso? —preguntó señalando la caja de latón que Daniel había sacado de la chimenea y que contenía las fotos de Celia y Eva.

Ni siquiera me había dado cuenta de su presencia cuando regresé del paseo. Ni la vi, pese a estar encima de la mesa, a escasos centímetros de donde dejé nuestras tazas con la infusión de lavanda. Di por hecho que la misma mano que la extrajo de su escondite la habría devuelto a él. Pensé en decirle que no la abriera, pero esa petición me delataría. Además, no hubiera servido de nada excepto para alimentar más su curiosidad; habría sido igual de inútil que intentar parar el reventón de una presa con las manos.

—Son fotos de Daniel, Jonas y toda la pandilla —dijo Carla, y mi corazón registró un exceso de latidos. Conocía esos saltos abruptos. Recordé que no había tomado la medicación, las pastillas rojas se habían quedado encima del aparador de la entrada de la casa de Madrid. «Por un día da igual», pensé. Si me oyera Jonas, me mataba. Contuve el latido y la respiración como pude, sin retirar mi vista del televisor. Quizá no se daría cuenta. Quizá Daniel las había sacado. Quizá no mostrara ningún interés. No me lo creí ni yo—. Y éstas, ¿quiénes son? ¿Las conoces? —Me enseñaba las mismas fotos que había visto por primera vez hacía unas horas.

—No, serían del grupo de amigos de Jonas y Daniel —mentí diciendo la verdad. No las conocí, no me dio tiempo. Tan solo sabía de su existencia—. No parecen actuales, tienen décadas. —Me arrepentí de dar más información de la debida. Por esos pequeños detalles, Carla conseguía recrear la escena de un crimen en cuestión de segundos.

—¿Y la niña? Qué mona, qué rubita.

—Ni idea. Si te importa mucho, le preguntamos a Daniel cuando vuelva —dije sin mostrar interés, fingiendo estar más interesada en la tijera que Grace Kelly le acababa de clavar en la espalda al asesino más torpe que había visto en mi vida.

—No. La verdad es que me da igual. Ya sé que no estás para fotos. Y en esta familia política tuya, da miedo abrir un álbum fotográfico por lo que pueda pasar.

En algún momento de la madrugada nos quedamos dormidas. No fue la lavanda, al menos no solo. Llorar siempre da sueño, te envuelve en una especie de sopor mental parecido a la fiebre, pero sin ver el mundo más encendido como unos grados de temperatura corporal de más te suelen provocar. Debe ser que al hincharse los ojos, necesitas cerrarlos para no cargar con el peso. Descansé en un duermevela algo inquieto y salpicado por continuos despertares aletargados en los que, al abrir los ojos, la caja de latón ocupaba siempre el primer plano. Carla dormía abandonada en una respiración fuerte, incluso con algún ronquido en fuga. Siempre que bebía como un cosaco del Volga le pasaba lo mismo. Impresionaba ver cómo alguien tan delicado y hermoso respiraba como un granjero de Iowa. La caja metálica volvía a llamar mi atención. Podría haberme incorporado en silencio, recogerla y esconderla de nuevo. Pero no me pareció buena idea. Además, el cuerpo no me respondía. Estaba demasiado cansada. Adiviné una sonrisa en mi rostro auspiciada por un pensamiento.

«Mañana me voy. Vuelvo a casa.»

Me dejé balancear tímidamente por la idea del regreso. Solo había pasado unas horas en Tármino y parecía que llevara meses.

«Mañana me voy. Vuelvo a casa.»

El regreso se me antojaba como un salvoconducto a la libertad, al mundo real, donde solo te asfixia la memoria y no el entorno y sus circunstancias.

«Mañana me voy.»

Olvidé el consejo de Jonas: para llegar, hay que salir. Y yo todavía no había salido de Tármino.

17

Hay frases que anuncian cataclismos. Nada más oírlas sabes que algo malo está a punto de pasar. Cuando le recomiendan a un enfermo que ponga en orden sus cosas, es que algo ha ido mal y se pondrá aún peor. Cuando alguien te dice «Tenemos que hablar», lo que vas a escuchar seguramente no sea de tu agrado. Cuando escuchas «No hemos podido hacer nada más», es que todo ha terminado. Cuando alguien aparece en mitad del salón diciendo «¿Os habéis enterado?», es que algo malo ha sucedido.

Ni siquiera me di cuenta de que había entrado Daniel en casa, cuando oí su voz entre sueños, pronunciando mi nombre. «Lena, despierta. Lena.» De no haber sido porque su mano me tocó el brazo donde la maldita abeja me había picado el día anterior, quizá le hubiera tomado por parte del sueño y no le habría hecho caso. Pero sentí un latigazo que me hizo despertarme al mundo de la plena conciencia. Me costó abrir los ojos. Supongo que era la resaca del llanto de la noche anterior. Intenté ubicarme; dónde estaba, por qué la luz entraba por un lugar diferente al habitual de cuando me despertaba en mi casa, qué hacía en el sofá y no en la cama, si Jonas realmente no estaba allí... Todavía estaba en esa etapa en la que amaneces con la memoria adormecida y, en los primeros instantes del despertar, la esperanza abriga la duda de si todo habría sido un mal sueño, si su muerte no era real, si seguiría a mi lado. Al no sentirle a mi espalda y en su lugar advertir el vacío limpio de los cojines que formaban el respaldo del sofá, la ilusión se esfumó. Confirmada la pérdida, empecé a poner en orden los recuerdos más recientes. Busqué a Carla pero no la encontré donde recordaba haberla visto la última vez, en el otro extremo del sofá. Localicé la esfera blanca del reloj que había colgado de la pared. Las once y media, y nadie había adelantado el reloj una hora para actualizarlo con el horario de verano, es decir, que serían las doce y media. Miré a Daniel como pidiéndole explicaciones, aunque no supiera de qué. Lo hizo Carla por mí, que apareció por la puerta de la cocina con un bol de cereales. No sé cómo lograba siempre encontrar comida en los lugares menos habitados del planeta. Ni tampoco cómo lograba estar siempre perfecta aun con un aspecto concienzudamente desaliñado.

—Hombre, Daniel, buenos días. ¿Habrás rezado por todos? Porque por falta de tiempo no habrá sido. —La pregunta de Carla sonaba a reproche, como si le echara en cara no haber vuelto antes. Ahora que me fijaba mejor en su cara y en su expresión, más que un reproche parecía una divertida reacción celosa.

—Yo siempre rezo por todos —le dijo él mientras aceptaba los dos besos de buenos días que Carla le plantó.

Estuve a punto de decirle que no lo hiciera. Recordaba perfectamente sus palabras de la pasada noche sobre el atractivo que guarda la sotana, y nada más evocar la vestidura talar, vinieron tras ella el resto de los recuerdos, con el mismo mecanismo que el tarro de cerezas: Montgomery Clift, el falso culpable, el secreto de confesión, la revelación de Daniel, Celia, Eva, la caja de latón... Al final, la voz de Daniel frenó la cascada de la memoria y mi amago de advertencia algo maternal.

—¿Os habéis enterado de lo que ha pasado? Aquí al lado, ¿no sabéis nada?

—No —dijimos al unísono con la mirada hambrienta de noticias—. ¿Qué ha pasado?

—Anoche se quemó una finca a pocos kilómetros de aquí. Al parecer, el fuego se desató de madrugada, en un pequeño cobertizo que tenían los dueños y se extendió rápidamente. Cuando llamaron a los bomberos, ya poco pudieron hacer. Se ha perdido parte de la propiedad, pero el matrimonio propietario está bien. El fuego no llegó a la vivienda principal, aunque se quemaron algunas encinas, el cobertizo... La Guardia Civil está investigando.

—¿Conoces a los dueños? —le pregunté.

—Sí, desde hace años. En esa finca..., es la finca... —A Daniel le costó terminar la frase. O no sabía cómo explicarnos, o no se acordaba del nombre de sus conocidos, o estaba intentando ocultarnos algo. No entendía por qué me miraba como si buscara cierta complicidad, cuando yo desconocía casi todo de Tármino, y más a los propietarios de cada terreno—. Es la finca más cercana a esta casa. Por eso me extraña que no vierais ni oyerais nada.

—Estábamos viendo la televisión y como Lena se está quedando sorda por el volumen al que lleva los auriculares, pues no oímos nada. Puedes montar media feria de abril ahí fuera, que no nos hubiéramos enterado de nada. ¿Tú viste algo? —me preguntó, mientras se metía un par de cucharadas de cereales en la boca y echaba un vistazo a una caja de rosquillas que había traído Daniel.

—No, la verdad. Y nos dormimos tarde. La última vez que miré el reloj serían las seis o seis y media, no me acuerdo. Estábamos terminando de ver la película de *Crimen perfecto*, nos tomamos una infusión... —dije señalando las tazas que todavía estaban en la mesa, y en ese mismo momento me arrepentí de hacerlo porque las miradas de Carla y Daniel siguieron la trayectoria que dibujaba mi mano—, y es lo último que recuerdo. Nos quedamos dormidas. Yo al menos.

—Es verdad, es cuando vimos las fotos —dijo Carla, incapaz de dejar un cabo suelto en su cabeza.

Me arrepentí de no haber vencido mi duermevela, levantarme y esconder la caja de latón. Al menos hubiera retirado algunas pistas de su campo visual, aunque mi amiga tenía la sagacidad de una madre que termina encontrando en el cuarto de su hijo todo lo que busca, incluso lo que no existe.

—Por cierto, os reconocimos a todos menos a una chica rubia muy guapa y a una niña muy mona. ¿Quiénes son?

Daniel me miró y yo hice lo mismo con él. Los bailes de mirada resultan muy estresantes y siempre acaban con extrañas parejas de danza y exceso de pisotones. *«Si no sabes bailar, no salgas a la pista»*, decía siempre Jonas. Y tenía razón. Pero esa mañana parecía que Daniel y yo teníamos el cuaderno de baile repleto. Estuve tentada de ponerme las gafas de sol, a modo de escondite, pero nunca un refugio fue tan inútil. Además, estábamos dentro de la casa, y aunque tuviera los ojos hinchados, resultaría raro. Olía las miradas. No me hacía falta verlas.

—No sé —musitó Daniel—. Pero si están en las fotos, supongo que serán amigos. ¿Quiénes salen en tus fotos?

—En mis fotos no sale nadie. Solo me hago selfis —bromeó Carla—. Soy una mujer enigmática, ya deberías saberlo. Las fotografías casan mal con los secretos. Y siempre que las miras, te los recuerdan.

El teléfono de Daniel empezó a sonar, salvándole de seguir afrontando la conversación. Era Roberto. Pudimos oír su voz metalizada a través del altavoz del móvil, aunque no con la suficiente claridad. Nos esperaban en el pueblo para tomar el aperitivo. Nos miró intentando saber si estaríamos preparadas para salir al cabo de una media hora. Asentimos.

—Yo acabo de desayunar. Lo que quiere decir que ya estoy preparada para el aperitivo. Y deseando ver el pueblo engalanado, que ayer no me dio tiempo. Hoy es el día grande, 15 de julio. Festival de la Lavanda. Hoy, Lena —dijo Carla empujándome hacia el dormitorio que no había pisado en toda la noche, apremiándome para darme una ducha rápida y una puesta a punto acelerada—, nos va a dar el sol, vamos a comer, a beber y a pasarlo muy bien. Vamos a aprovechar nuestras últimas horas en Tármino. —Torció el gesto—. Esto de las «últimas horas» ha sonado muy mal, pero lo he dicho con la mejor intención.

—Os espero fuera. Tengo que hacer unas llamadas —dijo Daniel. No me extraña que huyera. De la caja, de Carla, de las fotos, de las miradas, de las preguntas...

Fuimos en mi coche aunque dejé conducir a Daniel porque él se manejaba mejor en los caminos de Tármino, sobre todo cuando nos acercábamos al pueblo y había que controlar las entradas, las salidas y especialmente la anchura de las calles para intentar no quedar encajados en ellas o cargarnos la carrocería del vehículo. Las calles del centro estaban cerradas al tráfico, pero en los pueblos, por mucho tiempo que haya pasado, la historia sigue pesando y siempre hay un paso permitido para una autoridad, en este caso, la eclesiástica. Aunque a Daniel le dejaban pasar donde quisiera por sí mismo, no por su condición de cura.

El espectáculo era innegable. Todo el pueblo se tintaba de un color morado al que nada ni nadie escapaba. Las casas enlazaban sus fachadas a través de sus balcones con tiras azules, formando en la parte alta una suerte de carpa púrpura que parecía proteger las calles empedradas. Todo el centro de Tármino era monocromático. Nada escapaba al color de la lavanda, que, al capricho de los designios de la luz, reivindicaba por momentos el púrpura, el azul, el rosa o el violeta. Los escaparates de las tiendas vestían de un morado encendido, las bicicletas mostraban cintas violetas en sus manillares, sillines y ruedas, con ramilletes de flores moradas en espiga en sus cestos; las macetas con la flor de la lavanda alfombraban los balcones, los soportales, las plazas y las numerosas fuentes dispuestas por todo Tármino. Bandas de tela violácea colgaban de terrazas, abrigaban columnas, decoraban tejados, envolvían las grandes farolas que ocupaban el centro de las principales plazas, tapizaban las escaleras del pueblo, forraban los asientos de piedra, revestían las puertas de las casas en cuyo dintel habían colocado velos de tul jacintino. Las casas y los comercios se vaciaban en la calle para llenarla de puestos ambulantes ocupados por productos hechos a base del ingrediente estrella: velas, aceites, jabones, dulces, todo tipo de infusiones, licores, cremas, ambientadores, fragancias de lavanda; sombreros, patucos de bebé, camisetas, vestidos, pañuelos, delantales, echarpes, fotografías, cestos de mimbre...; cualquier color que no fuera el morado tenía que conformarse con la categoría de artista invitado. Una simple silla de mimbre, una mecedora, una mesa camilla, unos cajones de madera o las hojas de las propias puertas situadas en posición horizontal, todo pintado de colores llamativos, servían de expositores para mostrar al visitante el mundo azul que la lavándula creaba. Tármino era un zoco levantado en honor a la lavanda. Todo el pueblo era una postal.

Los campos de espliego invadían por un día el empedrado de la ciudad, que parecía extraído del medievo, en una perfecta comunión cromática, en un matrimonio de conveniencia entre tierra y piedra. La vida en Tármino se volvía cárdena, hasta el agua parecía lucir un color violeta, lo que aún invitaba más a acercarse a los chorros cristalinos y ayudarse de las manos para beberla directamente de los pitorros de las espectaculares fuentes que colmaban el pueblo. Incluso la capa de verdín que se formaba alrededor de las fuentes por la acción de la humedad parecía más púrpura que verdosa. La misma metamorfosis teñida experimentaban las piedras de la muralla que acordonaba parte del centro histórico, de las paredes de los castillos, de los conventos y las iglesias que podías encontrar a poco que te perdieras por sus calles y sus jardines. Al contemplar la autocracia malva que gobernaba el pueblo, en la que incluso la naturaleza se rendía a la supremacía violeta cediendo su legendario color verde, te convertías en un súbdito obediente, sumiso y disciplinado en el reino de la lavanda. El 15 de julio, Tármino era, posiblemente, el peor lugar en el mundo para quedarse ciego. No era de extrañar que cada año el festival enamorara a más gente, sería un sacrilegio no disfrutar de un escenario semejante, donde la alegría insistía en contagiarse de un cuerpo a otro. Parecía que todo el pueblo estaba de boda y nosotros éramos unos invitados más.

—No sé qué hacen los de Bollywood que no están grabando tres películas aquí —comentó Carla, que nada más bajarnos del coche había decidido empezar su particular jornada de acopiamiento de las mayores excentricidades que había encontrado: yogur y cerveza de lavanda.

Los vimos a lo lejos, sentados en una terraza, gracias a que Lola agitó los brazos para llamar nuestra atención. De no haberlo hecho, creo que no los hubiéramos distinguido entre la marea humana que inundaba el pueblo. Apenas se podía pasear por las calles empedradas de Tármino, no solo por la mucha presencia turística, sino porque las vías, los callejones y los pasajes, ya de por sí estrechos, se constreñían aún más, transformados en concurridos bazares.

—Cada año viene más gente —comentó Daniel a modo de justificación.

A todo el mundo le gusta una jornada de fiesta y me convencí de que a mí también. Estaba con la gente a la que quería, hacía un día precioso, el sol no parecía dispuesto a negar su generosidad en ningún momento y la luz lo inundaba todo. Intenté culpar a las prisas con las que salimos de casa de no haber cogido la cámara de fotos. Pero no era así. Pensé en hacerlo antes de subir al coche y podía haberla cogido antes de apearme de él, cuando conseguimos aparcar en una zona un poco más cercana a nuestro destino. Solo tendría que haber abierto el maletero y coger a mi fiel compañera, que cada vez era menos fiel y menos compañera. Incluso Daniel me miró inclinando la cabeza a modo de pregunta, «¿La cogemos?», y obteniendo la misma respuesta de los últimos dos meses, una semana y, ya, cinco días. Solo le había otorgado cierta libertad la jornada anterior, cuando esparcimos las cenizas de Jonas. Era un momento importante que se merecía una fotografía. «Quizá esta tarde, durante el concierto del Festival de la Lavanda», intenté persuadir a mi inconsciente. Este año era de música clásica, como si lo hubieran hecho a propósito, sabiendo que era su música favorita. Me apetecía y creo que eso fue lo que me empujó a poner mi mente en modo *intenta pasarlo bien. Nadie lo va a entender como una traición.*

Por ahora, lo estaba consiguiendo. Quizá era el intenso olor a lavanda que inundaba con total hegemonía la atmósfera de Tármino, y que encontraba alojamiento en mis pulmones, conscientes de la necesidad de crear una buena reserva de la que poder abastecerme el resto del año.

—¿Cómo habéis dormido? —preguntó Mamma Lola, haciendo honor a su nombre. Me encantaba que hiciera las preguntas propias de una madre. Imaginé cuál sería la segunda, y no erré. Es una lástima que Lola y Hugo no hubieran tenido hijos, conocían la teoría al dedillo—. ¿Habéis comido algo? ¿Tenéis hambre? Lena, estás flacucha.

—Es la camiseta, que es muy grande y me queda ancha. —Mentía tan mal que hasta me daba apuro oírme.

—Claro, y la mía es estrecha y por eso cada día me salgo un poco más de ella —apostilló Lola—. Os habéis enterado, supongo. Daniel os habrá puesto al día... —Se refería al incendio. Parecía que, junto al Festival de la Lavanda, el incendio en la finca cercana a casa era la comidilla de la jornada.

—¿Se sabe algo más? —preguntó Daniel, intentando acoplar su silla en el corro formado alrededor de la mesa.

—Ha venido un compañero de mi hermano —dijo Roberto, refiriéndose a su hermano guardia civil, el mismo a quien estuvo tentado de llamar la noche anterior cuando Marco irrumpió en el jardín de casa—. Parece que no ha sido fortuito. Cerca del cobertizo donde don Julián —supuse que era el dueño de la finca— guardaba sus utensilios de labranza, y que por lo visto fue donde empezó el fuego, han encontrado unos cuarenta perros muertos; seis eran suyos, y también había varios cachorros. Creen que han podido ser envenenados porque tenían espuma blanca en la boca y además han encontrado varias latas de comida para perros que don Julián asegura que no eran suyas. Las han mandado analizar. Eso esconde algo. Huele raro —apuntó Roberto mientras pedía dos vinos para Daniel y Carla, y un agua mineral para mí—. Un incendio a las cuatro o las cinco de la madrugada es raro de narices.

—Lena hizo una foto cuando salió a dar un paseo —dijo Carla. Me costó entender por qué lo sabía. Debía reflejarse mi sorpresa en el rostro porque ella misma dio la explicación—: Me la enseñaste ayer cuando estábamos en el sofá intentando encontrar una película.

—¿Fuiste a dar un paseo? —me preguntó Daniel—. Te dije que no salieras, que mejor te quedaras en casa, por si aparecía de nuevo el Zombi.

—Ya, y tú te fuiste a la iglesia para rezar porque querías estar media hora a solas, y te he visto esta mañana. Necesitaba un poco de aire. No me alejé mucho.

—¿Te fuiste a la iglesia a rezar? —se extrañó Lola—. ¿De madrugada? Eso ya es enfermizo, incluso para un cura.

—Había olvidado algo y quería dejar preparadas unas cosas para hoy.

—Querías rezar, según nos dijiste. A no ser que nos engañaras y tengas una doble vida —le intentó provocar Carla.

—¿Y qué foto hiciste? ¿Se ve algo? —preguntó Aimo.

—No se ve nada. No pensé que se había desatado un incendio. Creí que eran las luces del pueblo que aún seguía de fiesta.

—Lena, el pueblo está hacia el otro lado —rio Hugo, sin poder evitarlo—. Se nota que era Jonas el que tenía el sentido de la orientación.

Daniel cogió mi móvil y miró atentamente las fotos. No sé por qué unas fotos hechas con el teléfono desataban tanto interés. Ni siquiera eran buenas, aunque por lo que pude comprobar, salieron mejor de lo que pensaba.

—¿Solo hiciste éstas? ¿Dos? ¿Ninguna más?

—En realidad son cuatro, mejor dicho, cinco, están en modo ráfaga. ¿Qué querías? ¿Un reportaje fotográfico para *National Geographic*? Ni siquiera sabía lo que estaba fotografiando.

—A ver... —dijo Roberto mientras tendía la mano para pedirme el móvil—. Dejadme verlas, que es que no tenéis ni idea.

—Son malas —me adelanté a decir antes de oírlo de boca de otros. Eran unas fotos hechas con el móvil que no pensaban salir de ahí, y mucho menos convertirse en el centro de conversación en mitad del aperitivo.

—Son tuyas, Lena. Son puro arte. No seas modesta. Tú ves una abeja y le haces una sesión fotográfica para el *Sports Illustrated*. Y además son noticia. Lo mismo se ve algo que le pueda servir a la Guardia Civil.

—No se ve nada —insistí. Y era cierto. Hay quien cree que una foto basta para sacar una matrícula en alta calidad de la nada o descubrir una silueta recortada contra el fuego, aunque esté a kilómetros de distancia, pero esas cosas no pasan. En mis fotos se veía el resplandor en el horizonte, como un amanecer intempestivo entre el firmamento estrellado y los campos violeta.

—Han salido oscuras —añadió Carla con la solemnidad de un crítico juzgando una obra ajena.

—Era de noche, no es que hayan salido oscuras —dije intentando defender mi trabajo, aunque en realidad no lo fuera.

—Déjame a mí —pidió Lola.

Para cuando quiso ponerse las gafas de pasta negra que llevaba siempre en la cabeza a modo de diadema, después de soplar enérgicamente sobre sus cristales —creo que era la única persona en el mundo que limpiaba así las lentes—, la pantalla del móvil se había bloqueado. Al encenderla de nuevo, apareció una foto de Jonas, que le resultó más interesante que las fotos de la noche anterior.

Era un primer plano que le hice en nuestro último viaje a la Costa Azul, en la localidad de Eze, un pueblo encantador levantado sobre el mar, al que denominan el Edén del Mediterráneo. Por un momento volví a aquel adorable rincón de empinadas calles empedradas y salpicadas de buganvillas, con un marcado ADN medieval en la región de la Provenza-Alpes-Costa Azul, en el que acabamos casi por error, sentados a la mesa del que, desde entonces, se convirtió en uno de sus restaurantes favoritos: La Chèvre d'Or. Aunque creo que tenía más que ver con la estatua de la cabra de oro que coronaba su tejado que con su impresionante salón acristalado con vistas al mar bajo una asombrosa bóveda de cristal y espejos, o con su exquisita cocina francesa, a la que Jonas no se cansaba de abandonarse. Aquella fotografía se la hice en la parte más alta del pueblo, al lado de las ruinas de lo que en su día fue el castillo de Eze, en mitad de un espectacular jardín poblado de cactus, flores y plantas exóticas traídas de América y de África que parecían haber encontrado allí su lugar en el mundo. Desde aquel balcón al que sobrecogía asomarse por la arrojada visión que la naturaleza ofrecía, le hice la foto. El Mediterráneo a sus pies, a casi cuatrocientos treinta metros de altura, el otro manto azul del que Jonas se alimentaba con la sed de un vampiro.

—Hay que ver lo guapo que está en esta foto —dijo Lola después de mirarla durante unos segundos—. Si es que sacabas lo mejor de él.

—No hacía falta sacarle nada. Ya lo mostraba él.

Recuperé mi móvil para detenerme en aquella fotografía en la que Jonas aparecía con su mirada eterna y una sonrisa limpia, que siempre te contagiaba el buen humor. Me detuve en ella para inspeccionarla a fondo porque solo hacía dos días que ocupaba la pantalla de mi móvil. Decidí cambiarla la víspera de mi primer regreso a Tármino sin él. Desde que falleció, otra fotografía había ocupado aquel lugar preferente del móvil donde acudimos a refugiarnos cuando necesitamos un consuelo visual. Me costó quitarla porque le tenía un gran cariño. Se la hice en un viaje a Bosnia y Herzegovina, en la ciudad de Jajce. En aquel país hay poblaciones que no han sido capaces de superar el pasado, por un exceso de pérdida y del dolor enquistado que dejó tras de sí la guerra. También aquella vez nos salimos del mapa, a pesar de que la antigua Yugoslavia, y en especial la Bosnia central, no era el mejor lugar para hacerlo. Nos lo advirtieron sin cesar y, aunque en alguna ocasión les hicimos caso, aquélla no fue una de esas veces. Es cuando te pierdes cuando encuentras las mejores cosas, siempre que logres salir del laberinto que has elegido como camino.

En una de las vías escondidas por las que nos desplazamos, fuimos a parar a una pequeña construcción de piedra y madera, un cobertizo improvisado donde se guardan los aperos del campo. El dueño salió cuando nos oyó llegar, y a juzgar por la normalidad con la que nos recibió, me dio la impresión de que no éramos los únicos turistas que se habían acercado hasta aquel paraje recóndito. Mi primer pensamiento al verle fue que quería hacer una foto de ese rostro. Los surcos en su cara y los pliegues que cincelaban su piel guardaban muchas historias escritas por la guerra, secretos inconfesables que su mirada negruzca no era capaz de esconder. No era el rostro de un simple campesino, como él se nos presentó, era el rostro de un testigo directo de sombrías historias que sembraron de infamias su pueblo, como sucedió en muchos otros de aquel país. Fue imposible convencerle. Lo máximo que permitió, gracias al poder de seducción de Jonas, fue que fotografiara el altar romano que había aparecido en sus terrenos, convirtiéndose en la atracción del lugar. Según nos contó —con la cadencia del guía turístico que repite sin descanso la misma explicación en cada visita—, en ese altar, presidido por una escultura humana a tamaño real que sujetaba con sus manos una especie de perro salvaje —que según él, era un lobo—, se habían realizado sacrificios rituales. Nos aseguró que se trataba del dios de la guerra en la mitología romana, Marte, acompañado del lobo, y en su honor se realizaban expiaciones para atajar problemas terrenales como sequías, plagas o inundaciones. Pero ninguno pensamos en la época romana cuando mencionó las oblaciones. Nuestra memoria se quedó en la historia más próxima, entre 1992 y 1995, y en las barbaridades que provocó el odio engendrado por una guerra fratricida. Enseñar aquel altar había salvado a su familia de morir de hambre, ya que el pueblo quedó devastado tras la guerra y su economía desapareció como lo hicieron miles de personas. Saqué la foto del altar romano, lo intenté por última vez con el hombre del rostro sembrado de historias, y ante su enésima negativa, decidimos irnos con el pírrico botín fotográfico.

Antes de subir al coche, quise aprovechar la luz que me brindaba la tarde de Jajce en complicidad con su frondosa vegetación, de cuyas entrañas nacía una espectacular cascada en la confluencia de los ríos Pliva y Vrbas, en el mismo centro de la ciudad. Los verdes en Bosnia era tan espectaculares como los violetas de Tármino. Eran de verdad, supuraban autenticidad, nacían de la tierra y lo absorbían todo, lo clemente y lo diabólico.

Por un momento, sentada entre Aimo y Lola en la terraza, pensé en el empeño de la vida por hermanar escenarios en nuestra cabeza. Aquel cobertizo en Jajce se hermanó con el chamizo de la finca de don Julián donde, al parecer, había empezado el incendio. El agua, las murallas y las edificaciones de piedra como las catacumbas frente a la iglesia del pueblo de Jajce insistían en una mímesis con las de Tármino que la memoria se empeñaba en ensamblar.

La fotografía que hasta hacía unas horas ocupaba la pantalla de mi móvil se la hice tras descender por las escaleras de piedra que nos llevaron directamente al mirador donde rompía la cascada. Nos contaron que antes de la guerra de Bosnia, la cascada de Pliva tenía una altura superior a los treinta metros, pero un terremoto durante la guerra rebajó su grandeza.

Jonas siempre sacaba lo mejor de él, y sin saber muy bien cómo, conseguía hacer lo mismo con los demás. Yo solo tenía que comprobar la luz, fijar el encuadre, enfocar y disparar. La fotografía era él.

La voz de Rafael, el hermano de Roberto, desalojó la imagen de Jonas de mi cabeza. Estaba de servicio. Todos le conocían desde que vino al mundo, e incluso le consideraban el hermano menor común. Al principio, su familia no comprendió su obcecación por hacerse guardia civil en vez de continuar con el próspero negocio familiar tal y como había previsto el padre, y más después de que su hermano mayor declinase el ofrecimiento debido a la medicina. Primero había probado con la hostelería pero El Tarambuco no resultó el negocio que todos esperaban. Así que optó por su verdadera pasión. En las decisiones de los hijos difícilmente caben los planes paternos, por lo que no les quedó más remedio que aceptarlo. Roberto le ayudó en su particular rebelión familiar. Siempre se había considerado su protector, a veces exagerando innecesariamente aquella condición. Jonas tenía que recordarle a menudo que no le saludara con un «Qué hay, chaval», sobre todo si había gente a su alrededor. «*Que es miembro del Cuerpo, y le estás restando autoridad, y lo vamos a terminar pagando todos, que ya me paró el otro día para ponerme una multa porque dijo que iba a más velocidad de la permitida. Y eso me lo hace a mí, porque contigo no puede.*»

Caminó hacia nosotros con una sonrisa que todos le correspondimos.

—Lena, qué bien verte por estos lares —me saludó con la cortesía de siempre, a la que respondí con unas palabras de agradecimiento y con una sonrisa. Pero su decisión de acercarse a la mesa donde ultimábamos nuestro tardío aperitivo no era la de saludarme. Con quien necesitaba hablar era con Daniel—. ¿Has visto a tu primo en el día de hoy? —Su tono recuperó cierta sobriedad.

Es algo que siempre les sucede a los que visten de uniforme, especialmente si son fuerzas del orden. Temí que en cuestión de segundos empezara a utilizar expresiones propias de la jerga policial. Jonas lo imitaba muy bien: «*Personada una dotación en el lugar previamente establecido se procederá a realizar las correspondientes pruebas de alcohol espirado a los usuarios de la vía con el objeto de llevar a cabo las pertinentes medidas de control..., vamos, que te cae la prueba de alcoholemia, sí o sí*». Es algo parecido a lo que hacen los jueces cuando redactan las sentencias con un lenguaje enrevesado, un tanto artificial, supongo que para que sus resoluciones se entiendan lo menos posible o para darse más importancia. Pero Daniel, que también llevaba uniforme aunque no demasiado a menudo, había visto crecer a Rafael y alguna confesión le había escuchado, por lo que no le intimidaba ese tono teatrero.

—No, no le he visto, gracias a Dios.

—¿Y el resto de los aquí presentes?

—¡Coño, Rafael, que parece que nos estés interrogando y que vayas a llevarnos a todos al cuartelillo! ¿El resto de los presentes? —le espetó su hermano mayor—. ¿A qué viene esto?

—Hemos encontrado un coche calcinado a escasos metros de la finca incendiada la pasada noche. Solo ha queda el chasis del automóvil. No hemos encontrado ningún cuerpo en su interior. El vehículo pertenece a tu primo Marco.

Lo que no había conseguido la mecánica retahíla semántica

del agente de la Benemérita lo consiguió la información que acababa de facilitarnos. Todos callamos y nos quedamos mirando al hermano de Roberto que, de repente, se había convertido en el sargento Andrade. Contuvimos la respiración esperando que el guardia civil aportara algún dato más que nos devolviera el aliento. No sé por qué decidimos sin acuerdo previo no intercambiar ni una mirada entre nosotros. Éramos siete pares de ojos y todos insistían en clavarse en los labios del sargento. Al ver nuestros semblantes petrificados, decidió continuar hablando.

—Nadie le ha visto desde ayer cuando, según algunos testigos, asistió a la misa exequial. —El tono del agente Andrade volvió a suavizarse—. No pude asistir, Lena, porque me hallaba de servicio. De lo contrario, hubiera estado allí. Ya sabes que todos le queríamos mucho en este pueblo.

—Lo sé, Rafael, me lo dijo tu hermano. Pero te lo agradezco de igual forma.

—Fue una misa funeral, no exequial. —La anotación de Carla interesó tan poco al agente Andrade que ni siquiera pareció escucharla. Aunque se quedó mirándola. Era imposible no hacerlo con su atractivo racial. Y ese día, mi amiga tenía el guapo subido.

—¿Cuándo le visteis por última vez? —A cada pregunta que hacía, el agente ganaba un rango más en el escalafón militar. En segundos, le vimos ascender a sargento primero, brigada, subteniente, suboficial mayor, alférez, teniente y quedarse a las puertas de capitán.

La sequía de miradas que nos aquejó hacía unos instantes se convirtió en una algarabía de vistazos que nos íbamos pasando de unos a otros.

—Pues, a ver, déjame pensar... —dijo Roberto como si estuviera buscando la respuesta correcta en su memoria, como si realmente hubiera más de una—. Creo que en la misa de ayer.

Supuse que Roberto fue el primero en contestar por mera

familiaridad, porque siempre resulta más fácil mentir a la familia que a un agente de la Guardia Civil. Todos sabíamos perfectamente cuándo fue la última vez que vimos a Marco y por eso la respuesta de Roberto consiguió descolocarnos, enmudecernos e insistir en nuestro intercambio de miradas como si en las retinas ajenas fuéramos a encontrar alguna respuesta extra. No terminábamos de entender cuál era el problema de reconocer sin más que le habíamos visto cuando, entrada la noche, se presentó en casa soltando todo tipo de improperios. Busqué el contacto visual con Daniel. Como siempre me tranquilizó y consiguió el mismo efecto en los demás.

—No. Le vimos un poco después, unas horas más tarde —dijo devolviéndonos el resuello y la cordura a todos. Que hablara siempre con tanta suavidad y seguridad ayudaba a dotar de una mayor credibilidad cualquier cosa que dijera—. Se presentó borracho en la casa de Jonas y de Lena. Todos nosotros estábamos tomando algo en el jardín cuando de repente apareció. No iba solo. Su mujer, Petra, le acompañaba. Luego se fueron. ¿No habéis hablado con ella? —preguntó Daniel al agente Andrade.

—Sí, lo hemos hecho. Pero tampoco le ha visto en todo el día. Nos ha dicho que salieron ayer por la noche a dar un paseo y que ella volvió a casa antes que él, porque estaba cansada y él insistió en alargar la caminata. Lo que no nos ha comentado es que se acercaran a casa de Jonas.

—Probablemente ni se acuerde. Iban los dos bastante cargados, ya me entiendes —apuntó Hugo.

—¿Y os dijo algo? ¿Para qué fue hasta allí?

—Eso nos gustaría saber a nosotros. —Daniel volvió a recuperar el protagonismo en las respuestas—. Vino, dio su opinión sobre el funeral, los campos de lavanda, tuvo un recuerdo para su hermano y, la verdad, poco más. Tampoco se le entendía mucho; como dice Hugo, estaba bastante borracho. Ni era bienvenido ni se trataba de entablar una conversación con él.

—Entiendo. Bueno, no os molesto más. Si le veis o sabéis algo de él, hacédmelo saber. Pasadlo bien, vosotros que podéis —dijo devolviendo la informalidad a su tono y ofreciéndome una sonrisa que no brindó al resto.

Todos le agradecimos la recomendación. El sargento Andrade tuvo que alejarse varios metros de nuestra mesa para que recuperáramos la conversación.

—¿Qué acaba de pasar? —preguntó Lola.

—¡Joder, Roberto!, ¿cómo que le vimos por última vez en el funeral? —le espetó Hugo en voz baja—. Con el numerito que nos organizó el hijo de puta en el jardín, como para olvidarlo.

—Yo qué sé, me ha dado por ahí. Viene mi hermano vestido de guardia civil y me dice que el incendio es provocado, que han envenenado a cuarenta perros y que el coche calcinado que han encontrado es del Zombi, ¿qué queréis? Ni lo he pensado. Cuanto más lejos nos situemos de él, mejor. Éste es capaz de haberse cargado a los perros. No sería la primera vez. Les tiene declarada la guerra a los pobres chuchos. ¡Si es al único del pueblo al que todos los perros ladran solo con verle pasar!

—Tu hermano no viene vestido de guardia civil; es guardia civil —apuntó certeramente Aimo, lo que nos devolvió la sonrisa a todos.

—Menos mal que ha salido Daniel que siempre sabe poner el sentido común que nos falta a otros. Cómo se nota que habla con Dios —bromeó Hugo.

—Sí, pero tampoco le hemos contado todo —apuntó Lola—. Que nos insultó, que profirió todo tipo de amenazas, que tuvimos que echarle a patadas, que le subimos al coche y le encendimos el motor...

—Sí, ¡lo que faltaba! Para que terminen diciéndonos que le matamos y le tenemos enterrado en el jardín —exclamó Roberto—. Porque no lo hicimos, ¿verdad? —dijo, y a continuación soltó una carcajada.

—Pues yo no sé qué pensar, a juzgar por todo lo que bebimos —dijo Carla, que había optado por sacar el yogur de lavanda que había comprado y empezar a devorarlo al ritmo que le marcaba la ansiedad. Cuando estaba nerviosa comía muy deprisa, casi sin respirar; el término correcto sería «engullir». Casi como le sucedía con las palabras cuando hablaba. Temí por la reacción de su estómago al acoger el vino y la leche fermentada al mismo tiempo. Pero su aparato digestivo estaba hecho a prueba de bombas, no como el del resto, el mío en particular.

Jonas volvía a tener razón. El sentido del humor es un bálsamo en momentos de tensión, y el comentario de Roberto vino a confirmarlo. Así como lo es el silencio cuando nuestras palabras podrían salvar a alguien y optamos por no decir nada. No me hizo falta contrastarlo con cada uno de ellos para comprender lo que pasaba. Todos habíamos frenado nuestras palabras cuando supimos que el nombre de Marco aparecía implicado en lo sucedido, aunque todavía no supiéramos con exactitud lo que había pasado y desconocíamos cuál sería su grado de participación. Nos daba igual. El coche calcinado en la finca de don Julián era el suyo. No queríamos que nada de lo que dijéramos pudiera ayudarle, que un comentario nuestro proyectara algo de luz en su desaparición.

Aquella sensación de encubrimiento en la prestación de ayuda solo la había experimentado en una ocasión, hacía pocos meses. Fue un domingo por la mañana, en uno de los cruces de Tármino. Jonas ya estaba enfermo, así que era yo quien se encargaba de bajar al pueblo para comprar el pan recién hecho para el desayuno y los periódicos. Cuando abandoné el quiosco de prensa, vi a Marco cruzando la calle sin advertir que por su derecha venía un coche circulando a gran velocidad. Mi primer impulso fue gritar para avisarle del peligro, como hubiera hecho con cualquiera. Pero me frené. Algo tiró de mi voz hacia dentro y la mantuvo ahí, amordazada. Mi cabeza me armaba de razones para actuar así: «Ni siquiera ha llamado para saber cómo está Jonas», insistía. Esperé unos segundos. Habría sido incapaz de gritar aunque lo hubiese intentado, que no lo hice. No podía dejar de mirarle. Seguía sin darse cuenta. El coche cada vez se aproximaba más y yo cada vez estaba más convencida de la conveniencia de mi mutismo. Quién era yo para entorpecer el destino, para levantar un dique de contención a la vida. No se puede contradecir sus designios porque tiene memoria y es vengativa. Lo que tuviera que ser, sería. Todo se resolvería en cuestión de segundos. Y acabó. El claxon del todoterreno detuvo en seco el paso de Marco, que debido al susto, cayó de espaldas, lo que impidió que las ruedas del Porsche Cayenne negro 3.0 TD Tiptronic cinco puertas le pasaran por encima o que la carrocería le elevara varios metros por el aire o desplazara su cuerpo a otros tantos de distancia. No sabía nada de coches, un Bentley siempre me había parecido un Mercedes pesado, igual que un Lamborghini me parecía un Porsche aún más hortera, pero aquel modelo jamás se me olvidaría. Lo había estado probando Jonas hacía tan solo unas semanas y prometía ser su desquite ante el órdago con el que la vida le había envidado. A veces a la vida había que empujarla igual que ella nos espoleaba a nosotros, como decía Jonas. Cuando pasó por delante de mí, después de esquivar a Marco, busqué la imagen de su conductor a través de la ventanilla. Me golpeó cierta sensación de decepción. Nunca me gustaron las oportunidades perdidas, eran una muestra de dejadez con la que no comulgaba. Los que nos sabemos enfermos y con escasez de tiempo no perdonamos las ocasiones perdidas ni despreciamos coyunturas vitales. Ni asomo de arrepentimiento, ni entonces ni casi un año más tarde. No hice nada, ni a favor ni en contra. Tan solo callé y esperé que, en definitiva, era lo que habíamos hecho todos aquel mediodía del 15 de julio alrededor de una mesa llena de copas de vino, alguna cerveza y un agua mineral. Y nadie mostraba remordimientos, al contrario, parecía divertirnos la situación. El juramento hipocrático obligaba a Jonas, también hacia su hermano, como demostró en varias ocasiones, pero los demás no estábamos acogidos a ninguna obligación ética.

Recordé el día que decidió colgar de una de las paredes de su consulta el regalo que le hizo Roberto en su sesenta cumpleaños, y que pareció gustarle más que el resto. Era una reproducción del papiro original con el texto que Hipócrates hacía jurar a los alumnos y discípulos que querían participar de sus enseñanzas y seguir el camino de su maestro.

> Juro por Apolo, médico, y Esculapio, y por Hygeia y Panacea y por todos los dioses y diosas, poniéndolos por jueces, que este mi juramento será completo hasta allá donde tengo poder y discernimiento...

Aunque mi memoria recuperó una frase del final que, en ese momento, me pareció ilustrativa:

> Guardaré silencio sobre todo aquello que en mi profesión, o fuera de ella, oiga o vea en la vida de los hombres que no tenga que hacerse público, manteniendo estas cosas de manera que no se pueda hablar de ellas.

Como los peores discípulos de Jonas, nos acogimos a uno de los puntos del juramento y guardamos silencio. Las responsabilidades, al maestro jonio. Estábamos en Tármino no en la isla de Cos, en la Antigua Grecia, varios siglos de historia más tarde. El 460 a.C. nos quedaba lejos.

—Madre mía. —Fue lo único que acerté a decir—. ¿Y qué hacía el coche del Zombi allí?

El silencio ante mi pregunta contrastaba con el bullicio de

respuestas que empezaron a poblar la cabeza de todos. Que Marco no era del agrado de nadie de los que estábamos allí era algo conocido. Y que le creyéramos capaz de lo peor también lo sabíamos, aunque el conocimiento no alcanzaba a todos en igual medida.

—Cualquier cosa —terció de nuevo Daniel—. No está bien de la cabeza. Lo mismo se ha cargado a los perros, o le robaron el coche, o lo dejó abandonado, o se fue hasta allí y se quedó dormido en el interior del auto mientras fumaba, el cigarrillo prendió y el vehículo ardió... ¡qué sé yo! Es imposible pensar con lógica con el Zombi de por medio.

—Tienes razón, pero ¿dónde demonios está? —preguntó Lola—. Él, que no se pierde una fiesta con comida y bebida gratis.

—No, nunca ha estado bien de la cabeza —apuntó Roberto—. Acordaos de cuando desapareció aquella vez... —calló unos segundos—, cuando pasó lo de la pobre Eva. Desapareció dos días y luego apareció diciendo que estaba de fiesta con otro como él, al que no volvimos a ver.

—Éste siempre aparece donde no debe y desaparece cuando debe algo —apuntó Lola.

El recuerdo de Eva, y por consiguiente de Celia, acalló la conversación. De no saber nada de ellas, a convertirse en protagonistas involuntarias de dos momentos delicados en las últimas doce horas. No lo dijeron pero mientras apuraban sus copas de vino, escondiendo la mirada en el fondo del cristal, todos estaban reconstruyendo en su cabeza aquella aciaga jornada de hacía casi cuarenta años. Lo pude notar en la expresión melancólica de sus rostros, como cuando yo me quedaba colgada de algún recuerdo en el que reconstruía instantes con Jonas. Me vi reflejada en ellos. Yo no era la única que recibía postales del pasado.

Los rostros no mienten. Por eso cuando observé la intención de Carla de preguntar quién era Eva y qué le sucedió, negué con la cabeza en señal de prudencia, ahogando la pregunta en su garganta. Todo tiene su momento y aquél no lo era. Los silencios, los propios y los ajenos, hay que respetarlos. Como a los muertos.

—¿Levantamos el campamento? Tendremos que comer... —propuso Hugo—. Hoy os invito yo, que estamos de fiesta. Lena, te voy a llevar a un lugar donde ponen un agua mineral que te va a dejar sin habla.

Siempre agradecía los comentarios sarcásticos de Hugo porque conseguían hacerme sonreír, siempre certeros, por más que a veces escondieran reproches entre una cuidada ironía. Aunque aquella vez podría decirse que erró en las expectativas. Como si después de todo lo escuchado y lo silenciado, me hiciera falta un agua mineral para dejarme sin habla.

18

L a hora de comer no había conseguido despejar las calles del centro histórico de Tármino y tampoco lo hizo la proximidad del concierto estrella del Festival de la Lavanda, que tendría lugar al cabo de unas horas a escasos diez kilómetros del centro del pueblo, en un paraje muy especial en mitad de los campos de lavanda. Y a pesar de las multitudes, de las que tenía por costumbre huir antes de que cualquier amago de ansiedad me complicara la respiración y acelerara mi ritmo cardiaco, sentí que el paseo estaba resultando reparador. Estirar las piernas siempre ayuda a aclarar las ideas y a oxigenar los pensamientos, especialmente los que se empeñan en atascarse. No sé para los demás, pero para mí resultó estimulante cruzar las calles, doblar las esquinas y esquivar la marabunta de personas con la que nos cruzamos. Inicié un juego peligroso para mi estado anímico: entre todas aquellas caras buscaba una, la de Marco. Era un juego siniestro al que no quería jugar pero mi sentí empujada a hacerlo.

Aquella vez, la locuacidad de Carla no consiguió sacarme de mis pensamientos, era como si sus palabras se hubiesen quedado enredadas en la tela de araña que aquella obsesión inesperada había tejido en mi cabeza. Tampoco lo hizo la conversación que mantenía entretenidos a Daniel, a Hugo y a Roberto

sobre la manera excesivamente especiada con la que preparaban el cabrito en el sitio donde Hugo nos llevaba —al parecer,
la diatriba se centraba en un uso extraordinario del romero que
no casaba bien con la carne—, ni la confidencia de Aimo que
hizo que Lola recurriera a su santoral. «San Elías Espeleota.
San Epifanio de Salamina. San Estanislao de Kostka. Santa
Etelfleda de Rumsey...» Me hacía gracia que Aimo fuera el único interesado en conocer la procedencia de aquellos santos, así
como sus obras y milagros. Jonas estaba convencido de que
Lola se inventaba la mitad, pero yo no lo creía. Y a juzgar por
el interés mostrado, Aimo tampoco. «Como los suyos solo tienen a Santa Claus, agradecen el batiburrillo católico nuestro»,
explicaba Lola. El ruido de los engranajes dentro de mi cabeza
era mayor que todos los nombres del santoral juntos.

Temí que mi imaginación empezara a construir caretas con
el rostro del Zombi sobrepuesto a las caras de los demás. Desde
que el sargento Andrade nos había contado que Marco había
desaparecido y que habían encontrado su coche calcinado en la
finca devorada por las llamas, sentía cierta inquietud. El intenso olor a lavanda no terminaba de asfixiar por completo el hedor a quemado que no sabía si era real o estaba en mi imaginación. La familia, los incendios, las llamas, la hoguera, el bidón
de gasolina, el fuego...

La voz de Mamma Lola tomó textura de agua.

—Ven, Lena —dijo cogiéndome de la mano—. Te voy a enseñar dónde hacen las mejores rosquillas de lavanda de todo
el pueblo. ¡Qué digo de todo el pueblo! ¡De toda la comarca!
Que parece mentira que aún no la conozcas.

No me hizo falta buscar a Daniel con la mirada. Sabía el lugar exacto donde Lola me llevaba: a la pastelería que regentaba
la hermana de Celia. Las rosquillas de lavanda que había llevado a casa la noche anterior eran de allí. Lo supe en cuento vi el
mismo logotipo de las bolsas sobre el enorme escaparate de la
tahona. Y además, el propio Daniel me lo había comentado en

mitad de su confesión nocturna. Tener tan buena memoria no beneficia al corazón. Yo era un buen ejemplo de ello. Quizá la mención que acababa de hacer Roberto de la pequeña Eva llevó a que Lola se acordara de ella y de Celia, y quisiera pasar por la panadería con la excusa de comprar unos dulces.

Tenía fama de ser la mejor tahona del pueblo. Había pasado de abuelos a padres, y de padres a hijos. Tendría que haber sido el negocio de Celia, y quién sabe si más tarde el sueño de Eva, pero alguien lo truncó hacía casi cuarenta años. «Alguien no —me dije—. Marco.»

Al entrar en la tienda, me pareció haber cruzado el umbral de una de esas puertas transitorias que muestran las novelas de ciencia ficción, esas que te permiten viajar en el tiempo. Me pareció ver a Celia detrás del mostrador de mármol blanco, con sus manos delicadas apoyadas sobre él, mientras ordenaba los papeles de envolver, las cajas de cartón de color violeta donde terminaban las delicias que preparaban y las cintas de color dorado con las que cerraban y sellaban los envoltorios. Creo que incluso me sonrojé. Sentí una ola de calor abrasándome y temí que me pasara como cuando el corazón no bombea correctamente la sangre e impide su llegada a la cabeza, lo que solía abandonarme en un mareo que alguna vez terminó en desmayo con pérdida de conciencia. Pero no eran ésos los síntomas. Gracias a la cercanía del horno y a la fecha que marcaba el calendario, podría tener coartada si es que alguien me preguntaba qué me pasaba. El calor súbito lo provocó la impresión de ver aquel rostro. Su hermana tenía el mismo aspecto, las misma facciones, los mismos ángulos perfectos, únicamente tamizados por la herencia del tiempo. Era igual de rubia, la misma tez clara, casi transparente, el mismo pelo rizado, la misma manera de sonreír que tenía la mujer de las fotografías de la caja de latón escondida en el interior de la chimenea. De seguir viva Celia, sería así. Le sonreí como sonríe el asesino a la madre de su víctima cuando todavía se sabe a salvo. Me asusté de la tétrica analogía. No sé por qué pensé en esa comparación. Fue la que me vino a la mente, que desde hacía un tiempo era un lugar que no controlaba, que había decidido tener vida propia y manifestarla en los momentos más inoportunos.

—Hola, bonita, me alegra verte. —La voz de la hermana de Celia era dulce como sus rosquillas. Solo dos personas me llamaban «bonita»: Daniel, sobre todo al comienzo de mi relación con Jonas, y ahora la hermana de Celia. Era un gesto de cariño, pero me hacía sentir pequeña, voluble, infantil—. Toma, éstas son para ti, un regalo. A ver si te gustan y vuelves más a menudo.

—Muchas gracias, pero no es necesario. —Me vi repitiendo las mismas frases hechas que censuraba a los demás que me dijeran. Y, no contenta con eso, insistí—: No tenías por qué hacerlo. Además, me quiero llevar alguna más para los amigos de Madrid. Allí no conseguimos que sepan igual.

—Es que allí ni tenéis el licor de lavanda que tenemos aquí, ni contáis con lo más fundamental: las manos y el amor de Nuria. —La voz de Lola me desveló el nombre de la hermana. Nuria. De repente, mi memoria se vació de Nurias. No sé si existía alguna más, pero desaparecieron. Ella era la única que tenía un lugar en mi cabeza.

—Bueno, la de los amigos te las cobro. Pero éstas, no. Éstas quiero regalártelas yo —dijo mientras las colocaba en una caja de color violeta con el nombre de la panadería grabada en relieve en color dorado: El Horno de Eva. Yo seguía con la misma estúpida sonrisa—. ¿Sabes? —Con una pinza de repostería con anillas iba colocando las rosquillas en el interior de la caja con la delicadeza de quien dibuja una filigrana—. Yo conocí a tu marido hace muchos años, sentía un gran aprecio por él. —Pude notar en su voz una ligera inflexión. Seguro que sentía lo de Jonas, pero creo que en su cabeza apareció la imagen de Celia—. Era un buen hombre, o como a mí me gusta decir, un hombre bueno. Siempre se portó muy bien conmigo, con toda mi familia. Siempre se van los mejores. —Al darse cuenta de la frase, intentó disculparse—. Perdóname, debes de estar cansada de oír siempre lo mismo.

—No, al contrario, te agradezco mucho que me lo digas. Ya sé por Daniel... —dije, frenándome en seco, asustada por lo que estaba a punto de decir, sin saber siquiera lo que iba a decir. Sabía que había un semáforo en rojo y debía detenerme—. Sé que os conocíais todos. Y me encanta que los amigos de Jonas me digáis estas cosas porque, aunque esté un poco tierna, pero, bueno, ya sabes... —No encontraba la manera de acabar la frase, ni sabía cómo dejar de hablar. Entendí mejor que nunca a Carla. Quizá era eso lo que le pasaba, que no sabía cómo ni cuándo parar de hablar. La aparición de Daniel fue casi milagrosa. Otra vez.

—Hola, Nuria. Lo bueno de tu negocio es que cuando las personas con las que vas desaparecen de repente, sabes dónde encontrarlas —dijo llevando a cuestas su sonrisa.

—¡Daniel! Siempre es una alegría verte. Te voy a nombrar cliente del año. ¿Todo bien?

—Claro. Ya veo que has conocido a Lena.

—Yo ya la conocía, de verla por el pueblo cuando venía con Jonas. Pero es más fácil que yo me acuerde de ella que ella de mí, en el pueblo somos muchos ¿verdad? —me preguntó, obteniendo de mí una afirmación con la cabeza. Ya lo creo que eran muchos. Y cada vez aparecían más.

—Nos vamos —terció Lola—. Ya lo tenemos todo. A ver si un día que venga Hugo le explicas que el no tener gluten no le da licencia para comerse las roquillas de media docena en media docena. Hay algo que no ha entendido este marido mío. A ti seguro que te hace más caso que a mí.

—Encantada, Lena —dijo Nuria entregándome las bolsas con los dulces que había comprado.

—Ha sido un placer. Muchas gracias por todo, de verdad.

No sé si «placer» era la palabra que mejor definía aquel encuentro, pero realmente me había gustado conocerla, saber que toda la nube de recuerdos nuevos aparecida la noche anterior tenía algo de realidad palmaria. Hubiese deseado decirle algo más, que sentía lo de su hermana, también lo de su sobrina; que sabía que habían pasado muchos años pero que yo me acababa de enterar y mi pesar era reciente, de apenas unas horas atrás y, sin embargo, lo sentía igualmente. Yo también había perdido a mi hermana hacía treinta años y conocía la impotencia de saber que jamás volvería a verla.

El asesino de Eva la dejó tirada bajo una encina, con el cuerpo a medio enterrar, después de golpearla en la cabeza con una piedra y de abusar de ella; el hombre que mató a mi hermana la dejó tirada sobre el asfalto de la carretera después de que su coche elevara su cuerpo varios metros en el aire, con su sangre tiñendo las bandas blancas del paso de cebra, y luego huyó a gran velocidad para alejarse lo antes posible de lo que había hecho. Ambos pensaron que si corrían y desaparecían, nadie los encontraría, nadie pensaría que habían sido ellos y quizá no los buscarían, ni les harían pagar por lo que hicieron. Ninguno de los dos pagó. Aun así nuestros actos tienen memoria que puede permanecer dormida mucho tiempo, pero un día despierta. Ni ella ni yo habíamos despertado aún. Pero éramos expertas en esperar.

Claro que me quedé con ganas de decirle más cosas, de mirarla durante más tiempo, de sonreírle toda la tarde. Era una desconocida a la que me sentía próxima. No hace falta que dos personas se conozcan para saber lo que sienten y desarrollar una empatía fantasma pero real. El recuerdo de la ausencia de mi hermana me hizo sentirme más cerca de Nuria, aunque ella no supiera de qué pérdida hablaba, aunque creyera que yo tampoco conocía la suya. Era una sensación extraña, como cuando te cruzas con alguien y crees que le conoces, que su cara te resulta familiar, que le viste en otra parte, en otro momento, incluso te da la impresión de que hablasteis, pero no lo recuerdas tanto como para saber su nombre. Y buscas en tu memoria intentando encontrar ese rostro, esa sonrisa, esa misma mirada, pero todo navega sobre las aguas y se hunde mientras desaparece de tu horizonte. Y aunque le pierdes de vista y te alejas, no puedes dejar de pensar en ese alguien, como ese maldito nombre que no recuerdas, que se atraviesa en tu lengua y esconde sus letras en tu memoria, e inviertes todo el día en intentar devolverlo a tu mente. Y cuando por fin regresa, se abre un mundo en el que se vuelcan infinidad de recuerdos, de imágenes, de palabras, de gestos... Ésa era la sensación que tuve al ver a Nuria.

A veces, las pérdidas unen más de lo que cualquier presencia puede conectar. Por eso, hay momentos en los que te sientes más próxima a los desconocidos que a los tuyos, porque te despiertan más interés, más apego, más ganas de derramarte en ellos.

Me quedé con ganas de decirle «Lo siento, te acompaño en el sentimiento», aunque solo fuera porque ese sentimiento me era propio y llevaba habitando en él desde mucho antes de que Jonas muriera. Por un segundo, pensé en regresar a la tienda y decírselo, darle un abrazo y marcharme, porque era una forma de decirle que la entendía, que no era la única. Pero no lo hice. Yo misma aplaqué mis ganas. Me di cuenta de que estaba repitiendo el mismo comportamiento que condenaba en los demás. Si yo estaba saturada de recibir palabras de pésame por la muerte de Jonas, por el recuerdo de la pena que ello implicaba, y solo habían pasado dos meses, una semana y cinco días, no quise ni imaginar lo que sería recibir las condolencias casi cuatro décadas después. La caducidad del pésame era igual para todos aunque mi última pérdida estuviera recién estrenada. Sin embargo, cuando salí de la pastelería, sentí que me iba con algo pendiente.

Dentro de treinta o de cuarenta años, si alguien me recuerda a Jonas, yo se lo agradeceré. Estoy segura, creo que es lo único de lo que estoy realmente segura. Como agradecía que dieciocho años más tarde alguien apareciera y me hablara de mi padre. Como hubiese agradecido que alguien me recordara a mi hermana treinta años después. Para comprobar lo de Jonas, tendría que esperar. Me había convertido en toda una experta en la espera.

Comprobé que, al igual que el duelo, la espera tiene sus fases. Hubo un momento, al principio de la pesadilla, en que todo consistía en esperar y en tu ignorancia crees que ésa es la peor parte: esperar el diagnóstico inicial, esperar la llegada del médico con las conclusiones de la biopsia, esperar los resultados de los análisis de sangre antes de cada ciclo, esperar tumbado en la camilla a ser introducido en el agujero del tomógrafo que tardará entre treinta y cincuenta minutos en tomar las imágenes internas del cuerpo para realizar el PET TAC, esperar que la inyección del radiofármaco no cause reacciones alérgicas, esperar de nuevo la explicación de boca de la enfermera que intenta hacerte más corta la espera, insistiendo en comentarte cómo «se administra una glucosa marcada con flúor 18, que es un isótopo radioactivo, y esa flúor-glucosa se acumula fundamentalmente en las células que tiene una actividad metabólica alta, como son las células tumorales marcándolo en la prueba»; esperar tres y cuatro horas enchufado a una máquina de quimioterapia, otra de radioterapia, esperar que el nuevo ciclo venga sin efectos secundarios, esperar que la nueva medicación funcione, esperar que salga algo nuevo en un tiempo récord que te permita seguir esperando, esperar, esperar, esperar... La vida se convierte en una eterna sala de espera donde ya no quedan revistas con las que entretenerse, porque las que hay ya están leídas. Y cuando por fin te has acostumbrado y esperas seguir esperando, te dicen que no, que ya no queda nada que esperar. Y es cuando reaccionas y entiendes que la espera no era tan mala. Al menos, no tenías la confirmación de lo inevitable y todo ese tiempo es vida regalada. Cuando llegas a esa fase, intuyes que el final está muy cerca, y empiezas a desbarrar porque anhelas lo que más habías odiado hasta ese momento. Después de la muerte de Jonas, me di cuenta de que envidiaba a los enfermos que entraban y salían de las salas de tratamiento, que pasaban horas con las bolsas de doxorrubicina, oxaliplatino y vinblastina enganchadas a sus venas, que vomitaban, que se preocupaban porque se les secaba la piel, porque tenían fiebre, porque tenían fallos de memoria, por una repentina afonía o porque se les caía el pelo; llegué a envidiar a las mujeres que cubrían su calvicie con un pañuelo o una peluca, porque a ellas les quedaba la opción de luchar y de tener esperanza. A mí ya no me quedaba nada. A Jonas tampoco. Y eso es lo que nunca esperas que llegue. Cuando envidias lo peor de la vida de los demás es que ya no tienes vida, o la que tienes no la reconoces.

Luego está cuando la espera degenera en expectativa y todo se confunde.

Siempre pensé que moriría pronto. Lo supe incluso antes de conocer en plena adolescencia las primeras impresiones escritas en mi cuadro médico a las pocas semanas de vida. La niña no había nacido tan sana como todos creían. Por fuera sí, tenía todos los dedos. Mi padre y mi madre me los habían contado uno a uno, unas diez mil veces, como creo que hacen todos los padres con sus bebés, que no dejan de inspeccionarlos de arriba abajo, de un lado a otro, empezando por los dedos y terminando por los atributos en caso de que sea niño. Parece que quieran asegurarse de que al bebé no le falte nada, como si en caso contrario bastase con rellenar una solicitud para que les devolvieran aquello que echan en falta. Por dentro, el motor no estaba bien y el médico le dijo a mi padre que no esperase una vida demasiado larga, que disfrutara de la criatura cuanto pudiera. Al menos mi padre lo hizo, da igual en qué situación.

Admitía todo lo que viniera porque el hecho de que llegara era ya un milagro, según los médicos. Quizá por eso cuando las monjas le llamaron para advertirle que habían descubierto a su hija leyendo *Crimen y castigo* de Dostoievski y que eso no podían permitirlo en una niña tan pequeña, que aquello era mucho correr, tuvo que tragar. Mi padre se excusó ante las religiosas con su metro noventa y dos de estatura y su planta de Rock Hudson, y les aseguró que no sabía de dónde podía haber salido el dichoso libro —yo sí lo sabía: de su biblioteca—, pero que lo investigaría, como buen inspector de policía que era, algo que tranquilizó el desvelo de las monjas al ver el nombre de un escritor ruso en la portada de un libro. Y también les prometió que no volvería a repetirse. Pero al minuto me sacaba por la puerta del colegio, intentando disimular la risa, mientras me pedía: «No le digas nada a mamá», y me entregaba el libro que las monjas me habían requisado. Mi padre siempre pensó que yo moriría antes que él y quizá por eso me disfrutó más. Puede que ésa sea la clave.

Siempre pensé que yo moriría antes que Jonas. Ésas eran mis expectativas contrastadas por la ciencia. Esa previsión me hacía sentir bien y segura, disfrutar más de lo que tenía en el momento en que lo tenía. Pero algo pasó. Te preparas para una carrera que sabes que será corta y cuando estás a la mitad, en plena entrega, de repente te paran y te informan de que han puesto cien metros más de pista, pero que los tendrás que recorrer con los ojos vendados y con una sola pierna porque la otra ha desaparecido. Y aunque protestas porque eso no era lo acordado y quieres abandonar porque no te has preparado para ese fondo, te obligan a seguir hasta el final.

Ésa fue la sensación que tuve cuando murió Jonas.

Me faltaban ganas y me sobraba pista.

Aún seguía esperando alguna explicación.

19

Al regresar a casa nos cruzamos con tres patrullas de la Guardia Civil. Nos adelantaron haciendo gala de una soberbia natural, la misma que tiene la vida cuando nos ignora por mucho que transitemos por ella, como si fuéramos invisibles. En realidad, a la vida le importamos todos una mierda. Ni nos mira. Ni siquiera nos ve. No le incumbimos. Ni se preocupa. La vida estará siempre, estemos o no nosotros, somos sus inquilinos provisorios y además somos frágiles y accidentales. Si estamos, bien. Si no, también. Ése es el desprecio concertado. Nos lo dicen cuando nos entregan una copia de las llaves, pero estamos tan ilusionados con nuestra nueva casa, que no prestamos atención a las cláusulas del contrato. Y sin embargo, están ahí, al final del todo, escritas en letra muy pequeña para que no las veamos. Nos creemos dueños de algo y no lo somos de nada. Simples arrendatarios de una casa deshabitada.

Con esa misma altivez convenida y tolerada de quien se sabe con mayores preocupaciones que las tuyas, en cuestión de segundos las tres patrullas de la Guardia Civil pasaron de ocupar el espejo retrovisor a ocupar nuestro horizonte, hasta que las perdimos de vista. Iban con prisa. Nosotros también. Se nos había echado el tiempo encima y queríamos llegar a casa para poder descansar un poco, tener preparado el bolso de viaje si

Carla y yo queríamos irnos a Madrid nada más terminar el concierto, y dejar la casa más o menos en orden, aunque ya sabía que la eficiente Milagros haría honor a su nombre y se encargaría de que la próxima vez lo encontrásemos todo en perfecto estado. El concierto era a las nueve de la noche. Teníamos más de cuatro horas por delante. Tiempo suficiente.

Daniel seguía sin entender tanta precipitación en el regreso.

—No te vayas hoy. Quédate hasta mañana. No tienes ninguna necesidad de conducir de noche. No entiendo por qué quieres ponerte en carretera casi de madrugada. Me vas a tener pendiente hasta que llegues. Y como siempre se te olvida llamar para decir que has llegado bien, me tendrás toda la noche en vela. No sé a qué vienen tantas prisas.

—Aquí ya no hago nada.

—¿Y qué es eso tan urgente que tienes que hacer en Madrid?

Visualicé por un momento mi llegada a la casa, a oscuras, yerma de muebles, de saludos de bienvenida, de preguntas sobre el viaje, de los clásicos ruidos de estancia vivida, del olor a vida hecha, a historia cuajada. Una casa como esos libros que nadie ha abierto y esperan en silencio a ser leídos. Esa casa que todavía tenía que hacer méritos para que la llamase hogar.

Nos faltó tiempo para llenarla de vida. Era una expresión muy de Jonas. «*A esta casa le falta vida, se nota que no está vivida.*» Era la casa de sus sueños, la que ahora muchas noches me robaba el mío. Se enamoró de ella nada más verla, como decía que le pasó conmigo. «*Aquí va a ser.*» Y fue, pero a medias. No nos dio tiempo a insuflarle vida y la vivienda no tenía reservas suficientes para devolverme lo entregado. Era una casa perfecta pero vacía de todo. Todavía no había tenido ganas de hacer nada con ella. Me sentía incapaz de dibujarle un cuerpo a su alma vacía, no encontraba materia para llenar su espacio. Su interior estaba tan desnudo de mobiliario como de vida. La gente insistía en que cambiara los muebles, que modificara la decoración, que sustituyera la fragancia del piso por otra totalmente diferente, que pintara las paredes de otro color. Llegaron a proponerme que tirara un tabique, que ni siquiera existía en el espacio diáfano en el que la convirtió Jonas, porque eso le daría un aire nuevo. Quizá pensaban que había cambiado de gustos o de hábitos, en vez de creer que una pérdida me hubiera cambiado a mí. Me habían cambiado mi lugar en el mundo, yo no había cambiado nada de lugar. Estaba en el mismo sitio pero me sentía perdida. Existe la creencia popular de que cuando te quieres recuperar de un golpe y seguir con tu vida debes cambiar los muebles o cortarte el pelo. No hice ninguna de las dos cosas.

Recordar mi casa vacía me hizo pensar que quizá era mejor así, que si las paredes, las habitaciones y los muebles no atesoraban momentos vividos, era más complicado recordarlos. Quizá ése sería un buen comienzo. La vida se vuelve imposible cuando todo se recuerda. No te da tiempo a vivir con tantos recuerdos. Un exceso de equipaje en la memoria te lastra; dicen que quien tiene mala memoria sufre menos. Conozco a personas que matarían por despertarse de un coma y no recordar nada ni a nadie, y tener la posibilidad de volver a empezar, como si les dieran un folio en blanco y pudieran comenzar a escribir su vida desde cero, sin cargas, sin mochila. Pero yo quería seguir, no volver a empezar nada. Yo ya tenía una historia escrita que me gustaba y que no quería borrar. Lo malo de los recuerdos no es tenerlos y que algunos te duelan al regresar; lo malo de los recuerdos es que cuando no se tienen, se extrañan. Al final, siempre estás en una encrucijada.

—¿Y bien? —preguntó de nuevo Daniel al ver que tardaba demasiado en encontrar una respuesta plausible de aquello tan urgente que tenía que hacer en Madrid.

—Con una condición. —Vi un gesto de sorpresa en su rostro al habeme convencido con una sola pregunta—. Que esta noche no te vayas a rezar a la iglesia. Es que Carla escoge unas películas muy malas.

—Prometido.

—Ahora que lo pienso, nunca te he visto rezar a solas, en las misas sí, pero nunca a solas —dije mientras preparaba un nuevo envite—. ¿Por qué no te gusta que te vean rezar?

—Y a ti, ¿por qué no te gusta que te vean llorar?

Touché.

Las preguntas de Daniel, como las respuestas de Jonas, siempre me hacían plantearme algunas cuestiones. Hay cosas que preferimos hacer a solas, sin testigos incómodos, con nuestro yo como única compañía, eso que llaman la soledad elegida, aunque me inclino a pensar que más que elección es clandestinidad. Yo nunca anhelé aquello. Mientras vivió Jonas no lo quise, no lo sentí así. Ninguno de los dos necesitamos espacios privados, todos eran comunes, quizá por eso nuestro hogar era un espacio diáfano, sin puertas, sin tabiques, solo con las paredes protectoras y las ventanas al exterior. No significaba nada bueno o malo, tan solo que estábamos a gusto en la compañía del otro, más que en la nuestra propia. Antepusimos el nosotros al yo, preferíamos compartir soledades a sentirnos solos cuando estábamos acompañados. Preferíamos viajar juntos, comer juntos, volar juntos, leer juntos, dormir juntos, escribir juntos, caminar juntos, bucear juntos, mirar juntos, hablar juntos, reír juntos... Una vida es mucho mejor cuando se comparte que cuando se disfruta en soledad, aunque supongo que eso depende de la compañía. Yo había encontrado la compañía perfecta, no había razón para perderla ni para prescindir de ella. No entiendo por qué la soledad tiene tan buena prensa, siempre he creído que está sobrevalorada. Y tampoco entiendo por qué la relacionan con la libertad. Cada uno gestiona su soledad como puede o quiere, ningún manual de instrucciones escrito por manos ajenas resulta eficiente. Cada uno impone sus propias reglas porque conoce las razones de su soledad.

Es la patria más íntima y cada uno se siente patriótico a su manera.

Daniel necesitaba rezar en soledad. La soledad para mí era no tener a nadie por quien rezar. Quizá la soledad para él era no tener a nadie realmente propio por quien llorar.

Retrasar mi regreso a Madrid no era mala idea. En el fondo me gustó que me lo propusiera. No había necesitado mucho para convencerme. Me dolió comprobar que, aunque tenía casa a la que volver, no tenía a nadie por quien regresar ni tampoco un hogar al que retornar. Me esperaba una estancia fría, y no un ambiente cálido. Sin duda, podía aguardar a mañana. No había nada que me urgiera y en aquel Tármino personal estaba en buena compañía: Roberto, Hugo, Lola, Aimo, Daniel, Carla... Era como si Jonas se hubiese desdoblado en cada uno de ellos para acompañarme. Además, me envolvía una confusa sensación de realidad inacabada, como cuando sabes que tienes que hacer algo pero no recuerdas el qué. No sabía a qué se debía ni de dónde procedía. Decidí esperar, ésa siempre era una buena opción.

Lola nos había explicado que la asistencia al concierto de esa noche se regía por una etiqueta. Debíamos ir de blanco y en Tármino los colores se respetan con fervor religioso. Era algo que ya me había advertido Daniel antes de salir de Madrid, y que yo le había comunicado a Carla porque conocía su propensión al drama y temía que entrara en crisis y se negara a ir al concierto por una incorrección en la vestimenta. Era verano, lo teníamos fácil: un socorrido vestido blanco, y a correr. Me miré al espejo para comprobar cómo la vida cambiaba de color en menos de veinticuatro horas. El día anterior, casi a esa misma hora, el color que monopolizaba mi imagen era el negro. Ahora era el blanco. Me pareció una oscilación demasiado pronunciada, un vaivén exagerado, precipitado como los repentinos cambios de opinión o de humor que siempre esconden algo, fuera del alcance del azar. Pero había que ser prácticos. La vida cambiaba a esa velocidad, de la noche a la mañana, y lo que hoy es blanco ayer fue negro. La vida tiene sus tiempos, como los propios campos de lavanda: todo tiene su momento justo, exacto, milimétricamente controlado; si apareces en Tármino antes o después del tiempo de la floración de la lavanda, te decepcionará no encontrar el manto violeta esperado. Las cosas llegan cuando tienen que llegar, ni antes ni después. Es el tiempo, son sus reglas; o las aceptas, o te lo pierdes todo y te quedas fuera.

Me sorprendían la velocidad y el descaro con que las cosas aparecen y desaparecen de nuestra realidad, y no me refería a las personas, que al ser más frágiles que las cosas llevan peor los vaivenes. Por ejemplo, las palabras. Hay palabras que desaparecieron de mi vocabulario cuando Jonas murió, como si se hubieran ido con él, arrastradas por la fuerza de un tsunami, de manera inesperada, sin mediar explicación, sin pensar en las consecuencias. Llevaba tiempo sin que la palabra «feliz» saliera de mi boca. No le encontraba acomodo en mi conversación. No había nada que me invitara a usarla, o quizá es que en mi vida anterior había conseguido desgastarla. Tenía miedo a pronunciarla, como tenía miedo a empezar a reír y que oyeran mi risa. Por mí y por los demás. No era un miedo al qué dirán, era el temor a que creyeran que me había olvidado de él, que a los casi tres meses de su desaparición no quedaba rastro de la tristeza que me dejó su pérdida, y eso era algo que él no se merecía. Era imposible sobreponerse a la muerte de Jonas en tan poco tiempo; no sabía si algún día dejaría de serlo. No era por pena o por puro egoísmo, sino por respeto a él, era lo mínimo que se merecía. No habíamos podido hacer nada más para retenerle a nuestro lado, habíamos fallado en nuestro intento, al menos le debíamos un respetuoso rendibú a través de la veda de ciertas palabras y actitudes. Creo que por eso desarrollé un marcado desprecio hacia las frases de pésame que se vertían en mis oídos como si necesitara que me recordaran que estaba muerto. Quizá me lo recordaban porque pensaban que se me había olvidado aunque fuera por unos minutos. Se equivocaban. Era imposible. Estaba convencida de que el destierro de algunas expresiones sería eterno. No me veía diciéndole a nadie «Te amo». Me estaría mintiendo a mí y le estaría mintiendo al nuevo él. Creo que tendría que morir y volver a nacer si quería poder pronunciarlo de nuevo. No podía decir que era feliz porque no lo era y tampoco me sentía capacitada para serlo. De nuevo ese extraño sentimiento de traición, de deserción, de ingratitud hacia él y hacia lo que fuimos y teníamos. Cuando nos prometimos el «siempre», lo hicimos de verdad, y los contratos no se rompen sin asumir sus consecuencias. Jonas solía bromear con ese tema y era algo que no me hacía ninguna gracia aunque fuera él quien lo contara, y eso que en su voz casi nada sonaba mal. *«Prométeme que cuando yo me muera, porque por lógica y por edad me moriré yo antes... —decía mientras yo pensaba que ése era otro concepto sobrevalorado: la lógica—, volverás a enamorarte y serás feliz.»*

Él nunca empleaba la expresión «rehacer la vida», ni siquiera en los intentos de consuelo y en las frases de pésame que tuvo que dar a lo largo de su vida profesional y personal. Siempre hablaba con propiedad. Era cardiólogo, cirujano cardiovascular, había devuelto a la vida a miles de personas, pero nunca hablaba de «rehacer vidas». Creo que tuvo demasiados corazones en su mano para saber cómo eran, de qué material estaban hechos y por mucho bypass, catéter o reposición de válvulas que realizara en ellos, sabía que era imposible rehacerlos. Podía coserlos, suturarlos, sembrarlos de cicatrices, curarlos, e incluso sustituirlos, pero nunca rehacerlos. Con el corazón y con el amor sucede como con el poder y el dinero, siempre hay el mismo, no existe duplicidad, es todo un bloque, una unidad, tienes que quitárselo a uno para dárselo a otro. Hay el que hay. No se puede compartir ni dividir, eso va contra su propia identidad y su integridad.

«Si no lo haces, volveré y tendrás que oírme. Estaré vigilando.»

Siempre cumplió sus promesas. En el fondo, esperaba que ésa también la cumpliera.

Cuando el cuarteto fue llegando a casa con todos sus miembros vestidos de blanco, algunos con más acierto que otros, me pareció que éramos parte de una compañía de teatro amateur preparada para una representación, concienciados, con entusiasmo, creyendo en lo que hacíamos. La casa de Jonas se había convertido en nuestro cuartel de invierno, en el kilómetro cero de cualquier camino, en nuestro Checkpoint Charlie, en el paso fronterizo entre nuestro particular Berlín y el Berlín de ahí fuera. Por ese punto se pasaba para ir a cualquier sitio y volver de cualquier lugar. En realidad, siempre había sido así.

Las Navidades que decidíamos pasar en Tármino siempre terminaban en nuestra casa. Aunque la cena se celebrara en otra vivienda, casi siempre en la de Roberto por ser más grande, la celebración siempre acababa en la nuestra. Y sucedía lo mismo en cualquier momento del año. Cuando había un problema que resolver, un secreto que compartir, una decisión que tomar, una discusión a la que poner fin o un plan que llevar a cabo, aquél era el escenario perfecto. Era nuestra particular plaza de Tiananmén de 1989, nuestro balcón de la Casa Rosada en el primero de mayo de 1952, nuestra Plaza Roja en el desfile de la Victoria de 1945. La casa de Jonas era un lugar común en la historia de todos, en mayor o menor medida, pero de todos. No era de extrañar que cada uno de ellos supiera el sitio exacto de cada cosa. Por eso Lola sabía en qué recipiente de metal estaba el café; Hugo conocía en qué mueble estaban las copas y el aguardiente que escondía Jonas para las grandes ocasiones;

Aimo iba directo al cajón donde le esperaban los posavasos «porque una madera tan buena como ésta no se puede echar a perder con un inoportuno cerco»; por eso Roberto sabía qué armario abrir para coger una toalla con la que secarse las manos; y Daniel conocía huecos en el interior de la chimenea que yo ni siquiera imaginaba. Hasta Carla supo aquella misma mañana dónde buscar los cereales para su desayuno y encontrar el mando de la televisión por cable la noche anterior. Me dio la impresión de que aquella casa era de todos, puede que hasta un poco más suya que mía. Y eso me hacía sentir en casa. Aquello sí era un hogar vivido. Me alegré de retrasar la vuelta, casi tanto como temí el regreso a Tármino unas horas antes, cuando esperaba ante la luz roja del semáforo.

Mientras Daniel subía a buscar una camisa blanca en el armario de Jonas para cambiarse la suya, salpicada por una inoportuna mancha de café, oímos llegar un vehículo. La gravilla de la entrada era la mejor alarma de todas cuantas conocía, aunque la noche anterior nos había fallado con el Zombi. Roberto ni siquiera esperó a que la visita tocara el timbre o golpeara con los nudillos en la puerta, y abrió directamente. Nunca me acostumbré a esa confianza tan propia de los pueblos que invita a creer que todo lo que hay detrás de la puerta la hace digna de ser abierta. Cuando el portón de madera y hierro forjado se entreabrió, vislumbramos los últimos pasos del sargento Andrade, que apareció con gesto serio, a pesar del aire infantil que todavía atesoraba su rostro y que destacaba aún más al lado de su hermano Roberto. Avanzó hacia el interior de la casa, dando las buenas tardes mientras se quitaba la gorra y se pasaba la mano por el pelo. No sé por qué elegí ese instante para preguntarme cuándo había desaparecido el tricornio negro de la cabeza de los de la Benemérita, si es que realmente lo había hecho.

—Buenas tardes. Supuse que estabais aquí. Os vi pasar cuando íbamos hacia la finca de don Julián —dijo a modo de explicación, como si necesitara justificar su presencia allí, aunque a juzgar por su uniforme y nuestras caras, todos lo necesitábamos.

—Más bien fuisteis vosotros los que nos pasasteis —comentó Roberto para, acto seguido, y acordándose de la recomendación de Jonas sobre dar a Rafael el sitio que le correspondía, añadir—: Y muy bien pasados, por cierto.

—¿Está Daniel con vosotros? —preguntó mientras desviaba la mirada a las escaleras por las que el aludido bajaba en ese momento desde la planta superior.

—¿Sucede algo, sargento? —preguntó Daniel. Que se dirigiera a él utilizando el rango militar empezó a preocuparme. Eso era que intuía que la visita iba en serio.

—Me temo que sí —dijo como si le costara dar la noticia, como si su uniforme no le facilitara este tipo de comunicaciones. Me acordé de mi padre llegando a las casas ajenas, y aquella aciaga tarde de hace treinta años a la suya propia, y lo entendí mejor. Nunca eran fáciles esas notificaciones por mucha o poca experiencia que se tuviera. Pero al sargento Andrade le estaba costando más de lo esperado: o bien detestaba lo que iba a decir, o bien tener que ser él quien lo dijera.

—Habla, Rafael —pareció ordenarle Roberto, más desde la familiaridad que desde el respeto al mando.

—Hemos encontrado el cuerpo de Marco en un paraje próximo a la finca de don Julián.

La noticia nos zarandeó a todos. Carla y yo nos llevamos la mano a la boca casi al mismo tiempo, yo como acto reflejo para resguardar la sorpresa y ella como si quisiera detener algún improperio.

Marco muerto.

Las palabras del sargento Andrade nos empujaron a otra dimensión. Fue como oír una conversación dentro de un sueño, manteniendo la distancia, mostrando cierta cautela, esperando a despertar para poder confirmar si era o no verdad. Nadie dijo nada. No se oyó ni una sola voz, ni un murmullo ni una respiración más fuerte que otra. El silencio inundó el salón que, apenas unos segundos antes, era una algazara de voces. No sé si era una mudez real o intuida, ya que solo podía oír los contundentes latidos de mi corazón, que parecía estar enclaustrado en una bóveda, más que confinado en mi pecho. Necesité respirar con mayor urgencia, como los peces cuando boquean en la superficie del agua, como pidiendo que el aire entrara más deprisa.

Marco muerto.

Solo podíamos mirar al sargento Andrade, a quien tanta atención le estaba empezando a incomodar. Lo más probable es que fuese la primera muerte que se veía obligado a comunicar y alguien en el Cuerpo, un superior, decidió que él sería la persona idónea para hacerlo, ya que conocía a la familia. Estaba demasiado pálido y su rostro tenía cierta pátina de sudor, quizá por los treinta y cinco grados que hacía en el exterior o quizá por los nervios de haber anunciado una muerte mientras no dejaban de mirarle como si él fuera el responsable. Temí que se pusiera a vomitar, que se desmayara o que empezara a hiperventilar.

Marco muerto.

A pesar de la sencillez del mensaje, y a juzgar por nuestro silencio y nuestra nula reacción, nos estaba costando procesarlo. Podría resultar inadecuado pensarlo, pero no creo que fuera por lo doloroso, sino por lo inesperado.

—¿Cómo ha sido? ¿Qué ha pasado? —preguntó, por fin, Daniel.

—Todavía no tenemos el informe de la autopsia, tardará unos días en hacerse oficial, pero el cadáver presentaba múltiples picaduras de abejas por todo el cuerpo. Tenía tres o cuatro alrededor de la yugular y puede que eso fuera lo que le provocó la muerte. De hecho, el rostro del cadáver estaba bastante desfigurado por la cantidad de picaduras. Estaba muy deformado. Pero no hay duda. Es él.

Me extrañó la manera como la muerte cosifica a las personas. Marco había muerto y ya se referían a él como «cadáver», «cuerpo», «sujeto»... En realidad, solo lo hace con algunas personas. No recuerdo que nadie se refiriera a Jonas como «cadáver» o «cuerpo». Mi cabeza comenzó a llenarse de imágenes y de pensamientos siniestros. No sé por qué aquella detallada explicación del sargento Andrade me hizo contemplar la fotografía de Marco muerto con el rostro desfigurado, como si hubiera sido hecha con un objeto gran angular, con una distancia focal muy reducida de 14 mm, que provocaría enormes desproporciones en el rostro del fotografiado, alterando sus rasgos, dándole la apariencia de un monstruo deformado. De haberle hecho yo la foto, me hubiera salido con ruido digital, con grano en la imagen, con alguna perversión cromática. Sacudí la cabeza. Demasiado arriesgado, como el uso de aquel objetivo. Debía tener cuidado. El rostro y el cuerpo deformado de Marco se instalaron en mi mente como lo hizo en la de todos.

—Marco era alérgico al veneno de abeja —acertó a decir Daniel—. Ya tuvimos varios incidentes con él cuando éramos pequeños. Pero nunca hasta este extremo.

—Sí, lo hemos supuesto. Encontramos un inyector de epinefrina a unos cuantos metros del cadáver. Estaría merodeando por la zona y al verse sorprendido por un enjambre, se puso nervioso y la inyección salió disparada. Aún es pronto para saberlo, son meras especulaciones. Aunque, sinceramente, no sé si ante un ataque así, una dosis de epinefrina haría mucho. Demasiado masivo. Era mortal de necesidad. Incompatible con la vida. —El sargento guardó silencio pero su expresión indicaba que tenía más detalles que dar sobre las circunstancias de la muerte de Marco, y que tan solo estaba dosificando la información, como se dosifica la epinefrina—. Además había huellas de perros en el lugar, como si hubieran estado escarbando la tierra. No sabemos si antes o después de que el sujeto sufriera el ataque de las abejas. El cadáver mostraba en su superficie restos de materia orgánica, algo de grava de la finca, como si le hubieran echado tierra encima. Supongo que los perros removieron el terreno al acercarse al cadáver.

Tardamos unos segundos en visualizar la imagen que estaba describiendo el sargento Andrade. Resultaba un tanto truculento, pero seguíamos viéndolo como si se tratara de una película cuyo argumento intentas seguir sin que te venza el sueño, un sábado por la tarde en el salón de tu casa, bien acomodado en el sofá y acurrucado bajo una manta.

—¿Lo sabe Petra? —preguntó Daniel. Me extrañó su pregunta. Yo ni siquiera había pensado en ella.

—Sí, desde hace una media hora. Ha sido ella quien ha identificado el cadáver. Al estar tan deformado el rostro, necesitábamos que alguien lo confirmara. No llevaba documentación encima y tampoco teléfono móvil, pero vamos, que no había dudas. Es un pueblo. Es fácil reconocernos. Petra lo identificó allí mismo. De hecho, seguía en Las Galatas cuando he abandonado el lugar para venir hasta aquí. Están esperando a que se desplace el juez para proceder al levantamiento del cadáver.

—¿El cuerpo ha aparecido en Las Galatas? —preguntó Roberto intrigado, mientras su mirada buscaba la de Daniel, para volver rápidamente a su hermano—. ¿No decías que había sido en la finca de don Julián?

—Sí, bueno, teóricamente y con los planos en la mano, la encina de Las Galatas entra dentro de los lindes territoriales de la finca de don Julián. Por eso lo he dicho —puntualizó el sargento como si estuviera obligado a justificarse—. ¿Eso importa?

—En absoluto —terció tajantemente Roberto.

El rostro de Daniel no decía lo mismo. Me dio la sensación de que en su cabeza comenzaba a montarse una película distinta a la que la muerte de Marco proyectaba hasta entonces. Ahora era él quien parecía más pálido y eso que su tez morena, casi idéntica a la de Jonas, disimulaba bien la lividez. Estuve a punto de acercarle un vaso de agua, pero al hacer el ademán, el sargento Andrade creyó que era para él y me lo agradeció alargando el brazo.

—Muchas gracias, Lena. Es que hace mucho calor fuera, y más a estas horas.

Roberto imitó mi gesto ofreciéndole otro a Daniel, que sin embargo lo rechazó negando con la cabeza. Supuse que la tenía encharcada de recuerdos y temía que añadiendo más agua, algunos fantasmas terminaran saliendo a flote. Por cómo había encajado la noticia el cuarteto, aquella encina tenía que ser la misma bajo la que encontraron el cuerpo de la pequeña Eva; la misma en una de cuyas ramas, dos meses más tarde, apareció colgado el cuerpo de Celia. De los allí presentes, Carla y yo éramos las únicas que no teníamos esos datos sobre la ubicación —yo conocía el suceso, pero no el lugar exacto en el que ocurrió, Daniel no me lo había mencionado en su confesión—, por lo que nuestros rostros no podían reflejar la misma consternación que evidenciaban los del resto ante el particular juego de las coincidencias con el que la vida parecía estar divirtiéndose, como lo hacía a menudo.

—Y ¿se sabe cuándo murió? —preguntó Hugo, más para deshacer la incómoda afasia preñada de elucubraciones que por un interés real.

—Hasta que hagan la autopsia no lo sabremos. Pero suponemos que obviamente fue en el intervalo de tiempo comprendido entre que salió de esta casa pasada la medianoche y la primera hora de la tarde de hoy, que fue cuando don Julián lo encontró.

—¿Fue él quien halló el cuerpo? —insistió Hugo.

—Oyó que sus perros no dejaban de ladrar hacia la parte oriental de su finca, justo donde está la encina de Las Galatas y al acudir para ver qué pasaba, creyendo que quizá encontraría más perros muertos como los de la noche anterior, fue cuando halló el cuerpo de Marco. Entonces llamó a la Guardia Civil. Fue un poco después de que os encontrara en el pueblo este mediodía.

—Vaya, qué casualidad. Y tú preguntándonos si le habíamos visto —comentó Lola.

—Por cierto, ¿sabéis ya qué pasó con los perros que encontraron? ¿Finalmente los envenenaron? —La pregunta de Roberto nos sorprendió a todos, quizá porque resultaba demasiado inoportuna o reveladora, pero nadie quiso hacer ningún gesto que lo corroborase.

—Eso parece. Han hecho un primer análisis de las latas de comida y de la espuma encontrada en las fauces de los perros, y todo indica que efectivamente fueron envenenados. Creemos que la misma persona que los envenenó pudo provocar el incendio posterior para borrar cualquier rastro. ¿Por algo en especial?

—No, por nada —indicó Roberto igual de tajante que la vez anterior, en mitad del mismo silencio incómodo que sosteníamos entre todos—. Como nos lo contaste esta mañana, me preocupaba, nada más. No sé cómo hay gente que puede hacer eso. —Cuanto más hablaba Roberto, más ganas teníamos de que terminase y dejara que su hermano, que por primera vez le miró como si él fuera el mayor de los dos, se marchara.

—Quería que lo supierais por mí. Me pareció lo más indicado. Gracias, Lena —dijo devolviéndome el vaso sin una sola gota de agua dentro. Realmente, necesitaba hidratarse, como lo necesitamos todos en aquel momento—. Debo marcharme. Tengo que volver. —Dudó si decir las palabras que bullían en su cabeza. Balbuceó por unos instantes y al final las soltó como una vomitona en mitad de una borrachera—: Yo..., en fin..., que lo siento. Mis... condolencias... —dijo con un hilo de voz dirigida a Daniel y a mí, para acto seguido darse media vuelta, encaminarse hacia la puerta mientras miraba a su hermano, y por último despedirse de todos y abandonar la casa.

En ese momento, el sargento Andrade me provocó cierta ternura, no quería decir pena. Estuvo a punto de escapársele el manido «os acompaño en el sentimiento» —no sabía hasta qué punto él mismo estaba emparentado con el muerto—, pero frenó a tiempo y no lo hizo. Conocía la mala relación que había existido con Marco, y aunque una muerte siempre parece obligar a rebajar cualquier tensión y suavizar rencillas, tampoco quiso sobrepasarse en sus condolencias. Sobreactuar en ese tipo de situaciones, y más vistiendo un uniforme, resulta ridículo.

Cuando desapareció por la puerta por la que había entrado y se subió al coche patrulla, creo que nosotros nos sentimos más aliviados que él al volver al aire acondicionado del vehículo y alejarse de la casa, después de haber cumplido con su deber. Recuperamos el aliento y lo hicimos sonoramente, inhalando aire como si hubiésemos estado con apnea durante varios minutos. Necesitábamos reaccionar, hablar, compartir impresiones.

—Marco muerto —dijo Hugo con cierta cadencia de incredulidad en sus palabras mientras se dejaba caer en uno de los sofás. Carla y yo también nos sentamos. El resto permaneció de pie o caminando por el interior de la casa, como lo hizo Lola.

—¡Joder! No me esperaba terminar así el día, sinceramente —comentó Roberto.

—¿Ha muerto por la picadura de una avispa? —se preguntó Carla, como si aquella muerte no le pareciera real.

—Por varias picaduras. Y eran abejas —puntualizó Lola.

—¿Qué diferencia hay entre una avispa y una abeja? —No sé por qué hice esa pregunta. Pero la hice.

—Las abejas de la miel solo pican cuando son provocadas, las avispas son innatamente depredadoras agresivas. —La de Aimo era la voz más cualificada para hablar del tema. Él trabajaba con ellas, era todo un experto. Me había propuesto mil veces ir a ver sus panales para mostrarme lo inofensivas que, según él, eran. Quería enseñarme cómo ahumaba el enjambre, accedía a los panales e incluso me prometió que encontraría la abeja reina para enseñármela. Jonas siempre se reía del ofrecimiento porque sabía que con solo mentármelas, me ponía azul. Él sí había aceptado la invitación, junto a Daniel y a Roberto, y por muy inofensivas que fueran, siempre volvía con alguna picadura. «Es que no siguen las instrucciones. Si dejaran de hacer el memo y se lo tomaran en serio...», protestaba Aimo—. Las abejas de la miel pueden picar solo una vez y después mueren; las avispas pueden picar muchas más veces. Pero este año ha llegado una población de avispas africanas importante y creo que lo han revolucionado todo. Aunque en el fondo, son igual de peligrosas que las europeas.

—Da lo mismo que haya sido una abeja o una avispa africana o puertorriqueña. El final es el mismo. Marco está muerto —sentenció Roberto, como si tuviera ganas de terminar con la improvisada clase de apicultura.

—El otro día leí que en España hay un millón de personas alérgicas al veneno de las abejas y de las avispas. Y que son la causa de más de veinte muertos al año —comentó Lola—. El Zombi convertido en un caso más que contabilizar en una estadística.

—¿Y lo de los perros? ¿Habéis oído lo que ha dicho Rafael? —preguntó Hugo, volviendo al trato familiar para referirse al sargento Andrade.

—Bueno, al menos Marco terminó sus días rodeado de la gente que le quería —dijo Roberto henchido de sarcasmo—. Seguro que le ladraron en su muerte, como lo hicieron durante toda su vida.

Todos lo notamos. Hasta ese instante, manteníamos cierta contención de palabra y de gestos. Otro cosa bien distinta era la ebullición que nos agitaba por dentro. Acabábamos de saber que el Zombi había muerto. Todos teníamos motivos para odiarle, pero había muerto. Todos habíamos ambicionado su muerte en algún momento de rabia o implorando justicia divina, pero había muerto. Todos, y yo de manera muy especial, deseamos sin ningún remordimiento que hubiera muerto Marco en vez de Jonas el pasado 3 de mayo, pero era 15 de julio y estaba muerto. La discreción que mantuvimos durante los primeros instantes era algo natural y previsible. Pero cuando Roberto levantó la veda con su habitual humor negro, estaba claro que, tras la primera impresión causada por la noticia de la muerte, saldrían las verdaderas emociones. Y cuando eso ocurre es como cuando se abren las compuertas de una presa a punto de desbordarse por el exceso de agua.

—¿Qué hacemos? —preguntó Hugo.

—¿Cómo? —le respondió Lola como si la pregunta, además de frenar sus paseos por el salón, hubiera conseguido indignarla—. ¿Es que alguien se plantea hacer algo diferente a lo que tenemos previsto? Lo siento, pero no pienso cambiar mis planes porque el Zombi haya muerto. Siento si parezco una insensible, una mala persona, un ser sin sentimientos, un monstruo sin alma, pero lo que no soy es hipócrita. Este tío ya nos cambió los planes demasiadas veces. No lo va a hacer más. No se lo voy a permitir.

—Nadie está diciendo de cambiar nada —dijo Roberto—. Y tampoco somos unos cínicos.

—Mamma —la llamó Hugo cariñosamente—. No le soportábamos. Es más, le odiábamos. Pero nos acaban de decir que está muerto.

—¿Y? —preguntó Lola alargando el sonido de la consonante.

—Nada. Solo he preguntado qué hacemos.

—Van a pensar que nos alegramos —dijo Aimo, y una mueca nació en la comisura de sus labios.

—¿Y qué propones? ¿Que nos pongamos de luto? —replicó Lola, cuyo enfado iba in crescendo—. Sinceramente, ¿alguien lo siente así? —preguntó mientras inspeccionaba los rostros de todos.

—Lola, no es eso. Para, que te pierdes —le recomendó

Hugo, que la conocía demasiado bien para pensar que sus palabras surtirían algún efecto en ella.

—Mirad, no me alegro de la muerte de nadie. Y Dios me libre de decir que me alegro de la muerte del Zombi. Nosotros no somos como él, ¿o es que se os ha olvidado lo que nos contó ayer Daniel en ese jardín de ahí fuera, cuando el mismo día de la incineración de Jonas le dijo que se alegraba de la muerte de su hermano, que estaba feliz y que se encargara de transmitírselo a Lena? A mí no se me ha olvidado, y a vosotros tampoco porque queremos demasiado a Jonas para olvidarlo. No me alegro de su muerte, al menos de momento. Pero no voy a interpretar el papel de viuda afligida... —Lola se calló en seco y me miró como si hubiera dicho algo inconveniente—. Perdona, Lena... —No entendí la disculpa. O quizá sí. A veces tenía la impresión de que yo era la única viuda a la que conocían—, no quería...

—Lola, por Dios... —Ni siquiera terminé la frase. Tampoco hubiera sabido cómo.

—Lo que quiero decir es que no estoy obligada a sentirlo. Lo siento mucho, pero no lo siento. Nada. Ni un poquito. No me sale el duelo, no me sale la tristeza, y por supuesto, no me va a salir una sola lágrima por esa persona. Era un hijo de puta, y lo sabemos. Vale, se ha muerto, pero eso no le hace mejor persona. A todos los que estamos aquí nos hizo la vida imposible, especialmente a uno que por desgracia ya no está —dijo refiriéndose a Jonas—, y por él sí que lo siento, por él sí que lloro y maldigo a todo mi santoral por habernos hecho la putada de llevárselo antes de tiempo. Pero ¿por Marco? ¿Por el Zombi? ¿Por el que vino anoche con una botella en la mano para rompérnosla en la cabeza, para insultarnos, para babear como un perro, para decir que esta tierra un día sería suya? Pues mira, ya es suya, tiene hasta hartarse. —Lola paró de hablar para beber un poco de agua. No es que se arrepintiera de nada de lo dicho, es que tenía sed—. ¿Estamos locos? Tenemos muertos a los que llorar de verdad, por los que abrirnos en canal, por los que darnos de cabezazos contra la pared, por los que salir y gritar hasta quedarnos afónicos. Por ellos sí, por Jonas, sí. Pero ¿por Marco? ¿Por qué? ¿Porque le han picado unas abejas que a saber qué demonios hacía allí para que le picasen? En Estados Unidos, lo de invadir espacios que no te corresponden lo entienden muy bien: todos armados, si entras en mi territorio, en mi propiedad, te disparo. Tú verás lo que haces. Pues ahí lo tienes, muerto. Lo siento, pero no. Conmigo no contéis para lamentar muertes de vidas que no me han interesado nunca. Y si eso me convierte en un monstruo, pues, cariño —dijo mirando a Hugo—, te has casado con uno. Algo ya debías de suponer cuando me conociste. No será que no te lo advertí.

Lola terminó gritando. No podía renegar de sus raíces napolitanas. Cada vez que se enfadaba era como ver una de esas películas italianas en blanco y negro con una *mamma* berreando a voz en grito y haciendo tantos aspavientos como su cuerpo le permitía. Le hacía parecer sexy, como Sofía Loren en los filmes en los que aparecía desgarrada, rabiosa, encolerizada. Sí, sin duda tenía sangre napolitana, y esa fuerza de la naturaleza en la que se convertía su cuerpo nos seducía a todos. Incluso cuando no estábamos de acuerdo con ella, pero aquél no era el caso. Se quedó a gusto soltando todo lo que tenía dentro y nosotros también. Se gustó tanto que necesitó beberse el aguardiente que Hugo acababa de servirse para él antes de que el huracán de su mujer tomara forma.

—Pues ¿sabéis qué os digo? Que Lola tiene razón. ¡Vamos que si la tiene! Más razón que uno de esos santos que no deja de enumerar. —La voz de Carla denotaba que se alegraba más de la cuenta y que simpatizaba con su sentida arenga. Me acordé de lo que nos había dicho la noche anterior a Daniel y a mí, cuando nos preguntó si era malo desear la muerte de una persona cuando sabes que el mundo estaría mejor sin ella—. ¿Puedo decir una burrada?

—¿Desde cuándo pides tú permiso? —preguntó Hugo.

—No la digas.

La voz de Daniel se oyó por primera vez desde que el sargento Andrade había salido por la puerta. Sonó fuerte, cortante, lo suficiente para convencer a Carla de que desistiera de verbalizar la barbaridad anunciada. Todos le miraron y su mirada me buscó a mí. Quizá les extrañó que me mantuviera tan callada. Aunque también lo había estado él hasta el momento en que me preguntó:

—¿Estás bien, Lena?

—Ni se os ocurra preguntarme eso. Ni se os pase por la cabeza —dije sin querer personalizar el reproche en él.

No es que su pregunta me molestara, es por lo que mi respuesta podía provocar. Jonas siempre decía que cuando no se puede mejorar lo que se está escuchando, lo mejor es callarse y no decir nada. Y después de escuchar el alegato a la italiana de Lola, creo que sería incapaz de decir una palabra más que lo mejorase. Pensé en una foto. Siempre me expresaba mejor a través de las fotografías. Sabía cuál sería. Cualquiera capturada por la cámara de Réhahn, maestro en apresar en sus retratos el alma de las personas que fotografiaba en Rajastán o en Vietnam. Quizá la del rostro de Bui Thi Xong, aquella mujer vietnamita que se tapó la frente y la boca con las manos, dejando solo su mirada, con la que logró expresarlo todo y ocultar mucho. Ésa fue la foto que pensé en ese momento, aunque hubiera servido cualquiera de los retratos desbordantes de emociones de Eric Lafforgue de los rostros de los yazidíes de Kurdistán; o el de la niña afgana en un campo de refugiados en Peshawar, realizado por Steve McCurry, de quien aprendí que si sabes esperar, la gente se olvidará de tu cámara y entonces su alma saldrá a la luz. La guardé en la cabeza para revelarla más tarde. Más que nunca, no era una fotografía ni un retrato, era una emoción, un instante dentro de una historia.

—Hasta ahí podíamos llegar —exclamó Lola—. ¡Que Lena no estuviera bien!

—¿Deberíamos decirle algo a Petra? —Mi pregunta era lógica, al menos hasta que Lola me respondió.

—¿Fue ella a decirte algo a ti cuando falleció tu marido? —preguntó con la serenidad de la que había carecido desde que el sargento Andrade había salido de la casa. Es verdad que cuando las personas con carácter hablan con suavidad, aunque con la misma firmeza, suenan más convincentes, incluso asustan.

Por mi parte, el turno de preguntas había terminado. Y creo que los demás tuvieron la misma certeza. La noticia de la muerte de Marco había que madurarla. Había mucho de lo que hablar pero necesitábamos un tiempo para reposarlo. Y también a nosotros nos iría bien sosegarnos, parar, pensar y poner cierto orden en el desconcierto que habitaba en nuestras cabezas. Eso ayudaría a conseguir nuestro objetivo. Necesitábamos algo parecido a lo que experimentan las abejas cuando el apicultor las ahúma para adormecerlas y calmarlas antes de poder inspeccionarlas, bajarles las ganas de defenderse, de expresarse, evitando que saquen el aguijón. Recordé la explicación de Aimo: «Cuando echas el humo, las abejas lo huelen y piensan que su casa se ha incendiado, que está en llamas y, como haríamos nosotros, reaccionan. Lejos de quedarse en su colmena para defenderla, intentan recoger lo más importante que tienen, la miel, y comen toda la que son capaces de almacenar para salir volando y encontrar un nuevo hogar. Si están llenas de miel es más difícil, si no imposible, que puedan sacar el aguijón y picarte. Y cuando el apicultor termina su trabajo, todo vuelve a la normalidad».

Aimo estaba en lo cierto. Se trataba de esperar a que todo volviera a la normalidad. Nuestro humo sería la música clásica que nos esperaba en mitad de los campos de lavanda donde estaba previsto que se celebrara la clausura del festival.

Aunque antes de salir de casa, Lola no pudo resistirse ante una pregunta de Carla.

—¿Creéis que alguien habrá pensado en cancelar el concierto?

—¿Por la muerte de Marco? —preguntó irónica la Mamma—. Al contrario; si acaso estarán considerando alargarlo.

Mis ojos buscaron a Lola. La observé sin saber si tenía ante mí al polichinela de toda farsa napolitana que se precie, o a un miembro de la camorra. Siendo ella, ambos perfiles me valían.

20

Todo era perfecto. La temperatura —la inminente puesta de sol que estábamos a punto de contemplar había suavizado el mucho calor de julio—; el escenario púrpura en el que se transformaron los campos de lavanda, plagados de sillas de madera revestidas de una tela blanca y colocadas en fila india, siguiendo el cauce ocre dibujado entre las hileras de la flor de la lavanda; toda aquella uniformidad extraña pero perfectamente organizada, con el respeto de saberse invitado en un hábitat ajeno.

La lavanda tenía propiedades calmantes porque era amigable, porque se abría para acoger a los demás, porque su aroma serenaba y su aceite aliviaba las quemaduras y sanaba las cicatrices que rasgaban la piel. Era la perfecta anfitriona que lo único que pedía a sus invitados era respeto con el entorno. Al final de las hileras de sillas, se alzaba un escenario rectangular sobre el que ya esperaban pacientemente un piano negro y un concierto de asientos colocados en posición de media luna abierta hacia el improvisado auditorio. Todo el público asistente vestía de blanco. Tármino tenía una debilidad con la escala cromática y aquella tarde donde la música era la protagonista aún con mayor motivo.

Nos sentó bien respirar aquel aire preñado de elixir púrpura. Al llegar, unas azafatas vestidas de un blanco impoluto y con la sonrisa tatuada en el rostro nos entregaron una copa de champán, que amablemente decliné para cambiar por una botella de agua, «si es posible». «Lo es.» La voz de la azafata sonaba tan encantadora y dulce como toda ella en su conjunto. Aunque los programas de mano del concierto aparecían dispuestos sobre una mesa miméticamente vestida por una tela blanca —tan solo rota por algunas cintas de color morado y pequeños ramilletes de lavanda dispuestos sobre ella—, las mismas azafatas nos los entregaron junto a otra información sobre el festival a la que no presté demasiada atención. Me interesaba más el repertorio que contenía del programa. Me pareció que alguien había hecho una elección perfecta. Cada detalle estaba cuidado, incluso el programa era impecable en maquetación, número de palabras, espacio dedicado al currículo de los artistas y a la información sobre las obras, que incluía un encuadre histórico junto a un análisis técnico del repertorio, enlaces a páginas web y su correspondiente URL. Alguien nos había conseguido categoría VIP, según rezaba en nuestra invitación y en el cartel situado en el respaldo de las sillas que nos correspondían. Supuse que Roberto había movido sus hilos. Y eso hacía que al final del concierto estuviéramos invitados a compartir una agradable cena en un paraje próximo, donde ya habían dispuesto una serie de mesas ovaladas demarcadas por unos postes de señalización a base de cuerdas y cintas blancas.

Nos extrañó que nadie nos preguntara por Marco. Quizá la noticia de su muerte todavía no había llegado al pueblo, o quizá lo había hecho y la indiferencia era la muestra de que la vida sigue y que, incluso en la muerte, hay clases. O puede que estuvieran haciendo lo mismo que nosotros, evitar el tema, obviarlo, dejarlo para más tarde. Lo preferí así. Ya teníamos demasiado en lo que pensar como para admitir nuevas preguntas.

Al salir los músicos, todos vestidos también de blanco, entendí por qué habían engalanado de negro el escenario. Me había llamado la atención, en un principio me pareció un descuido, pero no lo era. Buscaba lo que acababa de encontrar con la llegada de los artistas: el contraste. El negro, en su enfrentamiento con el blanco, siempre logra realzarlo. Los enemigos siempre te hacen parecer mejor.

Con las primeras notas de la orquesta, en los compases de la Sinfonía n.º 9 de Beethoven, el majestuoso espectáculo visual de la puesta de sol bañó de una lluvia ocre y almagre la superficie morada de los campos de lavanda, una comunión que estalló en una emulsión de colores brillantes alrededor del morado, el rosa, el azul, el rojo, el púrpura, con destellos dorados y reminiscencias verdosas hasta que todo fue adormeciéndose en un morado fuerte, oscuro predecesor del negro iluminado en el que quedó recogida la noche. Fue una sincronización perfecta entre el cielo y la tierra, que la mano del hombre sería incapaz de confeccionar. La naturaleza era la única que tenía esa potestad, como muchas otras que se escapaban a nuestro control. Por un segundo lamenté no haber traído la cámara fotográfica aunque enseguida desterré aquella recurrente idea de mi cabeza. Ese instante no podía perderse mientras me empeñaba en mirar por un visor en busca de un buen encuadre y una luz perfecta. Esconderme detrás de un cámara hubiera sido un sacrilegio a la vista y al resto de sentidos. Ese momento único había que vivirlo directamente desde la retina, sin intermediarios, sin lentes, sin filtros, sin sensores CCD, sin pantalla LCD, sin balances de blancos, sin sensibilidad ISO, sin preocuparse por la resolución de píxeles. Era como un renacimiento, un nuevo Big Bang, y la música de Beethoven solo consiguió engrandecerlo.

El concierto prosiguió en la oscuridad de la noche, solo rota por una cuidada y tenue iluminación que los organizadores habían preparado con mucho acierto. Las composiciones gobernaron mi cabeza hasta que llegó un instante en el que no pude concentrarme en la música. Intenté regresar a ella, a su dictadura de sonidos, intenté condensar mi atención en las cuerdas del violín frotadas por el irreverente arco que conseguía hacerlas vibrar, centrarme en las teclas blancas y negras del piano, pero no terminaba de funcionar. Decidí cambiar de instrumento, abandonar el violín y el piano, y atender a lo que tuvieran que decir el violonchelo o el contrabajo, que también exigían su lugar protagónico en la partitura. Pero el ruido de mis pensamientos pedía paso. Era otro tipo de música, una milicia de voces que se abría camino a codazos. En un primer momento, aquellas reflexiones no tuvieron opción a pronunciar nada lo suficientemente audible, pero más tarde consiguieron dotar de sentido a todo. En mi cabeza se estaba formando un ejército de pensamientos dispuesto a elucubrar cuanto considerase oportuno y ni el propio Wagner, de haber estado invitado a formar parte del repertorio, podría haber hecho nada para impedirlo.

Los aplausos acompañaron a la violinista que accedió al escenario para interpretar el verano-presto de *Las cuatro estaciones* de Vivaldi. Intenté fijarme en su larga y simétrica cabellera rubia recogida en una coleta tirante, en su vestido blanco, en sus brazos esculpidos a golpe de arco, en el movimiento compulsivo de su cabeza siguiendo el paso a su violín.

No es que dejara de escuchar la música que emanaba de los campos de lavanda, es que no pude concentrarme en ella como me hubiera gustado. No podía dejar de pensar en la muerte de Marco; no en él, sino en su muerte. Mis recuerdos empezaron a especular sobre lo oído y lo vivido en las últimas veinticuatro horas. Eso fue lo que primero me llamó la atención: el tiempo. Solo habían transcurrido treinta y seis horas desde que puse un pie en Tármino y parecía que hubieran pasado tres semanas. Las postales que llegaban lo hacían desde un pasado cada vez más próximo, más reciente, no estaba segura de que mereciera el calificativo de pasado, más bien era un presente pretérito, si acaso, un pasado prematuro. Volvió a mí la imagen del perro que se cruzó en la carretera enviándome a la cuneta a mi llegada a Tármino, y ese recuerdo me llevó a la imaginada encina de Las Galatas bajo la que encontraron el cuerpo de Marco, donde también aparecieron huellas de perros que habían estado escarbando el terreno. «*Los perros siempre entierran lo que quieren esconder.*» Era la voz de Jonas, que tampoco quería perderse el festival de música y sonidos. Imaginé la escena con los cuarenta perros muertos que el sargento Andrade nos confirmó que habían sido envenenados, presumiblemente por la misma persona que provocó el incendio en la finca. Pude oír los ladridos en mitad del primer movimiento de la Sinfonía n.º 6 *Pastoral* de Beethoven. Extraño, pero estaban allí. Conseguí acallarlos aunque eso no significó la supremacía melódica.

Al igual que la música en el escenario, mi imaginación iba aumentando el tempo, y mis recuerdos, que estaban abandonados en brazos de un *Allegro ma non troppo*, pasaron demasiado pronto al *Allegro assai vivace* de la Sinfonía n.º 9 de Beethoven para desembarcar apresuradamente en un *Allegro molto* de la Sinfonía n.º 3 *Heroica*. En mi cabeza aparecían y desaparecían imágenes, recuerdos, voces. Regresaron a mí las palabras pronunciadas por Daniel en la misa funeral de Jonas, las frases que ni siquiera pensé que mantenía escondidas en mi mente como un animal herido, las mismas que en su momento ni siquiera creí haber oído ni mucho menos entender, pero ahora advertía en ellas un significado diferente y cobraban otro sentido al relacionarlas con Marco.

«Tú, que desde la cruz prometiste el paraíso al buen ladrón, acoge a nuestro hermano en tu reino. Roguemos al Señor.»

¿Por qué dijo eso Daniel? No pude evitar que la imagen del Zombi sustrayendo rollos de papel higiénico, sobres de azúcar y ladrillos de casas en construcción cruzara por mi cabeza.

«La muerte es el acto definitivo del ser humano. Le enfrenta con su propio destino y le hace tomar una opción fundamental. No es superficial el enfrentamiento de la muerte. El grito humano que se resiste a morir no recibe por parte de Dios otra respuesta que el silencio. "¿Por qué me has abandonado?" Alrededor es la noche oscura. La muerte proporciona la oportunidad de realizar el acto de fe definitivo. Una fe contra toda evidencia; una esperanza contra toda esperanza.»

Por supuesto, me había vuelto loca. Otra vez. Pero a pesar de lo dormidas que estuvieron aquellas frases en mi cerebro durante la misa funeral, ahora se habían convertido en mensajes que brincaban en mi cabeza, como si alguna sustancia alucinógena me obligara a recordar todo lo almacenado. Pensé que quizá fuera la lavanda, pero se habían hartado a enumerarme sus efectos calmantes que, obviamente, no estaban funcionando. Los fragmentos de la homilía seguían avanzando al tiempo que lo hacía la música.

«Ha sido Cristo resucitado el que ha ganado esta victoria para el ser humano, liberándolo de la muerte con su propia muerte... ¡Dichoso el que ha muerto en el Señor! ¡Que descanse ya de sus fatigas y que sus obras lo acompañen!»

Creo que mis elucubraciones iban tan rápidas que estaban zarandeando mi cabeza. Para ser sincera, creo que todo mi cuerpo se zarandeaba. Aquel material conspirativo avanzaba dentro de mí con la música de Beethoven haciendo que cabalgara a un ritmo aún más endiablado. No sé por qué recordé en ese momento que al músico alemán le llamaban despectivamente «el Español», por su tez olivácea, su poca estatura y alguna ascendencia española en su árbol genealógico. Quizá por eso se quedó sordo al final de sus días, para no tener que oír tantas voces en su cabeza, especialmente, las familiares. Su música seguía haciendo avanzar mis cavilaciones hasta que una voz externa lo descabalgó todo. La voz de Daniel me devolvió a los campos de lavanda, al aquí y ahora.

Hasta ese instante ignoraba la tortura a la que estaba sometiendo a mi dedo anular, haciendo danzar las dos alianzas como si quisiera atornillarlas en él. No era consciente de ese gesto, como tampoco lo era de la arruga que aparecía en mi entrecejo con la sola mención de Marco. Carla ya me lo había dicho: «Déjalas tranquilas, que vas a conseguir que salten chispas de ellas». Cuando algo me preocupaba u ocupaba mi pensamiento con más fuerza e insistencia que cualquier otra cosa, aquellos anillos saltaban del dedo anular al índice y de éste al pulgar; hacía girar las alianzas alrededor de ellos a la misma celeridad con que corre un hámster en la rueda de su jaula. Había logrado enrojecer la piel de los dedos, aunque mi principal preocupación sobrevino después, al pensar que podría haber perdido alguna de las alianzas, en especial la de Jonas, y eso me hubiera provocado un cuadro de ansiedad difícil de controlar en mitad de aquel escenario. Hubiese sido capaz de incendiar el campo de lavanda con tal de encontrarla. De nuevo, aquel pensamiento de fuego, que no hacía más que aparecer desde que llegué a Tármino. La culpa era de Jonas y sus frases lapidarias. «*Cuando tu familia está en llamas, no te acerques con un bidón de gasolina.*» A buenas horas.

La voz de Daniel me hizo abrazar el *Allegretto*. Estaba sentado a mi espalda, así que su voz me llegó por encima del hombro directa al oído y envuelta en un templado murmullo:

—¿Estás bien? —Su tono suavizó la pregunta de marras.

Asentí con la cabeza. Agradecí la disposición en fila de a uno de los asientos. No quería mirarle. Sabía que encontraría en su rostro alguna respuesta y eso me asustaba y me avergonzaba a partes iguales. Preferí fingir que estaba concentrada en el concierto.

La voz de Daniel y los primeros acordes de la sonata *Claro de luna* de Beethoven, en la que se había abandonado el concertista volcado sobre su piano como yo en mis pensamientos, me llevó a unas reflexiones más serenas, menos conspirativas. Empezaba a sentir el cuello demasiado rígido y había que liberarlo de tanta tensión. Lola estaba sentada en la silla que tenía justo delante de mí y, al percibir el murmullo a su espalda, decidió girar ligeramente la cabeza buscando una confirmación de que todo iba bien. Se la di y quedó satisfecha. Era la segunda vez en lo que iba de tarde que se había quedado satisfecha.

Y me concentré en ella.

Lola tenía razón. Es mentira que todas las muertes nos duelan por igual. O que todas las vidas valgan lo mismo. Puede sonar horrible pero la verdad suele presentarse atronadora. Igual que es falso que las madres quieran a todos sus hijos por igual, o que olviden el dolor del parto cuando ven la cara del bebé que le ha provocado más desgarros que la propia vida. Otra cosa muy distinta es la hipocresía que pasa de generación en generación. Nos hemos acostumbrado a vivir con una colección de farsas que asumimos como reglas de oro.

Yo tampoco sentía la muerte de Marco. En absoluto. Ni siquiera los detalles más escabrosos consiguieron que me apiadara de él. Eso no me hacía sentir cómoda desde el exterior pero desde mi perspectiva interior, lo estaba. En realidad, dudé que volviera a sentir la muerte de alguien. Y el Réquiem en re menor K.626 de Mozart que sonaba en esos momentos solo conseguía afianzarme en esa creencia.

No era algo premeditado. Apareció sin aviso, sin sentido, sin darme tiempo a ser consciente de ello. Un día ocurre y es cuando te das cuenta. Cuando te dicen que alguien que conoces ha fallecido, no es el impacto que hubiera supuesto si Jonas no hubiera muerto. Un día la muerte de los otros deja de afectarte porque para ti solo existe una muerte. La peor posible, la muerte de todas las muertes, la única muerte que tiene el sombrío privilegio de enterrarte en vida. Cuando se ha muerto el amor de tu vida, la persona a la que más has querido, por la que has sentido lo que sabes que nunca llegarás a sentir por nadie más, por la que has vivido y por la que incluso hubieras muerto, ninguna otra muerte te afecta, ninguna te distrae ni te duele. Te zarandea ligeramente, sí, pero no te rompe por dentro como lo hacía antes, ni sientes cómo las garras de un animal fantasma dejan tu interior en carne viva y expuesto al fuego de una hoguera. Y por supuesto, no eres capaz de llorar por esa expiración. Podía llorar un océano entero por Jonas pero ni un lágrima por nadie más. Todo el mar que tenía encerrado en mi lagrimal para llorar por él se secaba cuando había que hacerlo por otro. Es una extraña exclusividad no firmada pero que alguien acordó en tu nombre. Es endiabladamente injusto pero condenadamente tranquilizador. Supongo que es algo parecido a lo que provoca la droga en un cuerpo maltrecho y en última instancia condenado a morir por su prolongado consumo. Ya no habrá más dolor ni un dolor mayor que el que había sentido. Cuando te pasa lo peor que te puede pasar en la vida, quedas inmunizado a otro tipo de dolores, de muertes, de malas noticias. No hay nada peor ni similar. No lloras más fallecimientos, no hay más pellizcos en el corazón. No es que dejes de sentir pero te vuelves selectivo, más exclusivo. Solo duele Jonas, lo demás no lastima. Solo duele su pérdida.

La Sinfonía n.º 40 de Mozart cerró el concierto. Agradecí que fueran sus acordes y no los de Beethoven, que durante toda la noche habían contribuido a imprimir velocidad a todo lo que se desataba en mi cabeza. Pensé en el acierto de Daniel al convencerme de quedarme una noche más y no regresar a Madrid tras la representación. No había ninguna necesidad, y eso que cuando lo hizo todavía no sabíamos todo lo que pasaría después. En Tármino siempre sucedían cosas, era un museo de la existencia, nunca paraba, como una fábrica de acontecimientos que no descansaba ni siquiera de noche.

Poco a poco, las personas que asistieron al concierto fueron despoblando el campo de lavanda, excepto un grupo de unos veinte o treinta hombres y mujeres que nos quedamos invitados a la cena. Alguien tuvo el acierto de no sentar a nadie más en nuestra mesa reservada. Al observar que en el resto de tableros el número de comensales se acercaba a la docena, entendí que más que acierto había sido un detalle, una cortesía que los siete agradecimos y que intuí que debíamos a Roberto. En un primer instante, los organizadores del evento pensaron en servir un cena fría, tipo cóctel, pero desterraron la idea por entender que a esas horas de la noche, los invitados agradecerían estar sentados y poder charlar con tranquilidad, alargando la velada todo lo que quisieran. Era una vez al año y la experiencia lo merecía.

El mismo detalle y mimo que mostraron las azafatas cuando llegamos al concierto definía a los camareros encargados de servir la cena. Como soldados bien adiestrados, en cuanto nos vieron tomar asiento corrieron a llenar de agua y de vino las copas dispuestas sobre la mesa. Todo estaba puesto al detalle: mantelería, cubertería, loza, cristalería, bolsitas de flores de lavanda deshidratadas sobre la mesa. Esperamos pacientemente a que terminaran de servirnos y se alejaran lo suficiente para empezar a soltarlo todo. Supongo que así reaccionan las abejas cuando se les pasa el colocón del humo que les echa el apicultor. Vuelven a la normalidad y con las pilas puestas. Dos frases de compromiso, y fuera.

—Creo que podría haberme enamorado de Mozart. Sinceramente lo digo —comentó Carla, mientras inspeccionaba el pequeño menú escrito sobre una cuartilla violeta en letras doradas, que esperaba a cada comensal escondida con diligencia entre los pliegues de la servilleta.

—No te veo yo a ti muy Constanze —le respondió Hugo, embarcado en la misma inspección de la oferta gastronómica, pero él ayudado por la linterna del teléfono móvil para poder leerlo mejor—. Esos niños prodigios salen repelentes y crecen de la misma manera. Y encima aguantar a Salieri, que por mucho que digan que fueron más amigos que enemigos, ahí siempre vi yo una envidia muy mala, y la envidia no lleva a nada bueno.

—¿Envenenaría de verdad Salieri a Mozart? —preguntó Carla—. Siempre me ha apasionado esa historia. Al parecer, el propio Mozart le confió a su mujer que estaba convencido de que le estaban envenenado. Y Salieri confesó en un par de ocasiones que le había matado, pero como decían que estaba demente... Y esa Constanze no le hizo caso al pobre marido, qué lástima de Mozart. Yo sí le hubiera creído. Porque yo para esas cosas tengo un ojo...

—Tienes un ojo digno de todos esos libros que lees. Mozart murió de unas fiebres reumáticas producidas por una infección por estreptococos, algo bastante habitual en el siglo XVIII, en concreto de una infección tuberculosa que se cargó a media Viena y a tu adorado Mozart en 1791 —dijo Roberto, aupado en su podio de patólogo—. Unas fiebres reumáticas de manual: fiebre alta, erupción cutánea, hinchazón de cuerpo, dolor de cabeza, vómitos, diarreas, cambios de humor, delirios, entra en coma, y de ahí no sale. Siento decepcionarte. La ciencia siempre cargándose las bonitas historias.

—Sigo prefiriendo la ficción, es más realista —concluyó Carla mientras cataba el vino que el camarero le había servido en la copa.

—Ha estado magnífico. Un acierto haber elegido música clásica este año. Y los músicos, estupendos —comentó Daniel—. En especial la violinista, debe de tener veinticinco años como mucho, y toca como si no hubiera hecho otra cosa en su vida.

—Veintidós años —matizó Aimo—. Lo he leído en el programa. Y no ha hecho otra cosa en su vida; en su biografía pone que empezó a los cinco. Otro prodigio, como Mozart.

—En la música clásica, si no eres prodigio no llegas a nada —comenté abanicándome con el papel del menú. Se había quedado buena noche, pero sentía calor—. O corres, o te alcanzan y con diez años ya eres mayor. Para que luego digan que el tiempo es igual para todos.

—¿Sabéis lo que tarda en morir una persona alérgica después de que una abeja le inocule su veneno? —preguntó Lola—. ¿Os lo imagináis?

—Vaya cambio de tercio, de Mozart al Zombi —puntualizó

Hugo—. De un país que no respeta a sus artistas, no puede salir nada bueno.

—Eso suena algo macabro, Lola.

—No más que algunas de las confesiones que escuchas de boca de tus feligreses. —Le gustaba provocar, era tarde y el vino era bueno. No podíamos esperar otra cosa de Lola. Se prometía noche italiana.

—Bien visto —reconoció Daniel, que aceptó de buen grado el apretón de mano a modo de disculpa que le ofreció la Mamma.

—Vosotros dos estuvisteis liados antes de que yo me casara con ella, ¿verdad? —preguntó Hugo como si la respuesta no fuera a incomodarle, cualquiera que ésta fuera—. Lo de Jonas en la escuela de párvulos lo sabía, pero esto vuestro tiene pinta de una tensión sexual no resuelta que no sé cómo tomarme. Porque no sería la primera vez que Jonas y tú os enamorabais de la misma —apuntó divertido Hugo—. Por supuesto antes de tomar los hábitos, ¿se dice así? —le preguntó a Aimo, como si éste supiera de lo que le hablaba.

—A mí me sacas de las abejas, de la miel y de la polinización, y sé poco.

—Y de la sauna, no te quites mérito —le dijo Carla guiñándole un ojo, un gesto que el finlandés admitió de muy buen grado. Me sorprendía la facilidad con la que Carla siempre se integraba en los grupos, en cualquiera, daba igual. Con tal de que se hablara, todo le valía.

—Y yo temiendo cómo iba a reaccionar cuando le viera —comenté, sorprendiéndome al oírme decir en voz alta lo que hasta ese instante solo estaba en mi cabeza. Al ver que mi comentario había congregado miradas de atención, quise ir más allá y compartir con ellos mis fantasmas durante el concierto—. ¿En serio no habéis pensado ni un solo segundo que es mucha casualidad? Así, de repente, Marco está muerto. Va al campo, le pica una abeja y se muere.

—Rafael dijo que le picaron unas cuantas más. Y ante esa cantidad de picaduras, con semejante concentración de apitoxina en el cuerpo, es igual que seas o no alérgico: es mortal. Te da un shock anafiláctico y la palmas, que imagino que será la hipótesis que están barajando como causa de la muerte, y que confirmará tanto el laboratorio como el examen forense. —Desde que nos habíamos sentado a la mesa, a Roberto le resultaba difícil desprenderse de su bata blanca. Entre Mozart y Marco, le estábamos dando la noche.

—Puede que las abejas estuvieran más agresivas porque les hayan retirado la miel recientemente, y además este calor tampoco ayuda... —explicó Aimo—. Marco pasaría demasiado cerca, las molestaría o se asustaría, quizá hizo algún aspaviento al sentir el zumbido, y se puso nervioso.

—El Zombi se liaría a pedradas contra ellas, conociendo cómo se las gastaba —dijo Hugo—. Muy buena esta cosa —comentó mientras jugaba con el tenedor a despedazar lo que había en el plato—. ¿Es carne roja o atún? Cuando está tan bien hecho, no lo distingo. Está exquisito.

—Tienes razón, Lena. No es casualidad. —Roberto solía engañar con la intención de sus respuestas—. Aimo, ¿cuántas veces le viste merodear por tus terrenos, por no hablar de los terrenos de otros —dijo refiriéndose a los suyos y a los de Jonas—, y le advertiste que tuviera cuidado con ellas? —preguntó mientras el finés afirmaba con la cabeza; habían sido muchas—. Casualidad es que vaya una vez, le piquen una o cincuenta abejas y se caiga muerto. Lleva años haciéndolo, riéndose de nuestras advertencias, incluso quemando algún panal de aquí, mi amigo. Es un castigo divino, no le deis más vueltas. Blanco y en botella. Dios ha hablado, ha dictado sentencia. Alabado sea el Señor. A mí, me vale. Amén.

—Ya estamos —dijo Daniel—. Vosotros seguid bromeando con esas cosas...

—Es carne de buey —dijo Lola contestando a su marido—.

Definitivamente es buey. Lo que no sé es de dónde lo habrán traído. Lena, no te va a gustar. Se te va a hacer bola, como tú dices. Come pan. —Lola seguía hablándome como una madre. Por supuesto, le hice caso.

—Al final no me habéis respondido ninguno de los dos —insistió Hugo sobre su insinuación de que su mujer y Daniel hubieran estado juntos en algún momento del pasado.

—Lena se va a ir de Tármino pensando que esto es un bacanal —comentó Lola.

—Lena se va a ir de Tármino pensando que esto es una funeraria —dijo Roberto, dirigiéndome una mueca de complicidad—. Por cierto, ¿quién se hará ahora cargo de la funeraria?, ¿quién va a perder los cadáveres ahora que no está el Zombi? ¿Le maquillará Petra?

—¡Roberto! —le recriminó Daniel de manera un poco forzada—. Eso es demasiado funesto incluso para ti.

—Lo funesto fue que Petra traicionara a su propia hermana moribunda para liarse con su marido, mientras a ella le daban quimioterapia en el hospital donde este señor y yo trabajamos, y que ahora lleva el nombre de Jonas —dijo Roberto, señalando a Hugo—. Eso es siniestro además de una hijaputez mayúscula, que diría mi amigo y hermano. Claro, que ella se vengó bien, como hay que vengarse, esperando el momento oportuno, simulando no saber nada de la asquerosa perfidia de ambos, y con el pulso y la paciencia de un buen cirujano cardiaco. —El resto, que sabía cómo terminaba aquello, ya estaba celebrando la anécdota que había empezado a contar Roberto. Yo también lo sabía, Jonas me lo había contado. Era la definición perfecta de Marco—. En cuanto se recuperó, le hizo pedir un crédito para ponerse un pecho nuevo, y cuando lo hizo, se marchó a Mallorca a vivir y a que otro, un alemán con muy buena pinta, disfrutara de la nueva adquisición, sabiendo que el Zombi correría con los gastos. Cinco años estuvo pagando el crédito del pecho nuevo de su primera mujer mientras ya estaba con

Petra. ¡Cinco años! Olé sus ovarios. Lástima que ella solo durase dos años más. Buena tía, Paloma. Me caía bien. Nunca entendí que acabara con semejante engendro.

—¿Fue esa vez cuando le pidió dinero a Jonas para pagar el préstamo, y como no le hizo caso porque estaba harto de pagar sus deudas, le empapeló el coche con post-it en los que escribió todo tipo de insultos, y alguna pintada también le dejó en la casa? —preguntó Aimo.

—No, ésa fue otra. En esta ocasión decidió enviar un correo electrónico a todo el personal del hospital y a varios amigos, demandándoles dinero en nombre de su hermano. Valiente hijo de puta. Cuando se enteró Jonas, casi le mata. Estuvo a punto de hacerlo mil veces, pero no pudo.

—Con lo fácil que era. Unas cuantas abejas, shock anafiláctico y a la levedad de la tierra —dije sin pensar que mi comentario sería tan bien acogido.

—Bienvenida al club, Lena —respondió entre risas Roberto, que no pudo disimular cierto orgullo ante mi observación. Noté que Daniel me miraba con un ademán parecido, aunque intentó disimularlo sin ningún éxito.

—Mira lo rápido que aprende. —Lola también quiso reconocerme el mérito.

—¡Por Lena! —brindó Carla levantando su copa—. ¡Y por Jonas! ¡Y por vosotros!

—Muchos brindis, muchos brindis pero no me habéis contestado. ¿Y? —Parecía que Hugo no iba a cejar en su propósito de conocer el pasado sentimental de su mujer.

—Pero ¿tú eres tonto? —le contestó Lola—. Jonas y yo teníamos cuatro o cinco años y no levantábamos un palmo del suelo. Y a Daniel siempre le gustaron más las rubias que las morenas.

—¡Vaya por Dios! —La exclamación de Carla sonó a decepción.

Su reacción pesarosa motivó las risas de Lola y las mías, y

un rubor en Daniel, que no terminaba de acostumbrarse a ese tipo de comentarios.

—La misma encina. Apareció en la misma encina. Eso sí es una casualidad —dijo Roberto como si hubiese regresado de un lugar distinto, lejos de la conversación que se mantenía en la mesa.

Se prometía un silencio colectivo, de esos que se recuerdan durante años y cuesta superar. Pero las nuevas tecnologías se aliaron con nosotros. Algunos teléfonos empezaron a sonar desde las otras mesas; eran sobre todo mensajes escritos y alguna que otra vibración, pero siempre hay alguien que decide dejarlo con sonido. En ese momento, muchos se enteraron de la muerte de Marco. Hubo quien miró hacia nuestra mesa, dudando entre levantarse y acercarse a contárnoslo —por si acaso no lo sabíamos—, o dejarlo estar. Optaron por lo segundo. Solo ocurrió un par de veces, quizá tres. Muchos de los invitados venían de fuera, y ni sabían quién había muerto ni les interesaba que el fallecimiento de un desconocido les amargara la noche.

A Roberto también le sonó el móvil. Él era como Jonas, siempre lo tenía silencio, con el vibrador como único elemento de llamada, nada de musiquitas estridentes. La conversación duró diez segundos, el tiempo suficiente para que desde el laboratorio del hospital le confirmaran la causa de la muerte del Zombi, aunque habría que esperar a completar el informe forense. Dio las gracias y colgó. Daniel fue el siguiente en recibir una llamada al móvil. Era complicado interpretar sus reacciones faciales porque no eran demasiado expresivas, pero olvidaba que sentada a su izquierda tenía a una profesional del lenguaje de los rostros. Supe que esa llamada no le hacía gracia, o porque no la esperaba o porque la esperaba y rezaba por no recibirla. Apenas habló. Un escueto: «Entiendo. Muy bien. Buenas noches». No hubo más.

—¿Todo bien? —pregunté. La clásica pirueta semántica que

en realidad quiere decir: «Qué pasa, quién era, qué quería y por qué te ha dejado con esa cara».

—Petra quiere que oficie la misa exequial.

—San Ramón Nonato, Santa Tanca de Ramerude, San Roberto Belarmino, San Pedro de Tarantasia, San Gaudioso de Tarazona... —No había noticia impactante sin el santoral de Lola.

—Si no era creyente... Iba a la iglesia solo por joder, como ayer en el funeral de Jonas —apuntó Roberto, a quien todavía le sorprendían las salidas de Petra.

—Por eso. ¿Por qué te crees que ha llamado a Daniel? —A Lola no le extrañó la petición. Es más, sabía que Petra la haría. Era cuestión de tiempo.

—¿Y lo vas a hacer? —pregunté.

—No puedo negarme. Soy sacerdote, el párroco de la iglesia.

—Hombre, si nos ponemos así, tampoco podías liarte a hostias con el difunto, y digamos que la vida te llevó a ello —apuntó Hugo.

—Si sé la punta que le vais a sacar, no os lo cuento.

—Entonces, ¿vas a hacerlo? —insistí.

—Claro, Lena. —Daniel me miró como si no entendiese mi incredulidad. Era su trabajo. No podía hacer otra cosa. Es lo que tenía que hacer. Pero yo sabía que esa petición le hacía daño, que no le gustaba. Y no sé por qué, a mí tampoco me hacía ninguna gracia. Es más, me desagradaba.

—Y tú también deberías ir —comentó Lola—. Todos nosotros deberíamos ir, a sentarnos en el primer banco de la iglesia. Somos más, lo llenamos seguro. Aunque, sinceramente, no creo que vaya nadie a ese funeral. Alguna beata despistada enamorada del párroco, las habituales, para entendernos.

—¿Y por qué no llamas a otro cura para que te cubra? Imagínate que estás malo, que tienes fiebre, que estás fuera del pueblo, que has tenido que acompañarme a Madrid porque yo no podía conducir, que se está muriendo alguien en Albacete y tienes que ir a darle la extremaunción, que digo yo que eso será más importante, uno no se puede ir de este mundo sin dejar las cosas arregladas con Dios... En fin, hay mil excusas que puedes buscar.

—Lena... —Conocía ese tono. Era el mismo que utilizaba Jonas cuando no quería seguir hablando de un tema, que casualmente siempre tenía que ver con su familia—. Debo hacerlo, y punto. —Entendí que Daniel daba por zanjada la conversación. Y yo, también. Al menos, de momento.

—No sabes cómo me recuerdas a Montgomery Clift. —Aunque lo dijo mirando a Daniel, la afirmación de Carla iba dirigida a mí, como una medida disuasoria para que me olvidara del tema de Petra—. Sois todos tan sufridos... Eso os hace más atractivos, se lo dije el otro día a Lena.

—A mí no me dijo nada —la interrumpí intentando desmarcarme de aquel comentario que intuía no iba a traer nada bueno.

—Claro que se lo dije, pero se había quedado medio dormida. Estábamos viendo *Yo confieso*, ya sabéis, el padre Logan, Ruth, que siempre había estado enamorada del cura, un secreto de confesión que no se puede contar, en fin, no os destripo nada... ¿Queréis saber lo que pienso? Que en el fondo Petra está enamorada de Daniel. O eso, o es tonta perdida. Bueno, o las dos cosas, que no son excluyentes. A quién se le ocurre llamar a la una y media de la madrugada para pedirle que oficie el funeral de su marido. ¿No ha tenido horas durante el día? Por Dios, que lo encontraron a las cinco de la tarde. ¿Y si lo mató ella?

El parloteo de Carla, como antes el de Lola, tenía a todos pendientes de ella, no sé si por diversión o porque era imposible interrumpirla, ya fuera para darle la razón ya fuera para contradecir algunas de sus teorías. A juzgar por las caras de todos, incluyendo la mía, era por lo primero. Bebió un buen trago de vino de su copa, y rápidamente la cambió por la mía.

Siempre me reprochaba que instara al camarero a que no llenara mi copa de vino. «Tú déjala ahí, que ya me la beberé yo cuando acabe la mía», me decía. Cuando ya la tuvo en su mano, continuó:

—Tiene toda la lógica del mundo. Después de lo que dijo el Zombi ayer en el jardín de casa, ¿os acordáis?, cuando le reprochó a Daniel que entre él y Jonas no le permitieron despedirse de la mujer de su vida..., se le escapó, iba borracho, olvidó que Petra estaba detrás de él, como siempre, como una sombra, como Rebeca con el candelabro en la película de Hitchcock, ¿la habéis visto? Pues igual. ¡Vamos!, mi marido dice eso delante de mí y yo me lo cargo en cuanto llegue a casa. Qué queréis, soy mitad española mitad mexicana, el carácter me viene por ambos lados. —La reflexión contó con la aprobación de toda la mesa, especialmente con la de Lola—. Y no os olvidéis de algo muy importante: los dos se fueron casi a la vez, ella primero y luego él, cuando prácticamente le echasteis de casa. ¿Quién nos dice que no le encontró a medio camino y allí mismo Petra se vengó y luego dejó el cadáver en la encina de Los Galgos?

—Las Galatas.

—¿Qué? —Carla parpadeó como si Roberto hubiese hablado en quechua.

—De Los Galgos, no, de Las Galatas. Es una encina centenaria, dicen que tiene ya tres siglos. Se la ve de lejos: está sola en mitad de los campos de lavanda, como a un par de kilómetros de la finca de don Julián. Hasta que lo ha dicho Rafael, ni sabía que estaba en sus terrenos, queda más cerca de la casa de Nuria.

—Me hace lo que el viento a Juárez. O sea, que me da igual Galgos o Galgas. El caso es que se lo llevó allí y después quemó el coche para borrar las huellas, todo cuadra. —Carla estaba embalada, como de costumbre. Y eso que la estancia en Tármino, ante tanto suceso inesperado, había conseguido mantenerla más callada de lo que en ella era habitual.

—¿Y por qué no lo quemó mejor con Marco dentro?

—No se le ocurrió. Muy lista tampoco es. Estaba casada con el Zombi, ¿qué queréis? No vais a pedirle ahora una mente criminal abierta y nítida como la mía.

—Carla, fue un enjambre de abejas... —le recordó Aimo.

—¿De noche? ¿Ahora las abejas salen de marcha por la noche a ver qué cazan? Pues sí que ha cambiado el cuento. Lo que se han perdido la abeja Maya y el pánfilo ese de amigo que tenía, ¿cómo se llamaba? ¿Willy?

—No sabemos si fue por la noche. Seguramente sucediera por la mañana, ya os digo que con el calor las abejas se vuelven más agresivas —comentó Aimo.

—Y si no fue por la noche, ¿por qué el Zombi no fue a su casa a dormir, con su querida mujercita? —Carla tenía preguntas y respuestas para todo. Está claro que le había dedicado tiempo a pensar en ello, puede que incluso durante el concierto, como hice yo. Me consoló saber que no fui la única.

—Porque iba borracho como una cuba. Se quedaría dormido en cualquier sitio y por la mañana, al despertarse, en plena resaca, se puso a hacer el idiota con las abejas. Y el final ya lo conocemos. —Daniel era único terminando conversaciones. Y también era el único que lograba callar a Carla.

—En cualquier sitio, no. En la encina de Las Galatas —recordó Lola.

—Por esa regla de tres, todos tendríamos motivos para matarle —comentó Roberto, a quien aquel juego iniciado por Carla empezaba a divertirle—. Veamos. Aimo tiene un colmenar de abejas, las tiene comiendo de su mano, puede sacarlas a pasear cuando quiera y en la dirección que él decida. Y todavía le duelen los veinte mil euros de pérdidas que le supuso que alguien colocara sacos de arena encima de las colmenas y cerrara algunas compuertas, asfixiando a miles de abejas. Daniel se la tiene jurada desde hace mucho y por muchos motivos, en especial uno, pero lo dejaremos ahí. Lena, después de lo de ayer, unido a todo lo acumulado, podía tener razones más que suficientes. Además, ayer saliste a dar un paseo, incluso hiciste fotos del incendio aunque dices que no sabías lo que era. Lola se la tiene jurada desde aquella noche en que se abalanzó sobre ella para conseguir lo que pensaba que también tuvo su hermano —en realidad, fue un poco más allá de lo que implica el término «abalanzarse», aunque la rápida actuación de varias personas, entre ellas Jonas y Roberto, impidió que fuera más lejos—, y Hugo ya sabemos que por su mujer, aunque cuando sucedieron los hechos no lo era aún, haría lo que hiciera falta. Y yo, bueno, qué os voy a contar que no os contara ayer. Como veis, móviles tenemos todos.

—Y Nuria... —añadí su nombre a la lista. Tenía el mismo derecho a estar en esa lista que cualquiera de nosotros. El odio une mucho, para bien o para mal.

—Y medio pueblo, Lena —añadió Lola que, a raíz de mi comentario, acababa de enterarse de que yo también conocía la historia de Celia y de Eva—. Y parte del otro.

—Y tú misma, Carla, que hace unas horas nos confesaste que al ver a Marco en la primera bancada de la iglesia habías deseado matarle. ¿Te acuerdas? —le pregunté.

—Perfectamente —admitió Carla sin ningún asomo de arrepentimiento—. Es más, le pregunté a Daniel si era pecado desear la muerte de un indeseable y, como es habitual en él, ni me contestó.

—Sí te contesté —quiso defenderse Daniel.

—No como yo quería que hicieras. Me dijiste que no debería pensar esas cosas, que de la cabeza pasan a las manos. Yo necesitaba oír algo más terrenal, Daniel, siempre estás en las nubes, siempre en el cielo.

El teléfono móvil de Roberto vibró. Era un mensaje del sargento Andrade aunque venía firmado como «tu hermano». Sonrió al leer el texto.

—Se acabaron las especulaciones. Informe forense definitivo, aunque de momento no se ha hecho público. El Zombi murió entre las seis y media y las siete y media de la mañana por un shock anafiláctico motivado por más de cuarenta picaduras de abeja. Una anafilaxia de caballo, una grave reacción de hipersensibilidad alérgica. Hay que joderse, la única vez que se muestra hipersensible a algo y la palma... —comentó Roberto sin deshacerse del sarcasmo que le caracterizaba—. Lástima, tal y como iba la noche, estaba por llamar a la Policía Científica.

—Agradezcamos entonces a las abejas que hicieran el trabajo por nosotros —comentó Lola—. Por algo arrastran esa fama de obreras.

—Daniel, estás muy callado.

—Como decía Jonas, yo no digo nada, que luego todo se sabe.

Fue el primer silencio largo en la cena. Todos teníamos muchas cosas en las que pensar. A veces, la respuesta más sencilla es la que suele llevar a la verdad.

—Pues se ha quedado buena noche... —comentó Carla—. Me daba yo un paseíto por este lugar y me quedaba tan a gusto. Y más ahora que sé que las abejas no trasnochan...

21

Si el concierto me había parecido toda una experiencia irre-
petible, la cena posterior merecía la misma distinción. No
pude imaginar una combinación más perfecta. Las veladas en
Tármino, al menos en aquel Tármino que me había legado Jonas, siempre se convertían en recuerdos únicos e inolvidables.
No había salido exactamente como habíamos previsto, pero
es que los planes no obedecen a nadie y nacen con vocación de
romperse, como el cristal, como los silencios. Por eso no sirve
de nada emplear media vida en hacerlos. En aquella ocasión, el
resultado había sido mejor, más divertido y tremendamente cla-
rividente. Al final, tenía que admitirlo: la vida es generosa, a su
manera, porque la generosidad es como la suerte, a cada uno se
le manifiesta de un modo y la interpreta como cree oportuno.
La vida es dadivosa, aunque eso no quiere decir que sea buena.
Sencillamente es próvida porque te lo devuelve todo, lo bueno y lo malo, incluso, algunas veces, en la misma forma que le
fue entregado. La generosidad de la vida es otra manera de
definir la venganza. La vida es generosa porque reparte hostias
a diestro y siniestro. Y en una de ésas te da la posibilidad de
vengarte, te ofrece la venganza en bandeja cuando menos te lo
esperas. Puede que ese altruismo resulte un tanto egoísta, porque va a lo suyo; pero qué más da. También resulta egoísta el

consuelo, porque busca hacerte sentir mejor, pero lo necesitas, no te queda otra que aceptarlo y aferrarte a él cuando no puedes más. En ocasiones hay que ocuparse más de uno mismo aunque te llamen egoísta. Adoro la semántica. A veces, lamento vivir de las imágenes y no tanto de las palabras.

En eso entretuve mi pensamiento durante el trayecto desde los campos de lavanda a casa, al tiempo que procuraba no perder detalle de lo que pasara en la carretera. Mi condición de abstemia me convertía en la candidata perfecta para conducir después de una cena de amigos, con las pertinentes indicaciones de Daniel, que hacía las veces de brújula y de mapa. Carla iba callada en la parte trasera del coche, no durmiendo la mona sino contestando varios correos electrónicos de los amigos que le escribían desde Ciudad de México; a las tres de la madrugada en España era una hora perfecta para platicar con México, concretamente con el inquilino de uno de los departamentos del Edificio Basurto, en el corazón de la colonia Condesa, el lugar favorito de Carla en el mundo. Su futuro tenía una dirección: avenida México 187, colonia Hipódromo, aunque no se viera viviendo allí, sí lo hacía con su residente.

Lola y Roberto prefirieron venirse conmigo en el coche. «Simple cuestión de supervivencia», había argumentado Roberto cuando rechazó acompañar a Hugo y Aimo en su todoterreno. «De mi mujer me lo esperaba —se lamentó Hugo—, pero de un amigo como tú, sinceramente, me ha dolido.»

No nos suponía ninguna molestia, la casa de Lola y la de Roberto estaban de camino a la nuestra, ni siquiera tuvimos que desviarnos. Y además, mi coche servía de eficaz cortafuegos en el caso de que nos encontráramos con algún control de alcoholemia. No eran habituales en aquel lugar pero la jornada festiva era una buena excusa para montar uno. Mi posición resultaba meramente estratégica: mi coche abría la pequeña comitiva de dos, suficiente para que a Hugo y a Aimo les diera tiempo de hacer su jugada favorita. Siempre que veía uno de estos controles, recordaba la anécdota que contaba Jonas sobre la noche que salieron de marcha —en aquel entonces, yo todavía «no existía» y Lola, aunque existía, tenía guardia en el hospital— y al divisar la patrulla de la Guardia Civil dispuesta a revisar la concentración de alcohol en sangre del conductor de cada vehículo que pasaba, decidieron detener el coche. Esa noche era el sargento Andrade, entonces cabo, el encargado de hacer las mediciones. Al ver el vehículo detenido a unos diez metros del control y sin ninguna intención de avanzar, se acercó a él con cautela, tras pedir a uno de sus compañeros que le acompañara por si se trataba de algo más grave, ya que desde la distancia no había podido reconocer el automóvil. Cuando llegaron al coche, descubrieron que cuatro de las cinco personas que viajaban en él —Jonas, Roberto, Hugo y Aimo— estaban sentadas en el asiento trasero del vehículo, mientras Daniel ocupaba el lugar del copiloto. Ante el desconcierto de los dos guardias civiles, y en vista de que los cinco ocupantes aseguraban no ser ninguno el conductor —*«En nuestro estado, no se nos ocurriría ponernos al volante, señor agente»*, dijo Jonas después de explicarles cómo el conductor había salido corriendo campo a través al advertir la presencia de la autoridad—, el agente de mayor rango, que había visto todo tipo de triquiñuelas pero aquélla le hizo gracia por el grado de descaro, tomó la decisión. «¡Qué quiere, Andrade, si no hay conductor! Extienda una multa al dueño del vehículo por exceso de ocupación. No querrá hacerles el control de alcoholemia a todos. Además, ninguno está al volante.» Antes de volver al puesto de control, el mando metió la cabeza por la ventanilla del copiloto, desde donde había observado toda la escena. «Parece mentira, tan mayores y con estas tonterías. Valiente ejemplo le estás dando a tu hermano, Roberto. Y a usted, padre, mejor no le digo nada.»

Esa noche no fue necesario recurrir a ninguna argucia parecida. Todos llegaron a sus casas sin hacer ninguna parada imprevista. Quedamos en vernos al día siguiente, a la hora del desayuno, un poco antes de mi regreso a Madrid. El horario en Tármino siempre adolecía de cierta pereza, y las diez nos pareció una buena hora. De esa manera, Daniel tendría tiempo de cumplir con su obligación sacerdotal. Era viernes y no quería ralentizar la salida para no encontrarme demasiado tráfico en la carretera.

Nosotros fuimos los últimos en llegar a casa. Seguía sin controlar las maniobras con las que estacionar el coche correctamente bajo el olivo, el Viejo Amigo, así que le pedí a Daniel que lo hiciera. Carla se fue directa escaleras arriba en busca del cuarto de baño para iniciar el ritual de belleza nocturno que no perdonaba jamás, por muy borracha, cansada o acompañada que llegara, y yo me quedé en la planta baja haciendo mi liturgia habitual: abrir la puerta de la nevera sin querer nada de ella, tan solo por la costumbre de echar una ojeada distraída, y encender el televisor. Llegué a sentir verdadera aversión por la música de los comerciales y la voz de los vendedores de todo tipo de artilugios tan inútiles como extrañamente convincentes. Ese soniquete me recordaba al insomnio que seguía acompañándome todas las noches desde la muerte de Jonas. Nunca entendí el éxito de ese horario comercial. Tampoco los gritos y las exclamaciones sobreactuadas, cuando la madrugada siempre ha sido terreno abonado para las confidencias en voz baja. Supongo que, a esas horas, es más sencillo engañar a la gente que está en casa, aburrida, sola, sin sueño, abierta a cualquier tipo de seducción aunque le saliera cara. La noche siempre ha sido más propensa a dejarse llevar y algún avispado comercial se dio cuenta de ello, seguramente, en alguna noche ungida de vigilia. Al entrar Daniel, decidí apagar el televisor.

—¿Dónde estabas? —le pregunté en cuanto apareció por la puerta. Mi voz sonaba tranquila, calmada, denotaba más curiosidad que preocupación.

—Aparcando —contestó algo desconcertado, ya que había sido yo quien le había pedido que estacionara el coche.

—Me refiero a ayer por la noche, cuando te fuiste a rezar a la iglesia. Y a esta mañana, antes de que vinieras a casa y nos despertaras.

Daniel me miró acentuando su sonrisa de costado. Pero esta vez quiso alargarla un poco más. Mi tono de voz seguía sin sonar a desconfianza, ni a reproche, ni siquiera a sospecha; más bien tintinaba a merodeo libertino, a ganas de alimentar insomnios. Advertí, incluso, cierto deje agradecido.

—Te estás volviendo loca.

—Es cierto. Y veo que te divierte.

—Pues la verdad, bastante. Y me alegra ver que a ti también. Con el día que llevamos, se agradece. Y con el que me espera mañana...

—Dime que no lo has pensado.

—¿El qué?

—¿Abejas? ¿En serio?

—A ti te picó una nada más llegar.

—Sí, una. A él parece que le picaron cuarenta.

—Una por cada perro envenenado en la finca de don Julián. Es curioso el azar. —Su voz insistía en no abandonar el tono sarcástico, pero decidió echar mano del sentido común. Siempre terminaba enarbolándolo y a él nos arrastraba al resto—. Ya has oído a Aimo en la cena, y también nos lo dijo en la comida que hicimos en casa de Roberto, el día que llegaste: que veía a Marco continuamente en sus terrenos. No hacía más que meter las narices donde no debía. Ahí tienes la prueba. Por si no te fías del informe forense que nos ha leído Roberto.

—¿Un hombre de fe hablando de pruebas y entendimientos razonables de la ciencia? Me encanta.

—Tú no eres alérgica al veneno de las abejas, gracias a Dios. Pero él sí.

—¿Él sí... gracias a Dios?

—Eso, más que en mi negociado, entra dentro de la genética, de la naturaleza. Verdaderamente, te estás volviendo loca porque ni siquiera puedo pensar que estás borracha.

—Puede ser.

—¿Y tú dónde estabas? Porque recuerdo haber visto unas fotos hechas de madrugada del incendio —preguntó Daniel, contagiándose del mismo tono fisgón—. ¿Nos seguimos divirtiendo?

—Dime una cosa, la última, te lo juro; ¿has rezado?, sobre todo este asunto, me refiero —pregunté creyendo que la generosidad de la vida, en la que tanto había pensado hacía unos minutos y que interpreté como una manera de definir la venganza, muchas veces se debe al rezo que inspira una fe muy profunda. Como cuando rezas a un dios para que obre el milagro de la lluvia, de la sanación o de la muerte de todo lo negativo que amenace tu vida y, al parecer, te lo concede.

—¿Y tú? ¿Has rezado tú? A veces, la plegaria de un recién llegado tiene más audiencia ahí arriba que la de un convencido. Todo vale por captar clientes, ya conoces a la Iglesia, cualquier cosa por un converso.

No pude evitar plantearme lo que diría Jonas si estuviera allí, con nosotros. Volvía a tener razón aun sin estar presente. Las conversaciones que nacen en los escenarios menos previsibles para la diversión son dignas de ser recordadas, quizá no en el momento por la gravedad que conllevan, pero sí cuando el tiempo suaviza su rudeza y la memoria recupera el episodio. «*¿Quieres una buena conversación, absurda, divertida y disparatada? Ve a un velatorio, acude a un funeral u organiza una velada con los amigos después de la muerte de uno de ellos. Improbable que te decepcione. Imposible que puedas repetirla en cualquier otro lugar.*»

Desde luego, habíamos sembrado conversaciones suficientes en escenarios imprevisibles para que la memoria las recuperara pasado un tiempo. Y seguro que lo haría.

Jonas, como Daniel, era bueno respondiendo con preguntas. Era herencia familiar, pero de la parte buena de la familia. Cuando toda la respuesta que vas a obtener es un *déjà vu* de tu propia pregunta, debes entender que la conversación no tiene futuro y que te han derrotado. Daniel se supo vencedor en nuestra reciente conversación, como cuando los niños dejan de llorar cansados de que nadie les haga caso y el padre sonríe satisfecho. No era de los que humillaban en las victorias, era de los que se comportan igual siendo laureado que denigrado. Me abrazó como un padre abraza a una hija para calmarle la rabieta o una pesadilla nocturna, o en mi caso, una paranoia vestida de divertimento.

—¿Mejor?

—Un poco, la verdad. Estos embrollos mentales liberan mucho.

—¿Cuánto llevas sin pensar en Jonas? —preguntó creyendo que aquel divertimento que nos traíamos era un buen narcótico para anestesiar el dolor.

—¿De manera continuada? Unos veinte segundos, hasta hace cinco segundos, cuando le he imaginado diciendo lo que le parecería todo esto.

—Pues entonces, ha merecido la pena —dijo mientras depositaba un beso sobre mi frente.

Solo me besaban así dos personas: la hermana de mi padre, cuando venía de las misiones en El Congo, y Daniel. Dos personalidades diferentes pero con cosas en común. A mi tía paterna le gustaban los caramelos de violeta, los mismos que el rey Alfonso XIII le regalaba a su esposa la reina Victoria Eugenia —y no solo a ella, también a su amante Carmen Ruiz Moragas—, y que le comprábamos en La Violeta, una pequeña confitería en la plaza de Canalejas de Madrid, a la que mi padre se acercaba para adquirir unas cuantas cajitas cada vez que su hermana venía a visitarnos. Casi siempre me permitía acompañarle, y todavía recordaba el color violeta que teñía mi lengua cada vez que me tomaba uno de esos caramelos y ese sabor excesivamente dulzón que no había encontrado en ninguna otra golosina de violeta, ni siquiera las que se vendían en Tármino. Quizá la memoria acentuaba un sabor de la niñez que la edad adulta era incapaz de reconocer. Suele pasar con los recuerdos, se engrandecen o menguan según la distancia desde la que se observan. No es que la memoria mienta, pero sí puede engañarnos no contándonos toda la verdad. Daniel prefería el licor de lavanda para las noches de digestión pesada. Y en ese momento, se estaba sirviendo uno.

—¿A qué hora piensas irte mañana?

—Vaya, ahora tienes prisa por que me marche.

—Sabes que no. De hecho, creo que deberías quedarte el fin de semana, viendo lo entretenida que estás... —comentó refiriéndose a mis insistentes preguntas sobre la suerte, el azar, la casualidad y todo el linaje recurrente del destino.

—¿Seguro que vas a hacerlo? —No necesité añadir más para que supiera que me refería a la petición que Petra le había hecho aquella misma noche—. Solo quiere hacerte daño, provocarte, obligarte a hacerlo. Como lo hiciste con Jonas, ahora quiere que también lo hagas con el Zombi, como si eso los igualara.

No me di cuenta de que la pequeña arruga ya había encontrado acomodo en mi entrecejo. Daniel sí y sonrió, no sé si por eso o por mi destartalado análisis. Pero me miraba como si estuviera viendo algo más, y no precisamente en mi rostro. Algo dentro de él, algo que le hacía actuar de la manera como actuaba, y eso le impedía seguir hablando de la conveniencia o no de oficiar el funeral de Marco. «Tengo que hacerlo, y punto», me había dicho en la cena posterior al concierto, zanjando así mis protestas. No sé si era por la capacidad de sufrimiento de la que siempre hacía gala y que tanto atraía a Carla, o porque se sentía en alguna obligación, que interpreté tendría que ver con su condición de párroco, de hombre de Dios, en definitiva, de hombre bueno.

—No tenía otro momento para pasear entre las abejas. Seguro que lo ha hecho a propósito. Ha ido a morirse casi el mismo día del funeral de Jonas para intentar estar un poco a su altura, aunque sea en el calendario. Eso podría considerarse un suicidio, ¿no?, y la Iglesia no los ve con buenos ojos. El hermano de una amiga se suicidó y el sacerdote se negó a rezar por su alma. ¿No existen leyes eclesiásticas para eso, o lo he soñado?

—Existen, los cánones 1184 y 1185, que impiden conceder exequias eclesiásticas a los pecadores manifiestos, entre ellos los suicidas, para evitar el escándalo público de los fieles —recitó casi de memoria.

—Mira, ahí tienes la razón a la que aferrarte para decirle que no.

—Pero la misericordia de Dios es infinita. Y estoy seguro de que, de ser como dices, en el último momento Marco dio alguna señal de arrepentimiento y eso devuelve al suicida el derecho a rezar por su alma.

Por el fondo de tristeza que vi en sus ojos, me dio la sensación de que en ese instante no pensaba tanto en un muy improbable suicidio de Marco, como en el certero de Celia.

—Vaya —dije algo decepcionada—, habéis pensado en todo en esa Iglesia tuya.

—¿Te estás oyendo?

—Sí. Ya lo sé. Estoy para que me encierren pero reconóceme que tengo razón.

—Por supuesto. Se lo prometí a Jonas.

Yo también le prometí a Jonas muchas cosas. Le prometí que mantendría el contacto con Daniel y con el cuarteto, y pensaba cumplirlo aunque cada vez que planeaba regresar a Tármino se me hiciera un mundo. Quizá ahora, la pendiente de esa cuesta había perdido ángulo de inclinación y me requeriría menos esfuerzo. Las promesas, como las leyes, se hacen para cumplirlas. Lo hubiese hecho de la misma manera aun sin mediar un juramento, por puro egoísmo. Los que perdemos todo, o al menos lo más importante, nos volvemos desesperadamente egoístas. Puede resultar contradictorio, pero no lo es. Cuando lo pierdes todo es el mejor momento para empezar de nuevo. Pero si en los inicios te arrebatan lo poco o nada que tienes, te condenan de por vida, te sepultan sin remedio y, lo que es peor, te hurtan la opción de intentarlo de nuevo. Por eso te vuelves egoísta, necesitas sentir tuyo lo que ya ni siquiera tienes. Es ley de vida, como dicen que lo es la muerte.

No estaba cumpliendo una promesa, tan solo estaba siendo egoísta. De vez en cuando hay que serlo, no siempre va a prevalecer lo ajeno, lo de fuera, hay momentos en los que tú eres la prioridad si de veras quieres sobrevivir. Estar con ellos me hacía sentir bien porque me acercaba a él. Para mantener los recuerdos vivos necesitas a las personas, a las que ya no están y a las que quedan para actuar como notarios de lo que fue y de quiénes fueron. Si no lo haces, estarás solo y te sentirás de la misma manera, más vacío de lo que realmente estás.

Eso fue lo que le pasó a Marco. Y eso es lo que le había empezado a pasar a Petra.

La misa exequial del Zombi se celebró a primera hora de la mañana del día siguiente a su muerte. Todo muy precipitado, como si urgiera. Me recordó a esas bodas que hace años se celebraban a primera hora del día, casi acariciando el alba, para ocultar que ella estaba embarazada, o que el novio era de una familia que no convenía, o para esconder cualquier otro secreto que se quisiera mantener a salvo del conocimiento popular. Así se enterró a Marco, así fue su funeral. Con prisas, a hurtadillas, casi a escondidas. Murió como vivió, solo, olvidado y prácticamente abandonado. Ninguno de nosotros acudió, tal y como acordamos la noche anterior, a pesar de la insistencia inicial de Lola en pagarles con la misma moneda por lo que hicieron en el funeral de Jonas. Incluso puede que nuestra presencia se hubiera agradecido. No lo supimos hasta que Daniel llegó a casa y nos lo contó. La iglesia estuvo vacía. Aún peor: se vació en cuanto empezó la misa. Nadie fue a despedirse ni a darle el último adiós, ni a consolar o acompañar a la viuda. Seguramente la gente tendría cosas que hacer, o sabía muy bien en qué no quería perder el tiempo.

—¿Nadie? ¿Ni siquiera tus beatas enamoradas? ¿Ni un turista perdido de los que vinieron ayer al festival? —preguntó Hugo mientras estiraba la mano para coger un cruasán de los que había traído la Mamma.

Habíamos preparado la mesa en el jardín, que en verano era nuestro lugar favorito en el que estar a primera hora del día. Todavía era pronto, pero el calor ya apuntaba maneras. No faltaba ningún detalle. Nunca faltaba cuando era Lola, siempre ejerciendo de perfecta anfitriona incluso en casas ajenas, quien se encargaba de disponerlo todo: café, leche, zumo de naranja natural, fruta, tostadas, jamón, huevos, mermeladas caseras, aceite, tomate rallado, algo de bollería... y por supuesto las rosquillas de lavanda, pensando sobre todo en Carla, que había desarrollado una auténtica devoción por ellas, y que en ese momento se unía a las preguntas de Hugo:

—¿Ni siquiera para asegurarse de que era él y que estaba muerto?

—Ni un alma.

—Hombre, la del Zombi estaría —supuso Aimo.

—Ése no tenía alma, solo un cuerpo hinchado por lo que comía, bebía y por el odio que profesaba a todo el mundo, especialmente a los que siempre le ayudaron. —Roberto no estaba dispuesto a respetar la memoria de alguien que nunca respetó la de nadie, ni la suya propia.

—Nadie. Petra y yo. Mano a mano. Cara a cara. —Daniel ya no sabía cómo ser más explícito para que dejaran de hacerle la misma pregunta, aunque de diferente manera. El vacío de la iglesia nos pareció un terreno abonado para la chanza pero a él, como sacerdote, debió de resultarle incómodo—. No me había pasado nunca. Ha sido lo más raro que he vivido como religioso. Os parecerá una tontería, pero ver las calles del pueblo aún adornadas con los vestigios de la fiesta, y entrar en la iglesia y encontrarla vacía como no ha estado nunca, ha sido un contraste de lo más lúgubre. Como si estuviéramos rodando una película y hubieran desalojado el pueblo sin decirnos nada. Estaba más vacía que cualquier otro día, fuera del horario de misas. Incluso tres señoras que se encontraban dentro decidieron marcharse en cuanto empecé el funeral. —Creo que ese día Daniel entendió que el vacío intencionado es el agujero más negro que el ser humano puede idear.

—Quizá te pidió que la misa fuera tan pronto para evitar ver a nadie, para que nadie pudiera ir. No me extrañaría. —A Lola no le había sorprendido nada el abandono del pueblo hacia su vecino más odiado. El desprecio que quizá no le mostraron en vida, por precaución o por educación, se lo expresaron en muerte. Una venganza más silenciosa, discreta pero, al final, mucho más efectiva.

—Aunque lo hubiera hecho a las doce del mediodía, no habría ido nadie. ¿Qué amigos tenía el Zombi? —preguntó Roberto, como si buscara una respuesta en los demás que lograra sorprenderle—. Los apartó a todos. Siempre iba solo. Y ella iba con él, detrás, no sé si porque le daba vergüenza que la vieran a su lado o porque nació para estar siempre en la sombra. Con ese panorama, ya me dirás tú quién va a ir a honrar su memoria.

—¿Cómo era eso que decía Jonas?... «Nuestros actos tienen memoria.» —Aimo repitió la misma cantinela que tantas veces le había oído. Me gustaba que recordaran sus frases, sus dichos, que imaginaran sus respuestas, sus reacciones, que le tuvieran tan presente que, si no fuera por el constante dolor que me provocaba su ausencia, pensaría que estaba vivo—. Los dos están pagando por lo que hicieron, eso es un castigo de Dios, ¿no?

—Me sorprende todo lo que sabéis de justicias y castigos divinos para lo poco que vais a la iglesia.

—A esta edad, Daniel, vamos a la iglesia para acudir a los

funerales de los amigos. Y esta mañana, no había ningún amigo por quien celebrar ninguna ceremonia. —Hugo nunca había sido hombre de iglesia, ni de misa ni de santos. Para enumerarlos, ya estaba su mujer.

—Era exequial —comentó Carla con cierta intención.

—Mira, al menos se lo aprendió a tiempo. Fue enterarse de lo que era una misa exequial, y tener una propia. Para que veáis la obsesión que tenía el Zombi por lo ajeno.

—¿Estás bien? —pregunté obviando el último sarcasmo de Roberto. Me sorprendió oír mi voz formulando aquella pregunta, aunque lo hiciera en un tono más contenido, para que solo lo percibiera Daniel.

—Nada como enterrar lo malo para que salga lo bueno. Cuando el mal se entierra, sale irremediable lo bueno. La naturaleza es sabia. Y la vida, aunque a veces no lo parezca, también lo es.

—¿Eso lo dice tu Dios? —le pregunté.

—No, eso lo digo yo. Es copyright mío.

—Bueno, chicos, estamos con nuestro desayuno de despedida de Lena, y por supuesto, también de Carla. Así que, hablemos de cosas serias y sensatas —solicitó Lola mientras servía más café en nuestras tazas y Aimo regresaba a la mesa con otra jarra de zumo en una mano y en la otra un cartón de leche de soja para mí, que miraba con cierta desconfianza. No era muy partidario de los productos vegetales, siempre prefería los de origen animal—. ¿Cuándo vuelves? —preguntó sin rodeos la Mamma—. ¿Vamos a tener que ir a buscarte?

—Eso no sería mala idea. Siempre vengo yo —respondí.

—¿Siempre? ¡Cómo pluralizas los singulares! —comentó Carla, aupada en ánimo al verse incluida en la mención de despedida—. Has venido una vez y porque no te quedaba más remedio si querías cumplir la promesa que le hiciste a Jonas de devolverle a los campos de lavanda de Tármino.

—Te queda entonces encomendado traerla de nuevo —le

dijo Hugo—. Lo dejamos en tus manos. Somos así de inconscientes.

—Eso está hecho. Voy a tener que acercarme a la tahona de Nuria; quiero decir, al Horno de Eva. Creo que no me he llevado suficientes rosquillas de lavanda. Quiero más, me van a hacer falta muchas. Me acerco en un minuto, mientras os termináis el café —dijo mi amiga mientras cogía su bolso—. Era entrando al pueblo a la derecha, ¿verdad? Quiero decir, según llego, doblando la calle principal a la izquierda y luego la segunda a la derecha..., si no recuerdo mal —preguntó con el mismo despiste que si estuviera en el centro de Munich.

—Te acompaño, que no queremos perder a más gente —se ofreció Hugo. Al final, Carla había logrado hacerse con él.

Se acercaba la hora del adiós. Si había algo que odiaba más que el regreso, eran las despedidas. No sé por qué a las personas les gusta tanto despedirse, supongo que porque les cuesta irse, igual que les cuesta morirse y prefieren dilatar lo máximo posible ese momento. Sí, a la gente le encanta despedirse, para muchos una despedida es como una fiesta, quedan solo para eso y lo planifican con tiempo, y se ponen emotivos y se empeñan en decir cosas bonitas que te ponen tierna y en la obligación de decir algo que esté a la altura para no quedar como lo que eres, alguien con prisa por irse. Los franceses entienden las despedidas mucho mejor, lo tienen mucho más claro, como tienen claro el destino del cristal. Definitivamente, las despedidas deberían ser siempre a la francesa. Creo que por eso siempre cargaba el coche a la velocidad de la luz, sin mirar, sin colocar, sin orden ni concierto, de cualquier manera, para acabar lo antes posible y salir corriendo. Quizá algún día, incluso, se me olvidara despedirme.

—Prométeme... —empezó a decir Daniel.

—No soy buena prometiendo cosas —lo corté. No quería más promesas. Daban mucho trabajo.

—Sí lo eres. Lo que no eres es muy dada a hacerlo.

No necesité escucharlo de su boca. Sabía perfectamente lo que quería que le prometiera: que llamaría, que me cuidaría, que comería, que no me quedaría en casa, que estaría bien, que fijaría una fecha para la próxima exposición en la galería, que volvería a hacer fotos, que trabajaría a diario para superarlo, que dejaría de llorar, que empezaría a sonreír más, que me mantendría en contacto... Un museo de la promesa.

—¿Alguna pregunta más que quieras hacerme y que esté dando vueltas en esa cabeza?

—¿Alguna respuesta que quieras compartir conmigo antes de que me vaya?

—No te vas. Te alejas geográficamente —puntualizó Carla, que llevaba todo el día con el traje de profesora de Literatura puesto—. No me ayudéis, que ya puedo yo sola —dijo mientras intentaba meter su bolsa de viaje en el coche junto a las doscientas nuevas bolsas que había adquirido en el pueblo con recuerdos, productos típicos del Horno de Eva, más el surtido completo de miel y derivados con el que Aimo le llenó el maletero. Se iba de Tármino como llegó, protestando por algo relacionado con su coche. Entonces fue una piedra bajo el vehículo que lo frenó en seco, y ahora era un exceso de equipaje que amenazaba con seguir encallándolo. Era una experta en cerrar círculos e historias. Se notaba que le gustaban los libros, especialmente las novelas.

Me despedí de Daniel con uno de esos abrazos de los que siempre hablaba Carla, fuerte, prolongado y sentido, en el que te vacías en la otra persona. Quería irme de Tármino para quitarme la pesada pátina de dolor que había traído y la que me llevaba de más. Pero no quería marcharme de ese lugar. Allí, en esos abrazos, se estaba bien porque me transportaban al calor de Jonas. Todos ellos eran un enorme contenedor de su memoria.

En la conversación salvaje de Lola, se estaba en casa. En el sarcasmo de Roberto, se estaba en casa. En la protección paternal de Hugo, se estaba en casa. En la sonrisa cómplice y socarrona de Aimo, se estaba en casa. En el abrazo de Daniel, se estaba en casa. Y a uno siempre le cuesta irse de casa, más cuando la casa es su verdadero hogar.

Daniel se fijó en las alianzas que rodeaban mi dedo anular. Me sonrió, pero esta vez no fue de costado, sino abarcando ambos lados del rostro. Después de observarlas durante unos instantes, jugueteó con ellas como lo hacía yo más veces de las que pensaba.

—Sabes que él está contigo, ¿verdad? Y no solo aquí —dijo señalando el doble círculo dorado—. No lo olvides.

—No lo haré.

—Ya sé que en cuanto te subas al coche te reirás de mí por lo que te acabo de decir. No sé de dónde te viene tan poca espiritualidad.

—Creo que de un colegio de monjas.

—Eres una descarada.

—Ya. —Opté por el monosílabo por temor a que mi garganta no respondiera, lo que hubiese sido un problema porque no había ningún cuarto de baño cerca al que correr ni en el que refugiarme para poder desahogarme en la clandestinidad, mi estado favorito para hacerlo. «Eres una descarada.» Era lo mismo que me decía Jonas, y también mi padre. Las tres voces que lograban que mi nombre sonara de verdad, a casa, a hogar.

Nada de lo que dijera o hiciera Daniel haría que le quisiese menos. Era lo único que me quedaba de Jonas, la única persona a la que podía mirar y verle a él, a la que podía abrazar y sentirle a él. Quizá era un sentimiento prestado o disfrazado pero me confortaba porque me hacía sentir bien. No siempre en lo auténtico encuentras la verdad, como no solo en la autenticidad encuentras lo real. Sabía que siempre estaría ahí porque él compartía el mismo sentimiento de deuda por saldar con quien ya no estaba. No lo sabría hasta años más tarde, pero en sus últimos días Jonas le había pedido que cuidara de mí y, sobre todo, que me cuidara de quienes ellos no supieron cuidarse. Como si le preocupara más dejarme en esa compañía que simplemente dejarme sola. Sabía muy bien de lo que hablaba: la maldad y la venganza gratuita suelen campar a sus anchas, aunque rocen el ridículo y provoquen vergüenza ajena, y la muerte no solía detener la industria del rencor. Daniel lo prometió y lo cumplió. Y yo pensaba hacer lo mismo.

—¡A mí no me has despedido así! —gritó Carla sacando la cabeza por la ventanilla del conductor y tocando el claxon—. Y no lo entiendo porque soy mucho más maja que ella, tengo mejor conversación y no he desarrollado ese apego al cuarto de baño. Lo que pasa es que los curas, con tanta fe, no os dais cuenta de nada, andáis muy perdidos, estáis muy dispersos... —Siempre acertaba con la chorrada exacta para provocar el gesto cómplice de los demás—. Un día tenemos que quedar y te cuento. —En ese momento, le sonó el móvil y al ver el nombre que aparecía en la pantalla, decidió despedirse con prisas—. ¡Ay, mi chamaquito! ¡Gracias a todos! Os juro que os la traigo de vuelta más a menudo.

Carla no había cumplido una promesa en su vida, por eso hacía tantas, por eso más que prometer, juraba. Quizá ésa sería la primera que consumara.

—No te olvides de nosotros —me pidió Lola—. Claro que tampoco te vamos a dejar que lo hagas.

—Eso es imposible —le dije aceptando su abrazo de madre preocupada que ve que los hijos se marchan y abandonan el nido.

—Ni te olvides de volver.

—Eso es más probable, Hugo —dije bromeando.

—Ahora lo tienes más fácil. Tienes una preocupación menos... —Roberto no cambiaba ni en las despedidas—. No dirás que no hemos trabajado a favor de obra...

—Y todo gracias a mis amigas, que no se te olvide. Y además, me debes una visita al colmenar. —Aimo tenía razón. Se lo debía. Le debía muchas cosas.

—No les hagas caso —dijo Daniel cerrándome la puerta del coche y apoyándose sobre el marco de la ventanilla del conductor, mientras yo terminaba de ajustar el espejo retrovisor y de colocarme bien el cinturón de seguridad—. Ve a crear recuerdos nuevos. A ser posible con un nuevo olor, pero sin olvidarte de éste.

—Te quiero, Daniel. Muchas gracias por todo. —Era la primera vez que pronunciaba esa frase después de la muerte de Jonas. Y me sonó familiar.

—A las personas que quieres no se les da las gracias.

—Eso es de Jonas —le recordé.

—Todo es de él —dijo sonriendo—. Conduce con cuidado. Y llama al llegar, que siempre te olvidas.

—Prometido.

Podría olvidar muchas cosas y prometer otras tantas. La vida te obliga a ello aunque ni siquiera seas consciente. Pero si hay un olor que me resultaría imposible de olvidar sería aquél. El olor de la lavanda es demasiado intenso y seductor para poder ser borrado del recuerdo. Sería como olvidar la memoria, y la memoria no se arrincona, ni se niega, ni se descuida, a no ser que la enfermedad la mate. Ésa es la verdadera tragedia del Alzheimer: no solo borra tus recuerdos, sino que hace desaparecer a las personas a las que amas y lo que sientes por ellas. Si te quitan tu memoria, borran tu historia, y eso es tanto como no haber existido nunca. Por eso en las guerras, los ejércitos empiezan destruyendo el patrimonio cultural del enemigo, porque si a un pueblo le dejas sin historia que recordar, no tiene adónde acudir para defender su identidad. Es mejor aniquilarla, bombardearla y de sus cenizas crear una nueva, más del gusto del destructor.

Me gustaba el olor a lavanda porque era fuerte, intenso, se

adhería a ti, se aferraba y ya no te soltaba, como la raíz a la tierra, como la lavanda a Tármino. Era un acoplamiento perfecto. Si nuestros actos guardan memoria, nuestros olores también. Y el mío era el de la lavanda.

Intenté resistirme todo lo que pude a fijar los ojos en el retrovisor, por miedo a encontrar lo que intuía y a que la mirada se me llenara de lágrimas que dificultaran la visión, y le había prometido a Daniel que conduciría con cuidado. Aun así no pude evitarlo. Allí estaban, los cinco, el cuarteto y Daniel, encerrados en el pequeño espejo y alejándose de mí, aunque en realidad fuera yo quien me estuviera distanciando de ellos. Pero en la vida las cosas son lo que parecen, no lo que en realidad son. Podría haber sido una buena fotografía. Junto a la que hice de los campos de lavanda después de esparcir las cenizas de Jonas, aquélla era sin duda la mejor instantánea que me llevaba de Tármino.

Claro que pensé en frenar y dar la vuelta, aunque Carla me perdiera de vista en su retrovisor y comenzara a fibrilar. Por supuesto que me hubiese gustado quedarme con ellos todo el fin de semana y retrasar aún más mi llegada a Madrid. Comprendí que lo que de verdad me daba miedo eran los regresos, no el hecho de llegar a un determinado lugar. Siempre que te despides de alguien a quien quieres y a quien temes no volver a ver, te dan ganas de regresar para insistir en el abrazo. Si te pasa cuando estás embarcando en un avión, que no puedes dejar de mirar hacia atrás mientras luchas por no volver corriendo sobre tus pasos y regresar al lugar donde realmente quieres permanecer o con la persona con quien deseas estar, cómo no vas a hacerlo cuando dejas atrás parte de tu historia, de tus recuerdos y de tu memoria.

La distancia siempre lo empequeñece todo y la perspectiva lo desvanece. Lo comprobé cuando la imagen de mis cinco

Jonas desapareció del retrovisor. Pero para eso está la memoria. Para cuidarla. Para no olvidarla. Para volver a ella cuando la necesites.

Al llegar a Madrid, llamé a Daniel para decirle que había llegado bien. No olvidé mi promesa.

22

Abandoné Tármino con la sensación de iniciar un viaje. Exactamente la misma sensación que tuve al regresar a ese lugar dos días antes. Un viaje de cuarenta y ocho horas, el más corto de mi vida y, sin embargo, me pareció el más largo e intenso de cuantos había realizado.

Todo se había convertido en un viaje. Siempre era la misma percepción. Mi historia también era un viaje. La mía y la de todos. Por eso nos encontramos, nos conocemos, nos vemos, nos hablamos. Por eso todas las historias terminan, solo por el hecho de haber empezado, con independencia de cómo hayan resultado. Para llegar, siempre hay que salir. Era la frase favorita de Jonas y la mejor definición de cualquier historia.

Allí estaba, esa sensación de estreno, donde la ilusión y el miedo se conjugan al mismo nivel, que se apodera de ti cuando inicias algo nuevo o te adentras en un territorio desconocido que se te muestra virgen, con todo por descubrir, como cuando empiezas a leer un libro, te mudas a una nueva casa o decides probar suerte en otro país. No puedes dejar de sentir cierto vértigo condensado en el miedo al folio en blanco de los escritores, al bloque de piedra natural de los escultores, al lienzo inmaculado de los pintores; pero al mismo tiempo es un cosquilleo que te sube del estómago a la cabeza y te imprime velocidad. Es una intuición bipolar. Por un lado, se abre un mundo nuevo y, por el otro, abandonas el que ya conocías y en el que te sentías cómodo y feliz. Es la misma sensación que tienes cuando abres una puerta y no sabes qué habrá detrás. Ignoras si lo que hay al otro lado te va a gustar o no, si te dará la vida o te la quitará. Pero la abres porque es la única manera de saberlo. Incluso si no sientes ninguna curiosidad, la abres, solo para que dejen de llamar, de golpearla con los puños o de pulsar el timbre hasta quemarlo. Abres y sales de dudas, te quedas tranquilo. Y cuando la puerta está abierta, ya decides si sales por ella o vuelves dentro. Incluso puedes decidir si dejas fuera al que llama o le invitas a entrar. Lo único claro es que hay una puerta y tienes que abrirla. Ése era el viaje. Siempre lo es.

Para llegar siempre hay que salir. Y para eso, hay que abrir la puerta.

Ése es el principio de todo comienzo.

O, al menos, el inicio del siguiente.

TRES AÑOS MÁS TARDE

Todos nosotros, entre las ruinas, preparamos
un renacer. Pero pocos lo saben.

ALBERT CAMUS,
El hombre rebelde

23

A los tres años de la muerte de Jonas se me volvieron a escapar los domingos.

Y cuando los domingos se escapan es porque la vida regresa, poco a poco, a pequeños pasos, quizá no sea exactamente la misma, pero regresa.

El tiempo tiende a crear nuevas unidades de medida con las que te obliga a contar la vida. Los grandes acontecimientos suelen erigirse en referente. Se necesita un punto de partida desde el cual empezar a contabilizar el tiempo de tu existencia. Para medir el tiempo histórico se elige un año de referencia, un origen en el que se considera que comenzó todo. Hay muchas maneras de medir el tiempo. En Occidente, se eligió el nacimiento de Cristo que da origen a la «era cristiana», supongo que porque les convenía; en la Grecia Antigua optaron por medir el tiempo con la «era de las olimpiadas» y los romanos lo hicieron con la «era de los cónsules», también tomando como referencia la fundación de Roma, igual que la sociedad islámica tomó como referencia el viaje de Mahoma desde La Meca a Medina, punto de partida de su «era de la hégira».

Yo tenía mi propia era, la Era Jonas. Su muerte se convirtió en mi referencia para medir el tiempo.

Tardé dos años y medio en volver a reír desde la muerte de

Jonas, a reír de verdad, sin miedo al sonido de la risa, sin remordimientos, sin sentir que traicionara a nadie.

Cinco meses en darle vida a la casa, en vaciar las cajas, en evacuar armarios, en llenar estancias y cambiar los muebles.

Seis meses en retirar su cepillo de dientes y su maquinilla de afeitar.

Siete meses en volver a hacer fotografías.

Ocho meses en revelar la fotografía que saqué de los campos de lavanda el día que esparcimos las cenizas de Jonas.

Un año en ampliarla y enviarla a enmarcar. Dos metros y veinte centímetros por un metro setenta y cinco centímetros de campo de lavanda. Dos metros y veinte centímetros por un metro setenta y cinco centímetros de Jonas.

Año y medio en colgarla en la pared de la estancia más vivida de la casa, en el salón, frente al manto urbano enmarcado por los ventanales de la vivienda.

Dos años en volver a macerar la idea de hacer una exposición fotográfica.

Treinta meses en conseguir dormir cinco horas seguidas, sin despertares nocturnos jadeados por ansiedades ni insomnios evocadores.

Tres años en que se me volvieran a escapar los domingos.

Especialmente aquel domingo de diciembre, demasiado próximo a la Navidad, aunque según Denisse, la propietaria de la sala de exposiciones, era la mejor época para que mis fotografías volaran tan rápido como habían entrado en mi objetivo. Al cabo de tan solo veinticuatro horas se inauguraría mi nueva exposición. Los responsables de la galería querían retratos y yo, más que querer, los necesitaba viviendo en el objetivo de mi cámara. Necesitaba miradas, óvalos faciales, frentes despejadas, cicatrices selladas, bocas grandes, flequillos rebeldes, ojeras marcadas, surcos y arrugas que dibujaran en una cara el mapa de una historia. Más que retratos, eran momentos y emociones, auténticos ejercicios de memoria capturados en un disparo. Había invertido el último año y medio en recorrer Europa en busca de rostros con historias que contar. No es que en España no los hubiera pero necesitaba huir en su búsqueda, desaparecer. Aunque no a la estancia de un hotel lleno de desconocidos donde yo también fuera una extraña hambrienta de conversaciones ajenas a mi pérdida, como deseaba hacer en las semanas posteriores a la muerte de Jonas, sino a lugares mucho más lejanos. No se trataba de huir de los míos, sino de ir en busca de los no propios.

El proyecto nació sin saberlo, se inició como una evasión experimental más que como una aventura profesional. Al cumplirse un año de la muerte de Jonas quise comprobar si realmente había vuelto a vivir o si me resignaba con respirar, tener pulso y mantener a raya mi corazón, que para asombro de todos, sobrevivía en primera línea de fuego. Supongo que era una especie de rebeldía, como la de los niños que son abandonados al nacer, y al saberse traicionados desde el principio, lo único que les queda es demostrar que se equivocaron con ellos y que son capaces de seguir adelante por muchas dificultades que les pongan. Un par de sustos sin importancia —al menos así lo pensaba entonces, desde la distancia—, ambos debidos a los olvidos de medicación. Era Jonas quien siempre estaba pendiente de controlar las dosis y las tomas, y deshabituarse de la costumbre es demasiado complicado, aún más cuando la memoria está ocupada con otras cosas más importantes que tu propia vida.

Inicié ese viaje como solía hacerlo con él, con poco equipaje, el imprescindible para no tener que facturarlo en ningún aeropuerto, dando opción a la pérdida o regalando un tiempo que no tenía a la recogida de equipajes. Y, por supuesto, con mi cámara de fotos, que supo perdonarme el abandono al que la sometí sin que tuviera culpa de nada. Dicen que los amantes deben ser así, comprensivos, pacientes y tolerantes. No lo sé porque nunca tuve uno, pero me seguía fiando de Carla. Decidí viajar sola aunque no me sentía así. Aquella evasión nació para comprobar si realmente lo estaba superando o si todo era un espejismo motivado por la costumbre de estar sola en mitad de la pérdida y la aceptación de haber sido abandonada, aunque fuera de manera involuntaria. Necesitaba saber si ese vértigo que me frenaba para regresar a Tármino me ahogaría también en otros escenarios que hicimos comunes. Recorrí en solitario muchos de los lugares a los que fuimos juntos y solo contabilicé algún mareo puntual, pero el vértigo real, el que te convulsiona el cuerpo y te oprime la mente y el pecho, no apareció. Estaba preparada para seguir y lo hice.

La experiencia fue diferente a la esperada. En vez de buscar rostros en los que leer historias, encontré historias que me conmovieron y me llevaron a conocer el rostro de sus protagonistas. Volví a Bosnia y a Serbia, no porque lo hiciera en su día con él, sino porque los lugares castigados por el dolor y la pérdida siempre dejan un poso que ni el tiempo ni la memoria arrastran del todo. Siempre queda una grieta, un hilo, una astilla suelta que puede resucitar al monstruo que no se ha ido por completo porque no lo mataron del todo. *«Hasta que matas al monstruo, siempre volverá»*, decía Jonas. No sé por qué me acordé del Zombi.

Las pérdidas se arrastran; no se olvidan ni desaparecen. Un paseo por la historia de algunos de esos rostros ayudaba a entender más cosas que veinte años de psicología. Amplié mi viaje a Croacia, a Viena, a Berlín, a San Petersburgo y, como siempre, volví a recaer en Polonia. Siempre tuve una atracción seductora hacia ese país, no podía evitarlo. Era un museo de rostros y de miradas. Lo que me encontraba allí no lo hallaba en ningún otro lugar; en algunas localidades, la necesidad de olvidar que mostraban los semblantes de los lugareños era tan dolorosa y acuciante que te contagiaba el sufrimiento. Era una negación continua a la memoria, al recuerdo, pero al mismo tiempo era un ruego por no olvidarlo. Lo habían vivido, no necesitaban recordarlo y mucho menos que se lo recordaran, pero olvidar era otra cosa muy distinta. Es normal, a nadie le gusta que le hurguen en la herida, sobre todo si aún permanece abierta, ni que le recuerden todo lo que perdió desde la impotencia que provoca la injusticia.

No me gustaba identificarme con los rostros que fotografiaba porque eso les restaba a ellos el protagonismo, su lugar en el mundo que, en ese momento, era el objetivo de mi cámara. Pero los entendía mejor de lo que pensaban aunque nunca lo compartiera con ellos. A mí tampoco me gustaba que me recordaran mi herida, ni siquiera me agradaba que me vieran llorar y por eso seguía guareciéndome en refugios seguros donde poder hacerlo al abrigo de miradas ajenas. No quería que me observaran y ellos tampoco lo deseaban. Una vez más comprobé que hay personas a quienes les enfada y les incomoda que las fotografíen. Cuando llegas al mercado de frutas y verduras de Sarajevo, donde sucedieron dos de las grandes matanzas de la guerra de Bosnia, o cuando te acercas a las inmediaciones del campo de concentración de Auschwitz con una cámara en la mano, percibes cierta reticencia en la mirada de los lugareños ante la memoria como reclamo turístico. Es curioso cómo los edificios se recuperan antes que las personas, cómo las fachadas cicatrizan antes que los rostros. Por eso las grandes historias, como las grandes verdades, se esconden en la mirada de la gente y no en ningún museo por espectacular que éste sea. La verdadera memoria, la que nadie arregla ni restaura para que luzca con mejor aspecto, es la que guardamos las personas, normalmente, en el fondo de mirada.

Mi padre me contó que si miras fijamente a alguien a los ojos y te concentras en su iris puedes contemplar lo que ha visto y vivido como si fuera una película, como cuando te acercas sigilosamente a la mirilla de una puerta y observas a quien espera al otro lado. Descubrir sus más escondidos secretos, aquello que cree tener a buen recaudo. Así resolvió mi padre muchos casos, o al menos, eso me aseguraba. «Para saber si una persona dice la verdad, mírala a los ojos. Pero en conciencia, con fuerza, mira lo que tiene dentro y saldrá todo fuera», decía. Creo que por eso me hice fotógrafa retratista, para mirar de esa manera a través de las miradas de los demás. Quizá por eso somos más celosos y reservados a la hora de mostrarla, y prefiramos esconderla de miradas extrañas.

Pero ocultar la mirada no quiere decir olvidarla. «Reza por ellos y no dejes de contar a otras gentes lo que pasó en Sarajevo.» Posiblemente era el mural más fotografiado en el mercado de la capital de Bosnia. Y junto a él, los nombres de los fallecidos en el ataque serbio. Era tanto como pedir que no los olvidemos. No olvidar no significa estar constantemente buscando fotos en tu memoria ni recibir a diario postales del pasado. A veces, la memoria, como las personas, necesita respirar para seguir estando viva. Es necesario coger aire y soltarlo para poder sobrevivir. Recordé el día en el que Jonas intentaba convencer a un niño que se empeñaba en llorar en mitad del mar porque estaba cansado, no quería nadar más y se estaba ahogando. Su continuo llanto no le dejaba avanzar y le hacía hundirse cada vez más. Mientras iba a por él, le gritaba: «*Llora cuando llegues a la orilla, ahora concéntrate en nadar. Primero nada, llega y luego lloras*». No sería mala idea añadir esa explicación a los croquis que muestran las salidas de emergencia en las puertas de los hoteles. Podría ayudar. Al niño, al menos, le convenció. Siguió sus indicaciones, nadó, llegó y se puso a llorar. Todo momento tiene su tiempo.

Algunas veces me da la impresión de que las personas felices tienen menos memoria que las que tienen la vida llena de cicatrices. Quizá es porque lo doloroso se recuerda con más intensidad que lo dichoso. Creo que aquel viaje lo hice porque necesitaba encontrarme, pero en los rostros de los demás. Verme reflejada en ellos para entenderme mejor porque en la imagen que me devolvía el espejo seguía sin reconocerme. Regresé con un álbum de retratos que podían escribir ellos solos la historia de la humanidad, o al menos, dibujar el mapa más completo de los sentimientos. En definitiva, no hice otra cosa que seguir la hoja de ruta que me había encargado Daniel el día que salí de Tármino, aquel 16 de julio lejano: fui a descubrir otros olores y a fabricar otros recuerdos, pero sin olvidar el mío, el único que merecía sobresalir entre todos. El de Jonas.

En aquella fructífera huida encontré la razón para volver, el proyecto perfecto para una nueva exposición que llevaba tiempo gestándose en mi cabeza pero sin saber siquiera por dónde empezar. *«Para llegar, hay que salir.»* Esa costumbre no la abandoné, o mejor dicho, no me abandonó. La voz de Jonas seguía hablándome, eligiendo siempre el momento oportuno y el lugar adecuado. Carla decía que era una señal, que me estaba abriendo a la espiritualidad y que controlase los cuadros de casa a ver si estaban o no torcidos, porque aquello era un signo. «Y cuando veas el 11:11, ahí está Jonas. No me digas por qué. Me ha venido. Ríete de mí todo lo quieras, pero verás como empiezas a verlo.»

Creo que fui víctima de una de esas ilusiones cognitivas con las que te engaña el cerebro, que se divierte tanto como la vida tomando al destino como un trozo de plastilina. Debe de ser algo parecido a una ilusión óptica, que cuando te empeñas en ver una cosa, terminas viéndola aunque no creas en ella ni evidencie ninguna realidad, sino una determinada perspectiva. Quizá era una variante del efecto placebo pero desde que me lo dijo, no hacía más que ver 11:11. En el reloj del microondas, en mi teléfono móvil, en la esquina superior derecha de mi ordenador, en el horno, en los relojes callejeros... Un toque de atención al recuerdo. Así que decidí que ése sería un buen título para mi exposición fotográfica: «11:11». Era una manera de decir que Jonas estaba en mí como yo estaba en todos los rostros que colgaban de las paredes de la exposición. Fue un homenaje a él aunque nadie lo supo, excepto Carla. Todos interpretaron los números de una manera, de sus cábalas salieron teorías realmente buenas, brillantes, que engrandecían aún más la exposición. Alguien se aproximó hablando de almas gemelas en aquellos dígitos iguales. Aquella visión se le acercó bastante. Pero nadie vio un homenaje a la persona amada que un día perdí, nadie pensó en la ausencia haciéndose presente, en cómo se vive en mitad de esa pérdida. Se vive negándote a perderle, a olvidarle, a que desaparezca, rechazando no pensar en él más que en cualquier otra persona en el mundo, a que su imagen sea lo primero que te venga a la mente cuando despiertas, a no poder borrar su nombre de la agenda de tu teléfono móvil porque sería como perderle otra vez, a comprar un frasco de su colonia para olerle sin tener que acudir a la memoria, a hablar de él con los demás con una sonrisa en el rostro y no con lágrimas en los ojos y nudos en la garganta, a repetir su nombre en alto las veces necesarias para que las paredes de tu casa lo memoricen y se empapen de su presencia, que entiendan que un día estuvo allí y que sigue estando mientras se le recuerde, se le nombre, se le piense. El 11:11 era un homenaje a él, una manera de entender que cuando muere la persona a la que amas, la vida se vuelve real. Mecánica, repetitiva, fría, pero real.

Carla me pidió una parte de los royalties al entender que el éxito de la exposición se debía al acierto del nombre elegido para presentarla. No lo decía en serio, pero me pareció justo y le regalé el retrato del que se enamoró nada más verlo, el de un niño de cinco años, de sonrisa mellada enmarcada por dos grandes hoyuelos y enormes ojos negros como el carbón que sorprendí de la mano de su madre en el bulevar Meše Selimovića de Sarajevo, la antigua avenida de los Francotiradores, como era conocida durante el cerco que vivió la ciudad en la guerra de Bosnia. Al verme con la cámara de fotos en la mano me preguntó: «¿Cuánto te ha costado?». Me interpeló de tal manera que pensé que quería comprármela. Creo que no había visto un niño tan guapo en toda mi vida. Sus facciones eran perfectas. No pude evitar pensar en la belleza de hombre en el que se convertiría algún día si el tiempo se lo permitía. No solo por la perfección de su fisonomía, sino porque poseía esa expresión de los que tienen hambre de vida, de salir ahí fuera a buscar, pero sobre todo a encontrar. Tenía prisa de vida y estaba dispuesto a correr para alcanzarla. El traductor que me acompañaba aquella mañana me contó que en esa misma avenida, durante el sitio de Sarajevo, habían muerto sesenta niños; mil quinientos niños en la ciudad durante toda la guerra. Quizá de ahí venía el hambre de vida del chaval. Miré a la madre, pensé que tendría la edad de su hijo cuando estalló la guerra. Él me pidió que le hiciera una foto y accedí con el consentimiento materno. Me agaché para ponerme a su altura, para que su mirada se igualara y se nivelara con la mía. Pensé en activar el modo de disparo en ráfaga, para asegurarme alguna foto buena en el hipotético caso de que el niño se moviera, que sería lo lógico a su edad. Pero no fue necesario, no se movió, se quedó inmóvil, mirando fijamente al objetivo y sonriendo. Me preguntó si podía verla en el visor de la cámara y se la mostré. También me preguntó si podría mandársela en papel y se la envié. Todo vuelve al lugar al que pertenece. Los rostros pertenecen a sus dueños. Las fotografías solo les pertenecen a ellos, aunque las compres y vistas con ellas cualquier estancia. En realidad, el verdadero propietario de la fotografía es quien aparece en ella. Por eso me prometí que no vendería nunca esa foto. Y al regalársela a Carla, cumplí mi promesa.

No podía decir lo mismo respecto a otros juramentos realizados.

Para cuando llegó el día de la inauguración, hacía tres años y cinco meses que no iba a Tármino como lo hice aquella mañana de julio con las cenizas de Jonas acompañándome, quizá porque tenía la mejor parte de Tármino vistiendo una de las paredes de mi casa. Era un excusa, demasiado cursi si se quiere entender así, pero la verdad es que no hubo momento, y si lo hubo, cerré los ojos y lo dejé pasar, como el tren que esperas en la estación y que tarda tanto en llegar que, cuando lo hace, entiendes que no va a merecer la pena subirte a él porque te hará perder mucho tiempo. Me había costado un mundo —medido en tres años y siete meses desde la muerte de Jonas— seguir respirando, levantarme y caminar, y presentía que volviendo a Tármino me comería parte del terreno recorrido, haciéndome retroceder varias casillas del tablero y obligándome a recorrerlas de nuevo cuando ya las creía superadas. Nunca es fácil volver a la casilla de salida.

Por suerte Tármino sí vino a mí y eso me llenaba de vida. Era más fácil que el cuarteto y Daniel vinieran a Madrid que yo me desplazara al mundo azul. La facilidad y la comodidad son primas hermanas y esa relación familiar tiende a confundirlas. Es complicado de entender si no has experimentado el vértigo que provoca volver al lugar donde has sido feliz, donde tu cabeza te recuerda que empezó y terminó todo. No necesitábamos un Tármino para encontrarnos y sentirnos a gusto. En cualquier lugar donde estuviéramos los seis recordando a Jonas, estaría Tármino.

Nos veíamos en otras ciudades, no sé si por la ilusión del viaje o por las ganas de huir. Un año nos fuimos todos a París a celebrar la Navidad; otro decidimos pasar una semana de verano, que se convirtió en quince días, en la Provenza francesa, la madre de Tármino. Incluso nos escapamos a Sintra un fin de semana largo, de esos donde convergen varios días festivos y te sale un acueducto en toda regla. Hubo un viaje especial a Laponia que Aimo se encargó de organizar. Nadie mejor que él podía hacerlo, y si alguien podía, no lo permitió. Todos sabíamos que era uno de los viajes pendientes que le quedaron por hacer a Jonas. No sé si porque realmente le apetecía o porque no quería que me perdiera una luz solar como aquélla y unas auroras boreales difíciles de ver y retratar con mi cámara en cualquier otro punto del mundo. O eso decía Aimo, a quien la pasión de finlandés le podía siempre, por muy integrado que estuviera en Tármino. «Estos cielos sí que son violetas, pero no se lo digas a éstos, que no me dejan volver», me confiaba al oído. Era como tener a Papa Noel susurrándome un secreto. Aimo era todo un personaje por descubrir. Lola fue la que peor lo pasó en aquel viaje porque la excursión en moto de nieve y trineo que decidimos hacer le llenó de frío los pulmones, dejándole una tos que le duró semanas, a pesar de su decisión de quedarse a vivir en la enorme chimenea del hotel el resto del viaje.

Aquella chimenea siempre me hizo recordar la nuestra en la casa de Tármino, la noche que Daniel sacó de ella una caja de latón llena de secretos. No volvimos a hablar de ello, pero siempre que veíamos una chimenea nos acordábamos, estuviéramos los dos presentes o no. Los recuerdos tienen querencia a sobreponerse unos encima de otros, como si fueran el mismo, mimetizándose, enlazándose como si la soledad les aburriera o les asustara. Siempre era mejor la compañía, siempre era mejor estar juntos. Construimos muchos Tárminos a lo largo y ancho del mundo, y a todos ellos nos llevamos la memoria.

Daniel también se escapaba a Madrid a menudo, casi todos los meses. Siempre tenía algo que hacer, alguien con quien hablar, aunque yo prefería pensar que era la excusa para no alejarnos demasiado. «Si por ti fuera, solo nos veríamos en fotos. Eres muy poco de fiar. Incumples tus promesas.» Me echaba igual la regañina, incluso me gustaba porque eso quería decir que había venido a Madrid, estaba allí y era él quien tendría que regresar.

Así fue como los domingos volvieron a escapárseme.

Aquello no era rehacer mi vida, era vivir otra vida distinta a la que tenía con Jonas, otra nueva, a mi entender peor, porque él siempre era lo mejor de la vida, pero al menos tenía una. Con la vida ocurre como con la casa, no la valoras del todo hasta que la pierdes porque se viene abajo, la destruyen o te la quitan. A mí me desahuciaron de mi antigua vida y, aunque me había agenciado otra nueva justo enfrente, todavía la seguía avistando desde fuera y me quedaba observándola, con la nostalgia de contemplar lo que un día fue mío y perdí, o más bien, me arrebataron.

Hacer cambios no siempre significa renacer. Solo se cambia por dos motivos, o porque no te gusta lo que eres o lo que tienes, o porque te lo han quitado. La decepción, la tristeza, el dolor y la traición son los mejores escenarios para comenzar algo nuevo. A peor es imposible ir, solo te queda sumar. No pueden restarte porque no tienes nada. Y es entonces cuando nacen nuevos inicios.

Antes mentí, o al menos, no dije toda la verdad. No hacía tres años y cinco meses de mi último viaje a Tármino. Hacía tres años y cinco meses que no iba y me encontraba con el mismo Tármino que dejé esperando mi prometido retorno. Regresé una vez más y hubiese preferido no haberlo hecho. Al año de salir con un paquete de promesas por cumplir tuve que volver para asistir al entierro de Lola. Daniel me llamó para decirme que estaba muy enferma. Aquella tos que empezó en Laponia no era fruto de una excursión de trineos por la nieve, sino de una metástasis alojada en el pulmón izquierdo. Otro maldito cáncer; en esta ocasión el tumor padre estaba en el útero. «Esta enfermedad es hijaputa hasta para elegir dónde aparece», decía cuando todavía el humor la acompañaba. Dicen que es uno de los más silenciosos, que aparece sin hacerse notar, sin síntomas, sin aviso previo, con verdadero instinto asesino. Conociendo a Lola y su fuerza volcánica, estoy segura de que le fastidió que le tocase un cáncer tan mudo, de los que no dan la cara hasta que es demasiado tarde y ni siquiera tienes margen para defenderte. En igualdad de condiciones, el cáncer no hubiera vencido a Lola. Como nos pasó con Jonas, siempre pensamos que lo superaría. Pero las ganas y las fuerzas no te aseguran una victoria; te la facilitan, pero no te garantizan nada. Siempre te sorprende más la muerte de las personas vitalistas, sobradas de fuerza, que las que se muestran débiles o aparentan fragilidad. Y por eso te duele más ver cómo se van apagando, porque hay más luz que oscurecer y el eclipse se hace eterno.

«No vengas. Si te ve aparecer, pensará que está a punto de morir», me dijo Daniel cinco días antes de su muerte. «Es que está a punto de morir», pensé sin verbalizarlo. «Es que no necesita saberlo», maduró Daniel sin tampoco expresarlo con palabras. Habíamos conseguido algo semejante a lo que ambos teníamos con Jonas: entender nuestros silencios, escucharlos e interpretarlos sin necesidad de portarlos en palabras. Su consejo iba cargado de razón. A veces, contar la verdad no es la mejor opción. Es cierto que las llamadas de teléfono de Lola se espaciaron en el tiempo, como la toma de medicina cuando notas que el enfermo mejora. De diarias pasaron a semanales, y de ahí a mensuales. No era falta de interés, era la necesidad de normalizar la vida para quitarle la apariencia de enferma crónica. Pero en las últimas semanas, esas llamadas fueron inexistentes y, cuando se realizaban, era yo quien decidía hacerlas. Ahora era ella la prioridad, la persona a quien cuidar, a la que llamar para decirle que no estaba sola, que la queríamos. Cuando me llamó Daniel para decirme que Lola había muerto, sentí un puñetazo en el estómago que se desplegó sobre el pecho y alcanzó la cabeza. Tuve que sentarme en un banco de la calle. No sé quién los coloca ahí pero supongo que lo hacen para casos como ése, para tener un lugar donde recuperar el aliento cuando la vida te asesta un golpe.

Lola había muerto.

Siempre te impacta cuando te lo dicen, aunque sea algo que

sabes, que llevas tiempo esperando, que te confirman las miradas de los médicos y la suya propia. Pero cuando te lo dicen es como si hubieras perdido la memoria, como si no recordaras que estaba a punto de morir. Te desgarra por dentro y te vacía. La idea de no volver a ver a una persona en lo que te resta de vida es complicado de asimilar. Tardé menos de una hora en hacer el equipaje, coger el coche y aparecer en Tármino. Me dolió no haberla visto con vida, no haberme podido tomar un último café, tener una última conversación con ella. No sé por qué valoramos el último café que siempre dejamos pendiente, como si no hubiéramos tenido tiempo de decirnos todo en los anteriores. Es esa seducción que inspiran las despedidas. Iba a echar de menos su particular manera de recitar el santoral, sus enfados fingidos, sus sentidas peroratas, el trato materno que siempre me dispensó. Era casi tanto como perder a una madre. Su ausencia me haría echar de menos a Jonas, aún más. Si su presencia me le recordaba continuamente, su ausencia me le evocaría el doble. Y sin embargo, no pude llorar. Seguía sin poder soltar una lágrima por nadie que no fuera él. Se me humedecieron los ojos, pero fue al recordarle a él a través de la muerte de Lola. Me costó tragar, mi corazón se volteó, mis latidos aumentaron, compartí el dolor con Hugo, al que besé, abracé y animé como él había hecho conmigo años antes; le mostré el mismo consuelo inútil que yo había recibido de él, le acompañé como hacen los perros fieles con sus dueños, pero no pude llorar. Al menos los perros podían. Yo no, y eso me hacía sentir mal, desubicada entre tanto llanto.

Llorar seguía siendo coto cerrado para los demás.

No solo me pasó con Lola. Ocho meses más tarde fue Aimo el que desapareció de nuestras vidas. Con eso quiero decir que se murió. Tres años y ya vuelvo a hablar como todos. No falleció en Tármino, sino en su ciudad natal, en Rovaniemi, en una carretera secundaria, no en un accidente de coche propio, sino cuando estacionó el suyo para ayudar a los heridos y fue arrollado por un camión que no le vio, a pesar de que Aimo iba con la equipación debida. Los atropellos siguen siendo tan absurdos e injustos como siempre, te dejan una impotencia difícil de digerir. Lo fue con mi hermana Lucía y ahora con Aimo. Jonas siempre decía que al buen finlandés lo matarían su generosidad y su buen corazón. Volvía a tener razón.

Quedé en el aeropuerto con Daniel y con Roberto para coger un avión e ir al entierro. Un trayecto de más de ocho horas, con escala en Helsinki. La escala más triste de cuantos viajes hicimos. Hugo no se sentía con ánimo para despedir a nadie más. Pensaba que si iba a despedirse de su amigo, echaría aún más de menos a Lola. Las ausencias, como los recuerdos, se superponen. Creo que de los tres, fui yo quien mejor le entendió. Últimamente solo nos veíamos para entierros, y eso nos hacía entrar en una peligrosa espiral. En tres años se habían ido tres de nuestras personas favoritas y eso dejaba en nosotros una extraña sensación de abandono. Nos prometimos cuidarnos más. Siempre prometes eso a las personas a las que quieres, pero hasta que las pierdes no te das cuenta de lo mucho que sientes no tener palabra. No es el último café, es dejar de compartir palabras y miradas por decisión de alguien o de algo que no tiene ni idea de lo que es una conversación pendiente porque no suele entablarlas. La vida es más de abandonarse al monólogo soberbio y sordo, que además obliga a los demás a escuchar. Así de tirana se muestra, así de poco sociable. Pasa de la generosidad al egoísmo con una facilidad pasmosa. Por eso la vida nos puede cambiar en un segundo, en unas milésimas de segundo, porque está mudando de opinión, sin más, sin encomendarse a nadie. Así de peligrosos son los cambios de opinión.

De ahí que, cuando en mitad de ese abandono galopante que siembra de miedo cualquier planteamiento optimista, me confirmaron que todos —Daniel, Roberto y Hugo— venían a la inauguración de mi exposición en Madrid, me sentí feliz. No había recuperado esa palabra, «feliz». Fue algo puntual, aún me costaba incluirla en mi vocabulario. No tenía motivo para hacerlo. No era feliz. Hay algunos conceptos que sigues arrastrando toda la vida, da lo mismo los cambios que hagas en ella. Es como la palabra «asesino», quien la porta una vez la arrastra de por vida. Aunque cumpla su condena, se reintegre en la sociedad y transcurran cuarenta años, siempre arrastrará esa condición; uno no deja de ser un asesino porque deje de matar. Será asesino toda la vida porque es imposible borrar lo que hizo. Incluso cuando los demás no lo sepan, él lo sabrá. Algo parecido pasa con la palabra «viuda». Incluso si algún día dejas de serlo porque algo cambie en tu vida, siempre lo remolcas, siempre estará contigo, aunque en la casilla del estado civil ponga «casada». Tú sabes lo que has sido y lo que continuarás siendo toda la vida porque, si dejaras de serlo, sería como olvidarle, y por ende, olvidarte a ti misma. Como sucede con todo lo demás, era cuestión de asumirlo y gestionarlo. Solo eso.

Jonas seguía siendo mi marido, nunca dejaría de serlo por el hecho de que no estuviera conmigo, porque hubiera dejado de existir físicamente. Que no pudiera tocarle, abrazarle o besarle no le hacía desaparecer. Podíamos no verle, pero nadie podía negar que estuviera. Él había muerto, pero no se había marchado. Como tampoco lo hicieron Lola ni Aimo. Como tampoco lo habían hecho Lucía ni mi padre. Ni don Javier ni la madre de Jonas. Ni Celia ni Eva, ni tantos nombres propios atesorados en la memoria.

Por eso, aunque la llegada de Daniel, Roberto y Hugo me hacía feliz, en realidad sabía que no lo era, lo que tampoco me hacía sentir mal. Simplemente estaba informada y lo asumía. Ya mentían demasiado las apariencias para contribuir yo al engaño, haciéndolo todavía más grande. Sabía que desde la muerte de Jonas ya nada podía acabar bien, al menos de una manera completa, cerrada, como lo hacía antes. Nada de lo que me pasara podría contárselo ni compartirlo con él y, por eso, nada podía acabar bien.

Quizá es que todo seguía teniendo su momento y su lugar, daba igual el tiempo que hubiera pasado.

24

La única que verdaderamente había avanzado y creado vida era Carla. Seguía apareciendo como los fantasmas, en cualquier momento, de cualquier manera y siempre haciendo ruido, con las palabras o con cualquier cosa que llevara encima. Así apareció en mitad de la galería, con su bombo de siete meses. Siempre intimidaba su presencia pero, desde que se había quedado embarazada, tenía la impresión de que utilizaba su tripa para apuntar y amedrentar a quien tuviera delante. Ese bebé, más que quitarle energía y dejarla con dolor de espalda, con las piernas hinchadas y con unas ganas de dormir propias de un oso en estado de hibernación, la llenó de adrenalina. Según ella, era por el sexo de la criatura. Sería un niño.

Recuerdo el día en que la ginecóloga se lo comunicó mirando el monitor durante la ecografía de las veinte semanas. «Es un puritito macho», fueron sus palabras exactas. Carla ya se empeñó en saberlo en la ecografía de las doce semanas. «No puedo confirmártelo todavía —le explicó entonces la doctora—. Tu bebé aún no tiene los genitales formados, son solo una mancha diminuta, pero mira, este pequeño borrón está en perpendicular a la columna vertebral, y eso me invita a pensar que va a ser niño.» A Carla no le gustó lo del borrón pero lo compensó con que existiera un ochenta por ciento de probabilidades de que fuera un niño.

Tenía toda una fábrica de energía renovable instalada en su tripa.

—¿A que estoy guapa? ¡Decídmelo, no os cortéis! Daniel, estarás orgulloso de mí. Soy la única que sigo las instrucciones de tu jefe y me animo a reproducirme, siempre a través del amor, por supuesto. Esto merece un abrazo de los de verdad, de los que le das a tu favorita —dijo refiriéndose a mí, mientras se abalanzaba sobre él—. Pero con cuidado que esto está muy avanzado. Tú sigues igual de guapo. Perdonad, ¿hablo mucho? Es que ahora hablo por dos. Podéis tocarla si queréis. —Se señaló la tripa—. Da suerte. Mirad si no a Lena.

—Dios santo... —dijo Roberto mirándole la prominente barriga sin atreverse a rozarla, como si pensara que fuera a explotar—. Y estás guapa por dos.

—Tú sí que sabes apreciar lo bueno. ¿Sigues soltero, Robert?

—Yo sí. Pero tú, por lo que veo, no tanto. Este niño tendrá un padre.

—Sí, pero lejos. Y hasta que vuelva de México, fíjate si tenemos tiempo.

Carla mantenía la misma capacidad para gobernar el mundo ella sola, incluso con aquella barriga que usaba para amilanar a cualquiera que osase ponerse en su ángulo de visión.

—¿Y ya sabemos cómo se va a llamar? —preguntó Daniel.

—Jonas. Se va a llamar Jonas.

—No se va a llamar Jonas —respondí casi pisando sus dos últimas palabras. No sé si mi negativa a que la criatura llevara ese nombre era por egoísmo, porque Jonas solo podía haber uno y era el mío, o por miedo, ya que nunca podría existir otro Jonas al que pudiera querer. Esa decisión de Carla podía darme muchos problemas, aunque en el fondo, la idea me emocionaba.

—Soy su madre. Sé perfectamente cómo se va a llamar el niño —dijo mientras me abrazaba y me daba un pequeño empujón con su tripa.

—Deja de hacer eso. Parece que me estés encañonando.

—Es exactamente lo que hago. Lo que tengo aquí es una bomba. Como tu exposición. Esta vez te has superado. ¿Habéis visto la fotografía de esa mujer? Debe de tener mi edad y parece mi abuela. Ésa sí que ha vivido... A su hijo lo tengo en casa. —El comentario hizo que todos la miraran. Conociéndola como la conocíamos, podría tenerlo descuartizado en algún arcón o en régimen de acogida. Con ella nunca se sabía.

—Es la madre de un niño bellísimo que me encontré en Sarajevo. Me pidió una foto y me preguntó cuánto me había costado la cámara. Carla la tiene en casa. Hay fotos que valen más de lo que nadie puede llegar a pagar por ellas.

—No digas eso en voz alta, que me hundes. —La voz de Denisse captó nuestra atención—. Así que ésta es la familia que estábamos esperando desde hace días.

Creo que era la primera vez que alguien pronunciaba la palabra «familia» y yo no salía corriendo en dirección contraria. Desde que murió Jonas y me quedé sin lo que para mí era la familia, ese concepto era algo de lo que huir, de lo que sospechar, algo similar a esos ruidos que se oyen en las casas antiguas y que no sabes de dónde vienen, pero solo puedes imaginar cosas que te asustan. Las familias siempre se rompen por alguien, no por culpa de alguien, sino porque alguien desaparece y a partir de ahí, el derrumbe. Creo que mi familia de sangre empezó a romperse cuando murió mi hermana Lucía y terminó de hundirse con la muerte de mi padre. Entonces ya no hubo más familia hasta que encontré a Jonas. Y cuando él murió, volvió a romperse. Sin lugar a dudas, la familia es más frágil que el cristal, a juzgar por lo que se rompe. Pero la voz de Denisse le devolvió la vida.

Denisse había nacido para ser propietaria de una galería. Era experta en llenar de vida artística esos espacios desocupados. Podía colocar un jarrón de cristal vacío, una vela o cambiar el haz de luz de un halógeno, y conseguía que todo se transformara, que la realidad virara, que el espacio mudara en otro totalmente distinto. A Jonas le hubiera gustado aquel lugar lleno de luz y de vida; el antiguo local, donde hice mi última exposición, sí llegó a conocerlo pero no resultaba tan inspirador como el nuevo.

Se trataba de un espacio diáfano en el que las paredes pintadas de un blanco inmaculado y el suelo vestido de un parqué de roble con un acabado blanqueado —con el que consiguió el aspecto *vintage* de suelo recuperado que buscaba Denisse— preparaban el escenario perfecto para cualquier creación artística. No había nada más, ni siquiera su despacho hurtaba una minúscula parte del espacio o se escondía en una recóndita esquina, como suele suceder en muchas galerías. Ese lugar no le correspondía, no tenía derecho a usurparlo. Me gustaba que compartiéramos la misma filosofía vital: cada uno tiene su lugar en el mundo, y nadie debería invadir terrenos que no le corresponden. Nada podía restar protagonismo a las fotografías. Lo mismo que yo hacía con los rostros que aparecían en ellas, darles su lugar en el mundo, allí solo había espacio para ellos porque eran los verdaderos protagonistas.

Desde el principio entendió el espíritu de la exposición y colaboró en todo lo que pudo. No puso ni un solo problema, de su boca no salió una imposición ni una duda. No era una de esas personas en las que siempre hay un *pero*, que si no imaginan contrariedades o se oponen a cualquier cosa que propongas no se creen lo bastante profesionales, como si no se quedaran satisfechas hasta que encuentran algo malo. Quizá por eso me abrí tanto a ella y no me importó hacerle algunas concesiones que no hubiese hecho ante otras personas. Por eso habló de familia cuando reconoció a Hugo, a Roberto y a Daniel. Ya los conocía. Denisse entendió que escondiera, entre las fotografías de la exposición, varias muy especiales que no se pondrían a la venta. Admitió mis guiños y no todo el mundo en ese mundillo lo hace.

Hugo se quedó mirando el título de la exposición en los paneles de la sala. 11:11. Tenía ese mismo efecto en todo aquel que se detenía a estudiarlo, como si fuera algún tipo de jeroglífico maya difícil de descifrar.

—¿Éstos somos Lola y yo, y Jonas y tú?

Su percepción me enterneció. A mí me pasaba igual desde hacía tres años y siete meses. Todo era Jonas. Todo me recordaba a él. Todo era un mensaje oculto y cifrado para mantenernos unidos.

—No, ésos somos nosotros cuatro, los que quedamos. Si no, no hubiera insistido tanto en que viniéramos, ¿verdad, Lena?

—Roberto siempre conseguía sacar el lado práctico de todo lo que veía.

—Sí, hombre, ¿y yo dónde estoy? ¿De sujetavelas?

—Carla, no has entendido nada —dijo Daniel, siempre con su voz de pacificador—. Tú siempre estás en medio, en el mejor sitio. Eres los dos puntos que hay entre los dos onces, uniéndolo todo. De hecho, un punto eres tú, y el otro, el niño que llevas ahí dentro.

—La Iglesia no sabe lo que tiene contigo. Ella no te valora —le dijo en un tono de imploración—. Yo sí lo haría. Y este niño va a necesitar un padre.

—No empieces, Carla, que te conozco —le dije con voz de sargento viendo cómo sus comentarios seguían ruborizando a Daniel, aunque en realidad, le hicieran gracia.

—Dos onces..., o cuatro unos —opinó Roberto mientras observaba el nombre de la exposición con el mismo detenimiento que si fuera el resultado de una prueba de patología—. Y si hubiera puesto un palito más cruzando cada uno de los onces, seguro que un argentino hubiera visto una alegoría de la dictadura de Videla. Por lo de contar los días cuando estás en la cárcel, ya sabéis. ¿Os reís? —dijo encantado de que su comentario hubiera despertado las risas—. Una vez fui al MOMA de Nueva York y había una silla normal y corriente colgada de una pared con el asiento de rejilla rasgado por una puñalada. Solo me acerqué a leer la placa que siempre ponéis a un lado de la obra, para comprobar que efectivamente era argentino y que se trataba de una denuncia de la dictadura argentina. Treinta mil dólares pedía el artista. Y seguro que alguien los pagó.

—Estas fotografías no son tan caras. —Denisse se acercó de nuevo, esta vez para ofrecerles una copa de champán a cada uno—. Estáis en vuestra casa. Los amigos de Lena son los míos, y más si son familia. Los argentinos somos así de generosos —dijo guiñándole a Roberto uno de sus ojos color esmeralda, que contrastaban con el brillante rojo cobrizo de su pelo. El rostro de Denisse también guardaba una historia. Siempre pensé que lo disfrazaba tanto para esconderla.

—Los de Tármino somos un poco más bocazas —intentó disculparse Roberto.

—¿Y no podías dedicarte a hacer fotos y ya está? —me preguntó Daniel buscando provocarme por el interés que habían despertado los dígitos que daban nombre a la exposición.

—Es que la exposición es de las fotos que están colgadas en las paredes, no del nombre que haya puesto la artista, aquí mi amiga —pareció regañarle Carla, mientras se giraba hacia él apuntándole con su barriga, que era algo que le seguía divirtiendo mucho—. No se os puede sacar de casa. No entendéis el arte. Hacéis como los niños pequeños cuando les dan un regalo de quinientos euros y prefieren entretenerse con la caja.

Al oírla decir eso, recordé el día que Jonas decidió llevar una caja de zapatos llena de huevos al cumpleaños del hijo de un colega de hospital. En el ascensor de la casa, intenté disuadirle por última vez de darle una caja llena de huevos a un niño de siete años. «*También voy a darle un martillo. ¿Ves? Va todo junto*», dijo mostrándome un mazo de goma, como si eso dotara de mayor credibilidad a su idea. Me rendí y preferí creerle. Era una de mis máximas. Siempre crees a la persona a la que amas, así que me encomendé a todos los santos amigos de Lola y confié en él. Fue el regalo más celebrado de la fiesta. El chaval estuvo rompiendo huevos y jugando con ellos toda la tarde en la cocina, para asombro de su padre, que no daba crédito ante lo que Jonas había conseguido: mantenerle entretenido y callado. Todo un logro. Sí, siempre hay que creer a quien amas.

—Quiero que veáis algo —dije tirando de ellos hacia otra de las estancias en las que se distribuía imaginariamente la galería—. Pero no quiero que nadie se emocione.

Mentí. Sabía que se iban a emocionar. Y además, los engañé de mala manera porque todos estaban convencidos de que aquello que les enseñaría sería una foto de Jonas. Hubiera sido lo lógico, lo previsible. Pero las pérdidas y la vida te hacen imprevisible. Claro que él estaba allí, pero no donde todos creían. Yo era la única que sabía —junto con Denisse, que prefirió mantenerse alejada de lo que iba a ocurrir— hacia dónde y hacia quién nos dirigíamos.

Al encontrarse ante la pared que sostenía la fotografía de una bellísima Lola sonriente como si estuviera dando un bocado al mundo, con su pelo negro alborotado y llena de vida, Hugo no pudo contenerse y su boca dejó escapar un grito sordo. Aquélla era su Gioconda y le miraba a él, le sonreía a él y estaba con él. La fotografía se la hice hace años, en uno de nuestros encuentros en Tármino, no creo que ni ella fuera consciente. Tenía un gesto demasiado natural para que lo hubiera sido. Por eso parecía tan real, tan de verdad, como era ella. Un animal de la naturaleza, una fuerza desconocida, seductora y poderosa. Aquella imagen de Lola, más que una fotografía, era una emoción, que es lo que siempre le da vida al retrato. Las fotografías no mienten, al menos aquellas que haces al aire, sin preparar, sin aviso para cambiar lo que realmente eres, negándole al modelo la oportunidad de engañarte. A los amigos siempre me gustaba fotografiarlos así, de manera improvisada, sin advertirles, mientras que a los desconocidos prefería retratarlos mirando a cámara, al objetivo, aunque en verdad era a mí a quien miraban.

La fotografía de Lola era en blanco y negro, como todas las que completaban la exposición, porque la memoria también es en blanco y negro. Hugo se acercó a ella y no pudo evitar alargar su brazo para tocarla con la mano, que ya por entonces había empezado a temblar. No sé por qué cuando perdemos a alguien y vemos su foto, sentimos la necesidad de tocarla. Pero ocurre, como cuando ves a un niño perdido envuelto en lágrimas y una fuerza interior te empuja a abrazarle. Ese niño era Hugo.

Siempre me impresiona ver llorar a los hombres. Lo había visto en mi padre cuando murió mi hermana. Lo había visto en Jonas aquella vez que creyó que iba a perderme cuando corría por los pasillos del hospital, acompañando la camilla en la que me llevaban camino del quirófano. Él pensó que no le vi, pero mi estado de inconsciente no era completo. Creo que por eso volví, porque le vi llorar y demasiado asustado para dejarle así. Lo había visto en Daniel, en la habitación donde murió Jonas. No es un llanto normal, es un desahogo bronco, inocentemente maduro. Me imponía ver a un hombre de casi dos metros, de complexión fuerte, con más vida a su espaldas de la que podíamos tener cualquiera de los que ocupábamos aquella galería, derrumbado ante la imagen de la mujer a la que amaba y que un día perdió, llorando como un niño, sin poder contenerse, vencido por aquella visión, ahogado por una ola de emociones que no sabía gestionar, incapaz de pronunciar ninguna palabra porque estaban todas enquistadas en su garganta y ese tumor le estaba provocando un dolor ingobernable. Yo conocía muy bien esa sensación. Era tan imprevista y volcánica que no había tiempo para salir corriendo en busca de un refugio. Supe que iba a emocionarle y sabía cuál sería su reacción, pero hay momentos que merecen ser llorados, y llantos que merecen la pena aunque te anulen o te hagan amanecer con la cara hinchada a la mañana siguiente.

—Por supuesto, es tuya, Hugo —le dije mientras entrelazaba un brazo al suyo y apoyaba la cabeza en su hombro. Esos gestos siempre abrigan y consuelan, sobre todo si vienen de alguien al que aprecias—. No podría ser de nadie más. Está incluida en el programa de la exposición pero no ha salido a la venta. Imposible. Sería un robo.

Si resultaba conmovedor ver llorar a un hombre de esas dimensiones ante la fotografía de su mujer muerta, también lo era observar cómo el rey de la ironía y el de la bondad personificada con una sonrisa de costado intentaban ocultar la emoción escondiéndose en ellos mismos, mirando hacia el parqué o apurando su copa de champán, como si en el fondo de aquel vidrio fueran a encontrar algún consuelo.

—¡Joder, Lena! Que estoy preñada de siete meses. No hagas estas cosas que rompo aguas y lo echo aquí mismo. —Es verdad que Carla estaba más sensible por su embarazo, y su sensibilidad siempre ha estado en su labia: desde que se quedó encinta hablaba más, decía más palabrotas y lloraba más y más alto—. ¡Joder que si lloro más! ¡Y de manera escandalosa, que van a creer que soy italiana!

No sé si lo dijo pensando en Lola, seguramente sí, porque todo lo burra que se empeñaba en mostrarse por fuera era para ocultar la gran sensibilidad que llevaba dentro. Hugo se lo agradeció igual. Todos lo hicimos. Le dejamos guardando a su mujer, mientras nosotros íbamos en busca de otras personas favoritas. Estaban todas, las que nos abandonaron y también las que nos quedamos abandonadas.

La fotografía de Daniel se la hice trece años antes, pero podía habérsela hecho esa misma mañana. Nada había cambiado en él, excepto su mirada; la actual estaba algo más vacía de gente, de vida. Quizá era el contexto, una boda siempre invita a estar más alegre. Sí, también el día de mi boda me puse a hacer fotografías. Quizá por eso Jonas y yo no teníamos un reportaje de nuestro enlace como lo tiene todo el mundo. Preferimos fotografiar a los amigos, en vez de a nosotros. En realidad, lo decidí yo, y él estuvo de acuerdo, como siempre. Tampoco nos hizo falta, lo guardábamos dentro, en ese lugar donde las fotos no se pierden, ni se roban, ni se estropean. Menos mal que Carla se puso pesada y se empeñó en que Daniel nos sacara una foto. Ésa era la única que guardamos de aquel día, vestidos de novios, recién casados, durante la celebración posterior. Era la foto que se encargó de añadir en el vídeo de despedida en el funeral de Jonas. Después de hacérnosla, Daniel me devolvió la cámara y fue entonces cuando aproveché para tomarle aquel retrato que ahora contemplábamos sobre uno de los paneles de la galería. No era fácil, no le gustaba ser fotografiado, siempre salía de espaldas, de lado o con el rostro borroso por un movimiento de última hora. Parecía una de esas personas perseguidas por la policía que viven escondidas en algún rincón del mundo y se ocultan del objetivo de una cámara como de su pasado. Pero esa vez capté su expresión en toda su plenitud, y no le importó. Esa imagen formaba parte de la nueva exposición y, por supuesto, Carla se empeñó en comprarla, siempre previo permiso del fotografiado.

Es divertido ser testigo de la reacción de las personas cuando se ven convertidas en un retrato. Se observan como si fueran extraños, se miran sin verse, como si necesitaran más de un vistazo para reconocerse. Como me pasaba a mí cuando me miraba en el espejo después de la muerte de Jonas. No sé quién era ésa, pero desde luego, no tenía nada que ver conmigo. Una impostora intentando hacer el papel de su vida. Quizá les extrañe contemplarse porque se encuentran con su imagen tal y como es, y no es la que habitualmente ven o creen ver. La mayoría no sabe qué decir, como mucho un lacónico: «¿Ése soy yo?». Las palabras huyen cuando observan su fotografía. Merecería un buen estudio psicológico.

—Aquí sí que te pareces al padre Logan, con la sotana y todo. Sigues estando igual de guapo. Mayor, pero igual de interesante. —A Carla le encantaba insistir en su atractivo porque sabía que le incomodaba y esa timidez le hacía aún más irresistible, siempre según ella.

—Creí que la borrarías —dijo finalmente Daniel—. Era el día de tu boda, tendríais que tener solo fotografías vuestras.

—Una, a Dios gracias.

—Dios no tuvo nada que ver en eso. Ya está bien de robarme protagonismo..., y posibles pretendientes —protestó Carla, exigiendo el justo reconocimiento mientras se acariciaba la abultada tripa.

—Eres una ladrona, vas robando fotos a los demás, como esos paparazzi sin alma y sin vida que van robando las vidas ajenas —dijo Roberto—. Un día de estos empezarás con las carteras y tendremos un problema.

—También tengo una tuya. No creas que te vas a librar —le dije en justa contestación.

Ésa tampoco se la esperaba. Se la hice una mañana en la cocina de nuestra casa en Tármino. Jonas estaba tratando de explicarle cómo colocar un cabrito entero en la bandeja de barro para que se hiciera bien en el horno y poder partirlo sin dificultad. La mirada de Roberto a Jonas era de entregada admiración, la mirada de un hermano pequeño a su hermano mayor, al que quiere parecerse, de quien busca aprender, del que sabe que no quiere separarse nunca y que siempre habrá algo que los mantendrá unidos. Jonas solo era tres años mayor que él, pero no se trataba de la edad, sino de la actitud. Roberto se emocionó al verse mirándole, de nuevo, después de tres años y siete meses sin poder hacerlo. Reconocía esa mirada de estar en casa, a salvo, en buenas manos, que es lo que sentía cada vez que miraba a su amigo: lealtad y seguridad. La mirada de Roberto era un libro abierto, como lo era su ironía. Ese retrato hablaba por sí solo, nos trasladaba a un lugar y lograba transmitirnos una emoción compartida. En la fotografía, Jonas estaba de espaldas cediéndole a su amigo el primer plano.

—¿Cuándo demonios tomaste esa foto? —me preguntó como si acabara de venir de un viaje astral—. Ni siquiera estabais casados...

—No. No lo estábamos —reconocí. La foto tenía catorce años.

—Aunque ya le mirabas de esa forma en que os mirabais, qué más quisiera yo que alguien me mirase algún día de la misma manera —comentó Roberto—. Vosotros no erais conscientes de cómo os observabais, pero los demás sí lo éramos. Nunca he visto miradas como las vuestras. Nunca.

La foto de Hugo fue igualmente celebrada pero sin presencia del protagonista, que seguía actuando de centinela de la única fotografía que le importaba de toda la exposición. Mientras él miraba a Lola como si su insistencia fuera a devolverle la vida, nosotros observábamos la suya, con su peculiar mirada lanzada por encima de las gafas, siempre en busca de su mujer, siempre diciéndole «para» cuando ella se embalaba, bien fuera con sus santos o con sus soflamas italianas. Ahora hubiera dado la vida por que siguiera hablando, por poder escucharla aunque fuese para regañarle, como hacía la mañana que le saqué esa foto, con los brazos pidiendo ayuda al cielo, como diciendo: «¿Qué hago con esta mujer?». De momento, mirarla.

También Aimo tenía su lugar en esas paredes. Me hubiese gustado hacérsela en su hábitat preferido, rodeado de abejas, pero nunca pude. Mi fobia a esos bichos me impediría aguantar un buen enfoque lo suficiente para tomarle la foto. Aunque desde lo de Marco, debo reconocer que cuentan con mi eterna gratitud. Ya no me importaba pensarlo, no sentía ningún arrepentimiento. Había recuperado parte del descaro que perdí con la muerte de Jonas.

Aimo fue el único que me sorprendió a mí, mientras yo intentaba sorprenderle a él. Como decía Jonas: «*El finlandés, al final, es el más listo de todos. Por eso es el único de nosotros que tiene sauna en casa y puede pasearse por ella en pelotas*». Y así le atrapé, pero la fotografía solo recogía su risa exagerada cuando vio mi cara de sorpresa, la del cazador cazado. Era Aimo en estado puro. Todo por los demás, todo para que las personas a las que quería estuvieran bien.

—Puta vida —le oí decir a Roberto, más como reproche que como alabanza a lo vivido. Su aserto congregó la callada aprobación de todos.

—¿Y la fotografía de Jonas? —preguntó Daniel.

—La de Jonas son todas ellas. Él está en todos vosotros. Todos sois un pedacito de él. —Les gustó la idea, pero se sintieron un poco decepcionados. Querían verle. Esperaban una foto suya—. Está bien. Hay una foto de Jonas —les dije sin poder prolongar durante más tiempo el desconcierto en sus caras.

Por supuesto que existía una foto de Jonas en aquella exposición. De hecho, había dos.

Una acababa de bajarse de una de las paredes de la casa de Madrid para acudir a la exposición «de mi señora», como él solía decir cuando quería presumir ante los demás, aunque yo estuviera delante. Era la imagen de un Jonas feliz, recostado en el sofá, vestido con un jersey negro, tranquilo, pleno de vida, viéndose sorprendido por una irreverente fotógrafa que se acercaba a él cámara en mano, y ante semejante amenaza, no cabía más rebelión que dejarse hacer y sonreír. Esa sonrisa que me mataba, esa que sabía utilizar siempre y que rompía en una carcajada cuando le decía que invitaba a besar. *«Pero qué cursi eres»*, me decía. Él siempre prefirió hacer lo que quería hacer, a enunciar lo que haría. Teníamos distintas maneras de llegar a un mismo sitio.

Me encantaba esa foto porque ni siquiera la preparé. No pude recoger más verdad que la mostrada. En fotografía, un acto espontáneo es el sumun de la realidad. Ni me fijé en la luz, ni busqué encuadres, ni siquiera miré al objetivo para asegurarme el tiro. La hice desde abajo, porque sabía que así la fotografía tendría más fuerza, más poder, que le daría al retratado todo el protagonismo. No necesité ni fotómetro, ni pruebas, ni preparar fuentes de iluminación; la luz se concentró en el rostro de Jonas sin más. Tan solo le miré, le sonreí y me sonrió. Ésos fueron los tres movimientos para una fotografía perfecta. Podría pasar por un retrato en clave alta. Pero menos trabajado. No tuve que ajustar mi cámara a una apertura grande de f/5.6, ni fijar el ISO mínimo, ni subir la exposición a +2 EV... Salió sin más, como salen las mejores fotografías, dejando que vengan solas. El mejor retrato que le hice nunca. Aquella fotografía transmitía paz, tranquilidad, amor, bienestar, ternura, felicidad. Aquel retrato de Jonas no es que hablara como el de Roberto, es que gritaba, y por eso conmovía verlo, te zarandeaba por dentro, te estremecía, imponía y emocionaba mirarlo. No es que sacara lo mejor de él, como me decía Lola; era él quien sacaba lo mejor de mí. Y en eso, la cámara y quien la maneja tenían poco que hacer.

La otra era una foto de grupo. Seis rostros. Seis miradas. Seis sonrisas. El cuarteto, Daniel y Jonas. Toda una vida contenida en una foto. En las paredes de aquella galería, Tármino estaba en Madrid; igual que Jonas, Lola y Aimo también lo estaban. Solo había que mirar bien para verlos.

—No habéis visto la mejor —les dijo Carla—. ¿O al final sí la vieron, Lena? La fotografía de los campos de lavanda de aquel día. ¿La visteis?

—No sabía que al final te decidieras a revelarla —dijo Daniel mirándome desconcertado—. Prometiste que me la enseñarías.

—Es cierto, lo prometí. Se me olvidó.

—¿Ves como no cumples tus promesas?

—Sí las cumplo, tarde, pero las cumplo. Después de cenar, nos vamos todos a casa a tomar vuestra última copa, y os la enseño. A ver qué os parece.

Mientras el resto de los invitados se quedaban atrapados por los rostros de la exposición que los observaban desde las paredes y parecían seguirlos con la mirada allá donde fueran, nosotros habíamos levantado nuestro particular Tármino en la galería de una calle de Madrid. Y como siempre que estábamos juntos, volvimos a sentirnos en casa.

—Ha sido un éxito, Lenita. —A Denisse no podía decirle que odiaba ese diminutivo que parecía dar nombre a un tipo de margarina sin sal, pero era uno de sus dejes argentinos y sabía que lo hacía desde el cariño—. Hemos vendido casi todas. Y porque no me has dejado vender la que tú sabes —dijo refiriéndose a la de Jonas.

Sabía que no podía. Me había vuelto demasiado egoísta. De hecho, algunas de esas fotos se volvían conmigo a casa esa misma noche: la de Lola, en manos de Hugo; y la de Jonas, en manos de los operarios que se encargarían de cargarla en el camión y devolverla a su lugar en el mundo. No podría estar un día más sin verla al despertarme. Necesitaba que me mirase, que me sonriera nada más abrir los ojos. Era la única condición que le puse a Denisse: el día de la exposición vienen y regresan conmigo. Debut y despedida. Tenían que volver a casa.

A Roberto, a Hugo y a Daniel —si es que finalmente no daba su consentimiento para que Carla se quedara con ella como pidió, rogó e imploró—, ya les enviaría las suyas a Tármino. Prometido.

Tres años y siete meses después de morir Jonas, cinco de sus personas favoritas acabamos cenando en su restaurante preferido de Madrid. Daniel, Roberto, Hugo, Carla y yo. Podría considerarse una reunión de viejos amigos con algunos de ellos estrenando nuevas vidas. Aunque esa noche, todos vivimos la misma. Al menos lo hicimos hasta que llegamos a casa.

Siempre había un inicio de todo. Y no siempre era bueno.

25

Tengo que decirte algo. Pero no quiero que te preocupes.
De nuevo, una de esas frases que anuncian cataclismos.
Podía olerlas, podía intuir cómo se acercaban sigilosamente con
un cargamento que amenazaba con lastimarme, y que por mucho que corriera, me alcanzaría con la arrogancia del que se sabe
vencedor aun antes de empezar la contienda.

—No me asustes, Daniel.

—Te he dicho que no te preocupes.

Sus ojos decían otra cosa. Y no hay nada peor que un hombre bueno mintiendo. Los hombres de Dios lo tenían prohibido, como violar el secreto de confesión. Y sin embargo, lo
hacían. No sé para qué sirven los mandamientos si nadie va a
cumplirlos. Resulta una pérdida de tiempo que muchos no tenemos. Seguía mirándole a los ojos. Las miradas seguían sin
mentir. Hubiese preferido mantenerme así durante toda la eternidad, antes de ver cómo sus labios se movían para expulsar lo
que ya sabía que no me iba a gustar.

—Me han detectado un pequeño tumor en el cuello.

No.

Otra vez, no.

Sentí que me derrumbaba. En ese momento, me hubiese ti-
rado al suelo pataleando como un niño en plena rabieta y me

habría rasgado la voz para bramar que aquello no era justo, que no podía ser, que no tenían derecho, que ya estaba bien. Lo único que me impidió hacerlo fue el recuerdo del desplome que experimenté cuando nos dijeron que Jonas tenía cáncer y del que todavía, cuatro años más tarde, me arrepentía. Si él se mantenía entero, yo no tenía derecho a derrumbarme. No había tiempo para eso.

En mi cabeza solo había cabida para una frase que daba vueltas y más vueltas, una y otra vez, perdida, autista, frenética, enloquecida.

«Otra vez, no. Otra vez, no.»

Lo repetía como si alguien fuera a hacerme caso y decidiera dar marcha atrás.

«Otra vez, no.»

Pues sí. Otra vez, sí.

Había vuelto a pasar. Otra vez. Una más, como si fuera imposible cerrar el círculo, como si alguien estuviera empeñado en hacernos recaer después de levantarnos, sin importarle el tiempo que hayamos tardado en hacerlo. Hacía unos minutos que habíamos llegado al piso y mi única preocupación era que la fotografía de los campos de lavanda que vestía una de las paredes desde donde gobernaba la vida de ese hogar les gustara, les hiciera sentirse acompañados y en casa, como me hacía sentir a mí cada vez que la miraba. La foto había logrado captar el espíritu de aquel momento en el que devolvimos a Jonas a la tierra de Tármino. Pero había mucho más.

Me gustó verlos hipnotizados ante esa imagen que logró trasladarlos a ese instante y a otros muchos vividos con anterioridad. Aquélla sí que era una postal del pasado, completa, hermosa y reconstituyente. No solo veían la lavanda, estaban contemplando su memoria, dejándose arrastrar por ella y por los recuerdos que la poblaban. Guardaron silencio para escucharla. Jonas lo había vuelto a hacer. Esa fotografía la hizo él, sacando lo mejor de mí, de ellos y de aquel momento. No sé cómo sucedió, pero había en ella una luz especial que yo no acerté a ver cuando apreté el botón de mi cámara. Esa luz no estaba allí, esa luz se creó. Los campos de lavanda revelando un color violeta mucho más vivo y brillante que el que mostraban en realidad, bañados por una bruma dorada. La puesta de sol preñando de luz la paleta de colores en la fotografía, como si todos ellos hubieran decidido renacer y reivindicarse en aquella concentración de píxeles. Y en el centro de todo aquella revolución cromática, un esbozo, un tímido pero llamativo trazo, el simple boceto de algo que está, que es, pero sin haberse formado de manera completa, como si no hubiera tenido tiempo o quisiera huir de un protagonismo que no buscaba. Era como esa pequeña mancha, ese borrón en la ecografía de las doce semanas de Carla, cuando la ginecóloga le confirmó a las veinte semanas que era él, que era un niño, que ese esbozo, ese pequeño borrón, certificaba lo que era.

Las fotografías tienen la capacidad de cambiar lo que retratan dependiendo de la mirada que las observa. Los ojos de quien mira crean en la fotografía mundos distintos, o quizá sean los mismos, pero se muestran diferentes, se abren realidades nuevas, al albur de la memoria de cada uno. Mi primer maestro de fotografía tenía razón: la buena fotografía no nace de la distancia focal del objetivo que utilices, ni del revelado digital, ni del sensor de la cámara, ni siquiera del encuadre; la mejor fotografía es la que consigue emocionar a quien la observa, a quien la mira, a quien al verla reacciona de un modo u otro y logra emocionarse. Yo veía a Jonas en esa foto y estoy segura de que cada uno de ellos vio a quien quiso ver.

«*Ves cosas que nadie ve*», me decía cada vez que miraba mis fotografías.

Y yo solo le veía a él.

Me gustaba que los demás contemplaran mis fotografías desde el silencio, como si necesitaran concentración y tiempo para calibrar todo lo que en ellas se mostraba.

Por eso cuando Daniel me cogió del brazo para alejarnos del grupo y empezó a hablarme, sabía que me iba a sacar del mundo perfecto en el que me mantenía esa imagen de los campos de lavanda.

Un tumor en el cuello.

—Lo han cogido a tiempo. En dos días empiezo el tratamiento. Está controlado. No quiero que te preocupes por nada pero quería decírtelo, y prefería hacerlo en persona y no por teléfono. —Daniel me miraba y ahora era él quien contemplaba la verdad que había en el fondo de mis pupilas. Por eso sintió la necesidad de insistir. Sabía que necesitaba salir de aquella casa sin dejarme hundida, aunque solo fuera porque se lo había prometido a Jonas. Al pensar en él, no pude evitar mirar hacia la pared donde siempre estaba su fotografía, y al verla desnuda sentí un doble vacío. Daniel estaba insistiendo—: Es algo pequeño, sin importancia. Se trata, se opera y fuera. En dos meses como nuevo.

—No puede ser.

—¿Me has oído decirte que no te preocupes?

—No, si no me preocupo. —Lo de la mentira empezaba a ser contagioso—. Joder, es que llevamos una racha que no sé qué coño hemos hecho para tanta mierda.

—Habla bien. No digas palabrotas.

—¿En serio? —le dije sin poder ocultar mi enfado porque, en un momento así, él se preocupara más por mi vocabulario que por lo que estaba diciéndome. Lo hice hasta que comprendí que era una manera de quitarle importancia, de rebajar la desazón que la noticia me había provocado. Seguía preocupándose por mí. Seguía cumpliendo sus promesas. Cuando me di cuenta, reaccioné con una fingida madurez, esa que aparece por ósmosis cuando no haces más que recibir golpes—. Perdona. Tienes razón. No va a ser nada porque no puede ser nada. Y si es algo, lo convertimos en nada.

—Por supuesto que no es nada. Pero yo te cuento las cosas, no como tú y tu foto del campo de lavanda.

—No estoy dispuesta a... —empecé a decir, obviando su último comentario. Me interrumpí antes de decirlo, pero olvidaba que mi interlocutor era bueno en completar las frases que se quedan colgando en los silencios.

—No vas a perder a nadie más, Lena. Te lo prometo.

Me tranquilizó que lo prometiera él. Así sabía que lo cumpliría.

Le di el abrazo que estaba intentando evitar para no derrumbarme. Las muestras de cariño en los momentos de debilidad seguían siendo muy peligrosas e indiscretas, porque podían tirar abajo el muro protector que llevaba levantando desde que recibí el primer aldabonazo. Pero no pude evitarlo. Necesitaba infundirle la misma sensación de seguridad que él me había dado a mí desde que Jonas murió, la misma oportunidad de vaciarse en cada abrazo para volver a llenarse. Tuve la impresión de que le oprimí demasiado, como si tuviera miedo a perderle, a que se escapara, miedo a que si le soltaba, desapareciera y no volviera a encontrarle. Esa sensación de nueva pérdida que se aloja en el cuerpo y que, por mucho que intentes desterrar, se agarra con tanto tesón que te humilla. Creo que apreté tanto para no llorar. Me sorprendió la cercanía de las lágrimas sin ser Jonas el depositario de ellas. Era la primera vez que podría llorar por alguien que no fuera él. Lejos de tranquilizarme por devolverme al mundo de los vivos, me inquietó. Intenté contenerlas, y lo logré. Necesitaba normalizar la realidad, aunque fuera completamente imposible. El alborozo de las voces que venían desde el salón, donde esperaba el resto de la comitiva, me ayudó a conseguirlo.

—¿Lo saben? —dije refiriéndome a Hugo y a Roberto.

—Los dos. Fueron ellos los que me hicieron las pruebas y me dieron los resultados. Y también hicieron el diagnóstico.

—¿Desde cuándo lo sabes?

—Desde hace casi dos semanas. Empecé a tener problemas para tragar, como si tuviera anginas. Pensé que sería un catarro mal curado que se prolongaba más de la cuenta. Se lo comenté a Hugo, me dijo que no sería nada pero que me hiciera unas pruebas en el hospital. Ha sido todo muy rápido, por eso están tranquilos, porque está en una fase inicial.

—Dos semanas. ¿Por qué no me dijiste nada?

—Te lo estoy diciendo ahora.

—Hace dos semanas que lo sabes —repetí como si sintiera haberle fallado por no haber presentido nada—. Podía haberte acompañado.

—¿A qué? ¿A hacerme unos análisis, un ecografía o un TAC? —dijo en un tono burlón.

—Pues sí, a eso y a lo que haga falta. Soy un experta, ¿recuerdas?

—Por eso quiero que pierdas la especialización, que ya has tenido bastante.

—Por lo visto, no lo suficiente.

—Necesito que estés tranquila y que no te preocupes... —dijo, y al mirarme comprendió que no podía pedir milagros—, en exceso.

—Te lo prometo —dije sabiendo que, aunque quisiera, no sería capaz de hacerlo.

—Y no se lo digas a Carla.

—¿Por qué? —pregunté sin entender el motivo de aquella petición.

—¿Para qué?

Otra vez sus respuestas con forma de pregunta que lograban dejarme muda y entender que tenía razón. Una embarazada de siete meses no necesitaba recibir disgustos ni grandes impresiones. Saberlo no iba a ayudar en nada a Daniel y tampoco a ella. Aunque no sé si sería capaz de callarme algo que me resultaba tan descorazonador y que no tardaría mucho en reflejarse en mi rostro. Lo haría, me callaría aunque tuviera que salir corriendo al cuarto de baño más próximo. Otra vez. Otra vez todo.

La irrupción de Carla en el dormitorio donde nos habíamos refugiado para compartir aquella odiosa confesión nos sorprendió. Si no fuera porque sabía que era del todo imposible, la mujer que nos apuntaba con la tripa de siete meses hubiese pensado algo muy distinto a lo que realmente sucedía.

—¿No me estaré perdiendo algo? —preguntó divertida, riéndose ella misma de su interpelación—. Aunque he de deciros que vosotros sí os lo estáis perdiendo.

—¿Qué pasa? —pregunté.

—Al salón. Todos. Ahora. —Obedecimos como si hubiera entrado el sargento Andrade con una orden de detención. La miré extrañada, pensando que había elegido un mal momento para hablar a modo de telegrama—. ¿Qué hacíais?

—Calla, Carla, que debes de tener al crío mareado. Es que siempre estás hablando.

—Y tú siempre estás callando.

La miré temiendo que lo supiera. Quizá había llegado antes de tiempo a la habitación y pudo oírlo todo. No. Era imposible. Carla no era de las que se quedaban detrás de una puerta. Ella la abría o la tiraba abajo. Si había algo que escuchar, lo haría mejor dentro que desde fuera. Tampoco ella tenía tiempo que perder. Mudé la intención de mi mirada para no terminar siendo yo quien le revelara el nuevo secreto que me habían legado.

—¡Qué sabrás tú de callar si no has callado en tu vida! —le dije mientras rodeaba el lugar en el mundo donde habitaba la personita que me convertiría en madrina.

—Estoy embarazada. Deberías tratarme con más cariño. Llevo en mis entrañas a tu futuro ahijado. Si le estreso, cuando salga te va a dar una guerra que ni te imaginas. Tú sabrás lo que haces. Y ahora dime, ¿qué pasa?, ¿qué os traíais entre manos? ¿No ves que os conozco? —No iba a parar. Nunca lo hacía.

—Nada. Una sorpresa. Ya te enterarás.

—¿Me va a dejar quedarme con su foto? Qué obsesión tiene este hombre con no dejármela, si la foto de su jefe está en todos lados.

—Sí, va a dejarte. Ya le he convencido —mentí solo para que se callara.

—Pero no es eso de lo que hablabais, ¿verdad? —me preguntó.

—No, no era eso. Pero no te lo puedo decir, no seas pesada.

—Si ya lo sé. Me lo han contado estos dos —dijo sin ser consciente de que mi imaginación recorría un camino distinto al que trazaban sus palabras—. Por eso he venido a buscaros.

Al llegar al salón, los encontré a los tres. Miré a Daniel y no vi en su rostro ningún rastro de lo que acababa de contarme. Por un momento llegué a pensar que todo había sucedido en mi imaginación. Pero allí solo sucede lo que la realidad vierte en ella. Era tan verdad como la expresión traviesa que lucían Hugo y Roberto. Daniel era bueno guardando secretos y disimulándolos. Hubiese sido un gran actor, casi tanto como Montgomery Clift.

—¡Buenas noticias! —anunció Roberto como si la buena nueva le quemara en la boca—. Nos quedamos.

—Os quedáis, ¿dónde? —pregunté completamente perdida.

—En Madrid, contigo, a pasar las fiestas de Navidad.

—Contigo y con Carla y con el pequeño Jonas —confirmó Hugo.

—No se llama pequeño Jonas... —dije intuyendo que iba a ser así hasta que el enano saliera de donde estaba, y yo lograra convencer a la madre de que buscara otro nombre—. ¿De verdad? ¿Os quedáis? —pregunté como si fuera cierta aquella regla no escrita que asegura que después de un golpe malo viene otro que lo alivia.

—No tenemos ningún motivo para regresar a Tármino —reconoció Hugo—. Allí no hay nadie que nos espere. Y aquí, sí. Y estas fiestas hay que pasarlas con los amigos, con la gente a la que quieres, con la verdadera familia. Y tú estás aquí, Lena. Y ella también —dijo mientras señalaba con la cabeza el retrato de Lola que acababa de regalarle, y que los operarios de la sala de exposiciones habían devuelto a mi casa aquella misma noche nada más cerrar la galería, tal y como me había prometido Denisse.

—Y yo también estoy, gracias por acordaros siempre de mí —recordó Carla. Le divertía la manera como habitualmente la ignoraban, aunque en realidad ella sabía que no era así.

—No sabéis lo feliz que me hacéis.

—¿Feliz? ¿Has dicho «feliz»? —sonrió Daniel—. Eso sí que es un motivo de celebración.

Tres años y siete meses desde la muerte de Jonas. Tres años y siete meses para que los domingos volvieran a escapárseme. Aquel domingo estuvo a punto de escapárseme algo más, pero no lo hizo. El tiempo es el mejor medidor de sí mismo. Sabe controlarse, calibrarse, contenerse, aunque nosotros nos sintamos incapaces de entenderlo así porque estamos demasiado dentro para tener una perspectiva real de lo que ocurre.

Me alegré de no haberme quedado a vivir en unos de los cuadros de Vilhelm Hammershøi, dentro de aquellas estancias vacías, convertida en una solitaria figura femenina, siempre de espaldas o de perfil, condenada a seguir siendo real. Así aparecía Ida en los cuadros de su marido, vestida de negro, tocando el piano, leyendo una carta, un libro, mirando por una ventana, esperando sentada en una silla con las manos sobre su regazo. Eso estaba bien para Ida, pero no para mí. A Jonas no le hubiera gustado. De hecho, le hubiera entristecido y enfadado bastante. Habitar uno de esos interiores claustrofóbicos, aunque por sus ventanas entrara algo de luz que dibujara cierta claridad en la estancia, fue uno de mis grandes miedos cuando él murió, quizá porque se mostraba demasiado probable.

Tres años hasta que pude vivir una Navidad en casa, en familia.

Tres años y siete meses.

26

Es curiosa la fragilidad de la memoria. Es una inconsistencia artificial, algo premeditado para mantenerte aislado de una realidad dolorosa. Es como una barrera protectora que desarrolla nuestra mente para garantizar la supervivencia, un traje ignífugo para protegernos del fuego de los recuerdos, para evitar que nos quemen y que nuestra piel se agriete y termine rompiéndose, sin que pueda ser reconstruida con injertos tramposos.

En un periodo de tu vida estás tan familiarizado con los marcadores tumorales, con las citas médicas, con los volantes, con las medicinas, con las tomas de temperatura y las sesiones de quimioterapia, que piensas que será así toda tu vida, y que esa nueva jerga que manejas como si hubieras nacido hablándola jamás abandonará tu vocabulario. Pero un día descubres que se había ido porque de repente ha vuelto a ti, y ni siquiera te apercibiste de su fuga. La fuerza de la *descostumbre* es mucho más fuerte que la de la costumbre, pero de ella se habla menos, como si no existiera. De hecho, no existe la *descostumbre*. Me lo ha dicho Carla. No consta. No figura. No aparece esa acepción en ningún diccionario. Pero existe porque reaparece. Toda aquella realidad de vocablos, jerigonza médica y diagnósticos, no olvidada pero sí escondida en el trastero de mi mente, había regresado con la enfermedad de Daniel.

Sin que te des cuenta del segundo exacto en el que sucede, tu mente desaloja certezas, costumbres que habías incorporado a tu realidad en los peores momentos de tu vida, y que con el paso del tiempo se diluyen como el azúcar, el café o la pintura. Me estaba pasando en ese instante. Otra vez.

Pude sentirlo cuando empujé la puerta de la pequeña confitería en Toulouse en cuyo interior vendían los mismos caramelos violetas que en La Violeta de Madrid, donde mi padre los compraba para su hermana misionera. Comprobé cómo la memoria recuperaba ese sabor del pasado que creía perdido; al percibir aquel olor dulzón saliendo de las cajas donde se guardaban los caramelos morados supe que no lo había borrado de mi memoria, que tan solo estaba relegado porque hacía mucho tiempo que no lo recordaba. Eran los mismos caramelos violetas que mi padre me compraba cuando yo tenía cinco años y cuya cajita escondía en el bolsillo de mi abrigo advirtiéndome: «Que no te lo vea tu madre». Treinta y tres años más tarde, estaba ante ellos, en un mostrador similar pero con una dependienta hablando en francés.

Me metí uno en la boca con la misma curiosidad e ilusión con que lo hacía de niña. Sí, era el mismo sabor, a no ser que mi memoria me engañara para no provocar una nueva decepción. Le ofrecí uno a Carla, que directamente abrió la boca para que se lo pusiera en la lengua porque tenía al pequeño Jonas en los brazos y no podía soltarle. Sí, el pequeño Jonas. Carla era tan pesada como todas las madres. Al final, el niño se llamó como ella quiso, que, por otra parte, era lo más normal. Pero lo normal siempre ha estado sobrevalorado. Lo normal sería que a los dos meses de dar a luz a una criatura de casi cuatro kilos y medio de peso, Carla estuviera recuperándose en su casa, aprovechando la baja maternal para dar paseos con el bebé y bajarle al parque donde entablaría una conversación sobre pañales, biberones y falta de sueño con otras madres y padres. Lo normal. Pero allí estaba, inspeccionando aquella tienda de dulces en Toulouse con el bebé más guapo del mundo en su regazo, una belleza que, a mi entender, le venía dada por el nombre. «Claro, mujer, la madre no ha hecho nada y el padre tampoco aportó», decía ella. En la primera ironía no tenía razón. En la segunda, la tenía toda. El padre aportar, aportó poco, sobre todo desde que nació el pequeño. Pero al ver a Carla tan feliz me pregunté si de verdad le importaba aquel abandono prematuro, o si lo que siempre quiso fue tener un niño propio al que amar y enseñar, y no a todos los hijos ajenos que llenaban su clase. Lo normal sería que el padre hubiera estado, pero a Carla nunca le gustó lo normal porque ella misma no lo era. Tampoco era muy normal el drástico corte de pelo que se hizo, abnegando de su larga melena azabache como una venganza azteca, ya que al padre del niño le encantaba. Había que reconocer que el desagravio hacia su ex le sentaba realmente bien. Lo lógico también hubiera sido que Jonas y yo estuviéramos juntos ante el mostrador donde la dependienta se afanaba en envolver para regalo las cajas que le habíamos pedido, y sin embargo era Carla quien estaba conmigo. Ella y el pequeño Jonas.

Me pareció curioso que dos lugares tan alejados como Madrid y Toulouse se hermanaran por un sabor. No debió parecérmelo. Yo mejor que nadie podía entenderlo, ya que lo mismo sucedía con el olor de la lavanda en Tármino y en la Provenza. Pude comprobarlo cuando compré el pequeño frasco de esencia de lavanda en Manosque, en una de las fábricas más conocidas situada en el corazón provenzal de donde me costó sacar a Carla tanto como a su ginecóloga le costó sacar al pequeño de su vientre, en el que parecía estar demasiado cómodo como para salir a habitar nuevos espacios y descubrir nuevas realidades. Al inspirar el olor de la lavanda, sentí una sobredosis de memoria.

Quisimos hacer ese viaje la última semana de abril porque

mayo era un mes que aún se me resistía. Además, Daniel se estaba recuperando y viviendo un momento tranquilo. Tal y como habían dicho los médicos, el tratamiento había funcionado y al cabo de una semana le operarían para quitar todo rastro de malignidad. Era el mejor momento para viajar al sur de Francia aunque no fuera el periodo más mágico de la floración de la lavanda, para eso tendríamos que haber esperado al mes de junio, pero no nos importó. Yo aprovecharía para hacer fotos, aunque Denisse seguía insistiendo en que los retratos tenían mejor salida que las fotografías de paisajes. Eso lo decía porque no había visto la fotografía que ocupaba mi salón. Pero tenía razón, así que le hice caso.

Prometimos a Roberto recorrer la Provenza y cumplir con el favor que nos pidió. Nos había encargado una semilla especial. Menos mal que apunté el nombre porque, entre que la botánica no era lo mío y que el francés lo era aún menos, no hubiese habido manera de entenderme con el propietario de la tienda a la que me envió. Se trataba de unas bolsas de plástico transparentes con una especie de alpiste dentro de un extraño color verdoso amarillento. Algo novedoso para el tratamiento de la lavanda del que le habían hablando y que quería probar en Tármino.

—Espero que en el aeropuerto no nos hagan explicar qué demonios contienen las bolsitas. Te responsabilizas tú, que yo acabo de ser madre.

El vendedor pareció entender lo que Carla estaba diciendo y, entre risas y rotundas afirmaciones con la cabeza, nos entregó un papel donde se explicitaba con detalle el contenido de las bolsas.

—Lo que me faltaba, una prisión turca... —protestó aliviada ante la visión de aquel certificado.

—Estamos en Francia, a tiro de piedra de España. Estambul nos pilla un poco lejos —le intenté explicar sabiendo que la noche anterior había visto *El expreso de medianoche*, mientras intentaba que el pequeño se quedara dormido. Carla no era una madre normal. No lo era. Y el pequeño Jonas tampoco, porque se durmió enseguida.

—Hoy en día no hay fronteras, Lena. Claro, como tú no eres madre...

Si volvía a oír aquella expresión, podría dejar al pequeño Jonas en manos de su madrina para siempre. Huérfano, sí, pero feliz.

Carla estuvo todo el viaje de regreso a Toulouse preocupada por las dichosas bolsas. Fueron seis horas en coche desde la Provenza hasta Toulouse, pero el viaje valió la pena. Podíamos haber cogido un vuelo que acortara el tiempo y lo dejara en cincuenta y cinco minutos, pero nos habríamos perdido pasar por Nimes, Montpellier, Sète, Béziers, Carcasona y por muchos de los pueblos provenzales que nos parecieron prodigiosos. No teníamos prisa. Disponíamos de toda una semana para aprovechar el viaje y lo hicimos. Cuando por fin llegamos a Toulouse y vislumbró el puente Saint Pierre, Carla respiró como si pisara tierra prometida. Estuvo a punto de tirarse al río Garona para celebrarlo pero finalmente decidimos pasarnos por aquella tienda de caramelos violetas y airear la memoria.

El tiempo tiene memoria. Como los olores y los colores. Y guarda esa memoria eternamente aunque no seamos conscientes de ello hasta que regresa. Con las voces sucede lo mismo. Después de un tiempo sin escuchar una voz, no te cuesta recuperar su timbre cuando vuelve a tu oído.

Cuando vi parpadear el nombre de Roberto en la pantalla del móvil, todo ese mundo que creía escondido volvió a mí en cuestión de segundos. Al principio sonreí al pensar que llamaba para asegurarse de que habíamos cumplido con lo prometido. Pero algo me hizo pensar que no sería así. Roberto nunca llamaba. Era Daniel quien lo hacía. No era propio de él. Como mucho, mandaba un mensaje, escueto, corto y directo. El mismo calor que sentí cuando oí al doctor Marín pronunciar la palabra «cáncer» para referirse a las manchas amarillas en el TAC de Jonas, el mismo ardor que me asfixió cuando Daniel me explicó que le habían detectado un pequeño tumor en el cuello, volvió a quemarme por dentro. No, no era normal que Roberto llamara.

Hay nombres que cuando aparecen en la pantalla de tu teléfono móvil y sabes que aquél no suele ser su lugar te dicen cosas sin necesidad de oírlas. Que me llamara no era buena señal. No lo era. Y por eso le obligué a volver a hacerlo. Me negué a contestar su primera llamada aferrándome a la esperanza de que, si no marcaba de nuevo mi número en los próximos cinco segundos, era porque no pasaba nada grave. La pantalla volvió a iluminarse. Roberto insistía. Algo había pasado.

—Lena.

Al escuchar su voz pronunciando mi nombre, sentí que ya no quedaban voces que proyectaran esas cuatro letras y me hicieran sentir en casa. La voz es el mayor chivato de todos los que pueden existir. A través de ella ves cosas, las intuyes y no suelen ser falsas.

—Lena, ¿dónde estás?

—En Toulouse.

—Vas a tener que volver.

Ninguna orden me podría haber sonado peor que aquélla. Esperé a que fuera él quien añadiese algo más. No quería ser yo la que pronunciase el nombre de Daniel, con la esperanza de que no hiciera falta hablar de él. Esa cobardía innata en todos cuando estamos a punto de asomarnos al precipicio y descubrir su pendiente nos dura tan solo unos instantes antes de exigir saber la verdad, los segundos suficientes para pensar que quizá no se trate de él, que quizá la pendiente no sea tan pronunciada.

—¿Qué pasa, Roberto?

—Es Daniel. Está ingresado. Ayer se mareó cuando estaba a

punto de oficiar la misa. Se cayó en la sacristía. Tienes que volver, Lena. Tienes que darte prisa.

—Dime qué es lo que pasa —insistí.

Podría estar haciéndole la misma pregunta hasta que me dijera exactamente lo que sucedía. Quería una respuesta más contundente aunque fuera dolorosa, que lo era. Quería saberlo, pero sobre todo quería escucharlo. Por qué se había mareado, por qué estaba ingresado, por qué las prisas por volver. Claro que yo sabía lo que pasaba, lo había visto demasiadas veces, en mi padre, en Jonas, en muchos otros amigos, pero necesitaba escucharlo en la voz de Roberto, con palabras que arruinaran cualquier resquicio de duda y que me zarandearan hasta que reaccionase. Necesitaba que él fuera valiente y me negara el derecho a hacerme ilusiones, a construir cábalas absurdas que me permitieran realizar el viaje de regreso con cierta esperanza.

—Ayer le hicieron un TAC craneal. Al parecer el cáncer desarrolló una metástasis que no habían visto y se ha ido a la cabeza. Es inoperable. Y avanza muy deprisa. Van a intentar frenarlo, pero los médicos no son optimistas.

—Los médicos os equivocáis —dije buscando inútilmente un hilo de esperanza.

—Sí, pero muy pocas veces. Y ésta no es una de ellas. Ojalá lo fuera.

—No puede ser. Le vi hace una semana, hablé con él hace dos días y estaba bien.

—Pues ya no lo está. Lena, tienes que regresar. Y lo tienes que hacer ya.

—Salgo ahora mismo. Lo que tarde en llegar.

Al colgar el teléfono, encontré la mirada de Carla. No necesitó que le dijera nada. Lo hizo ella.

—¿Es Daniel? —preguntó con el miedo de saber que una pregunta no frenaría la respuesta.

—Sí..., no...

—Sí o no, Lena, aclárate.

—No, era Roberto. Y sí, era por Daniel. —Al ver su expresión, supe que tenía que ser más explícita—. No, no ha muerto..., todavía.

—No me gusta ese adverbio.

Pensé que ya deberíamos estar acostumbradas. Pero nunca te acostumbras ni a los adverbios ni a la pérdidas.

Otra vez la memoria rescatando sensaciones, momentos ya vividos, miedos que creía superados, ahogos que me impedían pensar con claridad. Sabía que Daniel se moría. Esas cosas se saben por mucho que intentes negarlas, cerrar los ojos y pensar en otro asunto. Nada de eso hace que desaparezcan.

No se puede pensar cuando alguien a quien quieres se está muriendo. Como tampoco se puede comer, ni beber, ni reír, ni dormir, ni seguir respirando. Todo es un continuo caos avieso y desconcertante que además insiste en gobernar tu cuerpo y tu cabeza. En mitad de esa anarquía, recordé las palabras de la madre de una niña desaparecida en Ciudad Juárez cuyo rostro atrapó mi cámara: «¿Cómo voy a comer si no sé dónde está ella? Dígame, ¿cómo podría hacerlo?». ¿Cómo podemos seguir haciendo cosas normales cuando nos pasan otras mucho más graves? Era la misma pregunta que me hacía una y otra vez cuando Jonas murió: ¿cómo podía estar viva cuando él estaba muerto?

No pude evitar recuperar las palabras de Daniel recomendándome no ir a ver a Lola: «No vengas. Si te ve aparecer, pensará que está a punto de morir». Sabía que mi presencia allí sería una confirmación de la gravedad de su estado. No era una de esas personas que prefieren engañarse con un «tal vez», un «quizá» o un «quién sabe si», antes que afrontar la realidad. Daniel era como Jonas, claro, directo y sin miedo a encarar la verdad por muy cruel que fuera.

En cuanto entré en su habitación, comprendí que lo sabía y él comprendió que yo también estaba al corriente de lo que pasaba. No iba a ser fácil. ¿De qué hablan dos personas cuando saben que dentro de poco no se volverán a ver más porque una de ellas se irá para siempre? Era demasiado real para ser verdad.

Con Jonas no tuve que enfrentarme a esa realidad compartida, solo hizo falta que yo me encargara de ella. Él sabía que no estaba bien pero no intuía un final tan inminente. Al menos aquella noche. Me lo dijo. «*Mañana estaré mejor, ya lo verás. Te quiero.*» Lo expresó así porque pensaba despertarse al día siguiente y seguir viviendo un día más, unas horas más para seguir diciéndome lo mismo. Y yo le creí, porque siempre crees a quien amas. Recuerdo que en plena madrugada, entraron tres médicos en la habitación de Jonas para decirme que se acababa, que sería cuestión de horas o de minutos. Les dije que antes de dormirse me había comentado que mañana estaría mejor. La mirada de los facultativos me enseñó cómo se mira a los locos. Con respeto pero sin dar credibilidad a lo que dicen. Uno de ellos me explicó que Jonas ya había entrado en esa fase de no regreso, de no conciencia, de vida narcotizada, pero que si quería despedirme de él para decirle algo, podía hacerle volver unos segundos. Pregunté si sería consciente, si se enteraría de algo. «Lo pasará mal. Físicamente, me refiero.» Le agradecí la sinceridad. Los doctores, cuando visten con la bata blanca, solo hablan en términos clínicos, no tienen tiempo o capacidad para perderse en el terreno de los sentimientos. Para eso ya estamos los familiares, los amigos y los enfermos. Y así deber ser. Y eso que la persona que ocupaba la cama era un compañero suyo, al que respetaban, con quien habían compartido vida y trabajo. Lo vi en sus rostros pero eso no cambió nada. Despertar a Jonas, hacerle volver de dondequiera que estuviese solo para decirle adiós, me pareció la mayor traición que se le puede hacer a la persona a la que amas: hacerle volver solo para quedarme tranquila y decirle que le quería —algo que le repetía a diario, cien o cien mil veces—, cuando él se había marchado diciendo que me quería, sin mayores dramas. No se hace sufrir a la persona a la que amas. Por supuesto que no quería despedirme. Nunca lo quise. No me gustaban las despedidas, a él tampoco, y no iba a empezar ahora a exigirlas. No estaba preparada, ninguno de los dos lo estábamos. ¿Cómo te despides para siempre de la persona a la que más amas, qué se dice, si es que puede decirse algo? Se me antojaba un mundo demasiado oscuro, cruel e inconexo. No tenía sentido y no había tiempo para buscarlo. El miedo a lo desconocido, a lo que no controlas, es lo que crea rechazo y quizá por eso no quise despedirme. Aún hoy, no quiero despedirme. Sería como asumir lo que todavía me resisto a aceptar, y darme por vencida.

Pero lo de Daniel era distinto. Él sabía que se moría y que lo haría demasiado pronto. Me bastó con mirarle a la cara y ver que su sonrisa de costado ya no estaba allí, que en su lugar había una impostora, que lo intentaba, pero no lo lograba.

—No se te ocurra hacerme esto.

—Me vas a tener que pedir otra cosa, Lena —se disculpó por no poder cumplir mi petición pero sí aceptó mi abrazo.

—¿Cómo estás? —le pregunté, consciente de que era la peor pregunta que le podía hacer a alguien que sabía que se moría.

—Mal. Te he hecho regresar de Francia. Eso no son buenas noticias.

—No me has hecho regresar de ningún sitio. Llamé a Roberto para decirle que tenía su encargo, le pregunté por ti y al decirme que te habías mareado, quise adelantar mi vuelta —dije convencida de haber hecho una gran interpretación falseando la realidad.

—Con la verdad que logras sacar en tus fotos, no entiendo cómo mientes tan mal —bromeó—. Roberto te llamó para que vinieras corriendo porque estaba muerto de miedo por si me

moría antes de que te diera tiempo a volver. Como si no le conociera. A él y a ti.

—Mira que eres burro —dije recriminándole su respuesta,
con la actitud de una madre que le toma la temperatura a su hijo
cuando sabe que ya da igual lo que diga el termómetro, porque
va a morir de todas maneras.

—Lena, me muero.

—Daniel...

Era imposible saber qué responder a eso sin parecer una
idiota o hacer parecer idiota a quien te ha hecho la peor pero
más franca confidencia de su vida. Me sorprendió su frialdad a
la hora de aceptar la muerte. Ese golpe de sinceridad era más
difícil para mí que para él. Pensé que su condición de hombre
de fe le ayudaba a comprenderlo mejor y a asumirlo sin más.
Pero Daniel no era un hombre de Dios al uso, era un hombre
bueno, a secas, y por eso se hacía querer por todos, creyentes y
ateos. Siempre he envidiado a las personas que se refugian en la
fe para guarecerse de todo tipo de catástrofes. No digo que no
les duela, pero amortiguan el dolor con sus creencias. Tienen un
consuelo al que los agnósticos nunca podremos acceder. Jonas
siempre decía que creer en Dios era un chollo. Y tenía razón. Al
menos dejan de preguntarse lo que el resto no paramos de plan-
tearnos cuando perdemos a alguien: por qué. Esa machacona
pregunta para la que no tenemos contestación. Ellos tienen la
respuesta, al menos la suya, en la que creen y confían: porque así
lo ha querido Dios. Y ya está. No hay más preguntas, ni dudas,
ni disecciones, ni quejas. Siempre es bueno conocer las respuestas a ciertas preguntas y las personas con esa envidiable fe lo saben mejor que nadie. Desde fuera podría verse como una entrega
cobarde, como un dejarse vencer sin luchar, sin pelear, sin mostrar un mínimo de resistencia. Pero fuera siempre hace frío y lo
seguirá haciendo por mucho que chilles y blasfemes.

Lamenté no abrazar esa clase de creencias, igual que lamentaba no poder beber como hacían los demás. Me hubiese veni-

do bien tener ese refugio, ese consuelo, tanto el de la religión como el del alcohol. Estoy segura de que me hubiera ayudado en algunos momentos de mi vida, al menos para hacerlos más llevaderos durante un tiempo. Ese olvido inducido tenía aspecto de ser redentor.

Cuando Daniel dijo que se moría es porque se moría y sabía que no había nada que hacer. «Me muero.» Fue una de las pocas veces que no utilizó una pregunta para darme una respuesta.

—No me mires así. Está bien. No pasa nada. Ya sabemos que un día esto se acaba. Prefiero decírtelo yo a que te lo digan los demás, si es que no lo han hecho ya. Ahora, no tenemos que seguir hablando de esto. No ayuda en nada y no quiero verte así. Cuéntame tu viaje a la Provenza.

—Daniel, no... —Ahí estaba. El ejército de lágrimas que solo se desplegaba a la voz de Jonas, saliendo a la orden de Daniel. Un día tenía que pasar. Siempre tan inoportunas. Siempre veloces. Siempre con vida propia.

—Lena, tienes que ser fuerte. Ya has vivido cosas peores y has podido con ellas. —Al ver que no reaccionaba, probó con otra estrategia—. El cuarto de baño está ahí, por si lo necesitas.

—Ya no me da tiempo —dije gestionando una sonrisa, mientras me secaba las lágrimas que, por la celeridad con la que salieron del lagrimal, sentía ya en la garganta después de haber entrado por mi boca—. Total, ya me has visto. Media vida intentando que no me vierais llorar y me haces regresar de Toulouse para esto.

—Ves como sabía que no me lo perdonaríais...

—Te he traído unas violetas.

—¿Más violetas?

—Son caramelos. A mi padre le encantaban.

—Se lo diré cuando le vea.

—Deja de decir esas cosas o me voy a tener que encerrar en el baño toda la noche.

—¿Cómo están Carla y el enano? —preguntó mientras se metía en la boca uno de los caramelos morados. Yo hice lo mismo; pensé que cuanto más líquido segregara en la boca, menos se concentraría en mis ojos haciéndoles desbordarse de nuevo. Agradecía que hubiera sido un desahogo puntual. Las lágrimas salieron raudas, pero el resto del contingente no siguió la insurrección.

—Bien, hablando sin parar. Me tiene mareada. Es mucho peor ella que el bebé, da más guerra. —Callé durante unos segundos. Podíamos estar hablando de chorradas toda la tarde noche, pero sabía que lo hacía por mí y no por él. Otra vez estaba siendo egoísta, y él, dolientemente generoso—. ¿Qué quieres que haga, Daniel? ¿Qué necesitas?

—Que no llores más.

—Prometido.

—Vaya garantía me das, ya sabemos cómo eres con las promesas.

—Te estoy hablando en serio.

—Yo también. Quiero que no llores. Y que te quedes esta noche conmigo y nos digamos todo lo que necesitemos decirnos. Y quiero que, cuando mañana salgas por esa puerta, no vuelvas más.

—¿Cómo? —pregunté sin ser capaz de entender lo que quería decirme.

—Ni quiero verte así, ni quiero que me veas así. Y esto va a ir a peor. No hay ninguna necesidad.

—Sí la hay. Yo la tengo.

—De esas necesidades andas sobrada. Me has preguntado qué quiero y te lo estoy diciendo. Y sabes que siempre hay que hacer lo que te pide alguien que se está muriendo en una cama. Ya lo has hecho más veces. Lo hiciste con Jonas. Se hizo lo que él quiso y como él quiso. Sin dar ni pedir explicaciones, a nadie. Eso es lo que te pido. Es mi decisión. Acéptala sin más, como si tuvieras fe —dijo observándome con la mirada ya vacía de todo lo que un día había existido allí dentro—. ¿Te quedas, entonces?

—Me quedo —dije aceptando una orden con la que no estaba de acuerdo.

—Y no me odies por esto. Es lo mejor, y lo sabes.

—No te odio. Nunca podría hacerlo.

—¿Por Jonas?

—Por los dos.

Me quedé toda la noche junto a él, aunque aquella presencia era recíproca porque sentí que era él quien realmente me acompañaba a mí. La segunda noche más larga de mi vida. Ninguno de los dos pudo dormir. El insomnio era nuestra única manera de prolongar la vida, de ser conscientes de que aún la teníamos. Entendí a esas personas que sienten un gran dolor físico y se niegan a medicarse porque el sufrimiento les recuerda que están vivas, que aún no han sido vencidas por la muerte, que por ahora resisten. O cuando yo envidiaba a los enfermos que acudían a su tratamiento oncológico, envueltos en fiebre, en vómitos y arrastrando el lógico cansancio de la enfermedad, pero al menos aguantaban, no habían sido derrotados, estaban vivos. Es un recordatorio siniestro, pero en los últimos momentos de la vida todo te parece o ridículo o macabro. Una pérdida de tiempo, en cualquier caso. Fue un insomnio tranquilo, lúcido, calmado. La verdad, no imaginé que pudiera ser así pero con Daniel todo era sereno, apacible, sosegado. Hablamos de lo que realmente importaba y de aquellos que nos importaban. Tampoco era tan nutrido el repertorio; cuando estás a punto de perderlo todo, te vale con lo indispensable para salir corriendo. Jonas pensaba que cuanto de verdad importa en la vida cabe en una maleta, en una pequeña. Lo demás es accesorio, innecesario, solo sirve para ocupar sitio y convertirse en una carga.

Las personas aparecen en la vida de los demás por un motivo. Jonas apareció en la mía en el momento en el que yo entré en su consulta de cardiología. Fue un corazón dañado con una malformación congénita lo que provocó que yo apareciera en su vida. Ridículo o macabro, pero así es todo. El azar como la tapadera perfecta de una decisión tomada, de algo que tenía que pasar porque no había más remedio, y la suerte o la casualidad no tienen nada que ver aunque nos empeñemos en darles un papel decisivo. Él apareció en mi vida para salvarme, en todos los sentidos de la palabra, y cuando desapareció, me mató. Siempre funciona igual, la ganancia va unida a la pérdida, igual que la vida a la muerte. Me entregó la vida para después quitármela. No parece un buen acuerdo y, sin embargo, fue el mejor de mi vida, al menos hasta que se rompió.

Siempre ocurre lo mismo; cuando una persona aparece en tu vida sabes que habrá dos momentos clave: el día en que apareció y el día en que desapareció. Como cuando llegas al mundo, naces sabiendo que morirás. Pero de esto último no sueles acordarte hasta que llega. Para qué amargarse la vida cuando solo estás empezándola. Jonas me salvó. Estaba en deuda con él, pero ¿cómo saldar una deuda con alguien que no está para cobrársela? Esa imposibilidad de hacerlo te lega la creencia de que vives de prestado, aunque yo prefería entenderlo como una vida de tributo, de tributo a él.

Supongo que Daniel apareció en mi vida para ocuparse de mí cuando Jonas no estuviera. Hasta ese momento, lo estaba haciendo. Y de la misma manera, yo aparecí en la suya. Y allí estábamos los dos, a punto de perdernos. Su muerte no solo suponía perderle a él, significaba que Jonas también se moría un poco más. Es cierto que nadie muere mientras siga vivo en los demás, mientras existan personas que lo piensen, que continúen pronunciando su nombre, recordando sus anécdotas, contando sus chistes, plagiando sus frases, mirando sus fotos, escuchando su voz en una grabadora. De igual forma, los que están vivos mueren un poco en cada pérdida. Si ahora se iba Daniel, también Jonas se iba un poco más. Es el planteamiento más injusto, egoísta e inoportuno que puedes hacer mientras acompañas a un moribundo, pero así era. Y a él también se lo parecía. Lo único que cambiaba es que yo sentía desde el egoísmo y él desde la generosidad. Creo que desde que murió Jonas siempre había sido así, y eso me hacía sentir culpable. Siempre nos arrepentimos tarde, cuando no hay remedio.

—No sabes cómo lamento todo esto, Lena.

Le miré superada por la confesión, avergonzada de mí misma por interpretar el papel pancista en ese drama. Daniel lo decía de verdad, lo sentía y precisaba compartirlo. Es como si sintiera la necesidad de confesarse conmigo. Acabábamos de intercambiarnos los papeles. De confesor a confesado. De escuchar todo tipo de secretos y saberse en la necesidad de guardarlos, a sentir la obligación de soltarlos. Es algo que suele ocurrir a menudo en los hospitales cuando la muerte merodea buscando su presa. Daniel lamentaba morirse, no solo por él, sino por mí y por Jonas. Le había hecho una promesa a su primo hermano y ya no podría seguir cumpliéndola.

Supongo que cuando te mueres y eres consciente de ello, piensas más en la vida que has llevado que en la muerte que te espera. Repasas todo lo que has hecho y lo que has dejado de hacer, y lo pones en una balanza. Haces números para intentar irte más tranquilo en el caso de que hayas tenido una vida plena. La gente que ha vivido más y mejor se va con menos pena. No tengo ningún dato científico que lo acredite, pero estoy convencida. Al menos, lo han vivido, han aprovechado el tiempo, como el enfermo del corazón que sabe que le pueden arrebatar lo que posee en cualquier momento e intenta vivirlo todo, cuanto antes mejor. Ahora entiendo a los niños cuando les dan una bolsa de caramelos y quieren comérselos todos antes de que se la quiten, y lo harían si no fuera por la voz materna a modo de conciencia. Cuando sabes que te mueres, te planteas si te gustaría haber hecho algo más o si te arrepientes de no haberlo hecho. Quizá ganen los arrepentimientos. Cuando aprieta el tiempo, siempre aparecen los agobios, el remordimiento. Daniel también los tenía.

—¿Cambiarías algo de tu vida si pudieras, alguna decisión de todas las que has tomado? —me preguntó cuando realmente era él quien debía estar contestando esa pregunta.

—Creo que no.

—Espérate a estar muriéndote, y ya me dirás.

—Para ser sincera, me hubiera gustado morirme antes que Jonas. Pero de eso no me puedo arrepentir porque no era algo que decidiera yo. No sé si habrá muchas personas que estén dispuestas a dar su vida por otra. En las novelas sí, y en las películas, pero en la vida real, no lo sé. —Le miré para comprobar que seguía despierto. Algunas veces la administración de algún fármaco le concedía unos minutos de somnolencia de los que despertaba sin haber dado tiempo a su cerebro a descansar. Pero no dormía. Estaba pensando sobre lo que acababa de preguntarme—. Y tú, ¿te arrepientes de algo? —pregunté.

Vi cómo sonreía y entendí que se estaba guardando la respuesta para él solo. Eso no era justo. Era mi noche, él mismo me la había concedido antes de negarme el derecho de estar junto a él en el momento de la muerte. Tenía derecho a escucharlo. De nuevo, los roles se intercambiaron. Yo era el condenado a muerte a la espera de mi último deseo. Y exigí que me lo concedieran:

—Yo sé de lo que te arrepientes.

—¿Y de qué me arrepiento, si puede saberse?

—De haberte metido a cura. De no haber esperado un poco más. ¿Por qué entregar la vida a alguien que no conoces por muy dios que sea, en vez de dársela a alguien a quien amas? Mi padre siempre decía que no era bueno enamorarse de alguien a quien no conoces y entregarle la vida con los ojos cerrados. Claro que él estaba todo el día rodeado de delincuentes y asesinos, y le tocaba hablar con sus esposas, novias y amantes.

—¿Esperar un poco más? —me preguntó desde la calma narcotizada—. ¿A qué se supone que tenía que esperar?

Dudé si atreverme a decirlo. No era mi historia aunque él me metió en ella, él fue quien me la descubrió, quien me abrió la puerta y me invitó a pasar. Eso me daba cierta licencia para hablar. Además, no había tiempo para posponerlo a la espera de un instante más adecuado. Mejor arrepentirse de lo que haces que quedarte con la duda de lo que hubiese pasado si te hubieras atrevido a hacerlo. Daniel estaba próximo a la muerte y era normal que abrazara los arrepentimientos, que no luchara contra ellos, pero yo estaba viva y debía combatirlos. Eso es lo que distingue a los vivos de los muertos: la resistencia y el desdén que muestran hacia la compunción, la nula predisposición por acaparar remordimientos. Y me dio la impresión de que si lo hacía, también alargaría su vida.

—A Celia. A que volviera de Barcelona. —Callé al ver cómo giraba la cabeza para mirarme. Me arrepentí al segundo de haberlo hecho. Creo que le provoqué más tristeza que la que iba a legarle la propia muerte—. Perdona, quizá no he debido decírtelo.

—No seas tonta, tienes todo el derecho. Además, no hay nada que perdonar. Créeme, soy un experto en eso. Me he pasado la vida absolviendo y concediendo perdones y, sinceramente, no creo que les sirvieran de nada a quienes los recibieron.

—Entonces, ¿tengo razón?

—No. Creo que has idealizado la historia de Celia. La quise, claro que la quise. Pero como te puedo querer a ti, nada más.

—Hombre, conmigo no tuviste una hija.

—Con ella, tampoco. Eva no era hija mía. Ya sé que lo pensaba todo el mundo, pero eso no lo convierte en verdad. —Me miró—. ¿Estás preparada para una confesión?

—¿Me la voy a tener que callar como haces tú? —intenté bromear.

—Creo que será lo mejor, aunque tú no tienes obligación de

hacerlo. Y aunque yo sí la tengo, falta muy poco para que expire mi contrato, así que si me excomulgan ahora tampoco pasa nada. ¿Quieres escucharla?

—Creo que no. —Mentí. O al menos, no dije toda la verdad. Empecé a temer lo que estaba a punto de escuchar.

—Eva era hija de Jonas. Pero él nunca lo supo. Secreto de confesión lo llaman. —Daniel no quiso perderse la expresión de mi cara. Debía de ser bastante divertida, porque conseguí dibujarle una sonrisa en el rostro cada vez más cansado—. Quien realmente tuvo la relación con Celia fue él. Yo solo era la tapadera, el que intentaba esconder los encuentros. Era mejor que me pillaran a mí que a ellos. No fue más que una tontería. Ninguno de los dos iba en serio. Celia ya tenía pensado irse a Barcelona y Jonas se iría a Madrid, a estudiar la carrera de Medicina. Ella se enteró de que estaba embarazada cuando llevaba tres meses en Barcelona. Decidió no decir nada y tener a la niña. Al volver a Tármino, un día me lo confesó. Se aseguró de ir a la iglesia y contármelo allí para que no pudiera decírselo a Jonas. Pensaba que no era justo decírselo en ese momento si no lo había hecho antes. Si le privó de su existencia hasta que la niña tuvo ocho años, y no siete como nos hizo creer a todos, entendió que no tenía derecho a complicarle la vida. Pensó que era lo más coherente. Intenté convencerla para que se lo dijera. Conocía a Jonas, de haber sabido que la niña era suya, se hubiese responsabilizado de ella, la hubiese querido, ya sabes cómo le gustaban los niños. Pero ella se negó. Son esas decisiones de los demás que tienes que aceptar, te gusten o no.

—Jonas tenía derecho a saberlo.

—Supongo que Celia consideró que ella tenía más derecho a callárselo que él a saberlo, por el bien de todos, o al menos así lo entendió.

—Joder, Daniel, qué cosas me cuentas antes de morirte.

—Eso mismo le dije yo a Celia, aunque no sabía que iba a suicidarse, claro.

Guardé silencio unos instantes. Tenía que procesar la información. Una información que no solo rompía un secreto de confesión, sino que también quebraba mis esquemas. Conocía algo del pasado de Jonas que ni siquiera él supo. Eso debía de ser algo parecido a la revelación de información privilegiada y creo que está penado por la ley. No sé si tenía el derecho a saber algo que a él le negaron conocer. Mis pensamientos iban demasiado deprisa para dotarlos de cierto sentido ni mucho menos de un mínimo criterio. No era capaz de discernir si era bueno o malo, si debía agradecer el silencio de Celia o condenarlo.

Siendo egoísta, como parecía que lo estaba siendo desde la muerte de Jonas, tenía que sentirme premiada, ya que gracias a su decisión yo tuve la oportunidad de conocer y vivir el gran amor de mi vida. Si ella se lo hubiera dicho, quizá yo no le habría conocido o quizá sí, porque el destino te persigue aunque intentes driblarle. Además, no podía juzgarla. Yo había procedido igual unos años antes, cuando me callé que estaba embarazada para no hacerle sufrir más. Creí, al igual que ella, que la confesión abriría una herida innecesaria en un momento poco oportuno. Jonas se fue de este mundo sin saber que podría haber tenido dos hijos que compensaran a la que un día tuvo y le complicó la vida por odio, por envidia, por una rabia heredada de una madre desquiciada por el odio y hecha propia por pura maldad. Le privamos de la felicidad más veces de lo que él jamás pudo llegar a pensar, aunque quizá eso le permitió seguir siendo feliz.

Demasiada información haciendo ruido para poder pensar con claridad. Podía oír cómo chirriaba el engranaje dentro de mi cabeza. Mi mente se había convertido en un motor de tres bujías que gracias a un arco eléctrico de alto voltaje, como había sido la confesión de Daniel, estaba produciendo la combustión de mi cerebro.

Todo era absurdo. Estaba intentando analizar algo sucedido cuando yo ni siquiera había nacido. No sé qué hacía preocupándome por eso cuando él ya estaba muerto y Daniel, a punto de seguir el mismo camino. No sé si Celia se arrepintió alguna vez de no habérselo dicho, pero yo comenzaba a arrepentirme de haber provocado que Daniel extrajese la caja de latón del interior de la chimenea y de haberla abierto para sacar de ella las fotografías y, con ellas, algunos secretos velados. No quería ponerme pesada con eso, pero las cosas tienen su lugar en el mundo y cuando lo abandonan, siempre empiezan los problemas. Si seguía atando cabos, acabaría arrepintiéndome de haber regresado a Tármino aquel lejano 14 de julio de hacía ya casi cuatro años. Si no hubiera ido, nada de esto estaría pasando. Quizá el semáforo rojo ante el que me detuve al iniciar el viaje fuera realmente una señal. Quizá el perro que se cruzó aquella mañana a la entrada del pueblo y logró enviarme a la cuneta también era un aviso que no supe entender. Quizá si aquella noche no le hubiera ametrallado con tanta pregunta a Daniel, no se habría visto obligado a contármelo todo y a romper secretos de confesión. De nuevo el mundo de los condicionales y de los adverbios volvió a asentarse en mi cabeza como el día que el doctor Marín nos comunicó que Jonas tenía cáncer.

En aquella habitación de hospital, con el corazón trotando en mi pecho pidiendo a gritos la imposición de la mano de Jonas, me arrepentí de todo. Yo, que nunca me había arrepentido de nada. Miré a Daniel. No parecía preocupado. Ya me preocupaba yo por los dos.

—Entonces, estaba equivocada. No tienes nada de lo que arrepentirte.

—Eso no es del todo cierto. Sí tengo algo que me pesa haber hecho. Creo que es lo único.

—El puñetazo a Marco —dije sin saber por qué esa persona a la que tanto odié había ocupado mi cabeza en aquel momento.

—No. Eso lo volvería hacer. Solo te arrepientes si haces acto de contrición. Además, no creo que Dios lo considere una ofensa ni un pecado.

Le miré esperando la respuesta. Y por lo que tardó en dármela, parecía que el remordimiento era real.

—Antes de suicidarse, Celia le escribió una carta a Jonas. En ella le contaba todo. Gracias a Dios... —calló unos segundos, pensando si realmente era ése el agradecimiento que quería hacer y a quien quería hacérselo; a juzgar por su gesto, no lo era—, dejó la carta en la mesilla de su habitación y no la guardó en el bolsillo del pantalón antes de colgarse de la rama de la encina. De haber sido así, la habría leído todo el Cuerpo de la Guardia Civil antes de llegar a Jonas, y por entonces no teníamos al sargento Andrade para hacernos favores. Encontré la misiva cuando fui a su casa a buscar una foto para poder ponerla en su funeral, porque hubo funeral a pesar de que se suicidase, aunque eso me costó una buena reprimenda eclesiástica. En el sobre había escrito el nombre de Jonas. Sé que no tenía derecho, pero imaginé lo que había en aquella carta de despedida y tomé una decisión. La abrí, la leí y la quemé. Puede que me equivocara, pero me pareció cruel informar a Jonas de que tenía una hija cuando ésta ya había muerto, y ni siquiera darle la opción de reprochárselo a la madre porque también estaba muerta. No me estoy disculpando por lo que hice, pero creo que no era necesario. Las confesiones se hacen en vida.

—Fuiste tú quien le negó la posibilidad de saberlo... —dije como si estuviera descubriendo su gran secreto.

—Ésa es otra manera de verlo. Pero no era mi confesión, era la de Celia. Yo solo tomé una decisión. Pude equivocarme y quizá por eso me arrepiento. Y por eso te lo cuento a ti porque, en cierto sentido, es como si se lo contara a él. —Me miró después de unos segundos encerrado en sus recuerdos. Seguramente su memoria le trasladó a la casa de Celia, al instante en que encontró la carta y la leyó—. ¿Crees que Jonas me habrá perdonado?

—Seguro. Vosotros dos siempre os lo perdonabais todo.

—Quizá porque no teníamos nada que perdonarnos —dijo

Daniel, que insistía en mirarme, como si buscara una respuesta en mi rostro—. Y tú, ¿vas a poder perdonarme o vas a empezar a odiarme?

—Yo nunca podría odiarte. Sería tanto como odiar a Jonas.

Nos mantuvimos en silencio unos segundos, o quizá minutos. No creo que fueran horas, o quizá sí. Fue su voz la que rompió aquel mutismo atestado de secretos tardíos.

—Intentaré no morirme el día 3. Dos aniversarios en una misma fecha es una faena, incluso para ti.

En cualquier otro momento, ese comentario me hubiera parecido morboso. Pero en la situación en la que estábamos, me pareció lúcido y coherente, incluso divertido. La maldita perspectiva de las cosas: cómo cambia todo dependiendo del escenario.

—Eso sería un detalle por tu parte —le dije dirigiéndole una gran sonrisa, tan melancólica como la suya—. ¿Algún secreto más que confesar antes de que me obligues a salir de esta habitación sin permitirme volver a entrar?

—No, que yo recuerde. Pero estoy bastante medicado. La morfina no es buena compañera para mantenerse muy lúcido. Espero no haber dicho muchas tonterías.

—Pues a ti la morfina parece haberte funcionado muy bien. Al menos, esta noche.

Como siempre, Jonas volvía a estar en lo cierto. Las conversaciones que se tienen en los funerales, en las estancias de los tanatorios y en sus antesalas, que son los cuidados paliativos de los hospitales, son enriquecedoras e imposibles de ser mantenidas y reproducidas en cualquier otro lugar. Aunque solo fuera porque no sonarían igual ni se entenderían de la misma manera.

Poco a poco los pasillos comenzaron a poblarse de pasos apresurados de enfermeras, de rutinas hospitalarias acompañadas de todo tipo de ruidos y rumores reconocibles por una adquirida familiaridad tras una estancia prolongada en el hospital, y de ecos de conversaciones mañaneras insulsas, protagonizadas por bocas que se saben poseedoras del lujo del tiempo por vivir. Fue entonces cuando supe que mi presencia allí fenecía y amenazaba con mutarse en irremediable ausencia. Me incorporé para abrazarle por última vez. Demasiadas últimas veces, pensé. Y a pesar de la experiencia, seguía sin saber cómo gestionarlas. Había llegado el momento que durante toda la noche los dos habíamos luchado por mantener alejado. No tenía ni idea de cómo hacerlo para que resultara lo menos doloroso posible, especialmente para él. Pensé en actuar con rapidez y acabar cuanto antes, salir disparada de aquella habitación, sin mirar atrás, sin pensar en lo que dejaba atrás. Eternizar el dolor y la congoja nunca contribuye a nada bueno. Pero me pareció una reacción cobarde, absurda e imposible. Sabía que no me iba a resultar fácil. Quizá por eso, Daniel, como siempre había hecho, decidió facilitarme las cosas.

—En realidad, sí hay algo más. Algo que no te conté aquella mañana del 15 julio.

Cuando salí de aquella habitación lo hice sabiendo la verdad. Si es cierto que la verdad da la paz, deseé que Daniel la encontrara. Creo que lo hizo a propósito, controlaba muy bien los tiempos. Siempre había sido un hombre de paciencia y eso le confería cierta ventaja. Sus tiempos no eran los tiempos de los demás. Daniel sabía macerar el tiempo porque cada cosecha requería su curso, su duración, su turno. Para algo se hicieron las estaciones. Quiso confesarse conmigo en el momento que creyó necesario. Estoy segura de que fue él quien apremió a Roberto para que me llamara y me hiciera volver de Francia. Y también estoy convencida de que nunca me mintió. Siempre me dijo la verdad aun a riesgo de que dejara de quererle tanto como lo hacía. Tampoco mintió cuando me dijo que no le vería nunca más con vida.

Daniel murió dos días más tarde. El 3 de mayo. Cuatro años después de la muerte de Jonas. Ambos faltaron a una sola promesa de todas las que me hicieron. Jonas, a la de que siempre estaría conmigo. Y Daniel, a la de que siempre cuidaría de mí. Lo de no morir el mismo día que Jonas para evitarme tener que cargar con un doble aniversario, me dijo que lo intentaría, no me lo prometió. Quizá incumplieron las dos únicas promesas que me importaban. Pero se perdona a quien amas, igual que se cree a quien amas.

27

Una nueva pérdida. Por muchas que atesores, nunca te acostumbras. Con las pérdidas ocurre como con los secretos, nunca hay dos iguales, ni en el contenido ni en el impacto que te provocan. Cada pérdida es distinta, cada una tiene su carga, su dolor, su duelo y su momento. Lo único que se consigue es impedir que la herida cierre, ya que con cada nueva pérdida, como con cada nuevo secreto, se abre de nuevo y supura memoria doliente.

Las despedidas tampoco son iguales. Jonas me dijo «Te quiero» antes de irse, sin ser consciente de que se marchaba para siempre. Daniel me lo dijo con plena cognición. Y yo se lo dije a ambos sabiendo que los dos se morían. Cada uno se despide a su manera, si es que tiene tiempo de prepararlo y de hacerlo. Daniel lo tuvo, por lo que me contó Roberto, siempre dentro de la discreción y del secreto profesional médico. A veces, tenía la impresión de que todos los secretos profesionales se guardaban en Tármino, donde florecían con la misma facilidad con que lo hacía la lavanda. Debía de darlo aquella tierra seca, pedregosa y soleada, tan propensa al secreto.

—Decidió cuándo y dónde morir. Y no podemos culparle ni juzgarle. Si no quiso que le vieras después de aquella noche, Lena, es porque no quería que lo pasaras mal y porque él no iba a estar consciente. —Las palabras de Roberto me ayudaron a recuperar el instante en el que decidí rechazar el ofrecimiento de los tres médicos que me proponían despertar a Jonas de su sedación, en caso de que quisiera despedirme. «Lo pasará mal. Físicamente, me refiero.» Roberto tenía razón, no podía culpar a Daniel. Ninguno podíamos—. Quería evitarte un mal trago que no beneficiaría a ninguno de los dos. Sabía la clase de medicación que le administraríamos. Nunca he conocido a un enfermo que quisiera saber con tanta precisión lo que iba a suceder. Extraña que fuera sacerdote y que la fe fuera su guía. Parecía más un hombre de ciencia que de credo. —Me miró, como si yo tuviera que entender lo que me decía, y cuando pensó que lo había hecho, desvió la mirada—. En el fondo era un coqueto. No quería que le vieran mal cuando ya no pudiera controlarse a sí mismo. Fue su decisión, sabe Dios cuál será la nuestra cuando nos llegue la hora. Si no podemos elegir cómo ni cuándo venimos al mundo, lo justo es decidir cómo y cuándo nos marchamos de él. Eso lo entiende cualquiera, al menos cualquiera con suficiente empatía con el sufrimiento ajeno.

»Vio lo mal que lo había pasado Jonas y no quiso pasar por eso. Aunque Jonas te tenía a ti, que lo suavizabas todo: nada era lo suficientemente grave si tú estabas a su lado. ¿Sabes lo que nos dijo una tarde, en un momento que bajaste a por uno de esos helados que le gustaba tomar los últimos días, esas tarrinas que podía comer de tres en tres, te acuerdas? —Los recordaba. Nunca le habían gustado los helados, y menos los de fruta. Pero en la última semana, los devoraba. Supongo que la quemazón que le había provocado el tratamiento de la enfermedad hacía que el cuerpo se lo demandara. Cada vez que paso por la sección de los helados en un supermercado y los veo, salgo corriendo—. Lo recuerdo como si fuera hoy. De hecho se ha convertido en un comecome. Nos dijo que no entendía por qué estábamos tan tristes. Que él era afortunado porque iba a morir como siempre había soñado, en los brazos de la persona a la que amaba. Y a ver si el resto podríamos decir lo mismo cuando nos llegara el momento. He pensado en eso mil veces, y aún lo hago. Creo que me aterra más morir solo que el hecho de irme para siempre.

—Jonas sabía de lo que hablaba, siempre lo hizo —dijo Hugo seguramente recordando que también Lola murió en los suyos.

—Pero Daniel no murió en los brazos de nadie —acerté a decir.

—Murió en los tuyos, y también un poco en los nuestros. Cuando saliste de la habitación, empezamos a administrarle lo necesario en estos casos.

Le miré para intentar comprender mejor lo que decía. No era la primera vez que oía algo similar. Los médicos no son muy partidarios de reconocerlo, pero ocurre. Es como la *descostumbre*, que no existe, no figura, pero sucede. Incluso Jonas me habló de ello, la «bombita», creo que la llamaban. Una noche durante una cena salió el tema. No recuerdo ni siquiera quiénes eran los comensales, pero sí el nombre de los fármacos: midazolam, morfina y clorazepato. Creo que lograba acordarme de esas palabras por las grabaciones que seguía escuchando para no olvidar su voz. En realidad era una sedación terminal para aliviar un sufrimiento innecesario. Roberto prefería llamarla «sedación paliativa». A vueltas con la semántica para decir exactamente lo mismo, como si las palabras dieran más miedo que los hechos. Siempre creyeron que cuando la agonía era evidente, resultaba innecesario alargar el dolor físico y el sufrimiento psicológico. De eso se trataba, lo llamaran como lo llamaran. «*A la vida, a veces, hay que empujarla para que se ponga en marcha, como a los coches, como al destino.*» Otra de las frases favoritas de Jonas. Él solía definir así la manera en que, alguna vez en el quirófano, había tenido que coger el corazón de un paciente en su mano para reanimarlo manualmente. Es un poco lo que hacía conmigo, pero desde fuera. Supongo que ese mecanismo también vale con la muerte.

Las últimas palabras de Daniel volvieron a mi memoria. Para ser sincera, no habían desertado de aquel emplazamiento desde que las pronunciara en forma de última confesión, unas horas antes. «En realidad, sí hay algo más. Algo que no te conté aquella mañana del 15 julio.» No me costó recuperar el recuerdo de la mañana de hacía casi cuatro años. Cuando las pérdidas de las personas a las que quieres se acumulan por capricho del destino y te dejan la vida vacía, la memoria realiza continuos viajes en el tiempo y lo hace sin resaca, sin incómodos jet lag.

La confesión de Daniel hizo que volviera a despertarme en el sofá de la casa de Tármino, acunada por su voz, que me instaba a despertarme. Carla estaba en lo cierto al considerar, mientras devoraba un bol de cereales, que Daniel había empleado mucho tiempo en regresar. «Hombre, Daniel, buenos días. ¿Habrás rezado por todos? Porque por falta de tiempo no habrá sido.» En realidad, lo había hecho. A su manera, como siempre pensé que debía rezarse.

Aquella mañana, Daniel no llegó tarde. Simplemente, algo le retrasó. Eran las seis y media de la mañana cuando cogió su coche para regresar a nuestra casa, la que hacía unas horas había abandonado para ir a rezar a la iglesia. No mintió. Es lo que hizo. Su refugio seguía siendo la iglesia, a poder ser, en soledad. La velada de la noche anterior, el exceso de alcohol, la aparición de Marco en el jardín, los nervios, la tensión y, especialmente, la sesión de secretos compartidos conmigo a raíz de las fotografías escondidas en una caja de latón en el interior de la chimenea, habían hecho que Daniel necesitara aire, espacio para reflexionar y para poner en orden sus pensamientos, como yo misma lo necesité al salir a pasear por la inmediaciones de la casa.

Precisamente, fue el recuerdo de Celia y Eva lo que hizo que detuviera su coche a mitad de camino. Iban a ser unos minutos, no le llevaría más tiempo. A veces, muy de cuando en cuando, se acercaba a la encina de Las Galatas para honrar la memoria de las dos mujeres, para rezar por ellas, aunque en realidad era un modo de expiar algún remordimiento con aspiración de pecado. No se engañaba, no encontraba alivio en aquella visita que le laceraba más que le calmaba. Pero uno no siempre encuentra lo que busca. Lo que encontró aquella mañana tampoco lo esperaba.

Cuando llevaba caminando unos minutos, avistó algo extraño en las inmediaciones de la encina. Apenas distaba medio kilómetro, así que apretó el paso. Pudo ver a un hombre envuelto en unos extraños movimientos, como si luchara con unos espíritus invisibles. Desde aquella distancia, la escena podría parecer incluso cómica. Cuando redujo la distancia y se aclaró la visión, distinguió a Marco, tambaleándose, fuera de sí, abandonado en una serie de aspavientos incontrolados, endiablados, violentos; gritando, en realidad blasfemando ante el ataque masivo de las abejas que él mismo había provocado minutos antes, al despertar en la encina bajo la que se había quedado dormido.

Había llegado allí después de una noche agitada. Tras irrumpir con insultos en el jardín de nuestra casa y verse ninguneado, humillado y expulsado, decidió adentrarse en el campo y volcar su odio, azuzado por una borrachera que llevaba alimentando durante horas, en los perros. No fue el alcohol el detonante de su decisión de envenenar a los perros. No fue algo improvisado, solo se dirigía a rematar la venganza y a intentar salir airoso de sus actos, como hacía siempre. Antes de acudir al funeral de Jonas, se había acercado a la finca de don Julián con unas latas de comida envenenada. Así se lo había confiado Petra a Daniel tras el funeral de Marco, los dos cara a cara en una iglesia vacía: «Quién iba a pensar que todo esto empezó porque quiso envenenar a los perros». Esa misma mañana, uno le había mordido y era su manera de hacer justicia, la justicia de los matones, de los débiles. Ya por la noche, decidió volver al lugar donde estaban los perros y provocar el incendio para tapar las huellas de lo que había hecho. Borracho como iba, había aparcado demasiado cerca del incendio, cuyas llamas rápidamente alcanzaron su coche. Entonces, decidió encaminarse hacia Las Galatas, a lo mejor por pura inercia o quizá a sabiendas del lugar elegido para dejarse caer y dormir la borrachera. Hasta que se despertó, cuando estaba a punto de amanecer en Tármino y los primeros destellos de luz alcanzaban la colmena.

No había tenido buen despertar, nunca supo gestionar sus resacas, y por eso al notar el zumbido de las abejas por las que parecía sentir el mismo recelo que sentía por los perros decidió liarse a pedradas con los panales que había en las proximidades. Por vez primera, estaba pagando las consecuencias de sus actos. Cuando Daniel fue consciente de lo que pasaba, apresuró su caminar y corrió hacia él. Tenía que ayudarle. Quería ayudarle. Pero algo se lo impidió. Así lo recordaba, pero con el sosiego que impone la cama de un hospital.

—Cuando por fin llegué a la encina, ya estaba en el suelo. Se revolvía en la tierra aunque sus movimientos eran menores, más apaciguados, ya no intentaba defenderse del ataque con tanta rabia, como si se hubiese abandonado, como si se supiera derrotado. No sé cuánto tiempo llevaría intentando zafarse de ellas. No estoy intentando justificarme. Estaba vivo cuando llegué.

—No habrías podido hacer nada, Daniel. Ya viste el informe forense. Con tantas picaduras, nadie habría sobrevivido... era imposible.

—Eso entonces no lo sabía.

—Eso no cambia nada. Marco habría muerto de cualquier manera. Incluso si no hubiera sido alérgico.

—Sí cambia, Lena, claro que cambia. Supongo que podría haber hecho algo para ayudarle.

—¿Y qué ibas a hacer, meterte en medio del enjambre?

—Nada más decirlo supe que por cualquiera de nosotros lo

habría hecho. Le cogí la mano—. Es imposible. Las abejas habrían ido a por ti —dije con la seguridad que otorga el estar del lado de los buenos. En el fondo, aquella confesión no me sorprendió tanto como pensaba, como si realmente llevara tiempo esperándola. Primero, todo empezó como una broma en mi cabeza, que probablemente se alimentó en la cena tras el concierto del Festival de la Lavanda, cuando Carla expuso, a modo de juego, cómo todos podríamos estar tras la muerte de Marco, por motivos y oportunidad. Pero por mucha sospecha que almacenara en mi interior, no suena igual cuando oyes la confirmación de boca de alguien. Aunque sea a medias. No puedo decir que me sorprendiera en exceso, Daniel siempre sabía todo lo que pasaba en Tármino, de vivos y de muertos.

—Estoy seguro de que me vio. Aunque fuera durante unos segundos, me miró. No soy muy consciente de ese momento, pero creo que sabía que yo estaba allí y que no hice nada.

—Eso no te hace culpable de nada. Ni siquiera de una denegación de auxilio. Marco ya estaba condenado. Lo único que le negaste fue el consuelo de cogerle la mano y ofrecerle la extremaunción o el perdón de los pecados, o como se llame eso que dais a los que están a punto de morir. Y conociendo al Zombi, incluso te hubiera rechazado ese alivio. Una persona así jamás puede morir en paz. Eso no se arregla cogiéndole la mano y haciéndole la señal de la cruz.

—No tienes que convencerme, Lena —dijo Daniel sonriendo. Era cierto, su rostro no mostraba ni un ápice de arrepentimiento—. No tengo conciencia de haber hecho algo malo. Suena horrible, lo sé, pero en aquel momento te puedo asegurar que no lo viví así. Fue como si algo me paralizara. Tengo grabada su mirada en mi cabeza. Y seguramente él abandonó este mundo con la mía grabada a fuego en sus ojos. Pero te juro que no me hace sentir mal. Creo que a él sí le sorprendió mi reacción. Por primera vez, no acudí a velar los últimos instantes de vida de un malnacido, como sí lo hice con su padre. —Volvió a sonreír—. Al final, voy a resultar más humano de lo que podría esperarse.

Me miró por primera vez desde que comenzó a hablar de aquel 15 de julio, quizá sorprendido por la ausencia de vergüenza en su mirada, que aquella confesión debía de provocarle. Creo que buscaba afianzar el sentimiento de estar siendo comprendido. Y lo estaba siendo. Yo mejor que nadie podía entender de lo que hablaba. Había experimentado lo mismo años antes, en una bifurcación de calles en Tármino, cuando vi cómo el Porsche Cayenne negro 3.0 TD Tiptronic cinco puertas se acercaba a gran velocidad y amenazaba la integridad de Marco. En un primer momento, yo también creí que debía avisarle, gritarle para que se apartara, pero no pude. No es que no quisiera, es que no pude. Callé y dejé hacer al destino. Quién era yo para contrariarlo. Aquella vez fui testigo de cómo las oportunidades se pierden. Daniel no tuvo que hacerlo. Simplemente se dejó llevar, comulgó con el curso de la vida, con los designios del destino.

—Me quedé quieto, observándole a escasos metros, siendo testigo de cómo agonizaba, hasta que su cuerpo dejó de moverse. Durante unos segundos más, vi cómo las abejas seguían sobrevolándole, como si estuvieran imantadas a su cuerpo inerte. Ni siquiera entonces pude moverme. Todo estaba en calma, envuelto en una extraña paz. De repente, volvió a mí el sonido. Empecé a escuchar el zumbido de las abejas que no había percibido hasta ese momento. Fue como si el mundo se hubiera quedado sin sonido y yo ni siquiera me hubiese dado cuenta de ello.

También su relato quedó en silencio. Daniel estaba recordando aquel instante que su mente le devolvía con absoluta nitidez. Volvió a vivirlo. De nuevo, observó el cuerpo de Marco sin vida, la huida paulatina de los insectos, con la tranquilidad que imprime la satisfacción del deber cumplido —al fin y al cabo, las abejas habían hecho lo que cualquiera en su situación: defender su hábitat amenazado—, avistó la inyección de epinefrina a unos metros del cuerpo, donde fue a parar en mitad de la lucha desesperada de Marco por protegerse del ataque. Después de unos segundos, alzó la vista y su mirada se detuvo en la rama de la encina donde apareció suspendido el cuerpo de Celia, justo en el mismo lugar donde habían encontrado semienterrado el cuerpo de la pequeña Eva. Le llevó unos instantes ordenar sus ideas sobre el ciclo de la vida, la necesidad de cerrar círculos, la aparición de la justicia divina cuando la terrenal falla, la equidad de la naturaleza, la generosidad que muestra para compensar su arbitraria villanía.

Daniel recuperó el control de su cuerpo y de su mente. Miró alrededor, no había nadie. Solo algunos perros sueltos que observaban la escena a distancia y los vestigios de una columna de humo que se elevaba hacia el cielo, a unos kilómetros. A lo lejos vislumbró la casa de Nuria, otrora hogar de Celia y Eva. Supo que no habría nadie en su interior; a esas horas, Nuria ya llevaría parte de la jornada en el horno de la tahona. En ese momento, observó el horizonte. Estaba amaneciendo. Eran las 06.55 y un brillante y cegador amarillo lo teñía todo. Pensó que iba a ser un día caluroso. Dudó si rezar una última oración ante el cadáver o al menos santiguarse. No hizo nada, no importaba si Marco lo merecía o no, pero él había dejado de ser un instrumento útil de Dios. Así lo creyó entonces, aunque seguía sin sentir ningún arrepentimiento, quizá justificado por aquella percepción de tranquilidad, de quietud serena en la que acertó a distinguir cierta avenencia que lo gobernaba todo.

Volvió sobre sus pasos, de espaldas, como si necesitara contemplar por última vez lo que la vida había hecho con Marco. Al final, se dio la vuelta y continuó su camino hasta el coche. El cuerpo y la cabeza le pedían alejarse de aquel lugar, como si quisiera borrar el hecho de que alguna vez estuvo allí. No por arrepentimiento, sino por cautela; no quería que pasara alguien y pudiese verle en las inmediaciones. Se planteó volver a la iglesia, pero lo desechó. No necesitaba un templo cerrado para pensar en lo que había sucedido. Dios está en todas partes, podría hablar con él en cualquier lugar. Decidió coger la carretera y conducir. Cuando quiso darse cuenta, habían pasado horas. Había salido de Tármino y había vuelto a entrar sin ser consciente del tiempo transcurrido. Miró el reloj del coche: eran más de las nueve de la mañana. Decidió entrar en el pueblo y comprar algo para el desayuno mío y de Carla. Tuvo claro dónde acudiría. Se acercó a la tahona de Nuria. Le sentó bien aquella inesperada visita, y el café que se tomó con ella en una de las terrazas del pueblo. Pudieron alargarlo un poco más, ya que su madre había bajado a ayudarla porque iba a ser un día fuerte de ventas, y se pudo quedar atendiendo el mostrador, mientras ellos se tomaban aquel café. Ni por un segundo a Daniel se le pasó por la cabeza confiarle nada de lo sucedido hacía unas horas en la encina de Las Galatas. Tan solo quería estar con ella y pareció sentarle bien.

«Te veo bien, tranquilo», le dijo Nuria, observando un extraño sosiego en su rostro. «Lo estoy.» «Te ha sentado bien la visita de Lena, y eso que no era fácil, especialmente para ella. Espero que se recupere pronto. Un golpe así...» «Estará bien. —Apuró el café que le quedaba en el vaso. Siempre lo pedía en vaso, nunca en taza—. Todos lo estaremos.»

Durante el trayecto hasta la casa de Jonas, pensó en lo sucedido. De hecho, no había hecho otra cosa desde que abandonó la encina con el cuerpo de Marco masacrado por las abejas a las que éste tanto odiaba. Alguien había decidido otorgarle la cualidad de testigo directo de lo que acontecía y eso le confería la condición de sujeto pasivo.

A lo largo de su vida, su hoja de ruta había sido observar, escuchar, callar y admitir la voluntad de Dios, fuera la que fuera, estuviera o no de acuerdo. Él era un instrumento de Dios, un simple vehículo, no tenía potestad ni sobre la vida ni sobre la muerte, y mucho menos, sobre Sus decisiones. A veces, las personas solo necesitamos un consuelo al que aferrarnos para sentirnos bien. Algunos a eso lo llaman fe, especialmente cuando la muerte acucia.

—Y ahora sí que ya no tengo nada más que contarte —me había dicho Daniel, sonriendo, más aliviado que satisfecho al encontrar en mi rostro la misma mueca de complicidad, guardiana de la comprensión y la aprobación anhelada—. No podrás decirme que no he reservado lo mejor para el final.

A cada palabra que me confesaba Daniel, le entendía mejor. En ese momento, el recuerdo de Jonas nos abrazó a los dos. «*A la vida, a veces, hay que empujarla para que se ponga en marcha, como a los coches, como al destino.*» A la muerte, también.

Daniel quiso ser incinerado. Creo que lo hizo para provocar. Un sacerdote dejando como última voluntad ser cremado. No sé cómo lo veía la Iglesia pero a ninguno nos importó lo que tuviera que opinar. Se lo dejó dicho a Roberto, no quiso implicarme a mí en ese cometido. Vinieron tres sacerdotes a oficiar su funeral. A él le hubiera parecido un despilfarro de personal. La iglesia estaba llena. No se trataba de comparar, pero la mente humana siempre guarda cierta tendencia a hacerlo, y se notaba que Jonas y Daniel eran dos de las personas más queridas de Tármino. Los funerales y los entierros son un buen barómetro para medir el respeto, el cariño y el aprecio real que siente la gente por el fallecido. Ahí no hay nada que aparentar, no hay necesidad de quedar bien con el homenajeado porque no volverá para reprochar nada a nadie. Por eso en el funeral de Marco hubo tres personas y una de ellas estaba muerta.

El tiempo es un bien preciado y hay que saber a quién regalárselo. En los funerales de las personas que no queremos se pierde mucho tiempo, como en un amor no correspondido. No sabía por qué pensaba todas esas cosas durante la misa funeral en vez de estar pendiente de lo que decían los sacerdotes.

Pero seguro que a los curas también les pasa. Un día me lo confesó Daniel, lo dicen tan de memoria que mientras están leyendo un fragmento de las Escrituras, están pensando en otra cosa. Eso me pasaba a mí, aunque no por la asiduidad ni por la costumbre. Creo que resultaba evidente que la iglesia no era un lugar que frecuentara en exceso y por eso me distraía a la primera de cambio. Pensé que me había ocurrido en la misa funeral de Jonas que ofició Daniel en Tármino, por todas las circunstancias que la rodearon, incluso pensé que Carla me había echado algún tipo de tranquilizante en la tila que me obligó a beber antes de salir de casa. Pero no. En las misas sucede como en los tanatorios, en ambos lugares tienes unas conversaciones que no tendrías en ningún otro lugar.

Empezaba a cansarme de recibir pésames por las personas a las que quería. Y empezaba a cansarme de perder a las personas a las que amaba. Lo de empezar es una manera de hablar, porque de principiante en esos trances no tenía nada.

Esa misma tarde, Roberto, Hugo y yo fuimos a recoger las cenizas de Daniel. Carla se había quedado en casa con el pequeño Jonas. Una cosa es que el bebé fuera un santo y pareciera haber nacido con el gen viajero, y otra muy distinta que el ritmo que madre y madrina le estábamos imprimiendo con tan solo unos meses de vida no fuese a pasarle factura. Pensándolo bien, eso que tenía recorrido para cuando creciera. Seguro que cuando fuera mayor, tendría la misma hambre de vida que mostraba el niño de la fotografía que tenía su madre colgada en su casa, el chico que encontré en Sarajevo y me pidió que le hiciera una foto después de preguntarme cuánto me había costado la cámara.

Los tres hicimos el trayecto caminando desde el coche a la puerta del tanatorio. Tuvimos que dar la vuelta a las instalaciones. No entiendo por qué siempre tienes que recoger las cenizas de tus seres queridos por la puerta trasera del edificio. Es como si alguien estuviera escondiéndose de algo cuando lo lógico sería que, después de una existencia bien vivida, se saliera por la puerta principal reivindicando la vida y la memoria. La vida, como la muerte, está descompensada. Los mexicanos lo entienden mejor. Y los oriundos de Nueva Orleans, también. En el resto del mundo, la muerte nos cuesta más. Aceptamos la vida pero no la muerte y por eso nos cuesta tanto vivir tras una pérdida.

Definitivamente, la vida está descompensada. Es lo primero que pensé cuando advertí a Petra cruzando una de las calles del centro de Tármino. Al verla, me pregunté por qué no pudo haberse muerto ella en vez de Daniel. Fue lo mismo que pensé cuando, recién fallecido Jonas, vi a Marco caminar por la calle con el mismo desparpajo que tendría un destartalado saco de boxeo viejo y maleado. Creí que ya había superado la etapa en la que deseaba transmutar la muerte de Jonas a todos aquellos que lograban despertarme odio y rabia. Y ya se sabe que nadie engendra ni enardece más rabia que la familia mal avenida. Ahora lo hacía con Daniel.

Petra me miró a distancia, como hacía siempre, tal y como había vivido. Las personas miran como viven, como son, y ella miraba de reojo, desde la clandestinidad. Creo que su gesto contenía algún tipo de extraña victoria, de tanto ganado, de satisfacción. Me consoló saber que estaba más muerta que Jonas y, por supuesto, que Daniel, que Lola y que Aimo. De ella jamás volvimos a hablar, no estaba en nuestro pensamiento, no tenía un lugar en nuestra memoria, no ocupó ninguno de nuestros recuerdos, ni siquiera la nombramos. Si no fuera porque aquella mañana se cruzó en mi camino —o yo en el suyo—, no habría vuelto a pensar en ella, como tampoco lo hice en el Zombi. Parecía que fuera una competición por saber quién estaba más vivo o menos muerto. Cuando la muerte no deja de hacerte visitas, te asolan ese tipo de pensamientos y lo más llamativo es que todo lo que te asustan al principio, entonces ni siquiera te afectan. Ni ésos ni otros mucho peores que la gente inexperta en estos lares de duelos, pérdidas y odios podría entender como anormales. Aunque Petra viviera más tiempo que yo, nunca habría vivido tanto como yo viví cada momento con Jonas. Y aunque yo muriera antes que ella, siempre me ganaría en el marcador final porque murió cada momento que vivió junto a Marco. A cualquiera le podría sonar a venganza pero yo solo veía un acto de justicia. Creo que el odio que pensé sentir hacia ella no era cierto, solo era una herencia tramposa. En el fondo, desarrollé hacia Petra cierto sentimiento de lástima. Ni siquiera llegaba a sentimiento. No era pena, pero tampoco era odio. La indiferencia resulta más letal.

Cada uno llora a su muertos. Y los míos eran otros.

Sí, la vida está descompensada. Y no solo ocurre con las personas. Sucede con todo.

A la mañana siguiente de recoger las cenizas de Daniel, dos días después de su muerte, miré al cielo y lo vi cubierto por un enorme manto acolchado, un mar de nubes de un rojo anaranjado con algunos trazos amarillos hilvanando la línea del horizonte. La imagen impresionaba. Tenía cierto aire infernal. Carla dijo algo del cielo, el fuego y la tierra de Tara en la película *Lo que el viento se llevó*. Pero aquel cielo de Tármino impresionaba más porque era real. Era como si estuviese sucediendo algo maléfico en el paraíso que no quisieran que viéramos desde la tierra. Parecía que allí arriba se estuviera gestando algo y el embarazo estaba siendo complicado.

—Son los amaneceres rojos en Tármino por la falta de lluvia —dijo Roberto, que parecía haber adivinado lo que rugía dentro de mi cabeza.

—Nunca llueve cuando lo necesitas —dije recordando cómo deseé que lloviera la noche del funeral de Jonas, la noche en la que se desató el incendio en el cobertizo de don Julián, la noche en la que Marco apareció en nuestro jardín y horas más tarde desapareció de nuestras vidas. Y todo, sin llover.

—Como siga así, vamos a tener que adelantar algunos días la cosecha de lavanda. Puede que este año la flor salga con más olor. ¿Sabías que en suelos demasiado fértiles crece más abundante pero la fragancia no es igual de intensa y pierde su característico olor?

—No tenía ni idea. En realidad no tengo ni idea de nada concerniente a la cosecha de la lavanda, excepto que me gusta cómo huele porque me recuerda a Jonas.

—Lo bueno siempre lo guardamos en la memoria. Es el mejor lugar. Ahí no se pierde —comentó sin saber que me había dado el mejor pie posible.

—De eso quería hablarte, Roberto —dije mientras le servía una buena taza de café. Habíamos quedado para desayunar en casa. Uno de nuestros habituales encuentros a los que cada vez faltaban más miembros. Así era muy difícil mantener las buenas costumbres. Carla estaba calentando el biberón del pequeño Jonas y Hugo se estaba encargando de mantenerle en brazos mientras su madre intentaba entender los mandos de la placa vitrocerámica de la cocina, no sin cierta dificultad. Me dio la impresión de que Hugo estaba disfrutando del nieto que nunca tuvo del hijo que la vida siempre le había negado. Todo muy descompensado. Antes y ahora—. Creo que lo mejor será que los campos de lavanda de Jonas vuelvan a su verdadero propietario. Ya sabes, cada uno en su sitio, cada cosa en su lugar.

—Yo no lo creo.

—Eso da igual. Heredé los campos de lavanda de él y los conservé porque Daniel insistió; él estaba aquí y se podía encargar de ellos por mí. Pero ahora no tiene sentido.

—Tiene todo el sentido. Si haces eso, no volveremos a verte por aquí en la vida. Además, yo también estoy aquí. Y Hugo.

Yo me encargaré de ellos. Se trataba de no perdernos más, ¿no fue eso lo que dijiste el día que murió Daniel?

—Roberto, voy a ponerlo todo en venta. La casa, lo primero. Los campos de lavanda no se me ocurriría, sería tanto como vender mi memoria y la tuya, y eso no podría hacerlo nunca. Por eso me vas a pagar un euro por ellos y me vas a prometer que los cuidarás, especialmente una parcela en particular —dije mientras advertía en su mirada que sabía a qué lugar me refería, donde un día, cuatro años atrás, esparcimos las cenizas de Jonas—. Mi abogado preparará el contrato. Y ambos lo firmaremos. Eso es lo que quiero. Y tendrás que respetarlo porque en este grupo siempre hemos respetado lo que decidimos cada uno de sus miembros. Aunque no lo creas, me vas a hacer un favor. Te hago depositario de parte de mi memoria. Quién mejor que tú para hacerlo.

—Yo mismo —exclamó Hugo, que desde que tenía al pequeño en sus brazos parecía estar más animado—. Que digo yo que también podré decir algo.

Era la manera que tenía Hugo de levantar los ánimos que, a juzgar por la cara de Roberto, estaban bastante alicaídos. Sabía que no estaba siendo fácil para ellos. Quizá entendieron que era demasiado pronto para tomar una decisión así pero era algo que yo venía madurando desde que Jonas murió. Entendí que necesitaban más tiempo para asumirlo. Era normal. Les daría todo el que necesitaran. Pero la decisión ya estaba tomada.

—Volveré. Os lo prometo. No necesito tener una casa para venir a veros. Hay un hotel estupendo, y varias casas rurales en las que poder alojarme.

—Tú tendrás aquí siempre una casa en la que quedarte. Y tú también, Carla, y por supuesto este pequeñín —dijo Hugo, al que cada vez se le estaba poniendo más cara de abuelo.

—Yo pienso traer a mi enano a cada Festival de la Lavanda que haya —dijo Carla aceptando de buen grado el ofrecimiento de Hugo de ser él quien le diera el biberón—. Y Roberto, espero que sigas consiguiéndonos el tratamiento VIP porque una ya está mayor para considerar otras tonterías. Cuando cumples los cuarenta, todo es una urgencia y una prioridad. Aquí mi amiga todavía no ha llegado, pero ya llegará. Aunque bueno, como le ha caído todo encima, así, de golpe, lo mismo ya ha llegado y no se ha enterado. Tú tienes muy buena mano con esto —dijo cambiando de interlocutor y dirigiéndose a Hugo, que realmente mostraba mucha maña a la hora de dar biberones.

—Es que no me puedo imaginar que esta casa pertenezca a alguien que no sea Jonas o que no seas tú. En ese olivo está su padre, en esta mesa nos dijisteis que os casabais, en aquel sofá hemos arreglado el mundo mil veces y lo hemos vuelto a hundir otras tantas, en esa cocina preparaba Lola el café, en ese armario Aimo se encargaba de guardar todo tipo de tarros de miel, y en esa chimenea..., bueno, en el fuego de esa chimenea quemamos muchas cosas. No puedo imaginarme esta casa sin Jonas y sin ti.

—Y yo no puedo imaginar venir a Tármino sin él. No puedo. Ya lo he hecho durante cuatro años. Y creo que no debo hacerlo más. Terminará matándome. No me hagas sentir mal por eso.

Creo que lo que Roberto temía realmente era el olvido. Tenía miedo de olvidar y de ser olvidado, sentía auténtico pánico a que los recuerdos se quedaran anclados en esos lugares, a que si alguien extraño pisaba aquella casa se hiciera dueño de los momentos vividos con el cuarteto, con Jonas, con Daniel, conmigo y con tantos otros que tuvieron su tiempo y su lugar. Temía perder las risas compartidas, los secretos desvelados, las conversaciones mantenidas, incluso las que quedaron pendientes. Aquella casa era un museo de la memoria para él y para todos. Había demasiada vida en ella para permitir que alguien ajeno la ocupara. Entendí como propia su aprensión. Era el mismo miedo que tenía yo pero a la inversa, que mi memoria se quedara enquistada en aquel lugar y no viniera conmigo, que se convirtiera en una condena que me obligara a regresar a Tármino cada cierto tiempo para comprender que estaba viva y, a la vez, también un poco muerta. En el fondo, todos los miedos son iguales, lo único que los hace diferentes es la manera de gestionarlos. Roberto estaba demasiado tocado para entender que la memoria no tenía patria ni necesitaba de un lugar físico para seguir viva. La memoria aparece de la mano de un olor, de un sabor, de una risa, de una fotografía, de un pensamiento, de un abrazo, de un recuerdo robado a otro, de una voz. Es algo demasiado íntimo para encerrarlo entre cuatro paredes, en una caja de latón escondida en el hueco de una chimenea o en los campos de lavanda. Y sin embargo, puede contenerse toda ella en un pequeño frasco de esencia de lavanda. Así de cómodo, así de práctico y así de real.

—Tienes razón. Estoy siendo un egoísta —reconoció Roberto.

Entendía ese sentimiento codicioso que ahora le invadía y también el remordimiento que provocaba tenerlo. Yo había perdido mi vida el día que perdí a Jonas, había perdido a Daniel, la persona más próxima a él antes de que «yo existiera». Pero Roberto había perdido a sus compañeros de vida. Y Hugo también. Todos compartimos las pérdidas. Eso no las hace más llevaderas pero sí mejor acompañadas. No era una competición de pérdidas, más bien un homenaje.

—Y hablando de todo un poco —dijo Hugo mirando la urna con las cenizas de Daniel—. ¿Dónde pensáis esparcirlas? ¿A vosotros os dijo algo?

—No. De eso no hablamos. Al menos que yo recuerde —comenté.

—Se me está ocurriendo que quizá la encina de Las Galatas sería un buen lugar —propuso Hugo.

—No. No creo que le gustara —dije con demasiada contundencia; no me extrañó la mirada de sorpresa que todos me dirigieron—. Hacedme caso, no es el lugar que él elegiría. No sería buena idea.

—¿Qué tal en el Viejo Amigo? —dijo Roberto refiriéndose

al olivo situado en la parte trasera de la casa donde descansaba el padre de Jonas.

La propuesta de Roberto tenía su lógica. Daniel siempre le consideró como un padre y allí fue donde le confió a don Javier su firme intención de ingresar en la Iglesia. Pero no terminaba de cuadrarme aquel lugar. Pensé en la posibilidad de que las cenizas de Daniel se quedaran en ese olivo cuando la casa ya no nos perteneciera y me asaltó cierto pavor. Sería como abandonarle, a él y a don Javier, el Sabio, al que nunca conocí pero por el que sentía un gran cariño a través de su hijo. No me refiero a Manuel, de cuya muerte supimos hacía un año, ni a Marco, que ni siquiera era su hijo, sino a Jonas. Siempre Jonas.

Es significativo el ahínco con el que buscamos un espacio en el que descansar cuando hayamos muerto, como si de verdad fuéramos a ser conscientes de estar allí. En realidad, lo buscamos para que descansen nuestras ruinas, si es que esas cenizas que entregan cuando incineran nuestro cuerpo contienen algo de nosotros. Un día me explicaron cómo se realiza la recogida y el envase hermético de esas pavesas, pero no creí que fuera el momento de compartirlo. Hay personas que disfrutan tanto de las despedidas como de preparar la suya propia, y por eso se pasan la vida pagando un nicho, un lugar en el cementerio, una parcela en el panteón familiar, que es como pagar a plazos tu muerte. Incluso han pensado en la lápida y la inscripción que quieren poner en ella. Algunos tienen redactadas las esquelas que desean que publiquen los periódicos. Quizá sean previsores, más que ninguno de los ateos que nos creemos más prácticos que ellos.

No habíamos sido nada precavidos, empezando por el propio Daniel. Había que encontrar un lugar para él o pronto nuestro pensamiento entraría en bucle, comenzaría a desbarrar y se convertiría en un problema.

—¿Y si le dejamos con Jonas? —propuso Carla, ante la atenta mirada del bebé, que la observaba desde su regazo mientras se ponía tibia de rosquillas de lavanda. No sé cómo ni cuándo había tenido tiempo de conseguirlas, pero allí estaban, en la misma caja color violeta de siempre con las letras doradas impresas en la tapa superior, El Horno de Eva. Mi expresión debió ser muy explícita porque obtuvo una rápida explicación—. Las ha traído Hugo. Están buenísimas. ¿Qué os parece? ¿Es buena mi idea, o qué?

—O qué —respondió Roberto, que no parecía nada convencido.

—No. Yo creo que es buena idea —dije después de pensarlo durante unos segundos mientras le cogía una de las roquillas a Carla antes de que nos dejara sin ellas—. Es un buen lugar. Y tú deberías estar encantado, Roberto, los dos estarán en tus campos. Serás guardián de los dos y de su memoria.

—Me gusta la idea —añadió Hugo cada vez más convencido—. De hecho, creo que es una gran idea.

—Son las rosquillas. Me dan una actividad mental desconocida en mí. Deben de tener algo de jengibre porque me ponen como una moto. Yo es que con el jengibre me vengo arriba. Lena vomita, pero Lena vomita con todo. No sé qué le hizo a su estómago en otra vida que se lo está devolviendo en ésta, y nunca mejor dicho. Sí, debe de ser el jengibre. Luego se lo pregunto a Nuria. Tengo que ir a comprarle media tienda para llevarme a Madrid. Será un minuto, antes de irnos.

—¿Roberto? —pregunté para asegurarme de que el consenso era completo.

—Sí, por qué no. Tenéis razón. Es buena idea.

—Y así cuando miremos la fotografía de los campos de lavanda que tiene Lena en su casa, veremos a los dos. Todos salimos ganando. Todos son ventajas —dijo una Carla optimista a quien la maternidad, y no las rosquillas de lavanda, le había inoculado una dosis extra de energía.

Lo hicimos. Aquella misma tarde, antes de que Carla, el bebé y yo abandonáramos Tármino con dirección a Madrid. El cielo no nos regaló la puesta de sol de cuatro años antes, cuando pisábamos esa misma tierra para depositar una nueva pérdida. Gobernó el rojizo más que cualquier tonalidad violeta. Era mayo, todavía no eran los atardeceres de mediados de julio. Pedí a Hugo y a Roberto que se encargaran ellos de esparcirlas, como yo hice con las de Jonas. Era lo justo. Los dos se miraron y dijeron que preferían no hacerlo. Carla dijo que tenía al niño en brazos y que no le parecía lo más adecuado. Todos me miraron, como si aquel consenso visual les otorgara alguna razón lógica para realizar semejante petición.

Al final, los convencí. Debían hacerlo ellos. Debían ocupar el lugar que la vida les había brindado. Y sabía que, pasado el tiempo, me lo agradecerían. Era como el último abrazo a Daniel.

28

Hay quien va a llorar a los cementerios. Yo iba a llorar a Tármino. Mi mente, ayudada por la fuerza de la costumbre, lo transformó en mi cementerio particular. No lo pensé como algo peyorativo, lo importante es tener un lugar donde poder desahogarse.

Cuando iniciamos nuestro viaje de regreso a Madrid, después de esparcir las cenizas de Daniel y de haber confeccionado una nueva mochila de promesas con la que cargaríamos los supervivientes de aquel naufragio, tuve una extraña sensación de vacío. Me sentí como el mar que se desagua, retrotrayéndose en su propia identidad, dejando desnuda la arena, que no es nada más que fango, restos marinos, escombros, basura, plásticos, algas, todo expuesto debido a las mareas bajas, pero que es su identidad más íntima, en la que queda encallada la memoria, los recuerdos que la constituyen y que adquieren una forma fantasmal, como los barcos varados en la arena de las playas y los puertos. Me mimeticé con el mar que se retira de la costa, que se recoge y se aleja de ella, a la que volverá cuando el proceso de bajante se relaje y los vientos dejen de empujarlo, rezando para que el regreso sea ordenado por las mareas oceánicas, por la atracción gravitacional que ejercen la Luna y el Sol sobre la Tierra, y no por algo más destructivo en forma de ola gigante o de tsunami. Cuando el mar se bate en retirada, es un buen momento para empezar la limpieza de la playa.

Respiré hondo, como si necesitara una última bocanada de lavanda, y besé mi dedo anular apresado por los dos círculos dorados que la pérdida de Jonas había abandonado allí como una placa.

Habían pasado cuatro años de su muerte. Cuatro años que unos días se convertían en cuatro siglos y otros parecían cuatro días. El tiempo es el mayor de los trileros. Siempre engañando, siempre vistiendo falsas realidades, siempre manipulando las reglas. El tiempo es un tirano director de orquesta, caprichoso y provocador, que tiene a toda la creación pendiente de que levante una mano, a toda la orquesta esperando su golpe de batuta para dictarle lo que hacer, y le da lo mismo que la melodía resultante sea triste o gozosa. Creo que fue la música de *Ombra di nube* del compositor Licinio Refice, que sonaba en el coche, la que me inspiró esa imagen. Seguía escuchando la música de Jonas. Por él, para obligarle a estar presente, y por mí, porque también me gustaba. Muchas veces tenía que empujar a la memoria, incitarla, provocarla para que apareciera cuando yo quisiera y no cuando ella lo considerase oportuno. Era normal, si había que empujar a la vida, a la muerte y al destino, la memoria, prima hermana de todos ellos, también exigía su empujón. Ella también tenía rincones de los que quería huir, como yo lo estaba haciendo de Tármino.

Esa familiar sensación de esquivar momentos, lugares, incluso vida, había tomado lugar en el sueño. En cuatro años, no logré soñar con Jonas más que un par de veces. No podía entenderlo. Soñaba con otras personas que no me importaban nada o que ni siquiera sabía quiénes eran, y él no lograba aparecer. *«Siempre apareceré por ti»*, me decía. Quizá era el exceso de anhelo lo que me impedía verle en la realidad dormida. Las noches que el insomnio me lo permitía, intentaba conciliar el sueño haciendo de él el último pensamiento; pensarle fuerte, de manera concienzuda, casi enfermiza. Carla me había dicho que de esa forma se inducían los sueños. Ella decía tantas cosas y a tal velocidad, que pensé que se inventaba la mitad, no había contenido real para llenar tantas conversaciones. Hubiese dado media vida por poder soñar con él, por tener en mis sueños un refugio donde encontrarle, al menos eso. No era mucho pedir. Y las veces que lo logré, me resultó extraño, como si no le reconociera, como si no fuera él. Ni me miraba, ni me tocaba ni me hablaba igual. Era una imagen distorsionada, como si hubiera utilizado para la fotografía un objetivo gran angular. Para soñarle así, prefería no hacerlo. Un día me dijeron que lo malo de los sueños es que lo idealizas todo y rara vez es como lo fantaseamos. Acudía cada noche a ese lugar donde huía de la realidad con el deseo de encontrarle. Seguía esperando que algún día se produjera el milagro a modo de encuentro onírico, pero hasta entonces, seguiría recurriendo a la memoria.

Las esperas habían vuelto a mi vida. Otra vez. El tiempo es un fracaso para los demás. No juega limpio, él siempre gana, y solo tiene que hacer de la paciencia una estrategia tejida desde la superioridad que le otorga la eternidad. Y sin embargo, seguimos haciéndole el juego, acudiendo a él como el ludópata a las mesas de blackjack de un casino.

Miré por el espejo retrovisor donde hacía cuatro años encontré a Daniel, a Lola, a Aimo, a Roberto y a Hugo agitando los brazos para despedirme. Aún podía oír el vozarrón de Lola, la risa de Aimo, la calma de Daniel. En su día me pareció que esa imagen podría ser la segunda mejor fotografía que me llevaba de aquel primer regreso. Me arrepentí de no haberla hecho. Siempre hay un momento único para hacer una fotografía. Si lo pierdes, ya nunca quedará igual, se escapará y no volverá. Igual de caprichosa que el tiempo. En aquel retrovisor ya solo quedaban Roberto y Hugo. Aunque imitaron el mismo ademán de despedida, no resultó igual. Cada vez éramos menos en la fotografía.

«En algún momento tiene que dejar de irse gente», pensé. Esa reflexión no hacía más que volver una y otra vez a mi cabeza, como el mar a la costa, como Jonas a mi vida, como yo a Tármino. La vida seguía descompensándose, cada vez más.

No sé por qué lo hice pero sentí la necesidad de coger de mi bolso el pequeño frasco de esencia de lavanda que había comprado en Manosque, abrirlo y olerlo. Como si de repente tuviera sed de memoria. Lo hice con el mismo ímpetu que el alcohólico acude a la bebida. Me tranquilizó. Los buenos recuerdos huelen tan bien que hacen olvidar los tóxicos.

Carla me observaba con una de esas miradas que no requieren decir nada porque lo expresan todo, pero ella siempre insiste para asegurarse.

—¿No irás a llorar? —me preguntó asustada ante la posibilidad de que me desahogara y ella no pudiera atendernos al mismo tiempo al pequeño Jonas y a mí.

—¿Acaso ves un baño cerca? —bromeé para tranquilizarla.

—A una madre nunca le preguntes eso. Yo atisbo un arbusto o un hueco entre dos coches, y allá que voy, no necesito más baño.

Me reí con mi regresada risa antes de volver a mirar por el retrovisor.

Cuando la imagen de Hugo y Roberto desapareció por completo, emergió otra con forma de cartel promocional que me envió una postal del pasado. Los restos de un cartel de bienvenida. TÁRMINO ENAMORA. Recordé la teoría de mi padre sobre las pérdidas, la de cuando el tiempo se enamora de una persona y se empeña en llevársela lejos, privándonos al resto de seguir disfrutándola. Pero debes consolarte pensando que está feliz en ese nuevo hogar, en el que esperará la llegada de los suyos cuando el tiempo se enamore de ellos. Me pareció una explicación de la muerte muy poco habitual para la mente de un policía. Pero es que mi padre no era un policía convencional, como Jonas no era un cardiólogo tradicional, ni Daniel un sacerdote al uso. Los tres eran extraordinarios.

Miré de nuevo por el retrovisor. El cartel indicador del guardián de mi memoria seguía ahí, aunque se empequeñecía conforme me alejaba de él. TÁRMINO ENAMORA. Oí de nuevo la voz de Jonas envuelta en los últimos compases del *Ombra di nube*. «*Ves cosas que nadie más ve.*»

Tármino, como el tiempo, tenía demasiada propensión a enamorarse.

29

Roberto adquirió la casa de Tármino. No se resistía a escriturar su memoria a nombre de otra persona. Al principio me pareció algo extraño, incluso un poco invasivo e intimidatorio; llegué a verlo como un lastre para mí pero luego comprendí que era una gran idea. Qué mejor guardián de la memoria colectiva que uno de sus propietarios. «Así cuando vengas ya sabrás dónde están las cosas, algo que Carla sabe desde el primer día en que pisó esta casa.» Aquella decisión, con el paso del tiempo, no solo me ha reconfortado en los regresos, sino que me los ha avivado.

Roberto siempre se refiere a su nueva casa como «la casa de Jonas». Reacciona como esas personas que se ven obligadas a desprenderse de algo muy importante para ellas, y cuando superan el bache, hacen todo lo posible para recuperarlo, incluso pagando más de lo que les había costado. Para algunos, eso es recuperar su lugar en el mundo. Y me parece bien.

Carla sigue cumpliendo su promesa de llevar al pequeño Jonas cada 15 de julio al Festival de Lavanda, algo que creo que le hace más ilusión a Hugo que a ella. Y no solo a él, a mí también. Creo que si no hubiera sido por ella, mi regreso a Tármino se hubiera quedado para siempre en el boceto de una idea, o en algo peor, en un regreso viciado por la obligación, que es el peor de los regresos. Me hace feliz ver al pequeño Jonas correteando por Tármino como si realmente hubiera nacido allí, perdiéndose entre las hileras de lavanda, jugando sin miedo con las abejas, metiendo las manos en los enormes tarros de miel que encuentra a la entrada de algunas fincas, ante la desesperación de su madre, y permitiéndole a su madrina que le vista de morado cada Festival de la Lavanda, con esa paciencia infinita que solo manifiestan los niños cuando saben que su estoicismo se verá recompensado —un premio en forma de dulce, especialmente las rosquillas de lavanda que sigue haciendo Nuria en la tahona—. Su escandalosa risa, el gesto de eterna travesura tatuado en el rostro y su lengua de trapo siempre me dibujan una sonrisa en la cara. Mi ahijado es pura vitalidad, y consigue contagiarla. De nuevo, el nombre de Jonas sonaba en mi boca entre risas. Y recuperar ese sonido es algo para celebrar.

Todo parece estar en su sitio, excepto lo que ya nunca podrá estar. Pero con esas ausencias tan presentes hay poco que pueda hacer.

Mi lugar favorito en el mundo dejó de ser Jonas por impositivo vital, al menos desde un punto de vista corpóreo. Me arrebataron ese lugar físico, pero sigo estando en él y él conmigo. Sospecho que será así toda la vida, pero lo hago desde la tranquilidad, desde el sosiego que da el paso del tiempo, traidor aunque limado por la memoria. La vida ha vuelto a mí como lo hicieron los domingos y como volvió la risa. Lo bueno siempre tiene la opción de regresar si se le deja la puerta abierta, y algunas veces, se queda para siempre. Mi nuevo lugar favorito en el mundo está ante aquella fotografía de los campos de lavanda que realicé segundos después de esparcir las cenizas de Jonas. Mirando esa fotografía noto que recargo las pilas. Esa imagen sigue liberando emociones en mí, colmándome de vivencias y regalándome vida. No es algo que pueda considerarse palpable pero al menos existe. Es otro tipo de fe. Cada uno tiene su dios en el que creer, con el que hablar y a quien adorar. Yo tengo el mío, y no pienso entrar en disputas con nadie. Como decía Jonas, fuera de casa es mejor no hablar ni de política ni de religión. Lo sigo al pie de la letra, como si fuera mi nuevo testamento.

La miro y cada día estoy más convencida.

Más que una fotografía es un homenaje a todo lo vivido y lo amado. Esa instantánea cuenta una historia. Captar la memoria de lo vivido es el alma de la fotografía, igual que la esencia del retrato es hacer perdurar la memoria del fotografiado. Esa imagen es una metáfora perfecta. Mi memoria es como la lavanda. La hoja de la lavanda es áspera, mientras que la flor fresca es mucho más suave y agradable al tacto, a los sentidos. Así es la memoria, áspera en la superficie pero, en su interior, los recuerdos se conservan frescos, suaves, atrayentes y seductores.

Allí, en esa visión de la lavanda, está mi memoria y mi vida. Para siempre.